Konan Destylator

fabryka słów®
WYDAWNICTWO
MMXVI

Andrzej Pilipiuk

Konan Destylator

Ilustracje
Andrzej Łaski

fabryka słów®
Lublin – Warszawa

Oblicza Wędrowycza:

1. Kroniki Jakuba Wędrowycza
2. Czarownik Iwanow
3. Weźmisz czarno kure...
4. Zagadka Kuby Rozpruwacza
5. Wieszać każdy może
6. Homo bimbrownikus
7. Trucizna
8. Konan Destylator

Niebieskooki ninja

Nad Wojsławicami zapadał chłodny październikowy wieczór. Cienie wypełzły spomiędzy chałup, mgły znad łąk sunęły przez miasteczko jak korowód duchów. Ludzie powoli udawali się na spoczynek przed telewizorami. Psy barykadowały się w budach. I tylko knajpa, rozjarzona blaskiem nagich żarówek, zdawała się być oazą życia, ciepła i światła... Dym tanich papierosów wypłoszył z wnętrza nieliczne już jesienne muchy i komary. Karaluchy drzemały w szparach. Nic nie zakłócało atmosfery niewymuszonej plebejskiej wesołości.

Drzwi uchyliły się ze zgrzytem i do wnętrza wszedł Mikołaj Bardak. Jakub Wędrowycz oderwał wzrok od dna kufla, spojrzał na przybysza z niechęcią.

– Coś dawno go tu nie było – burknął w zadumie. – Ze trzy tygodnie. A teraz wrócił i walizkę targa...

– Pewnie prosto z podróży – zauważył Semen. – Decyduj, pijemy kolejnego browara czy robimy mu gorące powitanie na rodzinnej ziemi?

– W zasadzie to mały wpierdol mu się należy ustawowo, przecież to Bardak... Z drugiej strony, jak już wrócił, to trochę tu pewnie zostanie, będzie jeszcze niejedna okazja wziąć go pod but... – rozważał Jakub. – Odpuściłbym dziś.

– No ale wiesz, żeby odpuścić Bardakowi oklep, to muszą być jakieś konkretne okoliczności, że się tak wyrażę, łagodzące – zauważył trzeźwo kozak.

Jakub zamyślił się.

– Prawie miesiąc go nie było, znaczy gdzieś z daleka przyjechał! – rzucił odkrywczo.

– No to co? – nie zrozumiał Semen.

– Lać zmęczonego po podróży jest niesportowo.

– A, chyba że tak... – Uspokojony kozak zabrzęczał w kieszeni monetami i ruszył do baru po kolejne kufelki schłodzonego eliksiru życia.

Tymczasem Mikołaj położył walizkę na stoliku, otworzył i zaczął rozdawać członkom klanu przywiezione suweniry. Młodsi dostali komiksy z gołymi Japoneczkami, starsi breloczki i magnesy na lodówkę z gołymi Japoneczkami, najczcigodniejsi wujowie z dumą przyozdobili nadgarstki zegarkami z gołymi Japoneczkami. Izydor Bardak jako nestor rodu dostał poduszkę z gołą Japoneczką. Posiadającym dzieci przybysz przydzielił jeszcze pluszowe pokemony. Semen, kątem oka obserwujący podział łupów, skrzywił się potrójnie. Najpierw zaswędziała go blizna na tyłku, którą zostawił mu w czasie wojny mandżurskiej samurajski miecz. Potem zakłuło go w ramieniu przestrzelonym pod Port Artur. A następnie przypomniał sobie tę małą japońską dziewczynkę, która kiedyś wylazła mu z telewizora. Odruchowo podrapał się w pachwinę i odebrawszy od barmana pełne kufle, zaholował je do stolika.

– No i co tam się dzieje? – burknął jego kumpel.

– Ten cały Mikołaj był na wycieczce w Japonii – zrelacjonował kozak.

– Że niby gdzie go zaniosło!? – zdumiał się Wędrowycz. – Nie miał gdzie nam obciachu narobić, tylko akurat tam!? A tak swoją drogą, gościńce rozdaje, a nam nic fajnego nie przywiózł? – Wyciągnął ciekawie szyję.

– Jakub, weź się palnij kuflem w pusty łeb! Dlaczego niby miałby nam coś przywieźć, skoro jesteśmy jego śmiertelnymi wrogami?

– No ale mógłby zrobić jakiś gest pojednania i dobrej woli – westchnął egzorcysta ze smutkiem. – Ja, na ten przykład, japońską sake tylko raz w życiu piłem... A przecież Bardaki do kościoła chodzą... Teraz widać, że to tylko na pokaz. Czysta hipokryzja.

– To co, że chodzą? – nie zrozumiał Semen.

– Może i nas nie lubią, ale skoro udają takich moherowców, to powinni wiedzieć, że w Biblii jest napisane „miłujcie nieprzyjacioły swoje". No to skoro ja jestem ich wrogiem, mógł mi flaszeczkę sake przywieźć...

– Hmmm... Tylko wiesz, to działa w dwie strony – ostrzegł go przyjaciel. – Skoro oni mają miłować ciebie, to i ty powinieneś ich.

– Ja ich wręcz kocham. Pozwalam im żyć i rozmnażać się na mojej ziemi! W dodatku, mimo licznych prowokacji, setki razy darowałem im życie! – obraził się Wędrowycz. – Ech, trzeba mu było jednak wklepać, jak wchodził. A teraz już za długo jest w środku.

– To co?

– Jakbym teraz poszedł mu przylufić, toby Bardaki pomyśleli, że się zestarzałem i nie zauważyłem w porę, jak wchodzi...

Semen pokiwał w zadumie głową.

– W sumie racja. Głupio wyszło. Kurde, co oni tacy uhecowani? – Łypnął okiem w stronę Bardaków.

Wredne gębusie wykrzywiały się w uśmiechach, a nieliczne spojrzenia rzucane dyskretnie w stronę Jakuba były podejrzanie wyzywające.

– Dedukuję, że ten ciul Mikołaj został wydelegowany przez swój klan do Japonii, by odszukał i wynajął nindżów celem naszej likwidacji – burknął Wędrowycz i pociągnął z kufelka.

– Nindżów? – zachmurzył się kozak.

Pamiętał ich dobrze z czasów wojny mandżurskiej. Nadchodzili nocą nieuchwytni jak cienie, zabijali carskich oficerów w kwaterach i znikali bezszelestnie.

– Nie bój żaby – prychnął Jakub. – Skoro poradziliśmy sobie z enkawudystami, upowcami, gestapo, milicją, ormowcami, ubecją, CIA, Mosadem, KGB, a nawet i z ZOMO, to tacy nindże mogą nam skoczyć. Nadupcymy im koncertowo, gdy tylko się zjawią.

Semen ocknął się na kacu gigancie. Potoczył wzrokiem wokoło. A potem skrzywił się niemiłosiernie. Myszy mieszkające na strychu Jakubowej chaty tego dnia były wyjątkowo złośliwe. Każdy krok ich małych łapek odbijał się w obolałej głowie kozaka niczym huk młota uderzającego w kowadło.

Łup-brzdęk-łup-brzdęk-łup-brzdęk...

Semen z trudem dowlókł się do krawędzi barłogu, chwilę macał na oślep ręką, wreszcie sięgnął po buta i zamachnąwszy się, cisnął nim w sufit. Tynk spękał jeszcze bardziej, oburzone atakiem muchy poderwały się do lotu, ale myszy najwyraźniej zignorowały ostrzeżenie.

Łup-brzdęk-łup-brzdęk-łup-brzdęk...

– Wy pieprzone szkodniki, zdejmijcie te podkute buciory! W dzień powszedni cisza nocna obowiązuje do jedenastej rano! – wychrypiał Semen.

Ale dziwne odgłosy nie ustały. Kozak poskrobał się po głowie.

– W zasadzie to za tak wredne zachowanie powinna być surowa kara... – burknął. – A najlepiej kara śmierci. Spalę tę budę! Albo chociaż kota wrzucę na strych...

Zaczął macać w poszukiwaniu drugiego buta. Trafił na stary fajansowy nocnik. Uśmiechnął się z wdzięcznością i przyłożywszy naczynie do ust, wychłeptał zawartość. Antykacolin niesiony niespiesznie krwiobiegiem powoli rozprostował mu poplątane zwoje mózgowe. Kozak czuł, jak uruchamiają się kolejne partie neuronów. 80 IQ – 90 IQ – 100 IQ – 120 IQ... Uporczywy ból głowy też zelżał, myśli stały się bardziej klarowne. Wzrok i słuch uległy wyostrzeniu.

Tam faktycznie ktoś napieprza w kowadło! – odkrył ze zdumieniem. Mówiłem temu idiocie Jakubowi: zawsze nakrywaj kankę pokrywką i kładź cegłę na wierzch! A teraz będzie miał za swoje. Myszy nachlały się zacieru, uzyskały wyższą samoświadomość i budują mu na strychu cywilizację techniczną! A jak zbudują, zechcą wziąć na nas krwawy odwet za tysiąclecia prześladowań!!!

Zwlókł się z barłogu. Odnalazł oba buty. Przy okazji omal nie wdepnął w rondel pełen soku z kiszonych ogórków.

Zaraz, zaraz, zdziwił się. Dwie porcje antykacolinu były nalane czy jak?

Ale nie było czasu o tym myśleć. Świadomość, że ludzkość znalazła się w śmiertelnym niebezpieczeństwie, pchała go do działania. Przeszedł do kuchni. Odnalazł bańkę z naftą i zapałki. Już miał podłożyć ogień, gdy nagle się zawahał. Wiedział, że czas nagli, ale...

– Palić dom bez obudzenia gospodarza... Głupio jakoś tak... – mruknął.

Zajrzał do pokoju, ale barłóg kumpla był pusty.

– Odlać się poszedł czy jak? Tak czy inaczej, trzeba mu powiedzieć, że od jutra mieszka u mnie. – Semen odstawił bańkę z naftą na stół.

Otworzył drzwi. Chłodny wietrzyk przyjemnie owiał jego zapadnięte policzki, łyse ciemię i zwisające z rozporka przyrodzenie. Chwilę później piekielny łoskot poraził jego uszy. Kozak schował juwenalia i podrapał się po nosie.

– To nie myszy! – rzucił odkrywczo. – To z szopy dobiega. Jakub, ty ciulu, w kowala się od świtu bawisz?!

Poczłapał przeprowadzić wizję lokalną. Jego przyjaciel istotnie zajmował się rzemiosłem. Położył na kowadle kawał blachy od siewnika. W jednej dłoni trzymał młotek, w drugiej imponujący przecinak po dziadku.

– Co ty właściwie robisz? – zirytował się Semen. – Niektórzy, na ten przykład, chcieliby jeszcze pospać!

– No wiesz, skoro nindże mają nam spaść na karki, muszę przygotować ekwipunek – wyjaśnił Jakub. – Wedle kodeksu bushido w pojedynku obie strony mają być uzbrojone identycznie, a zwycięży ten, kto włada lepszą techniką walki, no nie?

– No, jakoś tak to szło – usiłował sobie przypomnieć jego przyjaciel. – Choć, z drugiej strony, może coś się pozmieniało, bo wtedy w Mandżurii oni mieli karabiny maszynowe, a my nie... No i nie wiem, czy te nindże to też wedle bushido walczą.

– Więc żeby dać im choć cień szansy, kuję sobie takie nindżowskie gwiazdki do rzucania. – Wędrowycz ponownie zaczął walić w kowadło.

Kozak ujął jeden z gotowych egzemplarzy. Sprawdził krawędzie tnące opuszką palca. Poczuł nieprzyjemne mrowienie siedmiu starych blizn na plecach...

– Sześcioramienna – mruknął. – Żydzi się nie obrażą? Może lepiej pięcioramienną zrób?

– Toż nie będę w nindżów walił sowieckimi! – zirytował się Jakub. – Rozumiem, wróg to wróg, ale to by już było przegięcie.

– Co racja, to racja... – uspokoił się Semen.

Obejrzał resztę przygotowanego ekwipunku. Jak się okazało, kiedy on smacznie spał, Wędrowycz pracowicie spędził ranek. Szabla, która zawsze poniewierała się w kącie, została nieco skrócona, rękojeść ucięto i z kawałka styliska od łopaty dorobiono nową – samurajską. Tylko tsuba, wykonana z hitlerowskiej klamry do pasa, wyglądała cokolwiek dziwnie. Za to nunczako z dwu rurek wodociągowych, połączonych łańcuchem krowiakiem, prezentowało się w pełni profesjonalnie. Nawet kompletny laik musiałby przyznać, że ninja, gdy już się pojawią, napotkają tu na Starym Majdanie godnego i dobrze uzbrojonego przeciwnika!

Jakub tymczasem skończył kuć i teraz zakręcił gwiazdkę w imadle.

Szur-zgrzyt-szur-zgrzyt-szur-zgrzyt... – obrabiał ją pilnikiem.

– Mam uraz akustyczny – poskarżył się jego przyjaciel.

Ale Wędrowycz, ogarnięty gorączką twórczej pracy, nie zwracał uwagi na to marudzenie. Wreszcie ujął jedną, już naostrzoną gwiazdkę i cisnął nią na próbę w drewnianą ścianę. Shuriken gwizdnął całkiem profesjonalnie, uderzył w dechy, odbił się i morderczym rykoszetem pomknął w głąb sadu.

– Weź ten miech i dmuchaj mi w palenisko, muszę podnieść temperaturę – polecił egzorcysta.

– Nindża-syndża – burknął poirytowany kozak, pompując powietrze. – Rozumiem śmiertelne zagrożenie z ich strony i konieczność przygotowań do odparcia ataku, ale tyle pracy fizycznej na raz to w naszym wieku po prostu niezdrowe.

Popołudnie obaj starcy spędzili bardzo pracowicie. Jakub położył przed furtką deskę nabitą gwoździami, wykopał w sadzie dwa wilcze doły oraz rozwiesił tu i ówdzie na drzewkach pięć pętli z linki hamulcowej. Na zakończenie ozdobił szopę girlandą z zardzewiałego drutu kolczastego.

– No, niech teraz spróbują – mruknął zadowolony.

– Hmmm... – Semen patrzył na zestaw pułapek z dziwnie kwaśną miną. – Sądzisz, że to coś da? Mało tych dołów. A nad deską to krok zrobi, i tyle.

– A co ci się znowu nie podoba? – burknął Jakub. – Krytykować każdy potrafi. Umiesz zrobić lepsze pułapki, to do dzieła!

– Ja bym więcej dziur nakopał. I głębsze powinny być, bo z tych twoich to zaraz wylezie. A na dnie wetknąłbym zaostrzone pale.

– Jak jesteś taki mądry, to bierz łopatę i zasuwaj!

Semen faktycznie podreptał po szpadel. Wykopał na środku ścieżki dół głęboki na co najmniej siedemdziesiąt centymetrów, a potem małą siekierką zaostrzył pień brzózki i wbił go na dnie dziury.

– Hmm... Nie żebym się czepiał, ale czy to nie powinno być ostrym końcem do góry? – Jakub, skrobiąc się za uchem, obejrzał dzieło przyjaciela.

– Tępym bardziej boli – uspokoił go kozak. – Masz jeszcze na strychu pułapki na szczury?

– No tak, ze cztery powinny być... Albo może pięć nawet. Dobry sprzęt, carskiej produkcji. To znaczy nie car je zrobił, tylko nasz kowal, ale za cara.

– To gibaj po nie. Rozłożymy na ganku. Trzeba tylko pamiętać gdzie, żebyśmy sami w to nie wdepnęli.

Wieczorem zasiedli w sadzie przy małym ognisku. Piekli szaszłyki na szprychach rowerowych, popijali schłodzonym winem, a co jakiś czas szli sprawdzić pułapki – jednak choć czuwali prawie do północy, żaden ninja jakoś się nie złapał.

– Kurde – skwitował wreszcie Jakub. – Czekamy i czekamy, a oni nie atakują.

– Noc zarywamy, byle tylko godnie ich przyjąć – ziewnął Semen.

– I daj takim szansę... No cóż, mówi się trudno. Nie chcą krwawej konfrontacji, to bez łaski. Chodźmy spać.

Nad Starym Majdanem zalegała głęboka bezksiężycowa noc. Do świtu została może godzina. Nieoczekiwanie na rozłożystym orzechu rosnącym za chałupą Jakuba rozbłysły dwa błękitne punkciki. Uważny obserwator zapewne rozpoznałby w nich ludzkie oczy... Gwizdnęła cicho stalowa kotwiczka opleciona rzemieniem. Bezszelestnie rozwinęła się jedwabna plecionka. Ramię haka z chrzęstem wbiło się w komin. Po napiętej linie zaczął się zsuwać jakiś kształt, nieco ciemniejszy od samej ciemności... I właśnie wtedy, gdy los egzorcysty zdawał się już przesądzony, stara, przepalona zaprawa puściła i komin rozsypał się na części pierwsze. Cegły ponuro zagruchotały po eternicie. Ninja ciężko runął na dach, stoczył się i zwalił z łomotem w wielką kępę pokrzyw. W następnym ułamku sekundy jego ciało przeszyły setki szklanych drzazg. Wędrowycz i jego kumple od czterdziestu lat wyrzucali tu puste flaszki, oczywiście tylko te wyszczerbione, których nie przyjęto by na skupie...

Dziki skowyt po japońsku wyrwał Jakuba z drzemki. Egzorcysta zwlókł się z siennika i wyjrzał przez okno, ale zobaczył tylko ciemność. W tej ciemności co chwila błyskały błękitne oczy, coś brzęczało i łomotało, jakby po pryzmie butelek rzucało się jakieś zwierzę. W dodatku owo coś wydawało dźwięki jak zarzynana gęś.

– Japońskie przekleństwa ani chybi – zidentyfikował Wędrowycz i po chwili namysłu chlusnął w tamtą stronę wiadro pomyj.

Chciał rzucić jeszcze kilka shurikenów, ale po ciemku nie mógł ich znaleźć, w zamian cisnął kolejno: polano, wyszczerbiony kufel, gumofilc i zepsute radio. Celował między ślepia, bo poza nimi nic nie było widać. Chyba co najmniej raz trafił, bo łomoty ucichły. Za to gęganie stało się głośniejsze.

– Masz do nas jakiś interes, to za dnia przyleź! – wrzasnął po japońsku Semen, który też się obudził. – I furtką zapraszamy, a nie przez komin.

Ninja nie odpowiedział. Zabrzęczały sprężyny starego materaca, huknęło, jakby ktoś uderzył głową w ścianę wychodka. Z ciemności dobiegł tupot oddalających się stóp, a po chwili trzask kimona dartego na sztachetach płotu. Zaraz potem coś z łoskotem wpadło na stare brony porzucone w rowie. Zabrzęczał potraktowany z byka wrak traktora, rozszczekały się wiejskie burki łańcuchowe i wreszcie zapadła upragniona cisza.

– Wróg najwidoczniej jest już w naszej wsi – powiedział egzorcysta z powagą. – Ogłaszam zatem alarm bojowy.

– Znaczy wstawać mamy? – zmartwił się Semen. – Trzecia w nocy jest...

– E, żeby zaraz wstawać, to chyba lekka przesada – uspokoił go przyjaciel. – Ale śpijmy teraz trochę czujniej, żeby nas ci nindże nie zaskoczyli.

I po chwili wnętrze chałupy ponownie wypełniło zgodne chrapanie.

Nad Starym Majdanem wstawał paskudny, wilgotny ranek. Nad doliną unosiły się mgły. Kominy sąsiednich chałup pluły dymem, mieszkańcy wsi robili sobie śniadanie. Krowy apatycznie przeżuwały lichą jesienną trawę. Wszystko tchnęło spokojem. Nigdzie w okolicy nie było widać żadnych gości z Japonii.

– A może się pomyliliśmy? – dumał Jakub, oglądając uszkodzony dach chałupy.

– Co niby pomyliliśmy?

– Może to nie był żaden nindża, tylko Święty Mikołaj? Chciał wejść przez dach, komin rozwalił, spadł na dół, a my, zamiast go pozbierać z gleby, otrzepać, ugościć i dostać prezenty, zaczęliśmy od przemocy...

– Pogięło cię?! – zirytował się Semen. – Skąd niby Święty Mikołaj o tej porze roku?

– No bo teraz to w marketach wystrój świąteczny rozkładają zaraz po Zaduszkach, więc mógł od tego zgłupieć i wcześniej przyszedł...

– Ale on po japońsku gadał! I oczy miał skośne.

– Teraz wszystko przywozi się z Chin, to może Mikołajów też tam hodują? A nie, jednak nindża! – Jakub wyciągnął z pokrzyw zagubiony samurajski miecz. – A to co takiego? – Znalazł jeszcze długi łańcuch zakończony sierpem.

– Nie wiem. – Semen zmarszczył brwi. – Ale to zagraniczne, bo u nas takich rzeczy się nie używa. Może to do zbierania ryżu z pola albo coś...

– To i nam się nie przyda, bo tu ryż nie rośnie... Hmmm... A może by zasiać? Tego jeszcze nigdy nie uprawiałem. Wyrośnie, zbierzemy, nastawi się zacier. To będzie pierwsza polska sake, i to my ją wyprodukujemy!

– E, w naszym klimacie ryż i tak nie wyrośnie – pokręcił głową Semen. – I pola ryżowe muszą być wodą zalane. Poza tym to strasznie ciężka robota.

– A to może faktycznie nie warto.

Z frasunkiem obejrzeli zdewastowany płot i po krótkiej naradzie przywiązali oderwane sztachety sznurkiem. Ustawili przewróconą wygódkę. Potem wleźli na dach i nie żałując gliny, polepili z powrotem cegły komina do kupy. Dziury w eternicie nakryli starą miednicą. Wreszcie przyszła pora na obiad. Poszli do kuchni. Jakub stanął przy piecu, a Semen pomagał mu, siedząc na krześle i dając dobre rady odnośnie do kolejności wiktuałów wrzucanych do kociołka.

– Tak właściwie, jak wygląda taki nindża? – zagadnął Wędrowycz, mieszając w garnku. – Tak pytam, bo wiesz, mam swoje wyobrażenia, ale głupio byłoby się pomylić...

– Normalnie, nindża to nindża. Mają takie czarne stroje, szmatę owiniętą wokoło głowy, że tylko wredne oczka łypią przez szparę, do tego zwyczajne spodnie rurki, takie obcisłe, żeby nogawką o nic nie zaczepił, jak po dachach biega, buty też takie czarne i obcisłe... Podobne do baletek, tylko podeszwa grubsza, żeby jak na coś ostrego stanie, stopy nie poharatał.

– Skarpetki, jak mniemam, czarne, pod kolor do butów i kalesonów... I rękawiczki?

– No tak. Rękawiczki też. Wiesz, po to, żeby w ciemności rąk nie było widać, jak przy czymś majstrują.

– A powiedz, potrafią się tak bezszelestnie spuścić przez klapę ze strychu na lince?

– Jasne. Po kiego grzyba im drabiny? Włażą i złażą po sznurkach jak małpy w zoo.

– A jak nindża ma za pasem taką rurkę z bambusa, to po co mu ona?

– To na zatrute strzałki. Nindża są tacy trochę jak Indianie z Brazylii. Wydmuchują kolce przez rurkę. Draśnie cię takie draństwo i sparaliżuje albo zabije. Zależy, jaka trucizna.

– I miecz takiemu zawsze sterczy zza pleców?

– Temu nie będzie sterczał, przecież go zgubił u nas w pokrzywach. Ale pusta pochwa na wszelki wypadek może tam wisieć. Bo wiesz, te pochwy nie są takie zwyczajne, tylko z dziurką na końcu.

– A po co?

– Bo jak nindża siedzi pod wodą albo zakopany pod ziemią i czyha na ofiarę, to oddycha przez pochwę od miecza.

– Co oni, rurek do nurkowania nie znają?! – zdumiał się egzorcysta.

– W każdym razie, jak przyłazi coś ubrane na czarno i z zasłoniętą gębą, to albo nindża, albo coś jeszcze gorszego.

– Tak mi się właśnie wydawało – burknął Jakub i pociągnął ukrytą za piecem dźwignię zapadni.

Ninja stojący za plecami kozaka nawet nie zdążył się przestraszyć, gdy podłoga rozstąpiła mu się pod stopami. Na dnie pułapki czekały na niego jeszcze pozbawione izolacji kable, podpięte do przewodu siłowego... Błysnęło, zaskwierczało, a potem wywaliło korki. To znaczy korki wywaliło u sąsiadów, bo to od nich Jakub podciągnął sobie na lewo elektrykę.

Obaj starcy przenieśli nieprzytomnego Japończyka do pokoju i przywiązali do krzesła, nie żałując nylonowego sznurka od snopowiązałki.

– Kiedy dojdzie do siebie, to go zlejemy batem, potrzymamy w klatce parę tygodni, a jak złamiemy mu wolę i wybijemy ze łba te wszystkie nindżowskie bzdury, to będzie u mnie za parobka – rozmarzył się Jakub.

– Złagodniałeś jakoś na starość – zauważył Semen.

– Wcale nie złagodniałem, tylko się zestarzałem. Robić przy ogórkach czy pomidorach sił już brakuje – wyznał

Wędrowycz. – A przecież kupować zagrychę w sklepie, jak ma się własny ogród, to wstyd i obciach trochę... Odpakujmy te szmaty, ciekawym jego gęby – polecił.

Odwinęli zawój z głowy jeńca. Twarz jak twarz, tylko żółta i skośnooka. W ogóle ten cały ninja wyglądał całkiem przeciętnie. Miał wprawdzie muskulaturę jak Bruce Lee, ale tego przez ubranie nie było widać.

– Kurde – mruknął Wędrowycz, patrząc na więźnia. – A u Japończyków to bywają niebieskie oczy?

– No chyba nie. – Semen poskrobał się po głowie. – Chociaż tak do końca to nie wiem. Bywało się w Chinach i w Mandżurii, ale do samej Japonii jakoś nie było okazji. To znaczy – poprawił się – okazja niby była, bo jak mnie wzięli do niewoli, to razem z innymi jeńcami miałem płynąć do obozu koncentracyjnego na wyspie Honsiu, ale zwiałem i nie popłynąłem. Kurde, faktycznie gębusia niby japońska, ale tak nie do samego końca... W dodatku on mi kogoś cholernie przypomina...

Zmarszczył brwi. Jakieś wspomnienia nieśmiało pukały mu w sklepienie czaszki.

– Tak po prawdzie, mi przypomina ciebie – rzekł egzorcysta. – Ma tylko inny nos, inne oczy, inne usta, inne uszy i inne czoło. Cała reszta jest łudząco podobna. No może poza figurą. Dobra, w chlewiku jest klatka, w której kiedyś trzymałem maciorę, jak miała małe... Tam go na razie zabunkrujemy. Muszę tylko kłódki poszukać. Dwa, trzy tygodnie odpowiednio surowej tresury...

– Zaczekaj. – Przyjaciel powstrzymał go gestem. – Możesz mu otworzyć umysł?

– Jasne. Ale otworzyć fizycznie czy metapsychicznie? – Egzorcysta sprawdził opuszką ostrze siekierki.

– Metapsychicznie. I jeszcze, gdybym mógł prosić, wprowadź mnie w trans...

– Chcesz tam pogrzebać?

– Te niebieskie oczy nie dają mi spokoju – wyznał Kozak. – Tylko zajrzę.

– Cholera wie czy się uda, bo to jednak inna rasa... No dobra, tylko dla ciebie. Gotów?

– Jasne.

Wędrowycz przyłożył dłonie do skroni nieprzytomnego. Westchnął i zjednoczył się ze wszechświatem.

– Popatrz mi w oczy – polecił – i śmiało skacz w głąb.

Semen spojrzał. Jaźń przeskoczyła i wniknęła głęboko w nindżowski umysł. Wprawdzie w środku wszystko było po japońsku, ale wystarczyły trzy minuty, by znaleźć potrzebną informację. Semen, coraz bardziej zdumiony, przeglądał odpowiednie zwoje mózgowe. I wreszcie się wycofał. Jakub popatrywał na przyjaciela zaskoczony. Kozak wyglądał na zadumanego, wstrząśniętego i zarazem głęboko wzruszonego. Po policzkach ciekły mu grube łzy.

– Ocuć go – polecił, ostatecznie zrywając kontakt telepatyczny.

– Może najpierw wpakujemy go do klatki? Będzie wkurzony i tym razem faktycznie może nas pozabijać – ostrzegł go przyjaciel.

– Spoko wodza, nie pozabija! Ale na wszelki wypadek niech jeszcze chwilę zostanie związany. Zanim mu wszystko wytłumaczę... I tobie też przy okazji.

Egzorcysta poczłapał do kuchni i wrócił z wiadrem wody.

– E, no delikatniej trochę ocuć! – ofuknął go przyjaciel.

– Co ty się tak z nim cackasz? – zirytował się Jakub. – No dobra, to może sole trzeźwiące...

Polał szmatę do podłogi odrobiną lizolu i podsunął jeńcowi pod nos. Japończykiem telepnęło, jakby go ktoś znowu podłączył do prądu. Otworzył oczy i rozejrzał się zdezorientowany. Targnął sznurami, ale starcy związali go naprawdę fachowo.

– Nie szarp się, to tylko nierozerwalne więzy przyjaźni polsko-japońskiej – uspokoił go Wędrowycz, przechodząc na telepatię.

– Pokonaliście mnie – odburknął ninja. – W dodatku wzięliście do niewoli, co nie zdarzyło się od trzystu lat! Okryłem hańbą mój klan. Po co to wszystko? – Ponownie się szarpnął. – Po prostu mnie zabijcie! No chyba, że najpierw tortury. Zatem bierzcie się do roboty, jestem gotów...

– Nie pierdol takich smutów – warknął Jakub. – Jesteś u mnie w chacie. W Polsce nie zabija się gości pod własnym dachem. A torturujemy ich tylko w uzasadnionych przypadkach.

– Ja nie jestem waszym gościem, tylko wynajętym przez waszych wrogów mordercą! – zaprotestował z godnością ninja. – A tak konkretnie waszym mordercą!

– To chyba niedoszłym mordercą – powiedział gospodarz i obaj starcy ryknęli niedobrym, serdecznym, chłopskim śmiechem, jaki wzbudzić może tylko miła świadomość, że cudze plany spaliły na panewce.

Ninja skrzywił się demonstracyjnie.

– Jestem gotów na spotkanie z moimi przodkami. – Uniósł dumnie głowę.

– A to akurat da się załatwić – odezwał się Semen po japońsku. – Przejdźmy do rzeczy. Twoja prababka nazywała się Sumiko, miała pseudonim zawodowy Różowy Kwiat Śliwy i pracowała w japońskim burdelu w chińskim mieście Guangzhouwan?

– A ty skąd o tym wiesz?! – zdumiał się ninja.

– Prawnuku kochany, toż ja cię od dziewięćdziesięciu lat szukam! – Kozak uściskał Japończyka i obficie obślinił mu policzki. – A przynajmniej szukałbym, gdybym wiedział, że istniejesz. Prababcia na pewno ci o mnie opowiadała...

– Yyy... Podobno przez całe życie wspominała o jakimś przystojnym kozaku, ale nie bardzo kojarzę szczegóły – przyznał zdumiony wojownik. – Nie było mnie wtedy jeszcze na świecie.

– Za późno się urodziłeś, to pewnie dlatego... Pamiętam te upojne noce w tysiąc dziewięćset trzecim. Taka nieduża była, a gibka jak wiewióreczka... Co myśmy wyrabiali w łóżku, na macie, na schodach, w sadzawce, w łaźni, w wychodku, na dachu nawet... Chciałem ją zabrać do Rosji i może nawet poślubić, ale wybuchła ta parszywa, głupia, niepotrzebna wojna o Mandżurię i wielka historia nas rozdzieliła... – Semen brudnym rękawem otarł skąpą męską łzę. – Od razu wyczułem, że z ciebie jakiś krewny. Podobny jesteś do niej jak dwie krople wody, tylko oczy masz po mojej drugiej żonie.

Uroczyście wyciągnął z cholewy buta bagnet i zaczął rozcinać więzy cudem odnalezionego potomka.

– Hmm... No tak – bąknął ninja, wstając z krzesła i rozcierając nadgarstki. – Tylko że ja was miałem przecież zabić...

– Nie myśl teraz o takich pierdołach, napijmy się za spotkanie po latach – zaproponował życzliwie Jakub. –

W końcu nie co dzień odnajduje się w dalekim kraju własnego przodka.

– Nie będzie żadnego zabijania serdecznych kumpli pradziadka. – Semen pogroził potomkowi palcem. – Ani pradziadka samego oczywiście też nie wolno. Kodeks ninjutsu wyraźnie zakazuje atakowania członków własnej rodziny.

– Czyli zamówiony klient... – Skołowany gość wskazał gestem Wędrowycza.

– Jest dla mnie jak rodzony brat! A co do tego napicia się, ogólnie rzecz biorąc: dobry pomysł. No i zjemy coś.

Jakub poszedł do kuchni, a po dłuższej chwili wrócił z dużym półmiskiem. Postawił go z dumą na stole.

– Co to niby jest? – Zdezorientowany ninja łypnął okiem na dziwną potrawę.

– Sushi po polsku – wyjaśnił Wędrowycz. – Takie jak u was w Japonii, tylko zamiast łososia solony śledź, zamiast wasabi musztarda, zamiast ryżu kasza pęczak i zamiast wodorostów liście kiszonej kapusty. Nie mamy sosu sojowego, ale ocet to przecież prawie to samo. A do popicia z braku sake proponuję samogon. Z grubsza identyko, tylko mocniejszy, a zamiast ryżu do zacieru użyliśmy starych kartofli.

Semen polał i po drugiej butelce ostatnie lody zostały przełamane. Gorzej, że po trzeciej flaszce ninja zaczął się zupełnie po polsku rozklejać...

– Zawiodłem – westchnął. – Zlikwidowanie was to miała być moja praca dyplomowa, kończąca dwudziestoletni cykl szkolenia. Nie wypełniłem zadania. Wywalą mnie za to z organizacji... Ale może napiszę odwołanie, że wprowadzono mnie w błąd, nakazując zabić bliskiego krewnego, wy mi pokwitujecie. Pewnie komisja egzaminacyjna to uwzględni i da mi jeszcze jedną szansę. Podszkolę się jeszcze dziesięć lat i pozwolą mi zdawać poprawkę.

– Słuchaj, po kiego grzyba będziesz wracał do jakiejś tam Japonii? – klarował Semen. – Kim niby tam zostaniesz? Jeszcze jednym Japończykiem ze stu dwudziestu milionów podobnych tobie skośnookich pokurczy. Zostań z nami. Tu, w powiatowym Chełmie, Japończyka nie ma ani jednego. Będziesz niepowtarzalny. Model esktra. Wszystkie nastoletnie miłośniczki mangi i anime na twój widok będą piszczeć z uciechy i ściągać majtki przez głowę!

– Brzmi interesująco. Ale jak to przez głowę? – nie zrozumiał przybysz.

– Zobaczysz...

– No, pora iść. – Jakub podniósł się.

– Iść? – dziwił się ninja. – A dokąd?

– Do knajpy na piwo – wyjaśnił Semen. – Trzeba się napić.

– Ale my właśnie się napiliśmy... – Zdziwiony gość wskazał gestem puste butelki po samogonie.

– To było coś jakby danie główne, a piwo mamy jakby na deser – wyjaśnił Jakub. – Poza tym, zanim dojdziemy, ciutkę przetrzeźwiejemy...

W knajpie tego wieczora było – jak co wieczór – gwarnie i wesoło. To znaczy prawie wszystkim było wesoło, bo Bardakom i ich zięciom nastrój – początkowo dobry – jakoś się skwasił. Najpierw ucichły śpiewy, potem nawet piwo przestało im smakować... Polali wódkę, lecz i ona okazała się zbyt słaba, by poprawić humory.

– No i cały nasz misterny plan poszedł się buuuujać – skwitował Mikołaj, patrząc, jak Jakub, Semen i ich nowy kompan leją w gardła złocisty trunek. – A mówiłem, żeby wynająć włoską albo ukraińską mafię, to się upieraliście na tych pieprzonych nindżów! Że niby renomowani fachowcy, absolutnie nieprzekupni i tak dalej. Za dużo się filmów naoglądaliście...

– Plan był dobry, to ty zawaliłeś. Wynająłeś jakiegoś wybrakowanego nindżę. – Głos Izydora ciął jak brzytwa. – Cała rodzina się składała na bilet do Japonii dla ciebie, a ty zawiodłeś! Wiesz, ile metrów żyta na to poszło? Ile jałówek trzeba było do skupu odstawić? A kur i jajek to nawet nie zliczę... Osiem bardackich gospodarstw doprowadziliśmy do przewlekłego kryzysu ekonomicznego.

– Że niby to moja wina? – Mikołaj zacisnął kułaki. – Odszczekaj, wujek, te epitety, bo będzie źle.

– Ty tak do mnie? Do czcigodnego nestora rodu? – Wkurzony Izydor jednym ruchem zmiótł butelki na podłogę.

Cały klan poderwał się z krzeseł. Młodsi obstawili Mikołaja, starsi skupili się przy Izydorze. Jedni i drudzy zakasywali rękawy. Ten i ów ściągał kapotę, odsłaniając łańcuch, którym był przewiązany w pasie.

– Odszczekaj, wujek! – Mikołaj podjął ostatnią próbę mediacji.

– Wała! – odburknął wódz.

I obie drużyny runęły na siebie. Stoliki w jednej chwili poleciały w kąt, krzesła zawirowały w powietrzu.

Łańcuchy krowiaki ze świstem przecięły kurzawę i uderzyły jak srebrne błyskawice... Wybite zęby niczym perły z rozerwanego naszyjnika podskakiwały po podłodze...

– No nie – zirytował się Wędrowycz, odstawiając kufel. – Popatrzcie, te samoluby Bardaki zamiast uszanować tradycję i do nas fikać, leją się między sobą!

– Faktycznie świństwo – skrzywił się jego kumpel. – Ale wtrącać się w cudze sprawy rodzinne głupio jakoś...

– Wy tak zawsze? – Ninja popatrzył zdegustowany na pięści młócące jak cepy. – To wasza szkoła walki?

– No, tak właśnie się w knajpach bijemy – wyjaśnił jego pradziadek. – Pub Combat opiera się na siedmiu niezawodnych ciosach. Prawy ryjowy, lewy ryjowy, prawy żołądkowy, lewy żołądkowy, prawy kolano-jajeczny, lewy kolano-jajeczny, a jak koleś już pada, to się aplikuje jeszcze odgórny potyliczny.

– A jak już leży, to jeszcze można z buta po nerach albo krzesłem dobić. Ale to już tylko kara, a nie walka, bo w Polsce jesteśmy, a tu niehonorowo w knajpianym boju kopać leżącego – uzupełnił Jakub. – Proste zasady, szybko załapiesz.

– To już wiem, z czego będę w tym Chełmie żył – uśmiechnął się przybysz. – Założę własne dojo i będę uczył kung-fu. Krzepy w łapach, jak widzę, Polacy mają dużo. Dołożymy do tego trochę techniki...

Szkolne wspominki

W knajpie jak co środa było gwarno i wesoło. Targ skończył się dobre cztery godziny temu, ale okoliczni gospodarze nadal obchodzili „święto dyszla". Jedni pracowicie przepijali zarobione pieniądze, drudzy przepijali niesprzedany towar, a byli i tacy, którzy wpadli tu tylko ot tak – by cieszyć się piwem i panującą w lokalu atmosferą niewymuszonej plebejskiej wesołości. Semen Korczaszko rozparł się jak basza na ulubionym krześle za ulubionym stolikiem. Siedząc w kącie, miał dobry widok na drzwi i całą salę, a jednocześnie aż dwie ściany chroniły mu boki. Przed stolikiem, na lastrykowej podłodze, ajent namalował czerwoną olejną farbą szeroką krechę. Podobna odcinała trzy stoliki w przeciwległym rogu. Tu było terytorium Jakuba i jego kumpli, tam matecznik rodu Bardaków. Reszta pomieszczenia stanowiła terytorium neutralne i zdemilitaryzowane. Dzięki temu awantury nie wybuchały codziennie, i nie z byle powodu, ale wyłącznie wtedy, gdy albo Wędrowycz, albo Bardacy akurat nabrali ochoty na małe mordobicie.

Jakub siedział niedaleko przyjaciela. Zajął miejsce przy zdezelowanym keyboardzie porzuconym tu w zeszłym tygodniu przez ekipę uświetniającą wesele. Instrument wiele przeszedł tamtego wieczora i w związku z tym był ewidentnie zepsuty. Obudowa pękła w kilku miejscach, niektórych klawiszy brakowało. Co gorsza, nie wydawał dźwięków. Podłączenie kabla do gniazdka w ścianie też nic nie dało. Egzorcysta nalał zatem do szklanki piwa, postawił ją na podłodze i wpuścił do środka wtyczkę. Stuknął palcem klawisz. Maszyna tym razem wydała żałobny jęk. Wędrowycz zmarszczył czoło, a potem zaczął jednym palcem wystukiwać „Odę do radości".

– Nieźle grasz – pochwalił kozak. – Zupełnie jak ten Wolfgang Amadeusz Mozart.

Jakub nawet wiedział, o co biega, film o tym całym Amadeuszu oglądali w knajpie jakieś pół roku temu. Zamiast podziękować za komplement, nachmurzył się i zacisnął wargi, jakby przypomniał sobie coś niemiłego... Dostukał nutki do połowy utworu i oderwał palec od klawiszy.

– Powiedział do mnie: kasa albo wpierdol. Kasy było mi żal, no to mu wpierdoliłem – opowiadał siedzący obok stolarz Marek. – A dres zabrałem, bo chwilowo nie będzie mu potrzebny, po szpitalu to się chodzi w piżamie. – Pogładził rękaw ozdobiony czterema niegdyś śnieżnobiałymi paskami.

Wyglądał w nim szykownie, jednocześnie elegancko i jakby sportowo...

– Jednak ci miastowi są dziwni. – Semen z naganą pokręcił głową. – Skąd w nich tyle agresji? To pewnie skutek zatrucia ołowiem obecnym w spalinach. Za cara tego nie było!

– To by się zgadzało. – Wędrowycz pokiwał uczenie głową. – Samochodów trzymaliście niewiele... Choć z drugiej strony, ja tam z dwojga złego wolę spaliny niż ten ekologiczny wyziew z zadu konia.

– Myślę, że za cara końskie pierdy i spaliny pozostawały w stanie swoistej równowagi chemicznej... – zadumał się kumpel. – Może jedna trucizna drugą neutralizowała? Za cara w ogóle wszystko było lepsze. Wódka mocniejsza, piwo smaczniejsze, kobiety bardziej cycaste i zimy mroźniejsze. I do komunistów wolno było strzelać, policja złego słowa za to nie powiedziała. Dobrze to wszystko car-batiuszka urządził! Wracając zaś do miastowych...

Donośnie skrzypnęły nigdy nieoliwione zawiasy drzwi. Powiew przeciągnął przez salę, na chwilę rozwiewając unoszący się w powietrzu siny dym najtańszych petów.

– O wilku mowa – burknął kozak.

Zaciekawiony egzorcysta podniósł wzrok. Nigdy jeszcze nie widział żadnego cara... Ale zaraz zrozumiał, że Semen miał na myśli to drugie. Facet, który wszedł do knajpy, rzeczywiście wyglądał na mieszczucha. Może dlatego, że nie nosił gumofilców. Może też dlatego, że był nienaturalnie czysty. A może sprawiły to okulary na nosie? W pomieszczeniu zapadła głucha cisza.

– Dzień dobry, redaktor Jacek Wronkowski, „Ekspres Południowy" – przybysz odezwał się do barmana. – Szukam pana Jakuba Wędrowycza.

Cisza panująca w knajpie stała się o kilka tonów bardziej głucha. Nawet muchy przestały brzęczeć.

– Na co panu guza szukać? – Barman wzruszył ramionami. – Bo to mało ciekawszych tematów? Nie mówię, żeby zaraz opisywać mój skromny lokal, ale mamy w naszej osadzie szacowne zabytki przeszłości, przeprowadza się nowe inwestycje, życie kulturalne kwitnie... Do tego warto zwrócić uwagę czytelników na piękno okolicznej przyrody, surowce naturalne... A nawet można opisać skarby moralne i intelektualne w duszach i sercach co światlejszych obywateli. – Dumnie wypiął pierś.

– Nie wątpię, jednak z drugiej strony... – Obcy najwyraźniej niedosłyszał i niedowidział, skoro nie spostrzegł, co się święci.

Donośnie zgrzytnęło odsuwane krzesło. Metalowe nóżki szorujące po wyszczerbionym betonie wydały paskudny, żałobny dźwięk.

– Kto Jakuba nachodzi, sam sobie szkodzi. – Izydor Bardak dźwignął się zza stolika.

Dziennikarz zamarł. Egzorcysta amator zadumał się na chwilę. Wódz wrogiego plemienia niby mówił, co należy, ale mimo wszystko jego wystąpienie wywołało w duszy Jakuba przykry dysonans... Coś tu było nie w porządku.

– Lutuj miastowego! – rzucił wódz klanu.

Bardacy, ich krewni, zięciowie i inni powinowaci podnieśli się niespiesznie z krzeseł, wyciągając zza pazuch wszelaką broń. Tego było już za wiele. Wędrowycz jednym ruchem zmiótł puste butelki z blatu stolika i też wstał, aż cmoknęły spodnie odlepiane gwałtownie od dermy krzesła.

– Izydor, ty ciulu, siad na zad, to jest mój miastowy i jeśli ktoś mu tutaj przylutuje, to ja – z gardzieli starca dobiegło głuche warczenie.

– A to niby dlaczego? – parsknął nestor wrogiego rodu.

– Bo takie jest prawo wiejskiej dżungli. O mnie pytał, znaczy jest mój i to ja mam prawo go spławić albo zglanować.

– Wała! – Bardacy zgodnie postąpili krok do przodu, przekraczając czerwoną linię.

– Wtargnęli uzbrojeni w strefę zdemilitaryzowaną – oznajmił zdegustowany kozak. – Jak Hitler w trzydziestym szóstym do Zagłębia Saary.

Jakubowi równo zwisały analogie historyczne, ale nie mógł ścierpieć tak bezczelnego pogwałcenia nienaruszalnych zasad, więc czym prędzej zrobił to samo co klan Bardaków. Ajent spiesznie ściągnął w dół rolety antywłamaniowe, zasłaniając regał z alkoholami.

– Kto jest ze mną? – krzyknął dziarsko Wędrowycz.

Nie wszyscy w miasteczku i okolicy lubili Jakuba, ale zarówno wspólny wróg, jak i perspektywa dobrej zabawy sprawiły, że połowa bywalców wstała. Druga połowa dopijała spiesznie trunki i chyłkiem opuszczała lokal. Izydor przeliczył wzrokiem swoich krewniaków i stronników Jakuba. Uznał, że siły są całkiem wyrównane.

– No dziady, zaraz posmakujecie żeliwnych pięści sprawiedliwości – warknął.

– A wy odczujecie na swoich grzbietach palące piętno łańcuchów zagłady i gumofilców przeznaczenia! – kozak też błysnął elokwencją.

Obie grupy wykonały krok naprzód. Czterdzieści wrednych mord zmrużyło czterdzieści par kaprawych ślepi. Każdy wybierał już sobie przeciwnika...

– Stop! – krzyknął nieoczekiwanie Marek.

Uniesione pięści, flaszki i krzesła zamarły w pół ruchu. Łańcuchy przestały rzucać złowróżbne błyski. Czterdzieści rozpalonych gorączką mordu czół zwróciło się w jego stronę z niemym pytaniem.

– Miastowy nam wyparował – wyjaśnił stolarz. – Trzeba szybko znaleźć inny powód do mordobicia!

Faktycznie, redaktor Wronkowski dopiero co stał przy barze, a teraz go tam nie było. Musiał zwiać. Czterdzieści brudnych łap zaczęło drapać się po łysinach. Nawet ajent przerwał dopinanie pod brodą paska hełmu.

– Środa jest – rzucił odkrywczo Sławomir Bardak. – Może być taki powód?

– E, no nie – westchnął kozak. – To do dupy powód. Taki banananalny... Chyba tak jakoś co tydzień wypada środa.

– Ale dziś jest środa trzynastego. Tak bywa tylko ze dwa albo trzy razy w roku – zauważył Izydor. – Coś jakby święto... No i dzień pechowy, w sam raz, żeby w ryja dostać.

– A, to w porządku! Bij zabij! – zawył radośnie egzorcysta.

Łańcuch krowiak zalśnił niczym błyskawica i z siłą gromu uderzył w stolik, roztrzaskując Bardakom flaszki oraz kufle. Pięści opadły jak cepy. Stołki zawirowały w powietrzu. Awantura zaczęła się na nowo. Jakieś pół godziny później Jakub, podtrzymywany z jednej strony przez Semena, a z drugiej przez Marka, wytoczył się z knajpy. Krew kapała mu z naderwanego ucha, warga po lewej stronie napuchła, a na ciemieniu nabrzmiewały świeże guzy.

– Ach, jak ja lubię rozruszać czasem stare mięśnie, te bicepsy i triceratopsy... – wyznał. – Rozkwaszę kilka nosów, sam wezmę po mordzie i od razu we łbie się rozjaśnia, a jucha żywiej krąży w żyłach. Trzeba mieć jakieś hobby, bez tego nudno by było na tej emeryturze.

– Trzaskanie się po ryjach w knajpie to niby hobby? – zadumał się kozak.

Nigdy dotąd się nad tym nie zastanawiał. Awantury wybuchające w gospodzie wydawały mu się po prostu integralnym elementem lokalnej tradycji.

– Jakby płacili, to byłby zawód, a jak to robimy za frajer, to hobby. Albo ja wiem?... Praca społeczna może? – zauważył Marek.

– Fakt, było z tym trochę roboty. Tak czy siak, mordobicie krążenie poprawia, nerwy uspokaja, a i Bardakom solidne glanowanie raz lub dwa w miesiącu przywraca świadomość klasową! Do tego upust nadmiaru krwi chroni przed nadciśnieniem – dodał kozak uczenie.

– Czyli nie dość, że hobby, to jeszcze pożyteczne... – uciął zbędne rozważania Wędrowycz.

Wyszli za opłotki miasteczka. Zmierzchało. Rozgrzana za dnia szosa oddawała ciepło każdą dziurą w asfalcie. Marek pożegnał się i skręcił do swojej chaty.

– Jakieś auto za nami jedzie – mruknął Semen, oglądając się przez ramię. – To chyba ten redaktor.

– Jacek Wronkowski... – zadumał się egzorcysta. – Czy to nie ten, co pisał o szeptuchach na Podlasiu? Tak czy inaczej, o mnie nic nie napisze. A już na pewno nie bezkarnie.

Złożył palce i miotnął zaklęciem jak granatem. Samochód wydał dziwny dźwięk i po chwili przestał się przemieszczać, zaległszy w rowie.

– Trzy gumy poszły... – ocenił kozak. – Widać klątwa tylko zahaczyła. Albo obrys pola magicznego źle dopasowany do obiektu i jeden róg auta wystawał.

– Znaczy spudłowałem. Wzrok już nie ten. Starość nie radość...

I chwiejnym krokiem poczłapali w stronę zachodzącego słońca – jak wszyscy wielcy bohaterowie...

Nad Starym Majdanem wstawało ciepłe lipcowe popołudnie. Jakub Wędrowycz obudził się pół godzinki wcześniej. Pora śniadania minęła. Pora obiadu w zasadzie też. Egzorcysta wywlókł siennik przed dom i uwaliwszy się koło szopy, kontemplował piękno ojczystej przyrody, to znaczy strzelał z procy do szpaków wyżerających mu czereśnie. Semen chodził z koszyczkiem od drzewa do drzewa i zbierał zestrzelone ptactwo – na pasztet.

Nieoczekiwanie na drodze tuż obok furtki zatrzymało się auto. Na ten widok egzorcysta uśmiechnął się krzywo. Trzasnęły drzwiczki. Z wnętrza wysiadł mężczyzna, ubrany w bawełnianą koszulę i dżinsy. Poprawił nerwowo okulary.

– Hy, hy, hy, dziennikarz miastowy wrócił! – zidentyfikował Jakub i celnym strzałem strącił kolejnego szpaka. – Załatać trzy dętki musiał... Trochę czasu to zajęło – mruknął zadowolony.

Istotnie, przybysz wyglądał wypisz wymaluj jak miastowy, któremu poprzedniego dnia nie zdążono wklepać w knajpie. Tylko ubrał się jakby bardziej po ludzku. Semen przerwał zbieranie ptactwa i czekał na dalszy rozwój wypadków.

– Dzień dobry, czy tu mieszka pan Wędrowycz? – zagadnął gość, zaglądając przez furtkę.

– To pomyłka. A o co chodzi? – burknął gospodarz.

– Redaktor Jacek Wronkowski. Jestem z gazety... Chciałem kilka słów dla prasy... Prezent mam.

Jakub poskrobał się po głowie. Czuł w tym oczywiście jakiś grubszy szwindel, nie pierwszy raz próbowano go przekupić.

– Połóż ten prezent pod bramą i spadaj – zaproponował.

– Dziesięć kilo wędzonej słoniny. – Przybysz, niezrażony odmową, uniósł siatkę. – I to jakiej! Węgierska, z kudłatych świń rasy mangalica...

– Spadaj – powtórzył Jakub, ale jakoś tak bez przekonania.

– ...i obtoczona w najmocniejszej węgierskiej papryce.

Jak było do przewidzenia, nie minął kwadrans, a wszyscy trzej siedzieli w chacie, popijając schłodzony samogon i zagryzając plasterkami wędzonego specjału.

– Niezła – pochwalił Jakub. – No a teraz, jak już mnie pan zmiękczyłeś, gadaj, po co naprawdę przyjechałeś.

– Z tego, co wiem, spalił pan swoją szkołę – bąknął redaktor. – Chciałem o tym porozmawiać...

– Hmmm... No właśnie, dawno już o to chciałem zapytać – wciął się Semen. – Zawsze mówiłeś, że nie skończyłeś nauki, bo ci się szkoła tak jakoś spaliła. A przecież stara szkoła gminna stoi przy Krasnystawskiej! To jak niby mogłeś ją spalić? A może odbudowali?

– To była inna szkoła, w innej miejscowości – zbył go przyjaciel. – Od razu wiedziałem, że to jakiś perfidny podstęp – westchnął. Zrobił gest, jakby chciał odsunąć talerz ze słoniną, ale ostatecznie dał spokój. – To już zamierzchła przeszłość. Po co to w ogóle rozgrzebywać? – Wzruszył ramionami.

– Jest pan ostatnim żyjącym uczniem – wyjaśnił Wronkowski. – Pańska relacja jest dla historii bezcenna!

– No ostatecznie... – Wędrowycz bawił się przez chwilę szklanką. – Skoro wszyscy świadkowie nie żyją... To dla IPN-u będzie czy jak?

– Nie, dla gazety tylko.

– To dobrze, nie spaskudzimy wielkiej historii naszej ojczyzny. – Jakub wyraźnie się odprężył. – Semen! Gibaj do szopy, wyczyść aparaturę do samogonu. Ma lśnić jak psu jajca.

– A nie mogę posłuchać!? – zdziwił się kumpel.

– Tym razem zdecydowanie nie!

Kozak wzruszył ramionami. Wyszedł z chałupy, obszedł ją wokoło i przycupnął pod otwartym oknem.

– Inni w tym wieku to do Hogwartu wstępowali, ale ja ani po angielskiemu nie gadam, ani paszportu nie miałem, podróż daleka i wcale nie tania. Zresztą listu z zaproszeniem też nikt nie przysłał. Wiesz pan, Angole to wtedy jeszcze rasistami byli. Albo sowę pocztową coś po drodze zeżarło? Myślałem, że mi się w ogóle nauka upiecze, ale, psiamać, ten obowiązek szkolny trochę mnie jednak zahaczył. Widzi pan, ja tam trafiłem tak jakby za karę... Podpadłem dziadkowi, niech bydlakowi ziemia lekką będzie... – mówił Jakub. – Jakby tatko był w domu, toby do tego nie dopuścił. Ale akurat wyjechał w interesach. A tak, no cóż, dziadunio dał mi pałą w łeb, wsadził do wora, worek wrzucił na furmankę i zawiózł do szkoły.

– Szkoła była pod Krasnymstawem?

– Tak na uboczu... Tam jest taka kępa krzaków. Nic nie zostało, fundamenty może co najwyżej, albo i to nie. Ruiny, co niedopalone były, rozwalili zaraz po wojnie. Gruz poszedł na utwardzenie szosy, przy zakręcie na Lublin, tam gdzie teraz te wypadki. A ty nie podsłuchuj! – Zatrzasnął okno.

Semen przeniósł się pod sąsiednie, na szczęście też uchylone.

– Gdy tylko zobaczyłem tego dyrektora, z miejsca wiedziałem, że mam totalnie przerypane. Broda jak u prawosławnego mnicha, brzuch jak beczka, nóżki, rączki cieniutkie i krzywe, okulary to chyba nosił tylko po to, żeby świńskie oczka ukryć. I ten uśmiech taki przylepiony. Brrr... – Jakub wzdrygnął się na samo wspomnienie. – Do tego sklerotyk, nie mógł zapamiętać, jak mam na imię, bez przerwy mówił do mnie „Amadeusz".

– A lekcje?

– Uczył nas kompletnych głupot. Mówię „uczył", a tymczasem to w ogóle nie była nauka! Na przykład stłuczone lustro smarowaliśmy maścią, zalepialiśmy plastrem i szkło miało się dzięki temu zrosnąć.

– I zrastało się?

– A gdzie tam. Ale wie pan, baliśmy się, że jak się nie zrośnie, zostaniemy ukarani, więc nocą podmieniliśmy je na wymontowane ze starej szafy. Albo na przykład kazał nam się uczyć języka żab i zapisywać, o czym mówią. Tośmy produkowali już kompletną ściemę, wypracowania z wierszykami, co to niby żaby kumkają. Zresztą długo te lekcje żabiego języka nie potrwały, bo i żab bardzo szybko zabrakło.

– Dlaczego? – zdumiał się Wronkowski.

– Bo ten świr nas regularnie głodził. Z jednej kaczki gotował obiad dla trzydziestu uczniów. Dorzucał do tego garściami kolorowych szkiełek i smarował jakimś paskudztwem, podobno jadalną farbą. Nikt z nas głupi nie był. Jak tylko belfer głowę odwrócił, szkiełka oczywiście od razu wrzucaliśmy w kieszeń. Gorzej z tą farbą, jadalna to ona nie była, rzygaliśmy po niej wszyscy jak koty. W każdym razie głodni chodziliśmy jak wilki, aż wpadliśmy na pomysł, jak uzupełnić dietę. Z początku trochę obrzydzenie brało, bo to jednak nie jest ludzkie jedzenie, ale przywykliśmy. Jak wyjedliśmy ze stawu wszystkie ryby, żaby i ślimaki, to dyrektor zaczął dociekać, gdzie się podziały. Wymyśliliśmy historię o tym, że przyszła królowa żab i je zabrała. Znowu był naćpany, więc kupił ten bałach... Mówiłem, żebyś nie podsłuchiwał! – Znienacka chlusnął przez okno pomyjami z wiadra.

Semen ostrożnie przeniósł się pod kolejne.

– Jak się naćpał, kompletnie mu odbijało. Piegi obrzynał i zjadał. Ja to farta miałem, tylko dwa pieprzyki mi wychlastał, o tu, na szyi, gdzie ta blizna...

– Blisko tętnicy!

– No ze trzy milimetry od śmierci dzieliły... A byli i tacy, co do końca życia paradowali ze szramami na twarzy. Wie pan, u nas się mówi, żeby piegów i pieprzyków nie ruszać, bo jak się rozdrapie, to się z tego może rak skóry rozwinąć! W ogóle ten naćpany idiota pakował do mordy każde świństwo. Kwiaty, motyle, szkiełka... I to bez popitki, abstynent cholerny. Raz pojechaliśmy do

jego znajomka, hrabiego. Ten to dopiero był wariat, całkiem w swoim świecie zanurzony. Wyobraź pan sobie, miał fabrykę dziur. Zatrudniał roboli, ci walili młotami w kowadła i udawali, że wrzucają coś do skrzynek. Dziurek do obwarzanków, jak są luzem, bez obwarzanków znaczy, i tak nie widać. Więc debil myślał, że produkcja idzie jak złoto... A i robole zadowoleni, bo wysiłek żaden, a on jednak coś tam płacił.

– No dobrze. – Coś zaszeleściło, zapewne dziennikarz przeglądał notatki. – Przejdźmy do spalenia szkoły...

– Wie pan... Przykro o tym mówić. To znaczy nie o spaleniu, ale o bezpośrednich powodach. Nawet po tylu latach ciary przechodzą. To narastało. Strach, obrzydzenie, nienawiść... Bałem się każdej nadchodzącej nocy. Aż wreszcie lęk był tak wielki, że eksplodowałem. Nie chcę o tym mówić.

– Mimo wszystko... Dla historii... Jeśli nie pan nam o tym opowie, to kto?

– Takie tam brudy z przeszłości, panie Jacku... Może i lepiej będzie, jak ludzie zapomną, co było.

– I co? Pozwoli pan, by w świadomości społeczeństwa pozostała ta z gruntu fałszywa, uładzona, cukierkowa wizja!?

Sądząc po odgłosach, Wędrowycz – by się przełamać – wychylił całą szklaneczkę samogonu. Przez chwilę mlaskał, żując słoninę. Potem wypił na drugą nogę i dopiero wtedy przemówił.

– Profesor to nie był dobry człowiek...

– To już pan powiedział.

– Powiedziałem, że był ćpunem, czarownikiem i sadystą. Ale on miał jeszcze inne wady. Takie niewybaczalne, a przynajmniej niewybaczalne w tamtej epoce. Pal diabli, że nas głodził, narkotyzował i męczył, ucząc kompletnych bzdur. To jeszcze dało się wytrzymać. Ale wieczorami przy kolacji tak dziwnie na nas patrzył. To już wiedzieliśmy, co będzie. Potem uśmiechał się do jednego z chłopaków i wyciągał z kieszeni pompkę powiększającą...

– Pompkę powiększającą penisa!? – zdumiał się Semen.

Nieopatrznie wypowiedział tę myśl na głos, więc okno nad jego głową rozprysło się, obsypując go gradem szklanych odłamków i kawałków kitu. To Wędrowycz cisnął w szybę butem.

– Powiedziałem, idź pucować aparaturę! – ryknął Jakub.

Chcąc nie chcąc, kozak ruszył do szopy. Wyciągnął z kąta blaszaną miednicę, ustawił ją w kierunku chałupy, podparł patykiem i przyłożył ucho do blachy. Zaimprowizowany mikrofon kierunkowy nie był nadzwyczajnej jakości, ale fragment dialogu udało się wyłapać.

– ...jego dwaj synowie. To oczywiste, że gdy tylko się zorientował, w jakie łajno ich wpakował, ruszył ich ratować. Bez jego pomocy wiele bym nie zdziałał... To był wielki człowiek. Niby prosty fryzjer z małego miasteczka, a jednak prawdziwy bohater.

Niestety, dalsza część wypowiedzi utonęła w terkocie jadącego drogą traktora. Chwilę później kozak zobaczył, że dziennikarz i gospodarz stoją już przy furtce. Uznał, że też wypada się pożegnać. Ruszył żwawym krokiem w ich stronę.

– On na pewno wtedy zginął? – dopytywał się reporter.

– Tak mi się wydaje, ale przekopaliśmy z panem Filipem gruzowisko i nie znaleźliśmy śladu zwłok... Tylko to. – Jakub podał gościowi nadpalony guzik. – To na pewno od jego kamizelki. Jak pan chce na pamiątkę...

– Dziękuję! Przekażę do Muzeum Guzików!

– Tak, myślę, że się spalił na popiół. Bo przecież jakby przeżył, to gdzieś by się potem pojawił. A ty tu czego? – Wędrowycz na widok kumpla nastroszył się jak jeż.

– Dla gościa na drogę przyniosłem – bąknął kozak, wyjmując z kieszeni oranżadówkę z samogonem.

– A, chyba że tak...

Pożegnali się i ruszyli do chaty. Egzorcysta milczał, zasępiony. W normalnej sytuacji Semen uszanowałby opryskliwość przyjaciela, ale tym razem jakoś nie mógł. Rozbudzona ciekawość brała górę.

– Jakub? – zagadnął.

– Taaa? – Wędrowycz patrzył ponuro na dolinę.

– Czy ja dobrze zrozumiałem? Ta szkoła, którą spaliłeś, to była Akademia Pana Kleksa!?

– Chyba cię porypało! – zirytował się Jakub. – No niby jak? Po pierwsze, to tylko głupia bajka. Po drugie, przecież tam przyjmowali tylko chłopców, których imiona zaczynały się na literę A!

– A jak... Amadeusz?

I wtedy Jakub dał mu w mordę.

Profesor Kramarz

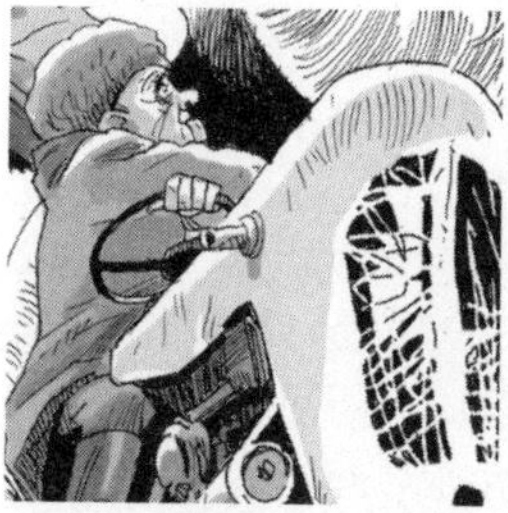

Semen wrócił z wygódki, niosąc w ręce strzęp gazety. Jego przyjaciel wprawdzie wiedział, że papier toaletowy od dawna nie jest już towarem deficytowym, ale nadal po zrobieniu większej potrzeby podcierał się „ekologicznie" – czym popadło... Stąd też w Jakubowym wychodku można było natknąć się na wszelaką makulaturę.

– Hę? – zagadnął kozak od progu.

– Taa...?

– Jak sądzisz, po co komu sperma słonia?

– Że niby co?! – Egzorcysta wytrzeszczył oczy.

– Tu piszą, że w zamojskim zoo jest słoń.

– Szacun dla dyrekcji... – Jakub pokręcił głową z podziwem. – Można by nawet wypić ich zdrowie... Za zdrowie słonia też możemy się napić, w końcu to zagrożony gatunek. No proszę, takie małe zoo, a słonia sobie skombinowali.

– Ano, załatwili sobie atrakcję. Ale nie na własność go mają, tylko na przechowanie przez pół roku, bo to słoń z ukraińskiego cyrku. Cyrkowcy musieli wracać do siebie, bo się wiza skończyła, a słoń został na razie u nas, bo jeszcze wrócą.

– To słoniowi wiza się nie skończyła? – zdziwił się egzorcysta.

– Jakub, co ty chrzanisz?

– Skoro w tej całej Unii konie i krowy muszą mieć paszporty, to tak na logikę, słoń, jako zwierzę znacznie większe, też powinien mieć. A gdzie paszport, tam i wiza...

Kozak poskrobał się po głowie. Może kumpel miał rację? Chytrze postanowił nie wdawać się w dyskusję, tylko wrócić do meritum.

– Tak czy inaczej, zoo ma co pokazać, a tamci oszczędzają na paliwie, bo nie muszą go wieźć do siebie, wszyscy są zadowoleni, tylko ten wypadek... – Potrząsnął gazetą. – Miejmy nadzieję, że nie zaburzy rozwijającej się międzynarodowej współpracy.

– Czekaj, zacznij jeszcze raz... Albo streść własnymi słowami.

– Tu piszą, że rano pracownik zoo przyszedł do roboty i zobaczył wyłamany zamek w stajni, gdzie słoń mieszka.

– To słonie się w stajni trzyma? – zdumiał się Jakub.

– A niby gdzie?

– No, krótki jest i gruby, skoro słoniarni nie mają, to myślałem, że w chlewie może...

– Gdzie by się w chlewie zmieścił, na wielkość popatrz. Jaka jest świnia, a jaki słoń. I przestań mi co chwila przerywać!

– Dobra, dobra...

– Tak więc wyszło na jaw, że ktoś się włamał. Na szczęście nie zrobił zwierzakowi krzywdy. Gdy jednak gliniarze przeszukali teren, znaleźli porzucony przez włamywacza przyrząd do pobierania spermy bykom.

– E, to może być przypadek – wzruszył ramionami Wędrowycz. – Przecież słoń ma chyba większego ptaka niż krowa... To znaczy byk. Choć, z drugiej strony, ze słoniami miałem niewiele w życiu do czynienia, aż tak dokładnie się nigdy ich siurkom nie przyglądałem. W ogóle takie zwierzaki to u nas pewnego rodzaju rzadkość. Hmm...

– To nie jest przypadek. – Kozak pokręcił głową. – Odciski palców do siebie pasują. To znaczy odciski znalezione na drzwiach i na przyrządzie.

– Czyli ktoś wlazł do stajni i zakisił słoniowi ogóra do słoika. – Egzorcysta zrobił minę, jakby miał się porzygać. – Ciekawe, po co...

– Ci z gazety też nie wiedzieli, po co. Mi się w pierwszej chwili wydało, że może to jakiś nawiedzony zoofil, ale oni chyba preferują bliższy kontakt ze zwierzęciem... To znaczy bez pośrednictwa urządzeń mechanicznych. Myślałem, że ty może wiesz...

Jakub znowu wzruszył ramionami.

– Sperma to sperma. Ilość jej zastosowań nie jest duża. Można jej użyć do zapłodnienia i ewentualnie jak ktoś jest okultystą albo satanistą, to do rytuałów magicznych. No, jeszcze można rozlać na chodniku, żeby ktoś się poślizgnął... Albo wlać gdzieś dla draki. Ale tak po prawdzie, to można to zrobić prościej, znaczy poślizgnięcie. Jako klej jest do niczego. Stawiam na okultystów. Choć nawet nie wiem, do jakich rytuałów może im służyć.

– Aha... Czyli będzie z tego jakieś nieszczęście?

– Zapewne tak, ale Zamość to już nie nasz teren, niech się tym zajmuje diecezjalny egzorcysta. Mam dość nieustannego ratowania ludzkości, a zwłaszcza ratowania jej za darmo!

Jakub i Semen wtoczyli się do ulubionej knajpy i zajęli ulubiony stolik. Dopiero po drugim piwie spostrzegli w kącie Birskiego, który samotnie obalał browara. Gliniarz wyglądał na zmęczonego, mundur miał wygnieciony, na twarzy malował mu się wyraz melancholii. Wpatrywał się smętnym wzrokiem w resztki piany, zdobiące ścianki kufla.

– A pan posterunkowy co dziś taki smutny? – zdziwił się egzorcysta. – Znowu dranie z województwa awansu nie dali? To już ze dwadzieścia lat, jak zapominają...

– A za co mieliby dać? – uśmiechnął się krzywo Semen. – Przecież przestępczość w gminie jest nikła, a wykrywalność jeszcze niższa. Skoro ludzie nie hodują kur, to i nikt ich nie kradnie, bo niby jak... Krów już nie ma przez te eurolimity produkcji mleka, to i z kradzieżami bydełka spokój. A od kiedy nie ganiają za pędzenie bimbru, to już w ogóle nie ma się czym wykazać... Za same mandaty awansu nie dają.

Posterunkowy bez słowa przełknął zaczepki i zapił piwem. Spojrzał tylko na obu pasożytów z niechęcią. I nagle w jego stalowoszarych, jeszcze milicyjnych oczach błysnęła jakaś myśl. Wziął kufel, przesunął krzesło i bezceremonialnie dosiadł się do stolika starców.

– Barman, trzy duże! – zadysponował, nim Semen z Jakubem zdążyli się solidnie wkurzyć za takie spoufalanie.

Po chwili na ceracie pojawiły się kufelki. Krople wody leniwie spływały po szklanych ściankach. Piana też stała uczciwa. Jakub w pierwszej chwili pomyślał nawet, że gliniarzowi nalano jakoś lepiej i więcej, ale zaraz odrzucił tę myśl. Barman nie zaryzykowałby gniewu zwykłej klienteli.

Semen skrzywił się lekko. Dać się przekupić jednym kuflem zakrawało na ciężkie frajerstwo. Ale skoro jego towarzysz nie wyganiał namolnego glinowinki...

– Znaczy potrzebna nasza pomoc? – wydedukował Wędrowycz.

– Dostałem faksem informację z komendy powiatowej. Z zakładu dla umysłowo chorych w Suchowoli zbiegł profesor Kramarz.

Obaj starcy popatrzyli po sobie, wzruszyli ramionami i spokojnie pociągnęli z kufli.

– A co to za jeden? – zdziwił się kozak, gdy już zwilżył gardło.

– I dlaczego ciebie zawiadomili? – dodał egzorcysta. – Zbiegłych profesorów to niech sobie łapie uniwersytet, a nie policja.

– To nie jest tak do końca prawdziwy profesor. Gość był nauczycielem biologii w chełmskim liceum. Został wyrzucony. Dyscyplinarnie.

– Wyleciał, bo dobierał się do licealistek? – westchnął Jakub rozmarzony.

– A gdzie tam. Po prostu nie realizował programu, tylko prowadził szalone eksperymenty na zapleczu pracowni biologicznej. I jeszcze uczniów wciągał w jakieś pseudonaukowe doświadczenia. Chciał obalić teorię Darwina, a potwierdzić tę Lamarcka. Tak czy inaczej, jak już go wylali, zaczepił się na dwa lata w naszej szkole, ale i stąd w końcu go wysiudali. Zamiast uczyć, hodował ośmiornice w akwariach.

– Prawdziwy szalony profesor – zakpił Semen. – Zaraz – zreflektował się. – Powiedziałeś, że jak on się nazywa?

– Kramarz.

– Czy to może wnuk Igora Wsiewołodowicza Kramarza, profesora biologii z Petersburskiej Akademii Nauk?

– Kto go tam wie. Tego w liście gończym nie napisali. – Posterunkowy wzruszył ramionami. – W każdym razie gdybyście go przypadkiem przyuważyli...

– To go zlikwidujemy i zakopiemy – kiwnął głową Semen.

– Nie zlikwidujecie, tylko dacie mi znać.

– Birski, ty ciulu, ze mnie chcesz konfidenta zrobić?! – Jakub ze zdumienia aż zapomniał wyciągnąć granat z kieszeni.

– Po co zaraz takie ostre słowa – zirytował się posterunkowy. – Po prostu ani ja, ani wy nie chcemy na naszym terenie szalonego genialnego naukowca, prowadzącego eksperymenty z krzyżowaniem gatunków czy z bakteriami chorobotwórczymi. Nie potrzebujemy też hord mutantów ani zombie...

– Ale policja nie wierzy w mutanty i zombie, prawda? – Kozak podejrzliwie łypnął okiem na gliniarza.

– Ja osobiście nie, ale wy przecież wierzycie... Tak czy siak, facet jest poszukiwany żywy lub sponiewierany. Jakbyście go złapali i zmaltretowali, a potem dostarczyli do mnie, będę miał wynik potrzebny do awansu, a wy radochę ze zglanowania kolejnego inteligenta.

Egzorcysta i jego kumpel poskrobali się po łysinach. W tym, co nawijał gliniarz, było sporo racji... Z drugiej strony, pracować dla samej satysfakcji specjalnie im się nie uśmiechało.

– Jak się nawinie, to się zaopiekujemy – obiecał Wędrowycz. – Ale przydałoby się kilka piw zaliczkowo...

– Barman! Jeszcze dziewięć... To znaczy dwanaście... – zadysponował zadowolony Birski.

– Ale na łba czy w sumie? – dobiegło spod baru.

Księżyc spoglądał tego wieczora na Wojsławice mocno zdegustowany. Żaby kumkały jakby z potępieniem. Ślimaki milczały, jak to one, ale i w tym milczeniu dawało się wyczuć naganę. Rów był przyjemnie miękki, tylko odrobinę zbyt głęboki, więc Jakub i jego towarzysz zapewne wygramoliliby się jakoś z powrotem na szosę, ale wywindowanie tam kompletnie nieprzytomnego Birskiego przekraczało ich siły, dlatego postanowili chwilę odetchnąć.

– Jednak ta demokracja obok wad ma też swoje zalety – wybełkotał egzorcysta. – Za komuny to by się nie mogło zdarzyć, żeby milicjant stawiał piwo elementowi chuligańskiemu. A jak który zaległ w rowie, to też samotnie raczej.

Kopnął przyjacielsko gliniarza w tyłek. Ten nawet nie drgnął.

– Jakub, co ty chrzanisz? Jaki z nas element chuligański!?

– No a nie?

– Widziałeś kiedy chuligana w wieku osiemdziesięciu lat?

Egzorcysta zadumał się. W dzieciństwie, a nawet w młodości oczywiście był chuliganem. Kradł, to znaczy konfiskował cytryny z oranżerii. Jak pozostali wojsławiccy zakapiorzy ostrzył przed zabawą nóż o piaskowcowy postument pomnika Tadeusza Kościuszki. Z niejednej zabawy wrócił jako spółka Reksio & Uszatek – z podbitym limem i rozwalonym uchem. Bywało nawet, że z przetrąconą szczęką. No i raz księdzu proboszczowi pokazał język... Ale potem wydoroślał i zmężniał. Porzucił szczeniackie zabawy na rzecz poważnej, dojrzałej przemocy, a zamiast złośliwych figli wycinanych sąsiadom zabrał się do konkretnej krwawej wojny z Bardakami.

– Tak po prawdzie, to nie... My to raczej żule i bandyci jesteśmy, ale nie chuligani. Słuchaj, a ten profesor Kramarz z Petersburga to czym się zajmował? – zagadnął Jakub.

– To był prawdziwy szalony naukowiec... Wymyślił, że skrzyżuje słonia z kurą, żeby uzyskać jaja wielkości beczek. Wycyganił od cara setki tysięcy rubli na te eksperymenty. Całe lata na to poświęcił.

– I co mu wyszło? – zaciekawił się Jakub. – Jaja Fabergé może?

– Podobno stwór wielkości strusia z trąbą i uszami zamiast skrzydeł. Tyle że zwierzak nie pożył długo, bo zdechł. Ale powtarzam jedynie to, co na carskim dworze opowiadali. Wiesz, stał człowiek godzinami na warcie, to się plotkowało. Parami nas ustawiali, co rusz z kimś innym, nudno było, a tak opowiedziałeś historię i usłyszałeś inną, czas jakoś mijał. Ale osobiście tego stwora nie widziałem.

– To nie mógł zwykłych strusi hodować i szukać metod ich powiększenia? Choć, z drugiej strony, strusie to chyba z Afryki pochodzą, a klimat Rosji taki dość surowy, to może się nie dało – wyjaśnił sam sobie egzorcysta.

– Hodowla strusi to żadne wyzwanie. Bo to mało strusich ferm? Naukę do przodu posuwają ci, którzy śmiało patrzą przed siebie, ku temu, co nieosiągalne – rzekł kozak uroczyście i nieoczekiwanie wypuścił pawia do rowu.

Jakimś cudem ominął Birskiego o trzy palce. Jakub po chwili namysłu też rzygnął – tak dla towarzystwa, by kumpel nie czuł się osamotniony w dziele użyźniania ojczystej planety. Wstali chwiejnie i popatrzyli z frasunkiem na policjanta.

– Zaliczył zgona – ocenił fachowo Jakub. – Jednak te dwanaście browarów to powinno być na wszystkich, a nie na łba...

– Zabieramy go do ciebie – zadysponował Semen. – Taki jest zwyczaj. Chlał z nami, a nawet nam stawiał, no to jest pod naszą opieką.

– Trzeba na przyszłość bardziej uważać, z kim pijemy i kto nam stawia... – Jakub splunął z obrzydzeniem. – Ale tradycja rzecz święta. Weź go za lewą nogę, ja złapię za prawą...

Ruszyli dalej chwiejnym krokiem. Wleczony sunął przez błoto jak ciężki krążownik prujący powierzchnię morza. Ślimaki spiesznie odpełzały na boki. Naraz egzorcysta przystanął.

– Zaraz, zaraz – zadumał się. – Ten profesor z Petersburga krzyżował słonia z kurą... Znaczy się potrzebował materiału genetycznego... Myślisz, że jego potomek też chce porobić doświadczenia ze słoniem i dlatego wydoił tę zamojską słoninę?

– Ty wiesz, że to faktycznie pasuje! – zdumiał się kozak.

– Czyli możliwości są dwie... Albo szalonemu uczonemu eksperyment nie wyjdzie i wtedy nie ma problemu, albo wyjdzie i wtedy będą latały po okolicy stwory wielkości strusi. Co w tym niby złego? Każdy taki ciapek na śniadanie zje wiadro stonki. No i będziemy mieli na miedzach pod dostatkiem dużych jajek... Tutaj też nie widzę problemu, a wręcz korzyści w postaci stałych dostaw darmowej jajecznicy.

– A jeśli te zwierzęta okażą się niebezpieczne? – zafrasował się kozak. – Wiesz, jak to bywa na filmach. Struś to jeszcze jak cię mogę, ale co zrobimy, gdy wyrosną większe? Był taki wymarły ptak na Nowej Zelandii. Moa się nazywał, trzy metry wzrostu...

– To całe szczęście, że wymarł! Jak stwory Kramarza zaczną nam przeszkadzać, zastosujemy prostą technikę ograniczania ich pogłowia. Pałą w łeb i do gara... No, chyba że łeb będzie za wysoko, wtedy pałą w kolano, potem dopiero, gdy już padnie, to pałą w łeb i do gara... I znowu będziemy mieli korzyści.

– Czyli wystarczy cierpliwie poczekać na rozwój wypadków.

Birski wypuścił pawia w niebo.

– Hy, hy, nie dość, że zgon, to jeszcze na wieloryba – skomentował egzorcysta. – A te słoniostrusie to jak myślisz, kiedy nam jajka zniosą?

– No, tak za rok, nie wcześniej...

Nie wcześniej niż rok później

Jakub i Semen zerwali się z barłogów w jednej chwili. Przez uchylone okno dobiegały jakieś hałasy. Przyjaciele wylegli przed próg. Z daleka wiatr przyniósł odgłosy gwałtownej palby karabinowej.

– Ktoś strzela – zauważył Semen. – Mnie to brzmi jak serie z kałacha...

– Fakt, jak ruskie forsowali Bug w czterdziestym czwartym, to zupełnie inaczej było słychać... – Egzorcysta pokiwał głową.

– Jak z kałacha, to może porachunki mafijne? – zastanowił się kozak. – Ale kto i z kim miałby się tu rachować?

– Jedyni leszcze, co tu próbowali kiedyś zakładać gang, zdążyli tylko dresiki kupić i tyle ich widzieli... – Jakub nie dokończył myśli, spojrzał tylko wymownie na rysujący się za oborą niewysoki kurhan, obrośnięty pokrzywami.

– Tak czy inaczej, jakaś fajna zadyma, a nas nie zaprosili... Nie wiem jak ty, ale ja czuję się osobiście obrażony! – prychnął kozak.

– Wbijać się na cudzą imprezę niekulturalnie trochę, ale skoro buraki nawet nie zapytali mnie o zgodę, trzeba nauczyć ich moresu! – Wędrowycz podjął męską decyzję. – Skocz po jakiś środek transportu, a ja przejrzę, co tam mam w arsenale.

Nie minęło dziesięć minut, jak kozak wjechał na podwórze pyrkoczącym wesoło, pordzewiałym traktorem.

– Transport zapewniony – zameldował, salutując do wyleniałego futerka papachy.

– Traktor? Myślałem, że auto skombinujesz.

– Od sołtysa pożyczyłem. Stał na podwórzu i się marnował. A w nocy i tak mu niepotrzebny...

– No to w drogę!

Jakub wskoczył na błotnik. Lufa pepeszy przerzuconej przez plecy zalśniła ponuro w blasku księżyca. Rura wydechowa wypluła kłąb dymu i pojazd ruszył polnymi drogami. Kierowali się gdzieś na południowy zachód – w stronę Skierbieszowa. Odgłosy palby już ucichły, tylko co jakiś czas w ciemnościach rozlegał się pojedynczy strzał.

– Penetrują tyralierą rozległy obszar i walą do wszystkiego, co wydaje im się podejrzane – wysnuł teorię egzorcysta. – Zakładając, że zapewne mają latarki, muszą zmagać się z czymś posiadającym znaczne zdolności kamuflażu. Myślę, że to faceci w czerni osaczają jakiegoś predatora... No bo aliena to widać w świetle.

– Za dużo się filmów naoglądałeś – burknął kozak, zły i zazdrosny, że to nie on pierwszy wymyślił taką fajną teorię.

Wreszcie wyjechali na szczyt wysoczyzny.

– Cie choroba! – syknął Wędrowycz. – A to się wyrabia...

Przed nimi w dolinie, na przestrzeni kilkudziesięciu hektarów, rozciągały się sady. Tu z góry widać było wszystko jak na dłoni. Faktycznie, w dole błyskały latarki i tupotały buciory kilkudziesięciu żołnierzy. Szli tyralierą, z bronią gotową do strzału. Za nimi posuwało się kilka transporterów opancerzonych. Szperacze zainstalowane na dachach omiatały powierzchnię ziemi. Żołnierze co jakiś czas dawali ognia. To podziurawili stóg siana, to znów kępę krzaków...

– Grubsza jakaś afera i chyba zakazano im brać jeńców – zauważył pogodnie Jakub. – Jak widać, cała akcja w dobrych rękach, nic tu po nas...

– A nie ciekawi cię, co tu się właściwie wyrabia?

– Dedukuję, że profesor Kramarz został rok temu złapany przez jakieś służby, zamknięty w tajnym laboratorium, gdzie wyhodował dla naszej dzielnej armii jakieś bydlę. Może dinozaura, może mamuta. Zwierzę uciekło mu z laboratorium i sieje spustoszenie w okolicy, a nasze szwejki usiłują posprzątać, zanim zrobi się afera.

– Hmm... – zadumał się kozak. – A może jednak predator? Bo wiesz, dinozaur to duży jest, tak łatwo toby się nie schował, a oni ewidentnie boją się czegoś mniejszego, co może nagle wyskoczyć zza miedzy. Może raczej wilkołaka wyhodował?

– Też nie da się wykluczyć...

– Pomożemy im?

– A czy my jesteśmy jacyś wiedźmini? – zirytował się Jakub. – Nawarzyli piwa, niech się teraz sami martwią. Jak poproszą o pomoc, zapłacą i tak dalej, to możemy rozważyć nasz udział. A na razie ciekawość zaspokoiliśmy i wracamy do domu.

Niespodziewanie w dolinie wybuchła gwałtowna strzelanina. Jakiś kształt, łamiąc jabłonki, pędził w górę. Jakub sięgnął po pepeszę, ale nie zdążył jej użyć. Coś gigantycznego wpadło na traktor, przewróciło go i pomknęło dalej. Sekundę później nad głowami obu starców jak rój szerszeni zabrzęczało kilkaset kul.

– Pierdolone Ktulu, to był traktor naszego kochanego sołtysa! – Jakub wypluł pół skiby gleby i uniósł głowę tylko po to, by zaraz znów przytulić ją do ziemi.

Kule latały i nisko, i wysoko. Światła szperaczy oślepiały. Chwilę potem po starcach przebiegło podkutymi buciorami kilkunastu komandosów. W biegu żołnierze ostrzelali wrak traktora i znikli w ciemności jak duchy.

– Co to było!? – jęknął kozak.

– Wojsko...

– A to wcześniej?

– Macki miało, więc to pewnie jakiś przedwieczny albo inna cholera... Skąd mogę wiedzieć? To ty się chwaliłeś, że studiowałeś biologię!

– Traktor Ursus waży dwa tysiące sto siedemdziesiąt kilogramów... No, ten to trochę mniej, bo to i owo odpadło razem z rdzą. Siła uderzenia odrzuciła go dobre kilkanaście metrów, zatem to, co na niego wpadło, musiało mieć masę jeszcze większą, a szybkość... Masz taśmę mierniczą i suwak logarytmiczny?

– Nie.

– Hmmm... No, w pamięci licząc, zakładam, że to, co w nas rypło, miało jakieś cztery tony masy przy szybkości nie mniejszej niż sześćdziesiąt kilometrów na godzinę. Skoro nie była to tankietka, to zapewne słoń, mamut albo dinozaur.

– Miało macki, jestem całkowicie pewien... Dinozaury nie mają macek.

– No to kraken – zawyrokował Semen.

– Co proszę? – zdziwił się Jakub. – No niby jak wielka kałamarnica miałaby posuwać po lądzie!? Poza tym taka wielka toby się w naszych rzeczkach ani stawach

nie uchowała. A zresztą, pies ją trącał. Dobra, zwijamy się stąd, zanim te wojaki wrócą z pościgu. Zabierz tylko tablice rejestracyjne traktora.

– A po co?

– Weźmiemy ten wrak, co leży w rowie koło mnie, zaczepimy tablice i wtoczymy sołtysowi na podwórze. Wyjdzie rano na próg, nie pozna nawet, że to nie jego.

– Ale ten traktor z rowu to kompletny trup...

– Ważne, że tej samej marki. Jesień mamy, jest szansa, że do wiosny sołtys swojego nie odpali. A wiosną pomyśli, że przez zimę traktor stał pod gołym niebem i całkiem się zepsuł... Nie pozna, zaufaj mi. Byle tylko uwinąć się przed świtem.

W knajpie było tego dnia gwarno i wesoło. Rano w miasteczku odbył się targ. Mieszkańcy okolicznych wiosek zjechali się tłumnie i przywieźli zgoła fantastyczne wieści o nocnej bitwie i pościgu za niezidentyfikowanym stworem.

– Powiadają, że ktoś wyklonował mamuta i wojsko go całą noc ganiało po wzgórzach na południe od Bończy – opowiadał Izydor Bardak. – Jest masa ofiar śmiertelnych. Podobno kostnica w Zamościu nie mogła obsłużyć takiej masy klientów, musieli wieźć rozdeptane trupy w wiadrach do Lublina, a nawet Rzeszowa.

– Nie mamuta ganiali, tylko dinozaura. Mamut nie narobiłby aż takich strat – zauważył ktoś z młodszych członków rodu. – Podobno brontozaur wdarł się do gorzelni w Bończy i wydoił pół cysterny spirytusu gorzelnianego, potem poszedł na północ...

– Nie na północ, tylko na Krasnystaw! Mówili, że do rana częstował się serami w mleczarni, straty na ćwierć miliona złociszy! I to nie był brontozaur, tylko tyranozaur.

– No jak to do rana, skoro wojsko deptało mu po piętach?! Zeżarł pewnie trochę w biegu i pomknął na Lublin...

Jakub i Semen nie prostowali tych bzdur, ale nasłuchiwali pilnie, usiłując wyłuskać z potoku plotek nieliczne ziarenka prawdy.

Ich bezowocne wysiłki przerwał skrzyp drzwi. Do lokalu zaszli Birski z Rowickim. Rozejrzeli się chmurnie po bywalcach i w milczeniu stanęli przy barze.

– Słyszał pan, panie posterunkowy, jaka zadyma była w nocy za Olszanką? – zagadnął uprzejmie Izydor. – Strzelanina i obława...

Birski spojrzał na niego ciężko.

– No była – przyznał. – Ale wam ani mi nic do tego. Tajemnica państwowa i wojskowa. Rozumiecie?

– Ale gdybyście zauważyli coś podejrzanego, zameldujcie – dodał Rowicki. – W tych chwilach, tak trudnych dla naszej okolicy, wszyscy powinniście się poczuć jak gliniarze na służbie.

– A na czym konkretnie polegają te chwilowe trudności? – zdziwił się egzorcysta.

– Tego właśnie nie możemy powiedzieć – westchnął posterunkowy.

– No co też pan – zirytował się Izydor. – Może chociaż jakaś mała podpowiedź? Tak by zawęzić zakres. Możliwości zasadniczo są trzy. Kosmita, demon albo byt materialny... W dwu pierwszych przypadkach dużo nie pomożemy. W trzecim... Kto wie!

– Materialny – westchnął posterunkowy.

– Wybuch atomowy obudził mamuta albo zmutowany słoń drapnął z laboratorium... Czy jak?

– Obywatelu Bardak, jesteście zatrzymani na czterdzieści osiem godzin pod zarzutem zdrady tajemnicy państwowej. Resztę wyjaśni wam sąd grodzki – huknął Rowicki, wyjmując kajdanki.

Początkowo wszyscy sądzili, że policjanci robią sobie jaja, ale gdy ci odjechali, uwożąc aresztanta, zgroza wdusiła bywalców knajpy w krzesła.

Jakub i Semen doczłapali do chaty. I tu spotkała ich niespodzianka. Obok bramy wiodącej na posesję stała terenowa fura. Auto nie było może szczególnie nowe ani z górnej półki, ale prezentowało się całkiem przyzwoicie.

– Wygląda na to, że dziany klient w palącej potrzebie. – Jakub z zadowoleniem zatarł ręce. – Nareszcie jakieś zlecenie!

– Kojarzę gablotę – mruknął kozak. – Czy to nie jest przypadkiem samochód tego kolesia, który ma sady koło Olszanki?

– Myślisz, że znalazł wrak traktora, domyślił się, kto go tam porzucił, i teraz chce natrzeć nam uszu za zaśmiecanie sadu?

– E, to chyba niemożliwe... Ale zaraz się dowiemy.

Na widok obu starców z auta wysiadł facet w garniturze.

– Igor – przedstawił się, choć to nie było konieczne.

Uścisnęli mu dłoń.

– Sądząc z zaistniałych okoliczności, ma pan dla nas jakieś zlecenie – zagadnął uprzejmie Jakub. – Ceny podlegają pewnej negocjacji, w granicach rozsądku oczywiście.

– Owszem, chciałbym prosić panów o drobną przysługę – przyznał gość.

– Nie gadajmy tak pod gołym niebem, zapraszam do biura. – Egzorcysta otworzył drzwi swojej chaty.

Już na progu przypomniał sobie, że nie ma przecież biura, więc wskazał przybyszowi miejsce przy stole w kuchni. Biznesmen rozsiadł się wygodnie, wydobył z teczki butelkę przyzwoitego trunku. Jakub na ten widok wyjął z szafki odświętne musztardówki.

– Zapewne słyszeli panowie o wypadkach ostatnich dni... – zaczął petent.

– Mamy nawet własną teorię – mruknął kozak. – Czy to wielkie bydlę, które gania po naszej okolicy, to nie jest przypadkiem stwór wyhodowany przez szalonego naukowca profesora Kramarza? A skoro przybył pan do nas, to albo uczony poszczuł pana tym zwierzaczkiem, albo też wyhodował go na pańskie zlecenie, po czym owocna współpraca z jakiegoś powodu się popsuła... No, ewentualnie mogło być też tak, że profesor bestię wyhodował, po czym zerwała się z łańcucha, by siać grozę i spustoszenie, a teraz Kramarz szuka fachowca, by ją zlikwidować, ale w takim wypadku przybyłby raczej osobiście.

– Trafnie pan odgadł. – Sadownik skrzywił się. – Mieliśmy umowę, a teraz zamiast współpracy jest wojna... Ten człowiek obiecał mi wyhodować oktoelefanta – bąknął.

– Co to niby jest oktoelefant? – zirytował się Jakub.

– Krzyżówka słonia i ośmiornicy – wyjaśnił biznesmen.

– A po kiego grzyba komuś coś takiego?! – zdumiał się kozak. – To znaczy wiemy, że panu, ale do czego?

– Do pracy w sadzie. Obiecane zwierzę miało po wytresowaniu chodzić między drzewkami i ośmioma trąbami jednocześnie zbierać jabłka z drzewek do koszy... Profesor obiecał, że będzie żreć siano, ogryzki i spady. Taniej by to wychodziło, niż wynajmować ludzi.

– I zamiast tego...

– Macki wyrosły nie z przodu, ale po bokach. Sądziliśmy, że będzie chodził na nogach, a mackami zbierał, ale okazało się że on na mackach się rusza, a nogi przeważnie zwisają bezużytecznie.

– Jak macki wyrosły nisko, to może nada się do zbioru kartofli?... Albo lepiej truskawek... – zasugerował egzorcysta.

– Być może dałoby się go do tego przyuczyć. Ale ja uprawiam jabłka. Przecież nie wytnę kilku hektarów drzew, żeby zasadzić w to miejsce ziemniaki...

– No fakt. – Jakub kiwnął głową.

– Pokłóciliśmy się z profesorem. Kazał dopłacić resztę gotówki. Odmówiłem, więc posłał to bydlę, by mi wyżerało jabłka. Ten słoń ma niezły przerób. Jak liczę, dziennie żre z pół tony owoców. A do tego jest wybredny i wcina tylko te najlepsze, które wysyłam do Szwecji... To znaczy już nie wysyłam.

– A ci komandosi?

– Mam brata pułkownika. Jest dowódcą jednostki desantu. Przysłał mi dwudziestu swoich ludzi, ale nie poradzili sobie. W dodatku to miała być drobna rodzinna przysługa, ale w pościgu zużyli tyle amunicji i paliwa, że musieli zameldować naczalstwu. Przyjechali kolesie z cywilnego nadzoru nad armią i brat ma teraz nieliche kłopoty. Musiał się do wszystkiego przyznać. Na mnie paragrafu zabrakło, bo zlecenie tworzenia nowych gatunków zwierząt zasadniczo karalne nie jest...

– Cwane – mlasnął kozak. – Ty tylko dajesz kasę, a całą brudną i nielegalną robotę odwala kto inny...

– Takie garniturowce to zawsze spadają na cztery łapy – wzruszył ramionami Jakub. – Teraz podobnie, przyszedł, daje kasę, a my mamy posprzątać, co nabałaganił. Ale spoko, też jestem poniekąd kapitalistą, taki układ mi pasuje.

– Polecono mi panów jako fachowców od różnych skomplikowanych lub zgoła niewykonalnych zadań...

– Mam wytropić bestię i ubić? – uściślił zlecenie egzorcysta.

– I zutylizować. Żeby nawet śladu nie było. Płacę i wymagam. Ale to nie wszystko, pozostaje jeszcze kwestia profesora. I to jest chyba nawet ważniejsze... Bo widzicie, panowie... Sponsorowałem jego badania, ale gdy zamiast użytecznego zoo-kombajnu do zbioru owoców pokazał mi to coś...

– Jego też ubić i zutylizować?

– Tylko wytropić i wystawić gliniarzom, którzy go szukają. Albo nawet wytropić i przekonać, żeby mi odpuścił, zanim to bydlę do końca zdewastuje sady.

– Ja to mogę zrobić, całe to tropienie, perswadowanie, szlachtowanie, utylizowanie... Ale oczywiście nie za darmo – powiedział Jakub. – Może taniej wyjdzie wypłacić mu resztę kasiory? Ile jest tych niedopłaconych transzy?

– Łącznie będzie z pół miliona.

– To faktycznie moje usługi są nieco tańsze...

Poranek był ciepły i pogodny. Jakby w połowie września nagle na chwilę wróciła pełnia lata. W sam raz, by siąść przy stoliku pod drzewem, wpić szklankę młodego wina, zagryźć czymś smacznym... Jakub rozłożył na stole mapę sztabówkę i długą chwilę wpatrywał się w nią zadumany.

– Możliwości nie mamy wiele – powiedział wreszcie. – Oczywiście, w debrach koło Nowego Majdanu, koło Białej Góry czy na Kacapskim Wyrębie da się ukryć i setkę słoni, ale wydaje mi się, że szukać trzeba jednak gdzie indziej.

– Faktycznie, w lesie trudno ulokować laboratorium... – rozważał kozak. – To musi być odpowiednio duży obiekt. Najlepiej opuszczony i na uboczu.

– Młyn w Wojsławicach raczej odpada – mruknął Jakub. – Wielkości jest odpowiedniej, ale chyba za bardzo na widoku. Gdyby wypuszczał z niego słonia z mackami, ktoś by się zorientował... To musi być gdzieś dalej.

– Dawny ośrodek zdrowia przy Uchańskiej – zasugerował kozak. – Duży budynek, a w nim pewnie mnóstwo pomieszczeń i resztki wyposażenia z dawnych lat. Jest gdzie podłączyć wodę do kadzi, gaz do palników idzie z instalacji... Kto wie, być może mają nawet spalarkę odpadów do utylizacji efektów nieudanych doświadczeń. Gdybym był szalonym naukowcem, nie szukałbym niczego lepszego.

– Ech nie – pokręcił głową egzorcysta. – Ośrodek też jest za bardzo na widoku. Poza tym wcale nie stoi taki opuszczony, bo jest w nim świetlica z jakąś terapią zajęciową. Jakby im za ścianą szalony naukowiec ożywiał martwą tkankę albo na ten przykład po dziedzińcu biegały słonie, zaraz by zauważyli.

– Pałac w Uchaniach to kompletna ruina... A może stary majątek Dąbrowa. Tam, wiesz, za Pielakami... Mieli przyzwoitą oborę, stajnie, młyn. Dworu już nie ma, ale kubatura taka, że całe stado słoni by pomieścił.

– Też zapuszczony obiekt, ale chyba trzeba sprawdzić! – zapalił się Jakub. – Tylko pieszo to jednak trochę daleko. Może... traktorem?

– Przecież rozwalony.

– Tak, ale sołtys od rana grzebał w tym wraku, który podłożyliśmy na miejsce jego maszyny. Chyba zdołał go ożywić, bo widziałem po południu, że zrobił rundkę honorową wokół podwórza. I pomyśleć tylko, że tyle lat zelówki gumofilców zdzierałem, chodząc pieszo, a tymczasem miałem dobry traktor tuż za płotem – zadumał się Jakub. – No nic, skocz do niego, pożycz i jedziemy na akcję.

– Dzień jest...

– No to co?

– Po dobroci nie pożyczy... A jak zauważy, że mu podprowadzam maszynę, źle się skończy. W ogóle za bardzo się rozbijasz po wsi. Stare kozackie przysłowie mówi, że z sąsiadami trzeba żyć dobrze albo ich zlikwidować i zakopać. A tak nieustannie deptać po odciskach, to i nieładnie, i niebezpiecznie.

– Zlikwidować sołtysa, żeby zaiwanić mu traktor, to jednak trochę przegięcie – skrzywił się Jakub. – Ale może da się po dobroci? Samogonem to raczej nie, bo mało pije, ale mam powidła agrestowe, pamiętasz, zrobiliśmy za dużo...

– No coś tam pamiętam, ale to było... – Semen zaczął liczyć na palcach. – Osiem lat temu.

– No to co? Skoro nie zjedliśmy...

– Po tylu latach to już się zepsuły chyba – rozważał Kozak. – Z drugiej jednakowoż strony...

– Jak się zepsuły, to też mu się przydadzą, na ten przykład do trucia wrogów. Nasz sołtys ma jakichś wrogów? – zastanawiał się Jakub.

– Chyba tylko nas. Ale wiesz co? Od Marka pożyczymy. Lubi nas.

– Pod Witoldów trza dojść pieszo. No dobra, chodźmy.

I pomaszerowali.

Dwie godziny później zaparkowali pożyczony traktor przy polnej drodze. Majątek Dąbrowa w ostatnich latach zdecydowanie podupadł. Unijne limity produkcji mleka sprawiły, że hodowla krów stała się nieopłacalna. Odeszły krowy, więc odeszli też ludzie... Za rowem melioracyjnym widać było kompletnie zrujnowane budynki gospodarcze. Otaczały rozległy dziedziniec, wszystko zarośnięte było chwastem.

– Miejsce wspaniałe, tylko zapuszczone... Trzeba by milionów, by przywrócić wszystko do dawnej świetności... – westchnął Semen. – Może zagram w totolotka?

– Nie po to tu przyjechaliśmy. Oho! – Jakub pociągnął nosem. – Czujesz?

– Gówno jakieś śmierdzi...

Buszowali w krzakach może trzy minuty, zanim natknęli się na wielki stos świeżego łajna. Woń urywała nos.

– Jesteśmy na dobrym tropie – powiedział Jakub. – To ani chybi kupa zrobiona przez słonia... Zresztą i ślady są. – Pokazał wgłębienia wielkości talerzy, znaczące glebę wokoło.

Ruszyli tym tropem. Siedziba szalonego profesora nie wyglądała szczególnie podejrzanie. Ot, stary, zrujnowany młyn. Ale otwory okienne zamurowano, a w miejscu bramy wjazdowej wstawiono nowiutkie stalowe wrota.

– Się specjalnie nie wysilił, żeby zamaskować laboratorium – zauważył pogodnie Jakub. – Pewnie siedzi tam w środku i knuje...

– I gapi się na nas...

– No niby jak, skoro zamurował okna?

– Kamery tam ślepią. – Kozak wskazał obiektywy wycelowane w różnych kierunkach. – Chyba już wie, że tu jesteśmy.

– To zapukamy czy jak? – Egzorcysta poskrobał się po głowie.

– W filmach zazwyczaj jest tak, że gdy bohaterowie stają przed podobnym dylematem, zostają znienacka zaatakowani od tyłu i siłą zawleczeni do środka – zauważył Semen.

– Czyli wystarczy, że będziemy tu stali i nie wolno się oglądać za siebie? – doprecyzował Jakub.

– Oglądać się chyba możemy, tym na filmach to nigdy nie pomogło...

– A nie może być tak, że my tu będziemy stali i nagle zapadniemy się w ziemię?

– Hmmm... Zapadnia jest skuteczna, ale wydaje mi się, że to zbyt oklepany chwyt. Profesor z pewnością zastosuje przeciw nam coś bardziej subtelnego.

Stali dobry kwadrans, nudząc się jak mopsy. Niestety, przepowiedziane przez Semena porwanie jakoś się odwlekało. W końcu Jakub, wkurzony przeciągającą się bezczynnością, podszedł i zaczął kopać gumofilcem w drzwi. Kopał i kopał... Ponury łomot niósł się wokoło, ale profesora chyba nie było w domu. A może spał? W każdym razie dobijanie się nie sprowokowało żadnej widocznej reakcji.

– Musi mieć żelazne nerwy – skwitował Wędrowycz. – Mi jakby ktoś tak przykopał w drzwi, tobym z dupy nogi powyrywał, a potem przyszył na odwrót.

– Ale jak to na odwrót?

– Normalnie, stopami do tyłu... Albo na przykład...

Urwali, bo drogą nadjechał radiowóz. Zaparkował pod murem młyna, z wnętrza wygramolił się Birski.

– Ha, wreszcie was namierzyłem. – Uśmiechnął się. – Od razu czułem, że w tej sprawie stanowicie drugie dno! I, jak widać, nie pomyliłem się.

– Ano węszymy – burknął Jakub. – A co, nie wolno?

– Mieliście Kramarza wystawić mnie! Pracujecie na dwa fronty!

– Sam ustalam, kogo komu i za ile wystawiam – warknął Wędrowycz. – A zwłaszcza jak się kogoś gliniarzom wystawia, to trzeba się trzy razy zastanowić, żeby i porachunki wyjaśnić, i nie wpaść w pułapkę konfidenctwa! – Aż wzdrygnął się na myśl, że coś tak okropnego mogłoby go spotkać.

– A pluskwa pod traktorem to niby legalna technika operacyjna? – odszczeknął Semen. – Wam bez zgody prokuratora nie wolno nawet...

– Żadna pluskwa, Rowicki was z drona wypatrzył. – Posterunkowy dumnie wypiął pierś.

– Bujda na kółkach – burknął kozak. – Po pierwsze, nie macie służbowego drona, po drugie, skąd niby taki ćwok jak Rowicki miałby umieć obsługiwać skomplikowany i zaawansowany technicznie sprzęt. Po trzecie...

– Wy uważajcie, obywatelu Korczaszko, bo szkalowanie organu policyjnego może się dla was skończyć grubszymi nieprzyjemnościami!

Jakub już był przekonany, że trzeba sobie odpuścić. Planował iść do domu, zjeść coś, wypić, a potem wrócić tu nocą, z odpowiednim taranem... I wtedy właśnie profesor ich zauważył. Ale nie zaskoczył ich od tyłu, jak na filmach, tylko użył tandetnego i ogranego chwytu z zapadnią. Ziemia rozstąpiła się, wszyscy trzej runęli w ciemność...

Jakub otworzył oczy i zaraz je przymknął. To, co zobaczył, bardzo mu się nie spodobało. To znaczy samo laboratorium było nawet fajne. Dziesiątki balonów z kolorowymi płynami, rurki i palniki, statywy z chromowanej stali... Wszystko to wyglądało niezwykle elegancko i profesjonalnie. Przysłowiowa laboratoryjna czystość też aż kłuła w oczy. Egzorcysta oglądał czasem w knajpie filmy SF i musiał przyznać, że ich scenarzyści niejedno mogliby tu podpatrzyć. Jakubowi nie spodobało się jednak, że on, Semen i Birski wylądowali w tym wspaniałym miejscu najwyraźniej w roli królików doświadczalnych.

Znowu otworzył oczy. Wszyscy trzej stali wtłoczeni w ciasne, wysokie klatki. Wykonano je z grubych stalowych rurek, które połączono, nie żałując nitów, śrub i spawów. Kozak i posterunkowy odzyskali przytomność chyba chwilę wcześniej, bo szarpali za pręty, klnąc na czym świat stoi.

– Nie szarpcie, są za grube, a poza tym nie ma chyba potrzeby – odezwał się Wędrowycz. – Jak znam życie, profesor niebawem przyjdzie nas potorturować albo poddać doświadczeniom i wtedy mu wszystko wytłumaczymy.

– Co niby wytłumaczycie!? – wściekł się Birski. – Co to za konszachty z poszukiwanym kryminalistą?

– Nie twój zakichany interes – ofuknął go Semen. – Mamy w kraju wolność sumienia i swobodę dyskusji, co oznacza, że wolno nam gadać z każdym, z kim chcemy, i to na dowolne tematy.

– I nie waż się podsłuchiwać, jak będziemy z nim rozmawiać – dorzucił Jakub.

– Wsadzę was za współudział w przestępstwie!

– Słyszałeś, Semen? Ten wypierdek nam grozi! Czarna niewdzięczność! To my go wyciągnęliśmy na szosę, gdy zaliczył zgon w rowie pełnym pijawek, a on teraz...

W tej chwili drzwi laboratorium skrzypnęły i do wnętrza wmaszerował profesor Kramarz. Uczony wcale nie wyglądał na świra. Ubrany był w elegancki fartuch laboratoryjny, z kieszeni sterczało mu kilka skalpeli. Uśmiechał się sympatycznie.

– Witam panów. – Obrzucił jeńców badawczym spojrzeniem. – Zapewne zastanawiacie się, dlaczego trafiliście do mojego laboratorium?

– Ee... Tak po prawdzie, to nie – wyznał Semen.

– Zostaniecie poddani szeregowi odrażających i niezwykle bolesnych eksperymentów, które ostatecznie pogrzebią resztki mojego człowieczeństwa...

– Ha, mówiłem, że chce nas na eksperymenty, to nie wierzyliście! – ucieszył się Jakub.

– Ratunku! – wykrztusił Birski.

– Zaczniemy od wiwisekcji... – Profesor Kramarz chyba usiłował odzyskać kontrolę nad rozmową.

– Wybaczy pan, ale my tu w zupełnie innej sprawie – przerwał mu Wędrowycz. – Bo widzi pan, przysłał nas pan Igor... Sadownik.

Profesor łypnął wzrokiem jakby nieco przytomniej.

– Czy ten ciul przysłał pieniądze?

– Nie, prosił nas, żebyśmy wytłumaczyli panu, że słoń wyszedł nie taki jak trzeba i kasiory nie będzie – wyjaśnił kozak. – A ja ze swojej strony pozwolę sobie wyrazić głębokie oburzenie, że tak beztrosko wypuszcza pan do ekosystemu organizmy genetycznie zmodyfikowane.

– Wasz kumpel obiecał zapłacić i nie zapłacił. – Szalony naukowiec wzruszył ramionami. – Najpierw wykończę was, potem jego...

– Praca została wykonana niezgodnie z zamówieniem. Może jeśli usunie pan usterki, da się coś wynegocjować... – zaczął kozak, ale naukowiec go nie słuchał.

– Ja się do eksperymentów zdecydowanie nie nadaję – warknął Wędrowycz. – Pochłonąłem dawkę alkoholu, która skutecznie uniemożliwia uzyskanie jakichkolwiek miarodajnych wyników.

– Na początek podejmę próby sztucznej inseminacji. – Uczony zatarł ręce.

Chyba zapomniał o wcześniejszej obietnicy wiwisekcji albo postanowił odłożyć ją na później.

– Ja tam zdecydowanie wolę inseminację naturalną – rzekł Birski.

– No właśnie – poparł go Jakub. – Po co szkiełka, szalki i pipety brudzić. Dawaj te kobiety i bierzemy się do roboty!

Semen nic nie powiedział, ale jego mina wskazywała, że w przeciwieństwie do towarzyszy nie odczuwa szczególnego entuzjazmu.

– W sumie może być i naturalnie. – Profesor wzruszył ramionami. – Jak tam sobie chcecie. Maniek! – zawołał w głąb korytarza. – Chodź no tutaj.

W drzwiach stanął zwalisty goryl. Jeden rzut oka upewnił więźniów, że zwierzę jest rodzaju męskiego. Małpiszon odziany był w zbyt kusy fartuch laboratoryjny. Na widok trzech ofiar uśmiechnął się, pokazując krzywe, żółte kły.

– Za chwilę doświadczycie całej gamy zupełnie nowych doznań...

– W życiu tak to już jest, że są inseminatorzy i inseminowani – wycedził Jakub przez zęby. – Ale tak się składa, że my zaliczamy się do tych drugich!

– Chyba raczej do tych pierwszych! – poprawił go kozak. – Panie profesorze, obawiam się, że zaszła tu pewna kuriozalna pomyłka. Jako człowiek nauki rozumie pan zapewne, że próba inseminacji osobnika męskiego przez innego osobnika męskiego jest z góry skazana na niepowodzenie. W dodatku inseminacja przez istotę innego gatunku...

– Ja nie chcę być zgwałcony przez goryla – jęknął posterunkowy.

– Może i się nie uda – warknął profesor. – Ale za odmowę udziału w doświadczeniach grozi wam kara śmierci!

Egzorcysta spojrzał na przyrodzenie małpoluda, które jakoś tak dziwnie zaczęło się uwydatniać...

– Namówiłeś nas! – syknął. – To znaczy wolimy zginąć!

– Mów za siebie! – zaprotestował Birski.

Ale gdy goryl uśmiechnął się do niego jakoś tak po przyjacielsku, także glina uznał, że perspektywa rychłej śmierci wcale nie jest tak przerażająca, jak mu się wcześniej wydawało. Profesor posmutniał.

– Macie rację, pewnie jak zwykle by się nie udało. Ale zlikwidować was muszę, bo po prostu takie są tradycje wśród nas, szalonych naukowców...

– Chwila moment – zaprotestował kozak. – Na ile znam wasze tradycje, a obejrzałem niejeden film o takich jak pan, przed próbą naszej likwidacji powinien pan zdradzić nam wszystkie szczegóły swojego szalonego, genialnego, zbrodniczego planu.

– No niby tak – przyznał profesor. – Ale chyba nie ma takiej potrzeby, bo mój były wspólnik wszystko już wam wypaplał... Zatem propozycja jest taka: w stronę Uchań biegnie zapuszczona aleja z czasów, gdy stał tu dwór. Wy uciekacie prosto, ja liczę do pięćdziesięciu, a potem puszczam waszym śladem bardzo wkurzonego słonia, który was dogania i dusi trąbą albo tratuje. No, ewentualnie mackami dusi.

– Ale ja nie chcę zginąć rozdeptany... – marudził znowu Birski.

– Przejdziecie do historii jako pierwsze na świecie ofiary oktoelefanta. Prawie wam zazdroszczę – powiedział uczony.

– Jesteśmy nieomal zaszczyceni. – Kozak ukłonił się na tyle, na ile pozwalała klatka.

– Maniek – profesor Kramarz zwrócił się do goryla – wypuść tych trzech pokurczy. A potem wetknij słoniowi szczyptę pieprzu pod ogon i jak się już naprawdę wkurzy, puść ich tropem. Nie mówię panom do widzenia, bo więcej się nie zobaczymy, jako że nie mam w zwyczaju ożywiania nieboszczyków.

Naukowiec wyszedł z laboratorium.

– Kuso – mruknął Semen, gdy małpiszon prowadził ich do wyjścia. – Jakby opowiedział nam ten plan, toby mu się na sto procent nie udało nas zgładzić, a tak to już sam nie wiem...

– Za dużo w ekran ślepisz – warknął Jakub. – Telewizja ogłupia. A zwłaszcza robi się kłopot, gdy fikcja zaczyna ci się mieszać z realnym życiem. Może odpalimy traktor i uciekniemy?

– Słoń grzeje do sześćdziesięciu kilometrów na godzinę. Pamiętam z olimpiady biologicznej w szkole. Traktorem tyle nie da się pruć – mruknął Birski.

– Poza tym, jak rozwalimy traktor, Marek nam z dupy nogi powyrywa, a to jeden z naszych ostatnich sojuszników w okolicy – uzupełnił ponuro kozak. – Lepiej gońmy na nogach prosto i gdzieś w bok, w jakiś las, gdzie są grube drzewa i słoń będzie musiał wyłamywać sobie drogę...

Małpolud doprowadził ich do metalowych drzwi. Poklepał na pożegnanie posterunkowego po policzku. Wszyscy trzej wypruli jak z procy. Biegli i biegli, ale szybko poczuli, że uprawianie sportów nie jest na ich wiek.

– Dobra – wysapał Birski. – Możemy się zatrzymać... Już nic nam nie grozi.

Do tej pory gnali aleją na złamanie karku. Teraz przystanęli. I w tej chwili z daleka dobiegło wesołe trąbienie. Bestia ruszyła w pościg.

– Dlaczego niby nic nam nie grozi? – wysapał kozak. – Do wsi szybko nie dobiegniemy! A i mieszkańcy mogą nas nie obronić przed wkurzonym słoniem!

– Zaraz przybędzie odsiecz! Policja! – wypiął pierś glina.

– No niby jak? – wysapał Jakub.

Na trzeźwo biegło mu się koszmarnie – jak w malignie sennej...

– Bo ja mam zaszyty w ciele implant, podłączony do GPS. Jak wypuścił nas przed bramę, byliśmy na otwartej przestrzeni. Wdusiłem przycisk pod skórą i poszedł sygnał alarmowy...

– Fiuuu... to nasza policja w takie archiwum X się bawi?! – zdumiał się Jakub.

– Ha, a co? Nie spodziewaliście się tego! – Posterunkowy puszył się jak paw.

– No nie powiem, przydatna rzecz – pokiwał głową Jakub. – Czyli jak się klepnąłeś w kolano, to w Hrubieszowie na posterunku zapaliła się żaróweczka i dzwonek zabrzęczał?

– W jakim znowu Hrubieszowie... – prychnął Birski. – Alarm włączył się nie byle gdzie, tylko w komendzie wojewódzkiej w Lublinie.

– Nie chciałbym być niedelikatny – wycedził egzorcysta – ale z Lublina ta odsiecz będzie jechała naszymi dziurawymi szosami ze dwie godziny. No, chyba że helikopterem, to powinni w czterdzieści minut się wyrobić...

– Chodu – ryknął Birski.

I znów pognali na złamanie karku. Uciekali, odsiecz nie nadciągała, a sytuacja wyglądała coraz bardziej beznadziejnie. A potem Jakub zepchnął ich z drogi w gęste krzaki tarniny. Poczołgali się tuż przy ziemi. Kolczaste zarośla otoczyły ich ze wszystkich stron. Wreszcie mogli odetchnąć. Drogą przegalopowało coś ciężkiego. Wesołe trąbienie rozlegało się to bliżej, to dalej... A potem usłyszeli dźwięki podobne do uruchamianego odkurzacza. Bestia najwidoczniej usiłowała ich zwęszyć za pomocą trąby.

– Jak wyjdę z tego cało, przysięgam uprać wreszcie skarpetki! – wymamrotał egzorcysta.

Ziemia ponownie zadrżała, gdy oktoelefant przegalopował tuż obok ich kryjówki. Birski z markotną miną obejrzał cieniutkie gałązki krzewów. Niby były uczciwie kolczaste. Niby rosły gęsto, a drobne listki dawały dobrą osłonę przed wzrokiem dzikiego zwierza. Ale nawet taki idiota jak posterunkowy musiał sobie zdawać sprawę, że gdy przyjdzie co do czego, słoń nie będzie narażał trąby na ukłucia, tylko stratuje ich kryjówkę nogami. Coś zaszurało i trzej uciekinierzy dostrzegli nad sobą koniec trąby. Zamarli ze zgrozy. Policjant sięgnął odruchowo po tetetkę, ale namacał tylko pustą kaburę. Zwierz pociągnął nosem, jakby chciał się upewnić, że to oni, a potem pogalopował gdzieś dalej.

– Odpuścił nam? – zdumiał się Jakub. – Ciekawe dlaczego...

– Może i jemu profesor robił inseminacje – wysnuł teorię kozak. – Tak czy siak, miał nas jak na widelcu, ale darował.

I nagle gdzieś z daleka wiatr przyniósł dźwięk policyjnej syreny. Trzej uciekinierzy popatrzyli po sobie zaskoczeni.

– Odsiecz z Lublina tak szybko dojechała? To przecież fizycznie niemożliwe... – mruknął Birski.

– Pewnie ci z komendy wojewódzkiej nie męczyli się z samodzielnym dojazdem, tylko zadzwonili na posterunek do Uchań i im zlecili akcję – błysnął pomysłem Semen.

– Liczymy do stu i wyłazimy – zaproponował Jakub.

Gdy wypełzli z krzaków, policja właśnie pakowała szalonego naukowca do radiowozu. Wokół opuszczonego młyna uwijali się też kolesie ubrani w moro i czerwone berety. Kilku żołnierzy zaganiało do pojazdu skutego kajdanami goryla. Najwyraźniej wojsko chciało mieć swój udział w sukcesie. A może to gliniarze uznali, że ich siły są zbyt szczupłe, i poprosili komandosów o wsparcie?

– No, no – mruknął egzorcysta – czyli nasza dzielna policja jak chce, to potrafi... Całe szczęście, że w moim przypadku albo nie chce, albo nie potrafi mnie przyskrzynić.

– Jak to nie potrafi? – warknął Birski. – Teraz co innego mam na głowie, ale policzymy się jeszcze!

I poszedł do swoich składać raport, a może i dziękować za uratowanie tyłka. Obaj przyjaciele obeszli młyn od tyłu. Odszukali pożyczony traktor, odpalili i przez nikogo niezauważeni odjechali w siną dal...

Jakub i Semen siedzieli przy stoliku, rozpamiętując poranne przygody. Knajpa była niemal pusta, tylko kilku Bardaków siedziało samotnie w kącie, ale byli zbyt nieliczni, by ryzykować zwadę.

– Zadanie pana sadownika wypełniliśmy w zasadzie w jednej czwartej – dowodził Jakub. – Profesor Kramarz zneutralizowany. Tam, gdzie go wsadzą, nie będzie się już musiał martwić o zaległe raty honorarium... Źle, że stwór nadal na wolności i znowu może wleźć w szkodę, albo i jeszcze gorzej. Czyli przed nami jeszcze masa trudnej i brudnej roboty. Wytropić, stuknąć, zutylizować...

– Z tym stuknięciem trzeba rzecz przemyśleć. Tak mi się wydaje, że ta bestia to taka bardzo zła nie jest – zadumał się kozak.

– Z czego to dedukujesz?

– Mógł nas rozdeptać, a nie rozdeptał... Znaczy nie chciał zrobić nam krzywdy. To może i my powinniśmy po dobroci?

– Coś w tym jest – przyznał Jakub. – Sugerujesz zatem, że trzeba się z tym czymś dogadać? No nie wiem... Słonie to chyba dość głupie są? Poza tym, żeby negocjować, trzeba wymyślić jakieś propozycje.

W tej chwili skrzyp zawiasów przerwał uczone rozważania. Do knajpy wtoczyli się Birski z Rowickim. Obaj byli już pod dobrą datą... Mundury zostawili w domu. Bez służbowych uniformów wyglądali znacznie sympatyczniej.

– Barman, trzy skrzynki piwa Łaskiego! – zawołał dziarsko posterunkowy, a właściwie teraz już starszy posterunkowy. – A dla Wędrowycza i Korczaszki po połówce najlepszej czyściochy! Oblewamy dziś mój awans!

– Oblewać awans z takim elementem jak my to dla uczciwego gliniarza nieelegancko, a chlać z Bardakami to już w ogóle obraza munduru – sarkał egzorcysta.

– Pewnie dlatego przyszli po cywilnemu – zauważył pogodnie kozak. – Flaszki weźmy na wynos raczej, jedno piwko wypiliśmy i na razie starczy! Czeka nas ciężkie popołudnie.

– Znowu musimy pracować? To nudne i męczące – westchnął egzorcysta.

– Ale nasze gminne siły policyjne za chwilę do reszty się zneutralizują. Trzeba skorzystać z okazji, że nie będą nam się pałętali pod nogami.

– Czyli chcesz tropić słonia...

– My chcemy.

– Mów za siebie! Albo dobra...

Tropienie oktoelefanta nie było szczególnie trudne. Obaj starcy jechali sobie pomalutku traktorem i rozglądali się. Okolica tchnęła spokojem. Tu i ówdzie widać było połamane płoty, rozwalone chaty i inne ślady zniszczenia, ale równie dobrze płoty, dachy i ściany mogły połamać się ze starości.

– Tak go nie znajdziemy – westchnął kozak. – Może być gdziekolwiek...

– Przyznam, że nie rozumiem. – Egzorcysta poskrobał się po głowie. – Znalezienie zwierzaka ważącego cztery czy pięć ton nie powinno być trudne. Dlaczego wszyscy mają z tym taki problem? I wojsko nie dało rady, i my mamy kłopot. Nigdzie go nie widzę, a już dobry kwadrans go tropimy!

– To proste. Są ośmiornice, które potrafią się kamuflować. Zmieniają barwę, przybierają kolor otoczenia i wtapiają się w tło. Podejrzewam, że tak samo może być i w tym przypadku.

– Znaczy się po zmieszaniu genów słonia i ośmiornicy powstało bydlę, które nie dość, że posiada macki, to jeszcze jest poniekąd niewidzialne? – Jakub zmarszczył czoło.

– Tak mi się wydaje – westchnął kozak.

– Czyli słoń stanął, dajmy na to, koło stodoły, przybrał kolor starych desek i dlatego go nie widzimy? – Egzorcysta wolał się upewnić.

– No właśnie. Dlatego żołnierze strzelali na oślep. Objechali wioskę i zawrócili. Oktoelefanta najwyraźniej tu nie było, a może rzeczywiście tylko stał gdzieś i się kamuflował?

– Tak sobie nie poradzimy – oznajmił Jakub. – Myślę, że lepiej będzie go przywabić. Jak myślisz, czy słonie lubią jabłka?

– To zależy...

– Od czego?

– Kozy lubią, krowy lubią, konie lubią... znaczy się zwierzęta roślinożerne lubią jabłka. Jeśli oktoelefant jest nadal roślinożerny, to lubi.

– To może zamiast bez sensu tropić, weźmiemy parę worków i poukładamy ścieżki z jabłek prosto w pułapkę? – Ezgorcysta zatarł dłonie.

– Ale jeśli u tej hybrydy zwyciężyła natura ośmiornicy, to lepiej będzie kupić tonę karpi i porozkładać ścieżki z ryb.

– A skąd niby weźmiemy karpie?! – zirytował się Jakub. – W sklepach tego nie będzie, do Wigilii jeszcze trzy miesiące, nie ta pora roku. Choć, z drugiej strony, można nałowić w gminnym stawie.

– Wiesz co? W barze w lodówce są rolmopsy. Te wystawione, co to wiesz, obowiązkowa konsumpcja do alkoholi mocnych...

– No są. Cholera wie po co, nikt przecież tego paskudztwa nie pakuje do gęby. Ozdoba taka chyba. Tylko po co nam ona?

– Rolmopsy to zasadniczo ryba – oświecił go kozak. – Trzeba tylko ogórka i cebulkę ze środka wyciągnąć. Barman będzie szczęśliwy, jak ktoś go wybawi od kłopotu.

– Walczyć trucizną niehonorowo trochę. Poza tym mówiłeś, że najpierw po dobroci... – zirytował się egzorcysta.

– Rolmopsami tylko go zwabimy, gdyby nie chciał jabłek. Nie pękaj, co to jest kilka zdechłych rybek na tyle ton masy? Nie otruje się, a już na pewno nie na śmierć.

– Aaaa... Ale jak zacznie podejrzewać, że chcemy go otruć? Może się wkurzyć. A jak sraczki dostanie? Zapaskudzi okolicę gorzej niż stado krów!

– Dlatego zaczniemy od owoców. Dość tego jałowego szukania na dzisiaj, wracamy!

Zapadał wieczór. Obaj starcy rozpalili niedużego grilla, a teraz siedzieli na pniaczkach, patrząc, jak karkówka z surowego ochłapu powoli zmienia się w smakowitą zagrychę. Gdyby spojrzeli na stodołę, spostrzegliby zapewne, że coś jest nie tak. Ściana posiwiałych ze starości desek stała się dziwnie wypukła, jakby coś zniekształcało obraz. Potem cicho skrzypnęły wrota i zatrzeszczały belki. Uważny obserwator spostrzegłby także, że ogryzek jabłka leżący prawie na progu wyparował bez śladu.

– Moim zdaniem zwierzęta się do mnie garną, bo instynkt im podpowiada, że jestem dobrym człowiekiem – wyjaśnił z godnością egzorcysta.

Semen ze śmiechu omal nie dostał czkawki.

– A bezdomne psy to czemu z okolicy poznikały? – zapytał ubawiony.

– Owszem, trochę ich upolowałem i spożyłem – przyznał Jakub. – Ale tych, co przyszły do mnie na podwórze, bo były głodne lub spragnione, nie zabijałem, tylko nakarmiłem i wygoniłem. Mam swoją godność i etykę łowiecką! Kto prosi o pomoc, ten ją otrzyma, nieważne, człowiek czy zwierzę. A przy paśniku też nie zabijam! Nie jestem żadnym kłusownikiem, wbrew temu, co bredzi leśniczy. Prawo pozyskiwania zwierzyny nadał jeszcze moim przodkom car. A że wtedy okolica była mocno zalesiona, to teraz i na polach mi wolno polować, bo tam kiedyś lasy rosły.

– Oho! Mamy towarzystwo!

Terenowa fura zatrzymała się koło bramki. Wyskoczyło z niej sześciu komandosów. Wycelowali kałachy we wszystkie strony. Jakub odstawił szklankę wina na pieniek, podszedł do płotu.

– Witam panów – zakpił. – Czym mogę służyć?

– Nie widzieliście tu, obywatelu, słonia? – zapytał dowódca.

– Słonia? No tu to raczej nie, ale w Wojsławicach, to i owszem. Dwa razy nawet...

– Gdzie i kiedy!? – ożywił się oficer.

– Na targowicy... Niech pomyślę i policzę... To musiał być rok trzydziesty siódmy, jak ten cyrk przyjechał.

– W trzydziestym ósmym – poprawił go Semen ze swojego pieńka. – W trzydziestym siódmym to był wędrowny teatr.

– No faktycznie. A może teatr był w trzydziestym ósmym, a cyrk w trzydziestym dziewiątym? No, a potem od nas do Hrubieszowa pojechali.

– Do Tomaszowa, wszystko ci się plącze, ty stary sklerotyku – dogadywał kozak.

– A zatem... – Egzorcysta zwrócił się do komandosów, ale na drodze nie było już ani ich, ani nawet ich pojazdu.

Semen i Jakub stanęli przed wrotami stodoły. Wyglądały tak samo jak zwykle, tylko trochę groźniej. Szczerze powiedziawszy, obaj starcy mieli lekkiego cykora, ale przecież żaden nie przyznałby się przed kumplem. Wreszcie Semen naciągnął mocniej papachę na oczy i wszedł do środka, więc Jakub, chcąc nie chcąc, ruszył za nim. Z pozoru stodoła była pusta. W półmroku widać było belki, drugie wrota i dechy przeciwległej ściany. Wędrowycz klasnął. Z belkowania dachu osypało się próchno. Pył opadał powoli, osiadając na zwierzaku.

– Najlepsza metoda na niewidzialnych to gości obsypać mąką albo polać farbą – zauważył pogodnie kozak.

Egzorcysta milczał, zadumany. Niby kiedyś widział słonia, ale teraz, widząc zarysy cielska wypełniającego połowę kubatury, stwierdził, że dawniej i z daleka słonie wydawały mu się nieco mniejsze. No i nie miały pewnych elementów anatomicznych. Sploty najeżonych przyssawkami i rogowymi kolcami macek wiły się po podłodze jak rury kanalizacyjne.

Bestia, widząc, że kamuflaż i tak nie działa, przybrała zupełnie normalny kolor. Chyba faktycznie była pokojowo nastawiona, bo nie waliła trąbą ani nie próbowała oplątywać ich i dusić mackami.

– Dzieńdoberek – uśmiechnął się Semen.

Zwierz zatrąbił cicho, acz boleśnie.

– Nieszczęsna ofiara szalonego, zbrodniczego geniusza – westchnął Jakub, patrząc w małe, brązowe ślepia. – Po aresztowaniu pana otrzymała wolność...

Oczy słonia podobne były do świńskich, tylko znacznie większe.

– Ano właśnie – odparł Semem. – Tylko co z tym elefantem zrobimy? Można by udomowić, ale boję się, że żaden kamuflaż nie będzie działał bez końca... Sąsiedzi podkablują.

– Ty! – Jakub zwrócił się do oktoelefanta. – Rozumiesz po ludzku?

Zwierzę smętnie pokiwało łbem.

– Masz całkowitą rację. Potrzebujesz naszej pomocy – powiedział kozak. – Te szwejki nie odpuszczą... Będą cię tropić, aż wytropią. A nawet jak nie wytropią, to strzelając na oślep, w końcu cię trafią. A jak nie ciebie, to nie daj Boże czyjąś chudobę.

– Twoje problemy wynikają z tego, że jesteś trochę dziwny. – Egzorcysta dołożył starań, by nie urazić gościa. – Chcesz wyglądać po ludzku, to znaczy jak zwykły słoń? – zagadnął zwierzaka.

Bydlę pokiwało smutno łbem.

– No to ciesz się, że trafiłeś na nas. Postaramy się coś wykombinować. Ma nogi jak normalny słoń – zwrócił się do kumpla. – Myślisz, że...

– Te macki wyrastają po bokach, więc nie są chyba podłączone do żadnych ważnych narządów wewnętrznych. Kości też w nich nie ma... – Kozak wykrzesał z pamięci resztki informacji ze studiów. – Muszą być sterowane nerwami rdzeniowymi, ale składają się głównie ze splotów mięśni i ścięgien. Gdyby je amputować...

Stwór pokiwał głową.

– No dobra – Jakub zwrócił się do zwierzaka. – Przywrócenie wyglądu to tylko połowa problemu. Zima idzie. Gdzieś musisz mieszkać i coś żreć. Nie powiem, chętnie bym cię przygarnął do rozdeptywania Bardaków i innych ciężkich, ale potrzebnych prac w gospodarstwie. Na ten przykład drewno na zimę z lasu naciągnąć... Mógłbyś się nazywać, dajmy na to, Azorek...

Zwierzęciu to imię wyraźnie się spodobało, bo poklepało egzorcystę trąbą po ramieniu, a macką po plecach.

– Pilnowałbyś obejścia, nosił rurki do aparatury, płukał trąbą kadzie od zacieru... Do dmuchania w żar pod kotłem też byłaby idealna! – rozmarzył się Wędrowycz. – I miedze bym sąsiadom znów podorał, co to dla ciebie pług pociągnąć... Niestety, zimy tu na wzgórzach ciężkie. W tej stodole uświrkniesz z zimna, a do chałupy nie wleziesz, bo za duży urosłeś. No i nie wykarmimy cię. Do Afryki cię nie odeślemy, bo to ponad nasze możliwości. Ale co powiesz na stajnię, wybieg i inne atrakcje, jakie niesie życie w zoo?

Zwierz zatrąbił entuzjastycznie.

– Tylko widzisz, w zoo, sam rozumiesz, słoń musi wyglądać jak słoń, bo za to bilety ludzie płacą... I w tym przypadku macki są niedopuszczalne. Zgadzasz się na małą operację? Sami swoi tu jesteśmy, nie musi być na piśmie...

Oktoelefant wyraził zgodę.

– No to załatwione. Upitolimy te odrosty przy samej skórze, zaszyjemy rany, opatrzymy, a jak się wygoi, podrzucimy cię do zoo w Zamościu – zadecydował egzorcysta. – Będziesz miał dach nad głową, pełną michę żarełka i zero do roboty.

Zwierzak podszedł do propozycji z wyraźną radością.

– Ale co zoo na to? – zafrasował się kozak.

– Mieli już słonia, tego z ukraińskiego cyrku. Znaczy wiedzą, co taki je i jak się nim opiekować. Po prostu będą udawali, że to ten sam, znowu na przechowaniu. Zresztą nie nasze zmartwienie, wypuścimy go na wybieg, a dyrekcja niech się martwi, jak go zaksięgować! Na pewno się ucieszą, przecież słonie nie rosną na drzewach. Siadaj na rower i gibaj do Wojsławic. Skombinuj mi fartuch, może być fryzjerski, byle czysty. Do tego pożycz piłę łańcuchową i wyproś od kogoś worek pakuł do tamowania krwi. Jak wrócisz, pomożesz przytoczyć beczkę najmocniejszego samogonu. Do znieczulenia ogólnego i odkażania... A ja tymczasem poszukam dratwy, szydeł i prześcieradeł na bandaże. Lepsze światło też się przyda. Czeka nas pracowita noc.

Jakiś czas później

Egzorcysta popatrzył krytycznie na patelnię. Potrawa wyglądała i egzotycznie, i wykwintnie. W smaku była nawet znośna. Tylko już mu się znudziła. Od sześciu miesięcy jedli jajecznicę na ośmiornicy, a zamrażarka w chacie Semena nadal pełna była odciętych pamiętnej nocy macek.

– Trzeba było wywalić w diabły... Ale z drugiej strony niby co? Mielibyśmy zmarnować ponad tonę dobrego mięcha? – zadumał się. – Dobrze chociaż, że operacja się udała i zrobiliśmy z wybryku natury porządnego słonia!

Semen studiował świeżą gazetę. Była to pierwsza od lat, którą nabył drogą kupna, ale jak tu nie kupić prasy, gdy na stronie tytułowej wielkimi literami czerni się tytuł artykułu: „Goryl zbiegły z zoo gwałci policjanta". Kozak wyglądał na poruszonego i głęboko zadumanego.

– Jakub?

– Taaaa...?

– Tu piszą, że ktoś znowu włamał się do zoo w Zamościu. Odciski palców te same, co rok temu. Modus operandi, to znaczy sposób włamu, też podobny.

– Zrobił krzywdę naszemu Azorkowi!? – Oburzony Jakub już sięgał po łańcuch.

– Na szczęście nie.

– No to co tym razem?

– Wypuszczono na wolność goryla. W dodatku prawdopodobnie wydojono lwa. To znaczy lwicę, no bo lew jako taki nie ma wymienia... Znaleziono stołeczek dojarza, gazę od wiadra, skopek i lejek. Wygląda na to, że włamywacz jak już wydoił, to przelał mleko do butelki...

– Znaczy się profesor Kramarz znów uciekł z wariatkowa... – zadumał się egzorcysta.

– Ciekawe, po co mu lwie mleko...

– Ciekawe – przyznał Jakub. – Ale nie będziemy sprawdzać. Za dużo z tym potem roboty. – I obrócił plastry macek na drugą stronę.

Na kanwie pomysłu Żony

Budzik

Był jesienny środowy poranek. Jakub i Semen przyczłapali na targ w Wojsławicach. Dotarli na miejsce dość późno, główna fala kupujących już się przetoczyła. Handlarze popatrywali na zegarki, a ci najmniej cierpliwi nawet zwijali stoiska.

– Zaspaliśmy – burknął kozak.

– Późno poszliśmy spać, to i późno wstaliśmy – wzruszył ramionami jego przyjaciel. – Jak się człowiek zasiedzi przy robocie do północy, to i trudno mu się bladym świtem z łóżka wygrzebać.

– Przy robocie? – Semen poskrobał się po głowie. Jakoś inaczej zapamiętał poprzedni wieczór... – Jakiej znowu robocie? Piliśmy tylko piwo i gadaliśmy.

– Toż mówię. Pijąc piwo, podnosiliśmy PKB kraju i tworzyliśmy miejsca pracy w przemyśle browarniczym. – Jakub wypiął dumnie pierś. – Walka z bezrobociem to ciężka harówka. Tym z rządu i sejmu nawet płacą za to.

– A, chyba że tak...

Obaj starcy obeszli plac wokoło. Papierosy ich nie zainteresowały, podobnie alkohol. Żaden z nich nie palił, a napoje woleli produkować samodzielnie... Obejrzeli stoisko odzieżowe.

– Na trzy paski lecą laski – mruknął Semen, badając dłonią fakturę dresu.

– To won z tym! Co ty, o lasce chcesz chodzić?

– No tak po prawdzie, to nie – przyznał kozak, z pewnym żalem puszczając nogawkę.

Kupili puszkę chałwy ze słonecznika i już planowali ciągnąć do knajpy, gdy ich uwagę przykuło jedno ze stoisk. Handlarz miał na nim to, co zwykle przywożono „zza Buga". Na plandece poniewierały się pospołu brzeszczoty, osełki, szare mydło, motki sznurków, paczki białoruskiej herbaty ziołowej. Pomiędzy nimi połyskiwały żółtą barwą buteleczki wynalazku o nazwie „Odekolon", który dobrze się sprawdzał jako porażający wonią płyn po goleniu, zajzajer do przemywania niegojących się ran i trutka na karaluchy...

Jakub nie gustował w tym trunku, chciał zatem ruszać dalej, ale Semen pochylił się nad jednym z wystawionych na sprzedaż fantów.

– A dobry ten budzik? – zapytał.

– Panie, zobacz pan, jaki to sprzęt, radziecki, wojskowy. Z magazynów, wyprodukowany jeszcze za Breżniewa, ale zarazem fabrycznie nowy. Nie do zdarcia, tryby z mosiądzu, grube jakby z fabryki czołgów. Oryginalna maszyna *gniotsa nie łamiotsa*. Sowiecka technika psuje się albo natychmiast, albo NIGDY.

– Tak, wiem, a w Związku Sowieckim pranie wieszało się samo – mruknął egzorcysta poirytowany.

– A dźwięk jaki mocny, umarłego by obudził! – zachwalał handlarz i zwolniwszy sprężynę, zademonstrował. Przyrząd faktycznie porażał uszy paskudnym, wibrującym terkotem.

– Jakub, kupmy go – zasugerował Semen.

– No dobrze, ale po co właściwie? Jesteśmy już tak jakby emerytami. Śpimy, ile chcemy, idziemy spać też, kiedy chcemy. Wstaje słoneczko, to i my wstajemy. Zachodzi słoneczko i wiejskie dziewuchy zachodzą po stodołach...

– No właśnie męczy mnie takie artystyczno-hipisowskie życie – wyznał Semen. – Przez całe dekady w armii wstawałem na rozkaz i szedłem spać na rozkaz. Zawsze o tej samej porze. Odrobina samodyscypliny nam nie zaszkodzi.

– Nie zaszkodzi? Chyba tobie – prychnął egzorcysta. – A zresztą, pal cię diabli, jak chcesz niepotrzebnie wydać kilka dych na całkowicie zbędny gadżet, to proszę bardzo. Twoja kasa, twoja decyzja. Ale na mnie nie licz. Nie dam się budzić żadnym cholernym maszynom!

– Jak panowie nie reflektują, to mi by się przydał – rozległo się z boku.

Izydor Bardak we własnej osobie wpatrywał się w budzik pożądliwym wzrokiem.

– Won, ty ciulu – syknął egzorcysta. – Odwal się od naszego budzika, pókim dobry!

Wódz wrogiego klanu zrobił obrażoną minę, ale był przy stoisku sam, więc nie zaryzykował bluzgów. Semen spokojnie dobił targu i uszczęśliwiony schował łup za pazuchę.

– A teraz do knajpy – zawołał dziarsko. – Taki zakup trzeba oblać.

– Ano chodźmy – zgodził się egzorcysta.

Tak po prawdzie liczył, że przyjaciel zgubi po pijanemu to cholerne ustrojstwo... Los jednak zrządził inaczej.

Egzorcysta obudził się na podłodze pod ulubionym stolikiem. W knajpie było cicho i ciemno. Wszyscy bywalcy spali zmorzeni balangą i długotrwałym chlaniem. Nawet barman nie wytrwał na posterunku, zasnął przy szynkwasie.

– Drzwi stuknęły, pewnie ktoś poszedł się odlać – mruknął Jakub uspokojony i już miał zasnąć na drugim boku, gdy nagle tknęło go straszliwe przeczucie. Zajrzał na stół i w jednej chwili dokumentnie wytrzeźwiał.

– Semen! Wstawaj. – Pieszczotliwie kopnął przyjaciela w tyłek.

– Co tam? – Kozak leniwie uchylił jedną powiekę.

– Ten kutas Izydor właśnie zaiwanił twój budzik!

– Że co?! Za nim!

Wybiegli z knajpy w chłodną jesienną noc. Sylwetka złodzieja majaczyła na końcu uliczki. Ruszyli kłusem. Izydor był najwyraźniej nieco pijany, ich obu wiek odarł z sił. Dystans między uciekającym a ścigającymi pozostawał praktycznie bez zmian.

– Gdzie ten debil biegnie? – dumał Semen. – Bo tak mi się zdaje, że jakby na cmentarz!

– Na cmentarz? – zdziwił się egzorcysta. – A po co mu nocą na cmentarz?

– Budzik zabrał, to może chce sprawdzić, czy ten dźwięk faktycznie obudzi umarłych?

– Że niby co?!

– Handlarz chwalił się, że dźwięk tak mocny, że umarłego by obudził... On to słyszał i widocznie chce sprawdzić, czy to prawda!

– Oż kurde! Apokalipsa zombie w Wojsławicach?! I to bez ostrzeżenia? Bez przygotowań? I to oczywiście ja będę musiał po tym posprzątać! Co za idiota! Musimy go za wszelką cenę powstrzymać!

Niestety, Bardak miał zbyt dużą przewagę. Nim obaj starcy dobiegli do cmentarza, on już zniknął w środku. Jakub i Semen wbiegli przez bramę. Nekropolia była rozjarzona światłem setek zniczy. W ich zwodniczym blasku nie sposób było wypatrzyć sylwetkę wroga.

– Tam jest, przy grobach Bardaków. – Semen wskazał kierunek.

– Skąd wiesz?

– To logiczne, obudzi wszystkich, których zaciukaliśmy, i poszczuje na nas.

Pobiegli. Faktycznie, na cmentarzu był niewielki wygrodzony spłachetek ziemi, gdzie w murowanych, zdobnych w granity grobach spoczywali członkowie nienawistnego klanu. Izydor stał pośród nagrobków i majstrował przy budziku.

– Rzuć to! – ryknął Jakub.

Ale wróg tylko zaśmiał się ochryple i zwolniwszy sprężynę, postawił budzik na grobie. Paskudny metaliczny terkot przeszył powietrze.

– Wstawajcie, bracia, wybiła godzina odwetu! – krzyknął gromko Izydor.

Budzik istotnie miał donośny dźwięk. Spod marmurowych, granitowych i lastrykowych płyt dobiegły odgłosy szamotania, jakby w starych trumnach zaczęły się rzucać wielkie ryby. Dźwięki trzaskającego drewna i pękającego kamienia z każdą chwilą stawały się coraz wyraźniejsze.

– Ty zasrańcu, taki numer chcesz mi wyciąć?! Masz, debilu! Sam tę żabę będziesz jadł! – ryknął Jakub i jednym kopem wyekspediował budzik na drugą stronę alejki – tam, gdzie pod spróchniałymi krzyżami i łanem cmentarnych chwastów spoczywali snem wiecznym Wędrowycze.

Huk pękających nagrobków przerwał szmer osypującej się ziemi. Gdy księżyc wyjrzał zza chmury, oświetlił przerażającą scenę. Czterdziestu siedmiu Bardaków-zombiaków otrzepywało trumienne garnitury z próchna i resztek sztucznych kwiatków. Naprzeciw nich trzydziestu pięciu Wędrowyczów-zombie wytrząsało z kieszeni kufajek cmentarną glebę.

– Jest nas więcej! Dobić dziadów! – krzyknął Izydor.

– Bij, Bardaka, bij, to ich będzie mnij! – wrzasnął radośnie egzorcysta.

A potem, by dać dobry przykład martwym przodkom i krewniakom, jako pierwszy przylutował Izydorowi w nos. Dwie bandy umarłych ruszyły na siebie, wyjąc potępieńczo, gubiąc kawałki ciał i wyrywając po drodze spróchniałe krzyże jako broń... Łapy niczym szpony wbiły się w gardła wrogów. Trzasnęły odpadające palce. A budzik dzwonił i dzwonił, budząc kolejne rzesze szacownych i mniej szacownych obywateli miasteczka...

I wtedy właśnie egzorcysta się obudził. Zerwał się na równe nogi. Rozejrzał wokoło i odetchnął z ulgą. Był najwyraźniej u siebie w chałupie. Spojrzał na budzik, stojący na piecu. Urządzenie ciągle wydawało paskudny meta-

liczny terkot. Semen, nic sobie nie robiąc z hałasu, spał pod piecem.

– Dobrze, że to był tylko sen – burknął Jakub. – Ale odrobina ostrożności nie zawadzi.

A potem ujął siekierę i rozwalił budzik w drobny mak...

Birski i Rowicki zaparkowali radiowóz przed bramą i biegiem pognali na miejsce zdarzenia. Dobiegli i zatrzymali się jak wryci. Grabarz, dzwoniąc na posterunek, nie przesadził ani trochę. W swojej długiej gliniarskiej praktyce widzieli niejedno, ale to, co mieli przed sobą, naprawdę nimi wstrząsnęło.

– Myślę, że to robota satanistów – mruknął wreszcie Rowicki, patrząc na porozbijane nagrobki i powyrywane krzyże.

– Satanistów? – zasępił się Birski.

Zagryzł wargi. Wprawdzie na rozbitych płytach nie namalowano trzech szóstek ani odwróconych krzyży, ale w końcu sataniści też ludzie, mogli zapomnieć zabrać farbę. Cała reszta pasowała.

– No a kto inny rozwalałby groby i wyciągał nieboszczyków na wierzch? – Jego podwładny z obrzydzeniem popatrzył na wyłamaną żuchwę, leżącą wśród potrzaskanego lastryko. Podobnych kawałków poniewierało się tu więcej. – Diabli nadali tych satanistów. W dodatku nie możemy tego wpisać do protokołu, to nam potwornie zababra statystykę... – zaczął i urwał.

Zamilkli, lustrując skalę zniszczeń.

– Bardacy to pół biedy – westchnął grabarz. – Ale popatrzcie, panowie, na drugą stronę alejki. Ktoś chyba chciał się dobrać do grobów Wędrowyczów. O, jakie dziury wyryte. Ja bym to szybko zasypał i zamaskował... Bo jak znam Jakuba, kiedy się dowie, będzie z tego niewyobrażalna zadyma.

– Jest sposób, żebyśmy wszyscy wyszli z tego cało – odezwał się wreszcie Birski. – Tylko żeby żaden z was nie puścił pary z gęby! Pół godzinki i problem zniknie. Widzicie, panowie, ten uschły kasztanowiec?

– Yhym – mruknął grabarz.

– Proszę zasypać dziury w grobach Wędrowyczów i zamaskować ślady. Potem trzeba podkopać drzewo trochę od tej strony, wywali się na kwaterę Bardaków. Wszystkie zniszczenia będą wyglądały na naturalne. A cmentarz jest ubezpieczony, więc to, co rozwalone, razem z kamieniarzem zrobicie na nowo za kasiorę z odszkodowania. Jakub o niczym się nie dowie, Bardaki będą zadowolone. Policja będzie miała święty spokój, a wy dwaj zarobek. Do tego wzrośnie w gminie PKB i powstaną dwa miejsca pracy!

– Pan to ma państwowy łeb! – zachwycił się grabarz. – Nie sądziłem dotąd, że policja też może walczyć z bezrobociem.

Birski nie odpowiedział, ale uśmiechnął się zadowolony i dumny z siebie.

Na kanwie pomysłu Marka Farfosa

Rurka

Aparatura leniwie pyrkotała. A potem wybuchła. Jakub i Semen, weterani niejednego nieudanego eksperymentu „alchemicznego", przeczekali eksplozję pod stołem. Gdy niebezpieczeństwo minęło, wypełzli na światło dzienne. Blat z osiemnastowarstwowej sklejki, przybity do poprzedniego blatu – z desek – wytrzymał wszystko. Zniszczenia w kuchni nie były wielkie. Sufit i ściany ochlapała rozbryźnięta braga, ale tak po prawdzie, koloru „tynków" szczególnie to nie zmieniło. Szyba w oknie pękła, ale nie wypadła na zewnątrz, więc Jakub uznał, że wystarczy przeciągnąć ją taśmą samoprzylepną.

Najbardziej ucierpiała aparatura. Ruski szybkowar, zastępujący kociołek, walał się w kącie pogięty i okopcony. Jego pokrywa wbiła się za piec. Z deflegmatora została tylko stłuczka szklana. Zaniepokojony egzorcysta zajrzał do starej kanki, w którą wlutowana była rurka chłodnicy. A potem zawył jak jakieś zombie.

Semen aż do tej pory był przekonany, że zniszczenia są relatywnie niewielkie i możliwe do szybkiej naprawy. Teraz, patrząc, jak kumpel rwie resztki włosów z głowy, wali czołem o piec i ze złością kopie polana, zrozumiał, że sprawa jest poważniejsza, niż sądził.

Egzorcysta wyrzucił z siebie piętrowe wiąchy, z których ktoś słabiej zorientowany w meandrach potocznej polszczyzny mógłby wyciągnąć wniosek, że Jakub pragnie odbyć stosunek seksualny z zacierem, aparaturą i chłodnicą jednocześnie. Wreszcie gospodarz trochę się uspokoił i dla odmiany zaczął łkać. Semen wydobył zza regału butelkę „rezerwowej", nalał do kubka i podsunął kumplowi pod nos. Ten przyjął lekarstwo jednym haustem, westchnął i uspokoił się trochę.

– Rozpierniczyło rurkę... – powiedział Jakub, ocierając brudnym rękawem łzy. – To już koniec dobrego samogonu w naszej gminie. Po długiej złotej jesieni życia pora położyć się i umrzeć, by nie stać się na starość pośmiewiskiem Bardaków. Usyp mi kurhan...

– I mam posadzić na nim orchidee? – zakpił kozak.

– Poproszę czerwone...

– Czy ty aby trochę nie przesadzasz? Taki lament o głupią rurkę? – zdziwił się Semen. – A co za problem dać nową?

– To specjalna rurka... Po pradziadku – wyjaśnił Jakub.

– No rozumiem, pamiątka rodzinna, taka strata potrafi zaboleć – pokiwał głową kozak. – Ale weź się w garść! Wsadzisz tę zniszczoną do szuflady i dalej masz pamiątkę.

– Nie rozumiesz! – Egzorcysta pokręcił głową. – To była rurka absolutnie unikatowa... To znaczy nie do końca unikatowa, bo unikat jest tylko jeden, a ja kiedyś miałem drugą, ale poprzednia mi się przepaliła jeszcze w latach siedemdziesiątych.

– To było wtedy, co tak straszliwie rozpaczałeś? – coś sobie przypomniał przyjaciel egzorcysty.

– No właśnie. Dziesięć lat męczyłem się na byle jakim produkcie. A potem wszedłem w zatarg z jednym diablikiem, zagraliśmy w karty, przegrał swoją duszę i żeby ją odzyskać, wskazał mi ukrytą piwniczkę z aparaturą mojego dziadka. I tam, jak się okazało, była ta druga pradziadowa rurka. Przez kolejne lata robiłem samogon i był to najlepszy samogon pod słońcem... A teraz klops. Nic już nie będzie takie samo... A i my za starzy jesteśmy, by chlać byle co, teraz bimber nas szybko wykończy. – Znów dostał spazmów.

– A na czym polega niezwykłość tej rurki? – zapytał kozak po dłuższej chwili. – Naprawdę nie można jej niczym zastąpić?

– Pradziadek sam ją zrobił. Wziął srebrnego rubla i złotą pięciorublówkę. Piątkę stopił w tygielku i wylał na większą monetę, by utworzyła cienką warstwę kruszcu na powierzchni. Potem z tego krążka małym młoteczkiem wyklepał rurkę. Nagrzał ją nad ogniem i wyciągnął, zwinął w spiralę... Złotem do środka.

Semen dłuższą chwilę trawił informację.

– O cholera – powiedział wreszcie z uznaniem. – Było z tym trochę roboty.

– Małe pęknięcia jeszcze szło zlutować, ale to... – Jakub spojrzał zrozpaczony na zniszczony sprzęt. – To już koniec. Mam jeszcze dwie beczki awaryjne, wystarczą nam na rok czy dwa, a potem trzeba będzie pić byle co...

– Czekaj, ale jak ci się poprzednia rurka zepsuła, a zanim odnalazłeś tę, to minęło dziesięć lat i cały czas piliśmy byle co, tak?

– Byliśmy młodsi. Kiepski samogon szkodzi, ale w naszym wieku kiepski samogon szkodzi bardziej... – zauważył filozoficznie Wędrowycz.

– Srebrny rubel to nie problem. Złota piątka też do zdobycia. – Semen zabrzęczał w kieszeni carskim bilonem. – Nie łam się, za tydzień będziesz miał identyczną. Sam wprawdzie takiej nie wyklepię, ale w Chełmie są przecież jubilerzy!

– Nie sądzę, żeby któremukolwiek udało się to podrobić, ale spróbować trzeba. – Egzorcysta trochę się ożywił. – Dziś już późno, jutro pojedziemy!

W Chełmie przeszli się po Lwowskiej i wokół placu Łuczkowskiego. Sklepów jubilerskich było tu pod dostatkiem, ale jak się okazało, większość handlowała gotowymi wyrobami przywożonymi z hurtowni. Wreszcie w piątym czy szóstym skierowano ich do fachowca z prawdziwego zdarzenia.

Jubiler, pan Kowalski, uważnie obejrzał rurkę najpierw przez okulary, potem gołym okiem, wreszcie używając specjalnej lupy mocowanej w oczodole. Uniósł wysoko brwi i pokręcił ze zdumieniem dostojną siwą głową.

– Wprawdzie nie jest to biżuteria, ale bardzo ciekawa rzecz – orzekł wreszcie. – Piękna, precyzyjna, ponadczasowa robota. Wykonał to prawdziwy mistrz, oddając swemu zadaniu serce i duszę. No i kosztowało go to całe tygodnie ciężkiej pracy.

– Czy podjąłby się pan wykonania repliki? – zagadnął Semen.

– Oj, nie...

– Dobrze zapłacimy – dodał Jakub.

– Gdybym był młodszy, może bym i spróbował – westchnął jubiler. – Ale ręce i oko już nie te. Nie dam rady... Co gorsza, nie mogę panom wskazać nikogo, kto byłby w stanie pomóc. Moi mistrzowie, u których uczyłem się fachu, już od dawna nie żyją. Moi rówieśnicy... No cóż, też poumierali albo mają swoje lata, zresztą ja byłem z nich najlepszy. Może w Warszawie ktoś podobnej klasy by się znalazł, ale nie sądzę. Teraz w ogóle niewiele rzeczy robi się ręcznie, a to, co można kupić w sklepach jubilerskich, to masówka na włoskich automatach. Wiecie, panowie, do tego zawodu trzeba mieć duszę artysty. Dziś nikt tego nie rozumie nawet.

– A na takim włoskim automacie nie da się takiej rurki odlać? – Kozak wolał się upewnić.

– Absolutnie niewykonalne...

– No cóż – westchnął Jakub – w takim razie dziękujemy za konsultacje.

Przyjaciele wrócili na Stary Majdan w kiepskich humorach. Tyle dobrze, że nie musieli sprzątać po wczorajszym wybuchu, polepa ścian jakoś tam wchłonęła bryzgi, więc plam z zacieru prawie nie było widać.

– Myślę, że pozostaje nam tylko jedno wyjście – mruknął Jakub. – W naszej okolicy nie zdobędziemy takiej rurki. Żeby ją wyprodukować samodzielnie, jesteśmy po prostu za ciency.

– Z bólem i wstydem przyznaję ci rację – odparł kozak.

– Jubiler z Chełma, choć jest cenionym i doświadczonym fachowcem, też okazał się niezdolny do tak trudnej pracy, a młodsi to już w ogóle... Trudno ocenić, czy w Lublinie, a nawet w Warszawie zdołamy odnaleźć speca od takich robót. Kto wie, może dopiero za granicą tacy są? Albo i na świecie całym już podobnych nie znajdziemy.

– No to jesteśmy w czarnej dupie – podsumował Semen. – Chyba że masz jakiś szczwany plan?

– Mam. Tylko nie wiem, czy dobry.

– Cofniemy się w przeszłość do czasów, gdy rurka była dobra, i ją zaiwanimy?

– Pomysł niczego sobie. – Egzorcysta kiwnął głową. – Kłopot w tym, że trochę głupio samemu sobie kraść rurkę. No i grozi zmianami w historii. Paradoks dziadka czy jakoś tak się to nazywa. W dodatku istnieje ryzyko wpadki, a zebrać wpierdol od samego siebie to już kompletny obciach.

– Co zatem proponujesz?

– Trzeba skoczyć do świata równoległego – powiedział egzorcysta po chwili zadumy. – Takiego, w którym moje alter ego nie używa tej rurki, albo ma dwie i jedną odstąpi.

– Nie używa?

– Dopuszczam myśl, że gdzieś tam może istnieć świat, w którym z jakiegoś powodu zostałem abstynentem. Albo leniwym menelem, któremu nie chce się tracić czasu na siedzenie przy aparaturze i w związku z tym pija denaturat. Albo gdzie uważałem bardziej i rurka zapasowa nie jest potrzebna, bo nadal pracuję na tej pierwszej.

– Brzmi to cholernie zawile. A taki świat równoległy to jest daleko?

– Wnuk inżynier coś twierdził, że nasz wszechświat jest odbity symetrycznie o coś tam, czyli średnica wszechświata razy dwa i znajdziemy tę alternatywną Ziemię z alternatywnymi Wojsławicami.

– W pierony daleko.

– No, żeby lecieć, to trzeba kopnąć się do USA, zaiwanić z NASA rakietę i pewnie dobre parę tygodni męczyć się w stanie nieważkości. Ale może da się łatwiej...

– Niby jak?

– Wnuk coś tam mówił, że przestrzeń niby jest trójwymiarowa, ale pofałdowana ku innym wymiarom. Więc, eee... jakby tak rozprostować fałdę czasoprzestrzeni albo wygiąć ją w inną stronę, wtedy to, co daleko, będzie akurat blisko. A może łatwiej przez taką jakby falę przebić się na skróty?

– Nie kapuję – wyznał kozak.

– Ja z tego technicznego bełkotu zrozumiałem tyle, że to, co widzimy bardzo daleko, może być zarazem tuż obok.

– Znaczy się czasoprzestrzeń wygiąć tak, jakby obrus zawinąć rogami do siebie?

– Toż o tym mówię – burknął Jakub. – Więc może, żeby się nie nałazić niepotrzebnie, zrobimy przejście gdzieś tutaj? – Zatoczył ręką krąg.

– E, to chyba zły pomysł – pokręcił głową Semen. – Pomyśl sam: pojawimy się tu na podwórzu kompletnie znienacka. Co zrobi ten alternatywny Wędrowycz? Przestraszy się i zanim coś wytłumaczymy, dowali nam obu, i to zdrowo. Albo i zastrzeli, bo nie wiadomo, jak tam w innych światach z przepisami o broni oraz amunicji. Albo na przykład może mieć stado rottweilerów. Albo i pole minowe...

– Rzeczywiście, jest takie ryzyko. No to pomyślmy... Może tam? – Jakub wskazał pagórek po drugiej stronie drogi. – Wylądujemy, padniemy plackiem w zboże, poobserwujemy i jak będzie dobrze, to wstaniemy i podejdziemy.

– Niezły plan – pochwalił Semen. – A jak będzie tam nie pole uprawne, tylko czyjeś gospodarstwo?

– A kto by chciał żyć na takiej wysoczyźnie, wichry teraz takie...

Jakub wyciągnął z kąta stary, zniszczony parasol, który kiedyś znalazł na przystanku w Warszawie. Pomruczał chwilę łacińskie formułki. Z końca parasola sypnęło iskrami.

– Zasrana angielska magia – mruknął. – Ale może zadziała. Gotów? To polecimy...

W miejscu, gdzie się zmaterializowali, rósł gęsty zagajnik. Pomiędzy drzewami lśniło lekko połyskujące koło mgły.

– To jest przejście do naszego świata – wyjaśnił egzorcysta. – Trochę niestabilne, ale jakieś dwanaście godzin od biedy wytrzyma. Załatwmy, co mamy załatwić, i spadajmy.

– Szkoda, że tak krótko – westchnął Semen. – Ciekawie byłoby skosztować alternatywnego piwa z drugiego wszechświata.

– I tak nie mamy alternatywnej kasiory – wzruszył ramionami Jakub.

Wyjrzeli ostrożnie z krzaków. W alternatywnym świecie Stary Majdan był ewidentnie gęściej zaludniony. Wszędzie widzieli obrzydliwe klockowate domy, wzniesione z cegły silikatowej. Drogi wysypano żużlem. Ogródki zamiast płotami otoczone były parkanami zespawanymi z giętych fantazyjnie prętów zbrojeniowych.

– Tu chyba Gierek więcej kasy pożyczył i porządził ze trzydzieści lat dłużej – mruknął egzorcysta. – To nowe budownictwo całkowicie zniszczyło tradycyjną architekturę!

– Nie da się ukryć – mruknął jego towarzysz.

Gdzieś daleko rżał koń, ponadto muczały krowy, kwiczały świnie i gdakały kury...

– Tu chyba nadal jest komuna – zauważył egzorcysta. – Nie ma limitów produkcji mleka, a kurczaków nie da się kupić w markecie, więc każdy trzyma własny drób. No i prawie nikogo nie stać na traktor, czyli dominują konie.

– Niewykluczone, że masz rację.

Podczołgali się na inny skraj zagajnika. I tu przeżyli miłe zaskoczenie. Gospodarstwo Jakuba w alternatywnym świecie wyglądało całkiem podobnie jak we właściwym. Tylko chata stała tam, gdzie szopa, a szopa tam, gdzie chata, no i studnia była w trochę innym miejscu.

– Ciekawy układ – mruknął egzorcysta.

Po obejściu biegało sporo drobiu, najwyraźniej gospodarz także trzymał jeszcze kury i gęsi. Nie miał traktora, ale w kącie podwórza straszyła zdezelowana snopowiązałka. Jacyś dwaj kolesie ewidentnie szykowali się do pędzenia samogonu. Jeden wlewał bragę z beczki do wiadra, drugi nosił naręcza drewek do szopy.

– Hmm... Ale jednak coś mi się tu nie zgadza – zasępił się Jakub.

– To nie możemy być ty i ja, bo wzrost nie pasuje – zauważył jego przyjaciel. – Jasna cholera! Przecież to są Birski z Rowickim.

– Że niby co?! – zdumiał się Jakub, ale po chwili obserwacji musiał przyznać rację Semenowi.

Tamci byli trudni do rozpoznania. Odziali się w kufajki, na głowach mieli czapki uszanki. Ich czerwone twarze zdobiły błękitnofioletowe nosy, ale reszta się zgadzała.

– No nie wierzę, co za upadek etosu zomowca... – pokręcił głową egzorcysta.

– Może w tym świecie nie byli w ZOMO ani w milicji?

Nieoczekiwanie drogą nadjechał radiowóz. Był podobny do poloneza, ale nieco większy i wyżej zawieszony.

– Znaczy się Gierek posadził inżynierów, by zrobili jeszcze inne polskie samochody? – zdziwił się kozak.

– Skoro komuna chyba nadal tu trwa, to mieli dużo więcej czasu – zauważył jego przyjaciel. – Ale szczególnie się nie postarali, zobacz, jakie to pierońsko kanciaste...

Bok pojazdu zdobił wymalowany wołami napis „Milicja". Za nim nadjechały jeszcze trzy opancerzone auta, podobne trochę do Tarpana. Wysypali się z nich komandosi w kamizelkach taktycznych, obwieszeni granatami i pistoletami maszynowymi.

– Nie rozumiem – poskarżył się egzorcysta. – Birski z Rowickim będą aresztować samych siebie czy co? I po cholerę im aż taka obstawa?

– Może ten alternatywny Birski-bimbrownik jest groźniejszy dla organów ścigania niż ty w naszym świecie?

– Nie wjeżdżaj mi na ambicję! Jeszcze jeden podobny tekst i zarwiesz w ryja – ostrzegł kozaka kumpel, głęboko dotknięty.

W tym momencie z pojazdu, który nadjechał jako pierwszy, wysiedli... Jakub i Semen. Obaj nosili dziwne, szare mundury. Jakub miał naszywki majora, a Semen kapitana.

– No nie wierzę – syknął egzorcysta. – W tym porąbanym świecie jesteśmy milicjantami?!

– Albo nawet ubekami – ponuro skwitował kozak.

– Nawet mnie tak nie strasz!

Tymczasem w gospodarstwie bimbrowników działy się okropne rzeczy.

– Birski i Rowicki, mówi wójt gminy. Jesteście otoczeni! – wrzasnął przez megafon alternatywny Wędrowycz. – Wychodzić z szopy z rękoma podniesionymi do góry. Jeśli poniechacie oporu, gwarantujemy wam uczciwy proces! Niech stracę, nawet z prawem do adwokata!

– Daję słowo honoru, że jeśli wydacie wspólników i odbiorców samogonu, nie zostaniecie skazani na karę śmierci! – dodał alternatywny Semen przez drugi megafon. – Młodzi jeszcze jesteście, przetrzymacie jakoś te dwadzieścia pięć lat łagru!

– Wała! – dobiegło z szopy. – Żywcem nas nie weźmiecie, komuchy pieprzone!

– Ognia!

Komandosi ostrzelali budę długimi seriami. Drzazgi i kawałki papy zawirowały w powietrzu. Otoczeni odpowiedzieli zaledwie dwoma niecelnymi strzałami z dubeltówki. Potem przez okienko wyleciał jeszcze bełt z kuszy.

– Brać wrogów władzy ludowej! – wrzasnął dziarsko major Wędrowycz.

Komandosi rzucili się całą kupą, wyłamali liche drzwi. Z wnętrza dobiegły jakieś łomoty i trzask wyładowań elektrycznych, a po chwili siepacze triumfalnie wywlekli obu bimbrowników, zakutanych w skórzane kaftany bezpieczeństwa.

– Złapani na gorącym uczynku produkcji samogonu – zameldował któryś z komandosów.

– No i co, mordeczki wy nasze? – huknął kapitan Semen. – Mówiłem po dobroci: poddać się! A wy co? Było fikać? Teraz sobie za ten bimberek zadyndacie na rynku...

Cała ekipa zapakowała się do samochodów i po chwili tylko zjadliwy smród spalin z dwusuwowych silników świadczył o tym, że w dolinie rozegrał się akt przemocy. Warkot silników ucichł w oddali. Jakub spojrzał na Semena, Semen spojrzał na Jakuba i obaj jak na komendę wzruszyli ramionami.

– Widocznie w tym świecie to Birski z Rowickim są pasożytami społecznymi i zakałami gminy – zauważył filozoficznie kozak. – Co to się porobiło...

– Słyszałeś, co powiedzieli... eeee... co my powiedzieliśmy – westchnął jego przyjaciel. – Za pędzenie bimbru w tym świecie grozi czapa... Czyli pozamiatane. Oni już nie wrócą, a jeśli nawet, to po wielu latach odsiadki.

– Niby nasi wrogowie, jednak to potworne – wzdrygnął się Semen.

– Groźny obcy świat rządzony przez jakichś krwiożerczych szaleńców... Proponuję udać się teraz na dół, pozyskać rurkę i zmykać, zanim stanie nam się jakieś kuku.

Zeszli. Gospodarstwo powitało ich złowrogą ciszą. Nawet kury zamilkły, zapewne przerażone napaścią. Milicjanci najwyraźniej przewrócili wszystko do góry nogami. W szopie tylko plamy rozlanego zacieru i rozgarnięte, zalane wodą węgle świadczyły, że przed kwadransem działo się tu coś nielegalnego.

– Szlag by trafił! Tamten drugi Wędrowycz zabrał aparaturę! – syknął Jakub. – A dokładniej rzecz ujmując, nie on osobiście, tylko jego wachmani.

– To poniekąd logiczne – zauważył Semen. – Jak się kogoś aresztuje, to trzeba zgromadzić też i zabezpieczyć dowody winy. Nawet jeśli to ma być nie proces, a zwykły mord sądowy. – Wzdrygnął się.

– No dobra, przeanalizujmy sytuację. Ten obcy Wędrowycz aresztował Birskiego i Rowickiego. Zapewne trzyma ich w areszcie pod posterunkiem, zaś aparatura jest w sąsiedniej piwnicy, w magazynie dowodów rzeczowych. Idziemy do Wojsławic, wypuszczamy bimbrowników z celi, robimy włam do magazynu i odzyskujemy aparaturę. Uwolnieni w dowód wdzięczności za ocalenie życia oddają nam rurkę. I spylamy stąd w podskokach do domu.

– Dobry plan – pochwalił Semen. – O ile aresztanci nie zostali zawiezieni od razu do mamra w Chełmie...

– E, chyba nie. Słyszałeś, co mówił? Jest nie tylko majorem milicji, ale jednocześnie wójtem gminy. A ten drugi ty powiedział, że egzekucja odbędzie się na rynku. Czyli tu się takie sprawy załatwia na miejscu, w gminie, bez fatygowania sądu w Chełmie czy Lublinie. Zresztą sprawdzimy.

W tym momencie coś czknęło i wnętrze szopy wypełnił mleczny opar gazu usypiającego. Świadomość obu podróżników stawiała przez kilka sekund bohaterski opór, ale potem skapitulowała...

Dopiero trzecie wiadro lodowatej wody wprost ze studni przywróciło Jakubowi pełnię przytomności. Zamrugał i łypnął wokoło. W pierwszej chwili pomyślał, że to milicyjni komandosi wrócili, gospodarstwo Birskiego roiło się bowiem od dziarskich chłopaków ubranych w ciapkowane kurtki i zawadiacko przekrzywione berety z orzełkami. Zaraz jednak skorygował pierwsze spostrzeżenie. Chłopcy mieli sympatyczne, cwaniackie gębusie, orzełki na beretach posiadały koronę, a uzbrojenie i umundurowanie oddziału było mocno niejednolite.

Partyzanci ani chybi – zidentyfikował.

Kolejny kubeł wody wylano na Semena. On też dochodził już do siebie.

– Gadajcie, coście za jedni? – warknął najstarszy z partyzantów.

Jakub mrugnął powieką, ogniskując wzrok.

– A kto pyta? – odburknął.

– Komendant Qyon! – Młodzieniec dumnie wypiął pierś ozdobioną krzyżem harcerskim i pojedynczą baretką jakiegoś orderu.

– Szefie, nie poznajesz? To przecież Wędrowycz i Korczaszko – syknął któryś z partyzantów. – Nie ma się co certolić! Rozwalmy ich!

– Czekajcie! – Dowódca podniósł rękę. – Podobni są faktycznie, ale coś mi się tu nie zgadza! Po pierwsze, po co ubieraliby się jak dziady, po drugie, zionie od nich wódą, a po trzecie, na ich gębach to chyba pięciodniowa szczecina jest, a przecież wczoraj na wiecu byli gładziutko ogoleni. No i wyglądają na jakieś dziesięć lat starszych niż nasi oprawcy.

– Może to ich starsi bracia – podsunął któryś. – Weźmy ich jako zakładników i wymienimy na Birskiego z Rowickim!

– A może najpierw niech się przedstawią – burknął dowódca. – Gadajcie, coście za jedni i czego tu szukacie!

– Tak naprawdę to faktycznie jesteśmy Jakubem Wędrowyczem i Semenem Korczaszką – wyjaśnił egzorcysta. – Ale nie tymi, z którymi walczycie, tylko ich lepszymi, alternatywnymi wersjami z alternatywnej rzeczywistości.

– Skoczyliśmy tu ze świata równoległego, oddzielonego fałdą czasoprzestrzeni – dodał Semen. – Mówiąc po ludzku, wleźliśmy tu przez dziurę pomiędzy wymiarami.

– Dlaczego niby miałbym w to uwierzyć? – burknął komendant Qyon.

– Może dlatego, że to po prostu prawda? – zadumał się kozak.

– Wędrowycz i Korczaszko to zdeklarowani abstynenci – podsunął jeden z partyzantów. – A nasz kontakt w ich bazie przekazał informację, że faktycznie nie biorą ani grama alkoholu do ust. Nalejmy im po szklaneczce bimbru i niech udowodnią...

– Dobry pomysł – zaaprobował dowódca.

Chłopak odpiął od paska manierkę i rozejrzał się, czy ktoś nie poda kubka.

– Po co te ceregiele? – Egzorcysta wyjął mu naczynie z dłoni i przypiął się do szyjki.

Pociągnął kilka łyków, a na jego twarzy odmalowała się błogość. Podał Semenowi. Kumpel golnął równie solidnie.

– Wyyyy... wypili pół litra sześćdziesięcioprocentowego na dwóch – szepnął partyzant.

– Co to jest ćwiartka dla zdrowego chłopa?! – zirytował się Jakub. – No, ale jak miało wam starczyć na dłużej, to odkupimy...

– Nie odkupicie – westchnął Qyon. – Marszałek Jaruzelski wraz z trzecim stanem wojennym wprowadził prohibicję. Wprawdzie obiecują, że za rok stan wojenny zostanie zawieszony, ale jak to dalej będzie z gorzałką, tego nie wiem... A na razie za samogon, jak pewnie słyszeliście, grozi czapa. Ma któryś jakąś zagrychę? – zwrócił się do swoich podkomendnych.

Ten i ów zaczął sięgać do raportówki, ale Jakub powstrzymał ich gestem.

– Dzięki, chłopaki, ale ja po pierwszym nie zwykłem zakąszać.

– Wygląda na to, że faktycznie jesteście tymi, za których się podajecie. No cóż, w takim razie nic do was nie mamy. Pożegnam panów i ruszamy w drogę. Nie udało się zapobiec nieszczęściu...

– Chwila moment – przerwał mu Jakub. – Jak rozumiem, liczyli panowie, że dotrą tu na Stary Majdan na tyle wcześnie, by uratować obu bimbrowników.

– Oraz kropnąć tych łajdaków, co tu rządzą – uzupełnił Qyon. – Bez obrazy proszę... Po prostu takie życie.

– To się nie udało, więc teraz planujecie zaatakować Wojsławice i odbić przyjaciół siłą? – uzupełnił Semen.

– Sytuacja militarna jest ogólnie kiepska, ale w naszej organizacji przestrzegamy zasady, że kumpli nie pozostawia się na pastwę wroga, a ratuje tak długo, jak długo istnieje choć cień szansy powodzenia.

– To niezwykle chwalebnie z waszej strony! A jaka to organizacja?

– Biały Odwet. – Qyon z dumą musnął naszywkę na ramieniu.

– Piękna nazwa – pokiwał głową egzorcysta. – No cóż, panowie, chcecie uwolnić przyjaciół, a my skoczyliśmy do waszego świata, bo chcieliśmy wyprosić od nich zapasową rurkę do chłodnicy. Nasze cele są zbieżne. Pomożemy wam w tym ataku i odbiciu więźniów.

– No nie wiem... – zafrasował się dowódca.

Obaj nieoczekiwani sojusznicy wydali mu się cokolwiek za starzy.

– W naszym świecie też byliśmy kiedyś partyzantami – wyjaśnił Jakub. – Wiemy, co i jak. Służyliśmy w oddziale legendarnego Wypruwacza. Umiemy strzelać, podkładać bomby, wieszać, torturować, podrzynać gardła konfidentom, wbijać na pale komuchów i nazioli...

– Ja umiem nawet podpalić chałupę jedną zapałką – dodał skromnie Semen.

– Ha! Oto zuchy, jakich nam trzeba – ucieszył się komendant Qyon. – Dobra, jedziecie, panowie, z nami.

Pod jabłonką Birski z Rowickim postawili stół i dwie ławeczki. Miejsce było wprost wymarzone na małą naradę wojenną.

– Sytuacja wygląda tak. – Qyon rozwinął na blacie starą i zniszczoną sztabówkę. – Panów Birskiego i Rowickiego zabrali zapewne do Wojsławic. Tam odbędzie się sąd i publiczna egzekucja. Dziś już późno, czyli do rana potrwają tortury, a wykończą ich jutro. A potem tradycyjnie...

– Co tradycyjnie? – zaniepokoił się kozak.

– Ciała skazańców trafiają na fermę lisów – wyjaśnił ponuro jeden z partyzantów. – Są mielone na karmę, a futra ze zwierzaków idą na eksport. Rząd potrzebuje masy dolarów na zbrojenia atomowe, francuskie pończoszki dla kochanek, kawior, koniak, szampana i inne rzeczy.

– Zazwyczaj partyzanci atakują o trzeciej w nocy, kiedy sen jest najgłębszy – odezwał się dowódca. – Tak jest przyjęte na całym świecie i nasze władze też z pewnością o tym wiedzą. Przechytrzymy drani i zaatakujemy o zachodzie słońca. Grupa pierwsza wchodzi do twierdzy przez kanał z szambem i likwiduje wachmanów. Grupa druga wysadza centrum zasilania. Grupa trzecia pompuje przez wentylację iperyt do koszar. Grupa czwarta podpala skład paliw. Nie brać jeńców. Wy dwaj... – Spojrzał na obu starców z namysłem. – O, już wiem, unieszkodliwicie nocnego stróża na farmie lisów.

– Eee... – skrzywił się Jakub.

– To zaszczytne zadanie, gdyż wedle naszych informacji jest tam rezerwowy generator. Wyłączycie go albo wysadzicie – uspokoił go dowódca.

– Tak jest – zasalutował Semen.

– Plotki mówią też, że z fermy jest podziemny tunel do twierdzy. Jeśli go znajdziecie, to po wykonaniu zadania dołączycie do nas.

– Tak jest – spróbował zasalutować Jakub.

– Oto wasza broń. Dwa pistolety maszynowe, po cztery magazynki do każdego i dwa kilogramy trotylu, gdybyście musieli coś wysadzać w powietrze. – Dowódca podał starcom wypchaną parcianą torbę. – Życzę powodzenia.

Egzorcysta sądził, że partyzanci drogę do miasteczka pokonają pieszo, ale Qyon przyjemnie go zaskoczył. Oddział miał na wyposażeniu cztery furmanki i wysłużone traktory do ich pociągnięcia. Ruszyli przez pola, by ominąć punkt kontrolny na Witoldowie. Niebawem ze szczytu wzgórza ujrzeli Wojsławice. Były w zasadzie podobne do ich miejscowości, ale jednak trochę odmienne. Pośrodku osady, górując nad kościołem, sterczał w niebo niepokojący betonowy sześcian, gęsto upstrzony strzelnicami i dyszami miotaczy ognia.

– Co to takiego? – zdumiał się Jakub.

– Twierdza towarzysza Wędrowycza – wyjaśnił Qyon. – Stamtąd rządzi okolicą. Zazwyczaj nie wyściubia nosa zza murów.

– Ale dziś wyściubił?

– Nienawidzi alkoholu, pojechał osobiście aresztować pana Birskiego. Czujka dała nam znać i dlatego pojawiliśmy się na Starym Majdanie, liczyliśmy, że gada utłuczemy. Zawsze to łatwiej zrobić zasadzkę we wsi, niż szturmować cytadelę.

– Ale po co mu taka twierdza?

– Po drugim stanie wojennym, jak się Jaruzel przekonał, że trzeciej rewolucji może nie przetrzymać, postawiali takie w każdej gminie – wyjaśnił jeden z partyzantów. – Mają w środku wszystko, co potrzeba. Urzędy, luksusowe apartamenty, skarbce i magazyny łupów, koszary siepaczy... Podobno nawet haremy dla co ważniejszych towarzyszy – dodał rozmarzonym głosem.

– Każda taka twierdza jest autonomiczna, posiada schrony i systemy podtrzymywania życia – uzupełnił Qyon. – Gdyby nie to, nasz trzeci zryw by się powiódł...

– Ten trzeci zryw, po którym wprowadzono trzeci stan wojenny i prohibicję? – upewnił się Jakub.

– Tak. Ale spoko wodza, czwarta rewolucja jest na etapie przygotowań. Wolni Polacy nie zniechęcają się tak łatwo. Zwłaszcza że zapasy alkoholu, które ludzie mieli zachomikowane po domach, już się skończyły.

Im bardziej się zbliżali, tym bardziej Jakub dochodził do wniosku, że już nie chce żadnej rurki. Z bliska twierdza robiła jeszcze paskudniejsze wrażenie. Na szczęście partyzanci wysadzili obu starców na rogatkach miasteczka.

– To jest ferma lisów. – Komendant Qyon wskazał spory betonowy barak, otoczony murem z betonowych płyt. – Mam nadzieję, że nie sprawi wam problemu.

Egzorcysta i jego kumpel zeskoczyli na ziemię. Zachodzące słońce stało już nisko, wszystko rzucało długie cienie. Podeszli do bramy.

– Wysadzamy od razu czy najpierw spróbujemy wywabić na zewnątrz strażnika i go zastrzelić? – zagadnął kozak.

– Eeeee...

– No co się dzieje? Cykora masz? – Semen dał przyjacielowi sójkę w bok.

– Cykora? Chyba żartujesz. Po prostu zapomniałem torby z wyposażeniem. Została na furmance – wyznał Jakub.

– I ty się martwisz takim drobiazgiem? – ofuknął go kumpel. – Mało to razy szliśmy do boju z gołymi rękami? Udawało się nam ze szkopami, komuchami i upowcami, jakiś tam cieć nie powinien być groźniejszy!

– No niby tak – odetchnął z ulgą Jakub. – Czyli po staremu? Ten sam fortel, co zwykle?

– No pewnie, że ten sam. Najlepsze są stare, sprawdzone sposoby!

Podszedł do bramy i załomotał pięścią. Łomotał krótko, konkretnie, urzędowo. Coś szczęknęło i otworzyło się zakratowane okienko.

– Czego? – warknął stróż.

– Dzień dobry, powiatowa inspekcja weterynaryjna – powiedział Semen. – Mamy polecenie skontrolować stan zdrowia zwierząt oraz zgodność podawanej karmy z wytycznymi naczelnego zootechnika województwa.

– Eee...? – zdziwił się cieć. – Tak po nocy?

– Przecież skuteczna kontrola musi być niezapowiedziana – kozak udał irytację.

– A panów papiery? Nakaz jakiś, legitymacje czy coś?

– Nie możemy ich okazać, bowiem są ściśle tajne – wyjaśnił egzorcysta.

– A, chyba że tak, to zapraszam w takim razie...

Otworzył bramę i odwrócił się tyłem. Egzorcyście wystarczyły trzy sekundy, by wyjąć gazrurkę z rękawa i znokautować go jednym celnym ciosem w potylicę. Pospiesznie związali ciecia, zakneblowali i zawlekli do kanciapy w głównym budynku. Bramę oraz drzwi zamknęli i zaryglowali, żeby uniknąć niespodziewanych wizyt.

– Obiekt zdobyty bez jednego wystrzału i bez strat własnych – podsumował Jakub. – Jednak pewnych rzeczy się nie zapomina!

– Teraz musimy odnaleźć i unieszkodliwić rezerwowy generator – przypomniał kozak.

Weszli do rozległej hali. Namacali włącznik i przekręcili. Ich oczom ukazał się dość przerażający widok. Po lewej i prawej ciągnęły się setki piętrowych klatek z lisami.

Smród urywał nos. Zwierzaki na ich widok wyraźnie się ożywiły. Patrzyły z zaciekawieniem, jakby próbując zawczasu ocenić walory smakowe gości.

– O ja pierniczę, ile tu tego – westchnął Semen. – Faktycznie muszą przerabiać skazańców na paszę, bo jakby to karmili zwykłym mięchem, toby z torbami poszli...

Przeszli kilkadziesiąt metrów i znaleźli kolejne drzwi. Były zamknięte, ale kozak pobiegł do kanciapy, przeszukał kieszenie stróża i znalazł pęczek kluczy. Jeden z nich pasował. Za halą znajdowało się spore pomieszczenie, jakby kotłownia. Zeszli po kilkunastu schodkach, odlanych byle jak z betonu. W kącie faktycznie wypatrzyli stary generator elektryczny. A obok w beton ściany wpuszczono okrągły stalowy właz.

– A niech mnie, silnik Wankla – ucieszył się Semen, oglądając urządzenie. – A to zapewne wylot tunelu do twierdzy. – Poklepał właz. Załatwiliśmy ciecia, unieszkodliwiamy maszynę i idziemy pomóc dzielnym partyzantom... Cholera, nie idziemy.

– Dlaczego?

– Kluczy nie mamy. Chyba żeby drutem. Wytrych zrobimy.

– A te, co zabrałeś dozorcy?

– Nie ten typ zamka...

Gdzieś z daleka wiatr przyniósł odgłos eksplozji, a potem rozległa się gwałtowna palba karabinowa.

– Zaczęło się – mruknął Jakub. – Wysadzili generator twierdzy, zaraz napięcie spadnie i włączy się ten...

– Albo i nie włączy. – Kozak wzruszył ramionami i przejechał kozikiem po parcianym pasie transmisyjnym. – Dobra, chyba nic tu po nas, biegnijmy pomóc tam, gdzie draka.

– A co robimy z lisami? Wypuszczamy czy jak? – zadumał się egzorcysta.

W tym momencie stalowa klapa otworzyła się ze szczękiem i z lochu wyskoczyli alternatywny Wędrowycz z alternatywnym Semenem. Na widok intruzów zamarli i wytrzeszczyli oczy. Przybysze z innego świata też przez chwilę się na nich gapili, ale zaraz otrząsnęli się z szoku.

– Nie wierzę, że w tym świecie stałem się tak do końca praworządnym człowiekiem. – Jakub pokręcił głową. – Jestem potomkiem czterdziestu pokoleń dzikich warchołów. Ta abstynencja jest po prostu kompletnie niezgodna z moją genetyką. Myślę, że i ten drugi Wędrowycz miewa czasem chwile zwątpienia... Być może zdołamy go przeciągnąć na naszą stronę.

– Niby jak? – zirytował się kozak.

– Zaczniemy od spojenia go dobrym samogonem. Może wtedy przemówi ludzkim głosem?

– Kim wy jesteście?! – Major Wędrowycz dopiero teraz odzyskał głos, a kapitan Korczaszko, obudziwszy się z zaskoczenia, automatycznym ruchem uniósł lufę pistoletu maszynowego.

– Jesteśmy wami – wyjaśnił Semen. – Przybywamy ze świata alternatywnego, w którym tej głupiej komuny już od dawna nie ma, a my sami jesteśmy zasłużonymi bojownikami o wolność propinacji alkoholu!

– To nie może być prawda? – zdumiał się alternatywny Wędrowycz. – Wyglądają... Wyglądamy jak wiejskie dziady!

– Nienormalne warunki bytowania spowodowały, jak widzę, kompletną degenerację. – Alternatywny Semen pokręcił głową. – Ja bym ich po prostu kropnął i wysłał do przeróbki na paszę dla lisów.

– Tak samych siebie kropnąć, i to bez wyroku?

– A czemu nie? Oficjalnie i tak przecież nie istnieją.

– Jakieś ostatnie słowa? – major zwrócił się do gości.

– Prawdziwą naturę swoją obudź! Na ciemną stronę mocy przejdź! – powiedział Jakub.

– Że co? – zdziwił się wójt.

– Jakub – odezwał się Semen – bez urazy, ale ja tam wolę sądzić, że nasza strona mocy to jest ta jasna...

– Dobra, chrzańmy kolory, po prostu przejdź na naszą stronę mocy – ponownie zwrócił się do swojego alter ego egzorcysta.

– To jacyś idioci. Dobra, rozwal ich – rozkazał alternatywny Wędrowycz swemu przydupasowi.

Huknęła seria z pistoletu maszynowego. Egzorcysta odruchowo zamknął oczy, ale gdy je otworzył, nadal stał cały i zdrowy.

Spudłowali, pomyślał. Teraz trzeba będzie udawać martwego...

Ale ciekawość zwyciężyła.

Otworzył jedno oko. Obaj alternatywni leżeli na podłodze w kałużach krwi, a liczne dziury postrzałowe znaczyły ich garnitury. U wylotu tajnego przejścia stał komendant Qyon. Nad lufą jego spluwy snuła się jeszcze smużka dymu.

– Wygląda na to, że uratowałeś nam życie – wzruszył się kozak.

– Przepraszam, że zastrzeliłem tamtego Wędrowycza i tamtego Semena – powiedział partyzant. – Ale sami panowie rozumiecie...

– Spoko wodza. – Egzorcysta poklepał go po ramieniu. – Należało im się. Jak Birski z Rowickim?

– Trochę storturowani, ale generalnie cali i zdrowi. Odzyskaliśmy też ich sprzęt, a w magazynie dowodów rzeczowych jest ich dawny aparat. Zresztą bierzcie, panowie, co tylko chcecie, moi ludzie właśnie minują korytarze, wysadzimy to cholerstwo w powietrze.

Traktory partyzantów pyrkotały raźno. Zapadł niemal całkowity mrok. Byli już spory kawałek od twierdzy, za chwilę mieli zobaczyć Stary Majdan, gdy zapalniki czasowe wreszcie zadziałały. Głuchy huk przetoczył się po okolicy.

– Dziękuję za pomoc. – Komendant Qyon zasalutował.

– Nie ma za co. – Jakub machnął ręką.

– Zmycie tej alternatywnej plamy na honorze to był nasz obowiązek – dodał Semen. – To my wracamy do naszego świata, a wy prowadźcie walkę aż do zwycięstwa albo, co bardziej prawdopodobne, do chwalebnej śmierci.

– Najważniejsze, że zdobyliśmy to, po co przybyliśmy, a dobry uczynek był dodatkową wisienką na torcie tej przygody. – Jakub spojrzał na Birskiego z Rowickim, którzy ułożeni na dnie fury nadal dochodzili do siebie.

– Wszystko dobre, co się dobrze kończy – mruknął Semen, patrząc, jak do szklanki przez nową rurkę cieknie strumyk krystalicznie czystej, pachnącej śliwkami gorzałki.

– W zasadzie powinniśmy zostać po tamtej stronie i pomóc im w tej rewolucji, ale mamy dość obowiązków w naszym świecie – rzekł Jakub. – Sam pomyśl, co by się stało, gdybym znów musiał ratować ludzkość, a nie mógłbym tego zrobić, bo byłbym tam?

– Przyjacielu, te rozterki moralne przynoszą ci chlubę! Wypijmy za to.

I obaj bohaterowie, wzruszeni do głębi duszy, stuknęli się nad stołem szklankami.

– No i co tam widać?

– No, taki świat, jak nasz, ale trochę inny, bo po targowisku biegają dinozaury...

Niepublikowany rękopis Roberta E. Hogwarta
z języka angielskiego przełożył Andrzej Pilipiuk.

Mimo pewnych uzasadnionych wątpliwości natury historycznej, archeologicznej, geograficznej, biologicznej i paleontologicznej, tłumacz ani redaktor nie korygowali realiów utworu, wychodząc z założenia, że autor zapewne lepiej niż oni znał Erę Hyperborejską.

Konan Destylator

Piotruś uwalił się wygodnie w trawie na wypukłym garbie ziemnym, skrywającym piwniczkę. Nad sterczącym z gleby kominem unosił się siwy dym. Z otworu wywietrznika zalatywało lekko zacierem, dobiegał bulgot jakichś cieczy i brzęk napełnianych butelek. Najwyraźniej pradziadek twórczo spędzał czas. Chłopak przeciągnął się i wydobywszy z kieszeni wyświechtany tomik opowiadań, zagłębił się w lekturze.

Jakoś przed wieczorem czcigodny przodek wynurzył się z czeluści lochu. Ubranie Jakuba przesiąkło dymem, oczy poczerwieniały, zapewne od wpatrywania się w ogień, a nos z nieznanej przyczyny nabrał lekko fioletowej barwy.

– Chcesz spróbować? – Wyciągnął w stronę wnuka aluminiowy kubek. – Pierwszy gon, siedemdziesiąt obrotów.

– Nie, dziękuję. Mam dopiero dwanaście lat.

– Co, z własnym pradziadkiem się nie napijesz!? – Oburzony egzorcysta z wrażenia omal nie rozlał eliksiru.

– To może pójdziemy na kompromis? – zaproponował potomek. – Ty sobie golnij tego zajzajeru na zgniłych ziemniakach, a ja dla towarzystwa wypiję colę. Wilk będzie syty i ustawy nie złamane.

– Jakie ustawy!? – zaniepokoił się starzec.

– O wychowaniu w trzeźwości i przemocy w rodzinie.

– Takie coś uchwalili? Czego to ludzie nie wymyślą. Musi im się cholernie nudzić w tym sejmie... – gderał Jakub.

Wypili. Dziadek sięgnął do kieszeni i wyłożył zagrychę na gazetę. Piotrusiowi wprawdzie wydawało się w pierwszej chwili, że wędzona słonina nie bardzo pasuje do coli, ale jakoś zdołał ją przełknąć.

– A tak właściwie, co tam znowu studiujesz, młody? – Sokoli wzrok Jakuba spoczął na książce sterczącej z kieszeni prawnuka.

– To opowieści o Konanie z Cymerii.

– Że film o nim był, to wiem, ale że książkę napisali? – zdumiał się Wędrowycz. – Choć z drugiej strony, to nawet logiczne, jak najpierw jest film, to powstaje fabularyzacja. Jest książka, to robią ekranizację. I z jednego pomysłu dwa razy kasę ciągną. A jak komiks jeszcze nabazgrolą, to nawet trzy razy kieszeń napełnią. To książka historyczna czy archeologiczna może?

– Nie, taka raczej przygodowa.

– Ech, niezły był z tego Konana gieroj. – Jakub pociągnął łyk samogonu. – Szkoda tylko, że potem do cna skapcaniał. Niepotrzebnie pchał się na tron. Za dużo uczonych ludzi na dworze, za mało prostych męskich rozrywek, to się nie mogło dobrze skończyć...

– Dziadku, o czym ty właściwie mówisz!? – Piotruś łypnął na niego podejrzliwie.

– No o tym, jak Konan się zestarzał i poszedł na emeryturę. To znaczy nie do końca na emeryturę, bo jeszcze parę lat pracował jako lekarz.

– A to w jakiej książce jest opisane?

– W ogóle nie jest. To tak zwana tradycja ustna przekazywana przez starych, mądrych ludzi z pokolenia na pokolenie. W dawnych czasach mało kto umiał pisać i czytać, zbierali się ludziska w jesienne wieczory i słuchali takich legend. Skocz do chałupy po kiełbasę, golniemy na drugą nóżkę i zaraz się wszystkiego dowiesz...

Okno knajpy rozprysło się w chmurę szklanych odłamków. Jakub Wędrowycz przeleciał w powietrzu jeszcze co najmniej trzy metry. Zamachał rozpaczliwie rękoma, jakby płynął żabką, ale nie zdołał pofrunąć. Znienawidzona grawitacja zadziałała i boleśnie zderzył się z asfaltem.

– Ta zniewaga krwi wymaga – stęknął i próbował się podnieść, ale w tym właśnie momencie Semen, wyrzucony tym samym oknem, spadł mu na plecy. Trudno było to nazwać miękkim lądowaniem, kiedy gnaty przyjaciela boleśnie wbiły się w jego gnaty...

– No nie – warknął kozak. – Ostatni raz potraktowali mnie w taki sposób, gdyśmy z Griszką Rasputinem dla zakładu wleźli nago do restauracji Jar w Petersburgu. To musiało być w roku...

Jakub nie słuchał wspominków kumpla. Przekręcił głowę i spojrzał na swój ulubiony lokal. Muskularna sylwetka wroga wypełniała niemal całą framugę. Podświetlona od tyłu wydawała się jeszcze groźniejsza.

– Wypad mi stąd, stare próchno! – warknął bysio. – Nastała nowa epoka. Od jutra ta knajpa należy do rodu Bardaków, a wy macie się stąd wynosić. I żebym was tu więcej, śmierdziele, nie widział!

Egzorcysta potrząsnął głową, ale widziadło nie znikło. Wstał chwiejnie na nogi. Zatoczył się. Bolały go potłuczone kolana i łokcie. Nadal czuł odcisk adidasa na lewym półdupku.

– Że ktoś się czasem raz czy drugi zapomni umyć, to jeszcze nie znaczy, że śmierdzi – burknął. – Zresztą do knajpy się chodzi pić, a nie pachnieć!

– Totalny brak kindersztuby – dodał kozak. – Żeby tak potraktować weteranów... – Musnął od niechcenia spłowiałe baretki orderów zdobytych pod Plewną i w Mandżurii.

Egzorcysta wyciągnął rękę i pomógł wstać przyjacielowi. Przez chwilę otrzepywali odzienie z kurzu i końskich pączków. Wreszcie, klnąc pod nosem i kulejąc, ruszyli w stronę domu.

– Wszystkie kości mi poobijał – jęknął Semen.

– Ciebie to chociaż kulturalnie za klapy złapał, a mi to w dupę nakopał – pożalił się Jakub. – No, ale nie czas teraz na mazgajstwa, musimy obmyślić piekielną zemstę. Nas się tak po prostu nie wyrzuca. A zwłaszcza siłą... Bo jakby na ten przykład wyrzucili nas jakimś szczwanym podstępem...

– Jakub, co ty pieprzysz!? Bo to mało razy musieliśmy brać nogi za pas, bo się okazywało, że ich za dużo i za silni na nas dwóch?

– Ja nigdy nie uciekałem! – obraził się egzorcysta. – Co najwyżej czasem zarządzałem strategiczny odwrót. Napoleon mógł, to i mi wolno!

– A, chyba że tak – uspokoił się jego przyjaciel. – Swoją drogą, skąd oni wytrzasnęli tego kafara?

– Nie wiesz? To ich kuzyn. Oswald Bardak się nazywa. Możesz nie pamiętać, bo najpierw był za mały, żeby chodzić do knajpy, a potem mieszkał w Warszawie. Niedoszły mistrz Polski kick-boxingu. Miał murowane szanse na zwycięstwo, ale podczas ostatniej kwalifikacji do zawodów złapali go po kontroli antydopingowej i zdyskwalifikowali... Miał pięćset razy przekroczoną normę testosteronu czy jakoś tak. Gdyby nie to, pewnie zdobyłby tytuł. Posiada krzepę, masę i technikę... Tego nie można mu odmówić. Tylko elementarnej kultury brak, ale to na zawodach nie jest szczególnie potrzebne.

– Mistrz Polski!? – wycedził Wędrowycz. – Jeszcze trochę, a te cholerne Bardaki tak się odchamią, że pójdą w profesory, posły i senatory! Tak czy siak, gdzie indziej może sobie być, kim zechce, ale w tej gminie prawdziwy mistrz może być tylko jeden. No ewentualnie dwóch. – Poklepał kumpla po ramieniu. – Ale trzech to już gruba przesada...

– Poczekamy, aż Birski sobie golnie kilka głębszych, podprowadzimy mu spluwę, zastrzelimy z niej Bardaka i podrzucimy broń z powrotem – zaproponował Semen. – Skazać go za to nie skażą, ale co się będzie musiał przed naczalstwem tłumaczyć... Gorzej, że i Birski, i Bardaki od razu domyślą się, czyja to robota – westchnął.

– E, ze spluwy to nie sztuka – burknął egzorcysta. – Jak go zastrzelimy, od razu powiedzą, że z nas cieniasy i baliśmy się równej męskiej walki...

– Chcesz się z nim bić? – skrzywił się kozak. – Bez obrazy, ale nie bardzo to widzę. Ma pięści wielkie i twarde jak kowadła.

– E, żeby zaraz się bić, to już lata trochę nie te. Ale skoro oni sprowadzili sobie przeciw nam tego przygłupa, to i nam wolno skombinować sobie własnego gladiatora. Arnold Schwarzenegger, Sylvester Stallone – ktoś taki – mruknął Jakub. – Ci dwaj mają odpowiedni wygląd i krzepy w łapach tyle, że jakiegoś tam Bardaka po ścianie rozsmarują... Jeszcze by się nadał ten Bruce Lee. Mały, ale zadziorny. Ale on, zdaje się, nie żyje. Chuck Norris też by podpasował, tylko on pewnie musi pilnować swojego Teksasu, więc nie przyjedzie.

– Jakub...

– Taaa?

– Wiesz, ile zarabia taki znany amerykański aktor? Z milion dolarów za jeden film, albo i lepiej. W życiu nie będzie nas na takiego stać. Co gorsza, nawet gdybyśmy zebrali pieniądze, to nie wiadomo, czy on naprawdę taki silny, czy może to wszystko filmowe udawanko...

– No to jesteśmy w czarnej dupie – skwitował egzorcysta.

A potem solidnie pociągnął z manierki i jeszcze zanim podał ją przyjacielowi, naraz rozjaśniło mu się w głowie.

– Słuchaj, oglądaliśmy kiedyś w knajpie taki film na wideo, „Konan Barbarzyńca" czy jakoś tak.

– No pamiętam...

– A jak myślisz, ten Konan to tylko bajka czy to się kiedyś zdarzyło?

– W zasadzie mogło się i zdarzyć, bo to film o czasach tak odległych, że nie zachowały się o nich żadne zapiski. A tej Cymerii archeologicznie się nie sprawdzi, bo większość tamtych terenów zalało morze, jak lodowce stopniały. Być może ten cały Konan żył naprawdę...

– Na wynajęcie Arnolda nas nie stać – rozważał Wędrowycz. – Może zatem sięgnijmy do źródła i wynajmijmy od razu Konana? Taki dzikus z przeszłości powinien pracować za perkal i paciorki.

– Pewnie tak, tylko skąd perkal weźmiemy? Kiedyś bywał w sklepie geesu, ale tak ze czterdzieści lat go nie widziałem. Zresztą i sklepu też już nie ma. A paciorki to gdzie się kupuje? W pasmanterii czy jak?

Jego przyjaciel też nie miał pojęcia.

– To mu kilka latarek damy albo zegarek elektroniczny z pozytywką. To się za grosze na bazarze kupi, a dla takich to wyższa technika.

– Pomysł wart rozważenia – przyznał kozak.

– Boję się jednego – westchnął egzorcysta.

– Czego?

– Że przez te dziesięć tysięcy lat ludzie mogli to i owo przekręcić. Wiesz, jak to jest z historiami snutymi w knajpie przy piwie. Przy każdym kolejnym opowiadaniu puchną, obrastają nowymi elementami... No i w efekcie z piętnastu szkopów, cośmy ich zastrzelili, jak uciekali, robią osiemdziesięciu zarżniętych w knajpie...

– Ale z tą knajpą i szkopami to chyba odwrotnie było? – Semen zmarszczył brwi, usiłując sobie przypomnieć przygody z czasów okupacji.

– Toż mówię. No i się boję, przez te zniekształcenia przekazu ustnego, czy ten Konan to będzie taki, jak na filmie, czy może słabszy. Bo głupszy to już chyba raczej nie. No i najgorsze pytanie – westchnął Jakub – czy ten prawdziwy Konan będzie podobny do Arnolda.

– A jak nie będzie, to co?

– To żaden z Bardaków nie pozna, że to Konan. A chciałbym, żeby wiedzieli, kto im wklepał. Zawsze to by podniosło nasz prestiż, że nie byle kto nam pomaga... Że oni to na nas mogą co najwyżej krewniaka z miasta ściągnąć, a po naszej stronie walczy wielki bohater z zamierzchłej przeszłości!

– To może lepiej weźmy kogoś z bliższych nam geograficznie i historycznie? Ilja Muromiec, Alosza Popowicz albo Dobrynia Nikitycz... – zapalił się Semen.

– Odpada. Ruscy nie kręcą o nich takich fajnych filmów, a nawet jak nakręcą, nasza telewizja nie pokazuje. A Konan to dla największego bardackiego głąba rozpoznawalny konkret.

– Jak tam sobie uważasz – skrzywił się Semen.

Przez chwilę zastanawiał się nawet, czy nie strzelić focha, ale wtedy straciłby szansę na kolejny łyk z piersiówki, więc po namyśle uznał, że w sumie kumpel ma rację. Na warszawskiego patałacha, choćby był niedoszłym mistrzem kraju, nie ma co fatygować herosów dawnej Rusi.

Wyczepienie bąbla czasoprzestrzennego było tym razem trudne. W tak dawnych czasach oś biegunowa Ziemi była przechylona trochę inaczej i Jakubowi nie udało się odpowiednio zsynchronizować ruchu. W rezultacie szarpnęło ich nie tylko do przodu, ale też w bok. Obaj starcy, koziołkując bezwładnie, połamali krzaki i spłoszyli stado żerujących w gęstwinie nosorożców włochatych. Wreszcie niosąca ich energia kinetyczna rozładowała się w ruchu obrotowym i ciężko zalegli w mchu na jakiejś polance.

– Żyjesz? – zagadnął Jakub.

– Żyję... – westchnął Semen. – Ale co to za życie. We łbie mi się kręci i rzygać się chce...

Dźwignął się z trudem, rozejrzał wokoło.

– Co to za paskudne miejsce? – burknął.

Wokoło rozciągał się zagajnik paproci drzewiastych i skrzypów. Tylko gdzieniegdzie rosły brzózki i osiki. Za to malin i poziomek było zatrzęsienie.

– Przyszłe dno Morza Północnego. Aquilonia albo i Cymeria – wyjaśnił Jakub. – Do stolicy to pewnie tędy. – Wskazał ledwo widoczną ścieżkę. – No to nie ma się co rozsiadać... Lepiej załatwić co trzeba i wracać do domu, zanim tu jakąś prehistoryczną malarię złapiemy. – Uderzeniem dłoni załatwił trzy komary naraz.

Ruszyli. Po godzinie marszu dróżka doprowadziła ich do szerszego traktu. Sądząc po koleinach, był uczęszczany.

– Nie sądziłem, że już w tej epoce znali koło – mruknął Semen, badając odciśnięte ślady. – Ani że zwierzęta kopytne udomowili. A tu, jak widzę, i konie, i woły szły w zaprzęgu... Tylko podkowy chyba jeszcze nie są wynalezione.

– Podkowy to zaczęły być potrzebne, jak Rzymianie wymyślili, że drogi powinny być brukowane kamieniami – błysnął pomysłem Jakub. – Wszyscy poszli w lewo, pewnikiem do miasta na targ, albo może na odpust.

Po kolejnej godzinie marszu o suchych pyskach obaj wędrowcy opadli nieco z sił. Właśnie planowali postój, gdy gdzieś z daleka dobiegły ich ciężkie kroki.

– Dinozaur? – zadumał się egzorcysta.

– Skąd niby dinozaur w tej epoce? Perszeron pewnie albo inna duża kobyła...

Ruszyli dalej.

– Hej, dziadki, może podrzucić do stolicy? – rozległo się za ich plecami.

Obejrzeli się. Drogą nadchodził okazały mamut. Zwierzę było solidnie objuczone. Na jego grzbiecie wśród jakichś pakunków siedział łebek, na oko sądząc jedenastoletni. Był rudy, a przy tym miał intensywnie błękitną skórę.

– No to łapiemy stopa – ucieszył się Semen.

Dzieciak spuścił im drabinkę linową. Wdrapali się na górę i mamut ruszył. Sierść zwierzaka była nieco sfilcowana i pachniała swojsko oborą. Starcy wyciągnęli wygodnie obolałe od marszu nogi. Trochę trzęsło, ale nie na tyle, żeby zlecieć. Grzbiet bestii był szerszy niż kanapa.

– Panowie, tak myślę, z innych epok przybyli? – zagadnął uprzejmie chłopak.

– Z dwudziestego pierwszego wieku – wyjaśnił Semen.

– A nasz to który będzie wedle waszej rachuby?

– Coś chyba około minus setny. Neandertalczyków już nie ma?

– Chyba wszystkie już dawno wybite i zeżarte, ale mój pradziadunio jeszcze czasem takich spotykał.

– Zaraz, a Atlantyda to dawno temu zatonęła?

– Niedawno, to całkiem świeża sprawa. Będzie coś z pięćset lat, nie więcej.

– No to jesteśmy około dziewięć tysięcy pięćsetnego przed naszą erą – obliczył pospiesznie kozak. – A co tam transportujemy? – Klepnął pierwszy z brzegu worek.

– Ruda złota – wyjaśnił chłopak. – Też ją eksploatujecie?

– W naszych czasach już tego nie ma, całe złoto występujące w postaci rud zostało wydobyte, przetopione, przerobione na ozdoby i monety, a potem pogubione i wtórnie rozdrobnione na samorodki skutkiem transportu z wodami rzek i tarcia o glebę.

Mamut kroczył spokojnie. Wyjechali z tajgi. Okolica powoli zmieniała się w bardziej cywilizowaną. Pojawiły się rowy melioracyjne, miedze... Wioski drzemały za chruścianymi płotami. Skrzydła wiatraków obracały się leniwie. Oczywiście, uważne oko dostrzegało, że znajdują się w przeszłości. Okna chat zamiast szybami oszklono płytkami miki. Garnki suszące się na płotach nie były polewane. Snopki na polach zamiast w dziesiątki ustawiono tuzinami. W ogródkach zamiast marchwi zasiano wężymord, zamiast pietruszki królował pasternak, a zamiast kalarepy brukiew. Krowy były mniejsze i kudłate, świnki przypominały dziki, a zamiast kur po obejściu biegały hesperonychusy. Po konarach jabłonek zamiast wiewiórek skakały eohippusy. Wilki, słysząc kroki mamuta, wyłaziły z bud i pobrzękując łańcuchami, wyły ponuro. Jakiś lokalny nuworysz miał nawet tygrysy szablozębne przykute do kolumienek na ganku dworku.

Łebek co jakiś czas wyjmował z koszyka jabłko i rzucał daleko przed siebie. Mamut przyspieszał wówczas kroku, łapał je trąbą i pakował do paszczy.

– Tak się reguluje szybkość. Mógłby całą drogę przetruchtać, tylko paliwa zabraknie – wyjaśnił dzieciak.

– A dlaczego jesteś taki niebieski na buzi? – zaciekawił się Jakub.

– Bo pochodzę z Lemurii – wyjaśnił dzieciak. – Coś jak Atlantyda, tylko zatonęła na Oceanie Indyjskim.

Pewnie nie znacie ludzi tego koloru, bo geny naszej rasy są silnie recesywne i mieszając się z Cymeryjczykami, wymieramy. To do waszych czasów już pewnie nie dotrwaliśmy.

– Ano niestety – westchnął Kozak. – Mamy ludzi tylko czterech kolorów. Czarnych, białych, żółtych i brązowych. I trochę barw pośrednich. Do tego niektórzy tych brązowych, zwanych też czerwonymi, zaliczają do rasy żółtej. Mamy też innych czerwonych, ale oni są przeważnie biali, z wyjątkiem Chińczyków, Wietnamczyków i Koreańczyków Północnych, którzy też są czerwoni, choć koloru żółtego. A w Afryce żyją jeszcze Etiopczycy, którzy byli czerwoni, tylko że koloru czarnego, na szczęście się wyleczyli. W każdym razie innych kolorów brak.

– Zaraz, chwileczkę, to zieloni i pomarańczowi także wyginęli?! – zdumiał się poganiacz.

– Przykro mi bardzo, wymarliście jak mamuty i dinozaury.

– To one też?! – Chłopak ze zdziwienia rozdziawił buzię.

– Nie mamy nawet megaterium, że o mastodontach nie wspomnę... Nie dbano o ochronę gatunkową, nie założono w porę rezerwatów, skurczyły się nisze ekologiczne i kaput... Zresztą i tak by pewnie wyzdychały, bo klimat się ocieplił.

Po lewej stronie szlaku pojawiło się rozległe jezioro. Poganiacz skierował zwierzaka do wodopoju. Kilka dziwnych stworów wystawiło łby nad wodę, ale mamut tylko tupnął włochatą nogą i zaraz ukryły się w głębinie.

– Plezjozaury? – zdziwił się egzorcysta.

– Nie, zwykłe nessie.

Mamut żłopał i żłopał, że omal się nie rozpękł. Potem zrobił im trąbą orzeźwiający prysznic.

– A jeśli wolno zapytać, czego panowie szukają w naszych prehistorycznych czasach? – zapytał chłopak, gdy ruszyli w dalszą drogę.

– My do króla Konana – wyjaśnił Wędrowycz. – Mamy kłopot z sąsiadami i tylko on może nam pomóc.

– Ech, i my mieliśmy kłopoty z sąsiadami – westchnął dzieciak. – Mamusię mi zgwałcili i zaciukali rzymscy legioniści, brat poległ pod Termopilami, a ojca zaszlachtowali wikingowie... Naszą chatę w czasie wojny Piktowie podhajcowali. Siostry wzięto w niewolę, pisały niedawno w liście, że sprzedano je do haremów w jakimś Zimbabwe. Co gorsza, po tej wojnie nie mogłem się do żadnej roboty nająć, bo król w dzieciństwie kierat obracał. Ma złe wspomnienia, więc zakazał wyzysku nieletnich, a domów dziecka ani rent dla członków rodzin poległych żołnierzy jeszcze nie wymyślono. Nikt nie chciał mi dać pracy, bo za to strażnicy wbijali na pal... Na szczęście w przepisach są luki, poszedłem na terminatora do szewca, gdyby nie to, zdechłbym z głodu. A potem przystałem do Walonów i teraz uczę się na górnika. – Poklepał worek z rudą.

Za kolejnym zakrętem ukazała się stolica. Wyglądała całkiem nieźle, choć jak na gust Jakuba, trochę zbyt megalitycznie. Musiał jednak przyznać, że akwedukty nadawały jej pewien polor nowoczesności.

– Fiu, fiu – gwizdnął kozak. – Kamienne mury, posągi, obeliski, sfinksy, ulice brukowane kocimi łbami, glazura jak na bramie Isztar w Babilonie, latarnie uliczne na olej, dachy kryte gontem... Cywilizacja, jak widzę, pełną gębą. Pewnie nawet kible macie spłukiwane wodą?

– Tego jeszcze nie wynaleziono, sramy normalnie w sławojkach. Ale krany i prysznice już są. Podrzucić was na zamek?

– Poprosimy...

Kwadrans później zaparkowali przed bramą. Podziękowali i po drabince zeszli na ziemię. Zamek otoczony był murem z gigantycznych głazów. Bramę okuto żelaznymi sztabami.

– Musieli się zdrowo natyrać, by to obrobić i poskładać do kupy – zauważył kozak. – Te kamuszki ważą i po półtorej tony każdy. No ale jak się nie wymyśliło cegieł, to się trzeba męczyć...

Podeszli do wrót. Były zamknięte na głucho. Zapukali. Zazgrzytały rygle i w szparze pojawił się wachman odziany w kolczugę.

– Panowie względem czego przyszli? – zagadnął.

– Dzień dobry, myśmy przyjechali w ważnej sprawie do pana króla Konana – ukłonił się Jakub. – Prosimy pięknie o audiencję...

– To absolutnie niemożliwe – pokręcił głową wachman. – Nasz władca o tej porze zajmuje się pracą intelektualną. Nie wolno mu przeszkadzać. Mogę was umówić na przyszły miesiąc we wtorek o dziewiątej piętnaście.

– Przyjacielu, przybyliśmy z daleka, spieszy nam się jak diabli i bardzo nam zależy, żeby to było dzisiaj... – uśmiechnął się kozak.

– Jak bardzo? – ożywił się strażnik.

– Bardzo. Zobacz proszę, co da się zrobić. – Semen wcisnął strażnikowi w dłoń złotą carską pięciorublówkę.

– Poczekajcie tu. – Osiłek znikł za drzwiami.

– Uniwersalna waluta. – Kozak uniósł z dumą głowę. – Ważna na całym świecie i w każdej epoce... Dobrze to carowie wymyślili.

– No, może i tak. Ale ciut przepłaciłeś chyba.

– Spoko, i tak dałem mu fałszywą. Od dziecka nienawidzę korupcji!

Wachman pojawił się po pięciu minutach.

– Król Konan przyjmie panów. Proszę za mną.

Poprowadził ich zamkowymi korytarzami. Mijali sale zdobione freskami i mozaikami. Korynckie kolumny podtrzymywały ostrołukowe sklepienia. Wreszcie ich przewodnik zatrzymał się przed rzeźbionymi drzwiami i zapukał.

– Wejść – dobiegło z wnętrza gabinetu.

Ukłonił się i przepuścił ich przodem. Obaj przybysze stanęli w progu. Pod ścianami pomieszczenia ciągnęły się regały zastawione oprawionymi w skórę księgami pisanymi na papirusie. W kącie delikatnie pyrkotał prosty aparat do pędzenia samogonu. Miedziany baniaczek podgrzewała alchemiczna świeca trzyknotowa. W powietrzu unosiła się delikatna woń ziemniaczanego zacieru. Do podstawionej szklanki leniwie kapały przejrzyste kropelki.

Koleś, który siedział w fotelu za biurkiem, musiał w przeszłości być prawdziwym olbrzymem. Obecnie... no cóż. Wzrost mu się wprawdzie nie zmniejszył, ale poza tym nie wyglądał szczególnie dobrze. Sflaczał, wyłysiał, brakowało mu też kilku zębów i jednego ucha. Za to koronę miał całkiem elegancką.

– Czym mogę służyć? – Król Konan zamknął księgę i spojrzał na nich znad okularów.

– Witaj, czcigodny władco! Przybyliśmy z odległej przyszłości... – zaczął Wędrowycz.

– To akurat widać...

Władca wymownie spojrzał na zdobiący przegub zegarek słoneczny, dając delikatnie do zrozumienia, by się streszczali.

– Nasi wrogowie wynajęli sobie gladiatora, który przegonił nas z knajpy. Pomyśleliśmy, że może zechciałbyś, panie, rozruszać trochę kości i mu wklepać. Zapłacimy cudami naszej techniki! – rzucił Semen.

– E, to już nie dla mnie. – Władca pokręcił głową. – To bardzo miło, że o mnie pomyśleliście, ale niepotrzebnie fatygowaliście się taki kawał. Od czasu, gdy wygrałem ostatnią wojnę, jestem zdeklarowanym pacyfistą. Zresztą zestarzałem się trochę, muskulatura poszła się bujać, sił fizycznych też brakuje. Bo wiecie, w młodości sterydy brałem. To znaczy hormony, bo w tej epoce sterydy niestety nie są jeszcze znane. No i jak to bywa, muskulatura dzięki nim uzyskana szczególnie trwała nie jest.

– A hormony niby jak pozyskiwałeś, panie, bez przemysłu farmaceutycznego!? – zdumiał się Semen.

– Jadłem codziennie siekaninę z surowych byczych jąder. Miałem dzięki temu podniesiony poziom testosteronu. Aż mnie nosiło, więc regularnie dawałem wycisk wrogom, potworom... Sami rozumiecie, błędy młodości i nadmierna fascynacja przemocą. Tylko że od pięciu lat jestem wegetarianinem. Zaniedbałem też ostatnio trochę wysiłek fizyczny na rzecz umysłowego... Zgłębianie dzieł naukowych jest fantastyczną sprawą. Wybaczcie, panowie, czekają mnie niebawem egzaminy do cechu chirurgów i balwierzy, muszę więc zakuwać. Jak zdam, oddaję koronę synowi, a sam zajmę się czymś ciekawym i pożytecznym. Medycyna to moje powołanie! Tylu ludzi zakatrupiłem, teraz drugie tyle uratuję, wyrównam rachunki ze śmiercią...

– A tamto? – Jakub wskazał urządzenie.

– Szykuję się do obrony pracy dyplomowej. Odkryłem, że alkoholu w wyższych stężeniach można używać nie tylko do picia, ale też do odkażania pola operacyjnego. – Konan uśmiechnął się z dumą. – Nawiasem mówiąc, patrzycie na pierwszy aparat destylacyjny w historii naszej planety, i to ja go zbudowałem.

– Szkoda, że jeszcze nie wymyślili Nagrody Nobla, bo należy ci się, panie, jak psu buda! – zachwycił się Semen.

– Serdeczne gratulacje! – poparł go Jakub. – A co do Bardaków, mówi się trudno. Przepraszamy i spadamy. – Ukłonił się ładnie i wyszli z sali tronowej.

– Do widzenia – rzucił za nimi król Konan, po czym ponownie zagłębił się w księdze.

Przeszli kawałek korytarzem, gdy egzorcysta walnął się z rozmachem w głowę i truchtem ruszył z powrotem.

– Królu? – zagadnął, wtykając głowę do gabinetu.

– Tak? – Konan oderwał wzrok od księgi.

– Następnym razem do kartoflanego zacieru dodaj tak z kilogram buraków cukrowych pokrojonych w kosteczkę. Bardzo poprawia smak.

– Dziękuję za radę – uśmiechnął się władca.

Obaj starcy wyszli z zamku, pożegnali się z wachmanem i ruszyli główną ulicą. Minęli centralną szubienicę miejską, zobaczyli, jak fałszerzom pieniędzy leje się do gardeł roztopiony ołów, obejrzeli targ niewolników, poczekali na pasach, aż minie ich stadko glyptodontów pędzonych do rzeźni.

– Misja nam się usrała. Co robimy? – zagadnął egzorcysta.

– Zazwyczaj w książkach i filmach bywa tak, że awanturnik porzuca dawne życie, osiada w klasztorze, a potem przybywają jego dawni kumple i wabią go do powrotu na wojenną ścieżkę. Kłopot w tym, że nie jesteśmy jego starymi kumplami... Ani nawet takich nie znamy. Ale może gdyby poszukać po szynkach i zajazdach jego towarzyszy broni...

– Nawet jakbyśmy byli jego przyjaciółmi albo gdybyśmy takich znaleźli, to chyba zbyt oklepany chwyt, Konan raczej się na to nie nabierze... Trudno, odpuszczamy. Transfer do naszych czasów dopiero o północy... Może spróbujemy miejscowego piwa, bo chyba browary już wynaleziono?

– Browary to chyba jeszcze nie, ale piwo...? Neolit preceramiczny fazy B skończył się około... – Semen zaczął liczyć coś na palcach. – Nie, cholera, tu nie ma piwa. Nie da się go zrobić bez uprawy zbóż. Wedle nauki jesteśmy o trzy tysiące lat za wcześnie.

Mylił się jednak, podobnie jak nauka. Jakub już wypatrzył wypisany runami szyld szynku. Weszli do wnętrza. W ciemnawym pomieszczeniu pachniało swojsko skwaśniałym piwem, frytkami i kebabem. Frytki były całkiem podobne do współczesnych, ale podawano je bez keczupu, bo zapewne Ameryka nie została jeszcze odkryta i nikt nie sprowadził do Europy pomidorów.

– Ty, zobacz. – Egzorcysta trącił kumpla łokciem. – Ale okaz...

W kącie nad dzbankiem, z którego sterczała gruba słomka, siedział kafarowaty bysio, który wyglądał wypisz wymaluj jak Konan z filmu. Nawet gębusię miał identyczną.

– Spróbujmy się z nim jakoś zakumplować – rzekł kozak.

– Poprosimy trzy duże. – Jakub zwrócił się do barmana, kładąc na ladzie srebrną dychę z Piłsudskim.

– Trochę mało – skrzywił się szynkarz, podrzucając monetę w dłoni. – Ale niech będzie moja strata, dla wędrowców damy z rabatem...

– Drogo tu! – mruknął Semen.

– Może dlatego, że stolica i lokal przy głównej ulicy? – wyraził przypuszczenie egzorcysta. – Muszą niezły czynsz bulić od każdej stopy kwadratowej powierzchni użytkowej...

– Nie, przyczyny są inne. Mamy zbyt bogate złoża srebra i złota – wyjaśnił oberżysta, nalewając piwko. – Jest ogromna nadpodaż metali szlachetnych na rynku, a nie wynaleźliśmy jeszcze banknotów, więc nasza inflacja, zamiast zaowocować dodrukiem pustego pieniądza, powoduje spadek wartości kruszców w stosunku do ceny innych produktów. Gdyby ktoś nas najechał i złupił, ceny zapewne wróciłyby do normy, ale nasz król przed kilku laty spuścił sąsiadom takie baty, że trzeba z pięć pokoleń czekać, zanim te ciule się odważą znowu z nami zadrzeć...

– Coś podobnego – pokręcił głową Jakub.

– E, nic nowego – uspokoił go przyjaciel. – Podobnie było po podboju Meksyku i Peru. W szesnastym wieku napłynęło do Hiszpanii tyle złota, że ceny oszalały.

Odebrali dzbanki. Piwo pachniało nieźle, piany miało na trzy palce. Tylko klarowne nie było i chmiel najwyraźniej też nie został jeszcze odkryty, no i trzeba je było pić przez słomki, żeby pozostałości organiczne po procesie produkcji nie wpadały do ust.

– Można się dosiąść? – zagadnął kozak, stając przy stoliku osiłka.

– Jasne. – Konanopodobny posunął się, robiąc miejsce na ławie. – Niech zgadnę, proponowaliście mojemu dziadkowi jakieś fajne zlecenie, ale was spławił? Nie was pierwszych... Całkiem zgłupiał od tego czytania uczonych traktatów.

– O, mamy zatem do czynienia z wnukiem samego władcy? To dla nas zaszczyt... – Semen ukłonił się elegancko.

– Jaki tam zaszczyt, dajcie se panowie siana. Jestem z nieprawego łoża, a nawet podwójnie nieprawego, bo dziadek spłodził tatkę z posługaczką w szynku, a tatko mnie, jak kiedyś po wypłacie, zamiast wracać do domu, zaszedł do burdelu.

– Czyli żadnych szans na tron? – Egzorcyście zaczął świtać pewien pomysł. – A może da się to jakoś zorganizować? Spisek haremowy albo rewolta...

– Musiałbym ukatrupić ze czterdziestu bardziej legalnych pretendentów – westchnął bysio. – I ze stu czterdziestu takich jak ja pretendentów pozasukcesyjnych, a i to nie licząc dziewuch. A własnych krewnych szlachtować to jednak trochę obciach, zwłaszcza że pięćdziesięciu, sześćdziesięciu to moi kumple. Wybaczą panowie, nie przedstawiłem się. Arnold jestem.

– Jakub Wędrowycz – przedstawił się egzorcysta.

– Semen Korczaszko – przedstawił się kozak.

Stuknęli się kuflami.

– Wypijmy za te wszystkie piękne miejsca, gdzie nas nie ma – nowy kumpel wzniósł toast.

– Tu w sumie nie jest tak źle – zauważył Wędrowycz. – Poziom PKB wydaje mi się całkiem wysoki, wielu podatków jeszcze nie wymyślono. Nie macie biurokracji ani akcyzy na piwo. Zatrucie środowiska naturalnego niskie. Czego nos na kwintę zwieszasz?

– Bo wiecie, cholernie nie podoba mi się mój kraj, moja epoka i mój niski status społeczny – rozklejał się osiłek. – Co z tego, że jestem krewnym króla? On się teraz zajmuje filozofią i medycyną. Zmienił sobie przydomek. Chciał przerobić z Konan Barbarzyńca na Konan Myśliciel, śmiechu warte. Ale rada mędrców po naradzie wymyśliła coś jeszcze lepszego.

– To jak się teraz nazywa?

– Konan Destylator. – Bysio był wyraźnie dumny z dziadka.

– To piękne... – szepnął Jakub, głęboko poruszony.

– Wspaniałe! – przyznał kozak. – Zwłaszcza w czasach, gdy nie ma orderów i tylko odpowiedni przydomek pozwala uhonorować człowieka za wielkie czyny.

– Tak czy siak, od kiedy dziadek wyuczył się czytać i pisać, umyślił sobie zostać uczonym. Zakuwa dzień i noc do egzaminów cechowych. Nie ma czasu, by się ze mną choćby napić piwka. W dodatku jest wrogiem nepotyzmu, żadnej synekury mi nie załatwi. Kariery muskułami też nie zrobię, takich mięśniaków wprawionych do robienia mieczem jest tu na pęczki. No i wojen ostatnio nie ma, to nijak się wykazać. Myślałem, że może ruszę na południe poszukać przygód wśród dzikusów, ale szybko wróciłem. Tam taki prymityw, że szkoda gadać. Nawet papieru toaletowego nie znają. Jak już emigrować, to w jakieś fajne miejsce...

– A co powiesz na świat, gdzie jest radio, telewizja, elektryczność i gołe babki nóziami fikają w Internecie? – zagadnął Jakub.

– Znaczy się wasza epoka? – Bysio spojrzał zaciekawiony. – Brzmi niegłupio! Tylko co ja tam będę robił?

– Wielki jesteś, silny jak kobyła, możesz zostać na przykład ochroniarzem w supermarkecie – mruknął Jakub. – Albo iść do straży miejskiej. Możesz też rowy kopać. Do murarki szybko się przyuczysz. Tylko najpierw... No cóż, młody, takie jest życie, za nielegalny przerzut do krain lepszego świata trzeba zapłacić.

– Ile? – Wnuk króla sięgnął po sakiewkę.

– Schowaj tę kasę, bo się natychmiast obrażę! – fuknął rozeźlony Wędrowycz. – Pieniądze nie będą potrzebne... Po prostu przysługa za przysługę. Mamy w naszym miasteczku kłopot z jednym złym człowiekiem...

– Zakatrupić? – ożywił się osiłek. – Nie ma problemu! A wcześniej, jak rozumiem, tortury. Macie narzędzia i odpowiednią piwnicę? Ile ma się męczyć? Przez tydzień, czy może...

– Wystarczy, jak obijesz mu ryja – uciął Semen. – Tak solidnie, od serca, by raz na zawsze zrozumiał, gdzie jego miejsce. Może być z wybiciem zębów i ogólną mordoplastyką. Chirurdzy i dentyści też muszą z czegoś żyć.

– Załatwione!

– No to dopijmy i zbieramy się – zarządził egzorcysta.

Potraktowane z kopa drzwi otworzyły się w kierunku nieprzewidzianym normami ISO dla lokali gastronomicznych. Jakub i Semen odważnie i z przytupem wmaszerowali do wnętrza. Na ich widok Bardacy zamilkli i odruchowo wtulili głowy w ramiona. W sali zaległa niedobra, złowroga cisza. Zakłócał ją tylko chlupot wody – to ajent płukał kufle pod kranem.

– Oj, pozmieniało się w mojej ulubionej knajpie przez te parę dni, i to wcale nie na lepsze – warknął egzorcysta.

Członkowie wrogiego plemienia, dawniej stłoczeni w jednym kącie, teraz bezczelnie rozgościli się w całej sali. Co gorsza, ulubiony stolik Jakuba miał nowego lokatora. Za porżniętym nożami laminowanym blatem siedział wygodnie rozparty Oswald. Jego kraciasta flanelowa koszula, ozdobiona logo adidasa, wyglądała w tym miejscu jak wrogi sztandar zatknięty na zdobytej twierdzy.

– A wy czego tu jeszcze szukacie!? – zdumiał się na ich widok. – Mało wam było jednej lekcji, to zaraz powtórzymy...

Dźwignął się ciężko i kopniakiem odrzucił stolik na bok, czyszcząc sobie pole walki. Zawinął rękawy, prezentując przedramiona pokryte twardymi węzłami mięśni. Całe wrogie plemię z uciechą czekało na powtórkę z rozrywki. Ale przybysze jakoś wcale się nie przestraszyli. Stali z bezczelnymi uśmiechami i ironicznie mrużyli kaprawe ślepka.

– Wygraliście jedną potyczkę, ale przed nami cała długa wojna – warknął wreszcie Semen. – A właściwie nie wojna, tylko rekonkwista! Ten kąt lokalu jest nasz, a wam od niego wara! Wprowadzamy do walki drugi rzut strategiczny.

– Że niby co? – nie zrozumiał Oswald. – O czym wy pieprzycie!?

– Arnold, bierz go! – rzucił Jakub.

Skrzypnęły zawiasy. Przez pomieszczenie przeciągnął kolejny chłodny powiew. Bardackie szczęki opadły z wrażenia, a kilka sztucznych wypadło z paszcz i klepnęło o podłogę. Bysio, który wtoczył się do knajpy, wyglądał wypisz wymaluj jak Arnold Schwarzenegger grający Konana. Nawet strój miał zupełnie identyko. Oswald Bardak, choć nie był ułomkiem, na widok tego kafara poczuł zdradliwą miękkość w kolanach.

– Spieprzać, dziady – warknął, ale jakby bez przekonania.

W następnej chwili przybysz skoczył ku niemu jak pantera. Bardak usiłował go kopnąć w żołądek. Uderzył stopą, trafił nawet, ale usłyszał tylko trzask pękających kości. Brzuch nieznajomego był twardy jak skała. W następnej chwili poczuł morderczy chwyt iście gorylich łap i plecami zderzył się z sufitem. Płyty pilśniowe i deski trzasnęły. Ujrzał, jak kryty papą dach knajpy znika gdzieś w dole, a potem zadziałała grawitacja i runął przez wybitą dziurę z powrotem do sali. Uderzył ciężko o podłogę, wsparł się całą jeszcze nogą i widząc wroga w zasięgu rąk, zadał kułakiem prawy sierpowy. Trafił przeciwnika w szczękę, ale ten tylko zmrużył oczy i wyprowadził własny cios. W następnej chwili Oswald Bardak, miażdżąc pustaki, przeleciał przez lichą ścianę do sąsiadującego z knajpą sklepu. Wstał z połamanej witryny, otrzepał się z zegarków. Potrząsnął głową i wypluł piętnaście zębów naraz. A potem, widząc szarżującego barbarzyńcę, pospiesznie wyjął z kieszeni chustkę do nosa i wywiesił białą flagę...

– I wszystko dobrze się skończyło. Po przegranej bójce Oswald wrócił jak niepyszny do tej swojej Warszawy.

Pewnie żeby wstawić nowe zęby. Pozostałe Bardaki musieli na koszt własny naprawić sufit i ścianę. Do takich chamusiów najlepiej trafia uderzenie po kieszeni. Dostali dobrą nauczkę natury finansowej i przez następne kilka tygodni był z nimi spokój. Nasz przyjaciel Arnold zatrudnił się jako magazynier we młynie. Ale nie szła mu ta robota, bo ciężka i marnie płatna, no i nie dawał rady tyle chlać co wieczór, więc po krótkiej naradzie wymyśliliśmy, że przepchniemy go piętnaście czy dwadzieścia lat w przeszłość z punktem wyczepienia na terenie USA i tam zacznie to swoje nowe życie. I faktycznie nieźle mu poszło, wyuczył się szybko angielskiego i zaczepił w Hollywood – zakończył Jakub swoją opowieść. – No i co? Fajna historia była?

Prawnuk nie odpowiedział. Zmęczony upałem i pradziadowymi bujdami spał jak zabity.

Gruba kreska

Dochodziła północ. Zadyma w knajpie właśnie przygasała. Na placu boju zostali już tylko Jakub, Semen i Izydor. Wszyscy inni, zarówno stronnicy Wędrowycza, jak i członkowie wrogiego plemienia, leżeli pokotem, wzajemnie znokautowani.

– Odpuść mu, masz łapy już tak brudne, że nawet nie widać bakterii! – burknął Semen.

– Może i brudne, ale to normalne przy robocie – wyjaśnił egzorcysta i puścił glanowanego Bardaka.

Wróg klapnął na podłogę i zastygł na lastryko. Barman spojrzał na to chmurnie, ale nic nie powiedział. Wędrowycz obejrzał swoje dłonie w świetle żarówki. Fakt, były trochę ubabrane błotem z podłogi i bardacką juchą. Przyjrzał im się jeszcze pod światło i musiał przyznać, że Semen miał rację. Bakterii też już nie było widać. Wzruszył ramionami.

– Nie jest tak źle, jutro umyję – dodał polubownym tonem i kopnął leżącego Izydora w żebra.

– Idź do kibla i teraz umyj – polecił kozak.

– Że niby w sedesie?!

– W umywalce, idioto. I pospiesz się, bo nam nocny pekaes ucieknie. A w stolicy, przysięgam, zawlokę cię do łaźni dla bezdomnych na totalne szorowanie, żebyś nie narobił jakiegoś obciachu.

Szesnaście godzin później

– Przez ciebie od rana czuję się jak zombie – westchnął egzorcysta.

– Trochę przesadzasz – burknął Semen.

– Jestem domyty, uczesany, ostrzyżony, trzeźwy i wbity w garnitur z supermarketu. Tak się przed pogrzebem z nieboszczykiem robi! Tylko że zamiast leżeć spokojnie w trumnie i słuchać, jak dawni wrogowie ronią fałszywe łzy, chodzę po mieście. Ledwo chodzę, bo mnie buty cisną!

– Kupiliśmy adidasy o dwa numery za luźne! Wytrzymasz jakoś, to już niedaleko.

– Być może są za luźne, ale i tak noga nie ma w nich tyle swobody co w gumofilcach! I bagnet muszę jak ciul w torbie nosić zamiast w cholewce!

Obaj starcy, wystrojeni jak stróże w Boże Ciało, dreptali niespiesznie przez ursynowskie blokowisko. Jesienne popołudnie było ciepłe i przyjemne. Wszędzie wokoło panował gwar i ruch. Gołębie gruchały, psy szczekały, dzieciaki wrzeszczały.

– Dwa tygodnie posiedzimy w tej Warszawie, jakoś wytrzymam to całe mycie się i tak dalej – warknął Jakub, wracając do wcześniejszych rozważań. – Tylko co będzie, jak wrócę do domu bez ochronnej warstwy naskórka?

– Jeszcze by ci się przydał manikiur – zadrwił kozak.

– Odwal się. Obciąłem paznokcie i wyszorowałem! Ładne są... – Spojrzał krytycznie na swoje spracowane łapy rzeźnika, ozdobione pożółkłymi, zrogowaciałymi szponami.

– Dentysta też by nie zawadził – docinał jego kumpel.

– Nie przeginaj, bo zaraz sam będziesz potrzebował dentysty! Umyłem zęby tym miętowym draństwem z tubki, i to dwa razy, jeszcze ci mało!?

– Raz umyłeś, bo ten pierwszy raz to był krem do golenia, nie liczy się – zarechotał kozak. – No, a teraz dość fochów, jesteśmy już prawie na miejscu. W końcu to twoja rodzina...

– Wyrodki, ale jednak rodzina – przyznał ponuro Jakub. – Syn magister, wnuk inżynier od komputerów, a i z prawnuka już nic dobrego raczej nie wyrośnie... Komu ja gospodarkę zostawię?

– Prawnukowi zostawisz, a po twojej śmierci zaraz zrobi tam, hłe, hłe, skansen. Nawet eksponatów nie będzie musiał dokupywać. Twoje stare łachy wciągnie na manekina i będzie ekspozycja „Chłop wojsławicki doby XIX wieku – praca i warunki życia". Hmm... Czy ja powiedziałem „praca"?

– Wybaczam ci te ohydne i obelżywe słowa tylko dlatego, że nie wypada lać się po mordach na progu bloku, gdzie moi krewni mieszkają!

Dotarli już bowiem na miejsce. Blok wyglądał podobnie jak sąsiednie. Był zbudowany z wielkiej płyty, miał szarą elewację, jedną klatkę schodową i aż dwanaście pięter. Piotruś musiał ich wypatrywać z okna, bo zaraz wybiegł przed budynek.

– Aleś wyrósł – pochwalił Jakub potomka. – Ale co ty masz na nosie?

– No okulary – wyjaśnił młody. – Już od miesiąca noszę.

– Wiedziałem, że sobie popsujesz oczy od tego czytania książek! – zrugał go egzorcysta. – Całkiem jak ojciec i dziadek! Ich też ostrzegałem i też sobie popsuli. Trzem pokoleniom dobre rady dawałem, a wyście to olewali – łajał. – Ciesz się, że chociaż pradziadka masz normalnego i prawie analfabetę!

– Okulary się przydają – bąknął chłopak. – Zwłaszcza teraz, gdy jestem w gimnazjum. Warto mieć nawet takie podrabiane, ze szkłem okiennym. Belfer ocenia i najważniejsze jest pierwsze wrażenie. Widzi okulary, to klasyfikuje człowieka jako kujona i od razu oceny lepsze stawia.

– Jakie to proste – mruknął egzorcysta, poirytowany. – Jakbym to wiedział te osiemdziesiąt lat temu, to może nie musiałbym podpalać szkoły... Zresztą nieważne. Prowadź, wodzu...

Ruszyli za chłopakiem. Im bliżej byli klatki, tym bardziej kłuła w oczy nienaturalna wręcz czystość otoczenia. Dozorca, młody mężczyzna o wyglądzie studenta, z zapałem pucował szybę w drzwiach.

– Dzień dobry, panie Rafale – powitał go potomek rodu Wędrowyczów. – Zobaczy pan, pradziadek z kolegą do nas przyjechali.

– Miło panów powitać. – Dozorca ukłonił się. – Frańczak jestem.

Uścisnęli sobie dłonie, wymieniając nazwiska.

– Równy facet ten wasz cieć – pochwalił egzorcysta, gdy już zapakowali się do windy. – Pracuje w stolicy, ale we łbie ma dobrze poukładane. Nie gwiazdorzy i nie wywyższa się nad prostych kmiotków z prowincji... Nawet rękę nam podał.

– No, spoko kolo – przyznał prawnuk. – Przykłada się do roboty i pogadać też z nim można. Pokażę wam fajną sztuczkę – zmienił temat. – Ta winda jest jak kalkulator, umie dodawać! Mogę wcisnąć po prostu guzik z numerem dwanaście, ale mogę też pojechać inaczej. Jeśli wciskam na przykład jednocześnie osiem i cztery albo siedem i pięć, to też zawiezie nas prościutko na dwunaste.

– Jaka mądra winda. A mnożyć i dzielić umie? – Egzorcysta pokręcił głową. – Sztuczną inteligencję do niej zamontowali czy jak?

– Gdzie tam sztuczną inteligencję – prychnął Semen. – Silnikiem steruje prosty automat, zbierający impulsy elektryczne. Ale ciekawe, że ustawiono go tak, by je sumował.

Winda jechała i jechała. Jakub przejrzał się w lustrze, poprawił kołnierzyk i strzepnął jakiś pyłek z klapy marynarki. Musiał – choć niechętnie – przyznać, że Semen naprawdę się przyłożył. Egzorcysta ostatni raz tak wystrojony pojawił się na chrzcinach prawnuka...

Wreszcie znaleźli się na dwunastym piętrze. Z okna na korytarzu widać było panoramę blokowiska. Drzwi mieszkania otworzyły się...

– To mój przyjaciel Semen Korczaszko – przedstawił Jakub towarzysza. – A to synowa... eee... Wnukowa? Hmm... No, synowa synowej.

– Małgorzata – ucięła kobieta, ściskając dłoń starca.

– Miło poznać. Przywiozłem pani teścia... Znaczy teściowego teścia... Eeee...

– Jakuba – uciął nestor rodu.

– Wcześniej go doszorowałem i ubrałem po ludzku – pochwalił się kozak. – I u fryzjera byliśmy. On to chyba pierwszy raz w życiu.

Jakub zrobił minę, jakby miał ochotę coś powiedzieć, ale kobieta chyba to spostrzegła i zręcznie zmieniła temat.

– Świetnie, że dotarliście, zapraszam na obiad.

– To jeszcze ręce umyjemy. – Kozak pociągnął kumpla do łazienki.

Mieszkanie było ładne, jasne i przestronne. Ale Jakubowi i tak się nie podobało. Było stanowczo zbyt wielkie i zbyt czyste. No i ten zapach... Brakowało mu woni palącego się drewna, stęchlizny, samogonu, zacieru – tego wszystkiego, co w jego chacie truło bakterie już w powietrzu. Nawet kran był jakiś inny, zamiast pokręteł miał wajchę.

– Duractwa wymyślają – mruknął rozeźlony, patrząc, jak strumień wody rozbija się o umywalkę. – Po co to komu?

– Przestań zrzędzić – ofuknął go Semen. – Weź trochę mydła.

Jakub nieufnie powąchał kostkę.

– Dużo zapachu dodali, pewnie po to, żeby zabić woń tłuszczu wytapianego ze zdechłej krowy – powiedział w zadumie.

– Głupi jesteś! Wiesz, ile milionów kostek robi się co tydzień? Skąd wzięliby tyle zdechłych krów?

– Tak czy inaczej, nie lubię miasta – oznajmił egzorcysta.

Przeszli do jadalni. Jakub jadł powoli i ostrożnie. Kotlety były mięciutkie i dobrze rozbite. W zasadzie nie musiał używać noża... Także kartofle zostały ugniecione na piure. Wszystko było smaczne, a sos grzybowy stanowił istny majstersztyk. I to właśnie bardzo go niepokoiło. W domu przywykł jadać żylaste, na wpół surowe ochłapy. Bał się, że miejskie jedzenie rozreguluje mu żołądek, albo – co gorsza – wywoła jego patologiczną nadwrażliwość.

„Mięso ucieka, potem nie ucieka, wreszcie znowu zaczyna uciekać, wtedy odpuszczamy" – przypomniał sobie słowa dziadka. „Skoro nie ucieka, to znaczy, że da się zjeść. A problemami świeżości niech się martwią frajerzy, którzy dali sobie wcisnąć lodówkę..."

Na deser zaserwowano ciasto i sfermentowany sok z winogron ze śladową ilością alkoholu. Napój ten miastowi nie wiedzieć czemu uważali za wino. Po deserze wyszli na balkon. Panorama miasta widziana z tego miejsca była jeszcze brzydsza...

– O, widzicie, znowu tu są. – Pani Małgorzata pokazała niedopałki walające się po balkonie.

– No pety, widzimy... Znaczy się Piotruś zaczął palić to świństwo?! Zaraz mu to wybijemy z głowy. – Egzorcysta już sięgał po pasek.

– Nie, nikt w domu nie pali. Nie mam pojęcia, skąd one się tu biorą. Przecież to ostatnie piętro, nad nami już nikt nie mieszka! Wiatr to przynosi czy ptaki może? Sama nie wiem.

– Faktycznie zagadka... – pokiwał głową kozak.

Wieczorem zadzwonił Maciek, rozmawiał tylko przez chwilę, bo negocjował właśnie w Nowym Jorku jakiś kontrakt, ale Jakubowi i tak było przyjemnie.

– Może i trzeba kupić własny telefon komórkowy – mruknął, układając się do snu. – Tylko trza by do tego jeszcze agregat prądotwórczy chyba, a dużo z tym roboty...

– Możesz podładować prądem ze zwyczajnego gniazdka.

– O nie! Nie pozwolę, żeby założyli mi elektryczność.

– Ale przecież czasem, jak potrzebujesz prądu, podpinasz się na lewo do sąsiadów – zdziwił się kozak.

– To tak jakby co innego – odburknął Wędrowycz i zaraz zasnął.

Nastał ranek. Małgorzata zrobiła jajecznicę dla wszystkich i pobiegła do roboty. Piotruś poszedł do szkoły. Starcy zostali sami w mieszkaniu.

– Miasto ma swoje niezaprzeczalne uroki – westchnął egzorcysta, patrząc na betonową pustynię ciągnącą się wokoło. – Ale jednakowoż trochę nudno...

– Może zadzwonimy do tej szkoły, że podłożyliśmy bombę, to twój wnuk będzie miał dziś wolne i poszlajamy się we trzech? – zasugerował Semen. – Można też odwrotnie...

– Podłożymy bombę i wcale nie zadzwonimy? Niczego sobie pomysł. Ale szkół w mieście jest dużo, zaraz mu każą chodzić do jakiejś innej. A jak ta inna będzie gorsza? Albo dalej? Bez sensu. Już raczej poszukajmy rozrywek dwuosobowych i dostosowanych do naszego wieku. Poderwiemy jakieś dupcie albo nafikamy miejscowym dresiarzom...

– No to do roboty – zapalił się kozak.

Wyszli przed blok. Wokoło nie było widać niczego ciekawego. Obeszli cztery najbliższe podwórka i wrócili przed klatkę. Nie spotkali żadnych dupć, dresiarze też gdzieś się pochowali...

– Nigdy ich nie ma, kiedy akurat są potrzebni – warknął Jakub. – No to już zupełnie nie wiem, co ludzie widzą w tym mieście. Tramwaje tu są i metro, przejechałem się parę razy, ale to przereklamowane. Żeby nas nie zaprosili, tobym tu wcale nie przyjeżdżał!

– Genius loci każdego miejsca są ludzie – zauważył jego towarzysz. – Zapewne mają tu krewnych i przyjaciół. Coś jak mieszkańcy Starego Majdanu czy Wojsławic. U nas też nic ciekawego, a jednak mieszka się przyjemnie. Jest z kim pogadać, jest z kim wypić, nawet jest komu w mordę dać. To wszystko tworzy społeczność lokalną. I tu pewnie tubylcy mają podobnie.

– To co mamy niby zrobić? Wkręcamy się w środowisko czy jak?

– Możemy to olać. Przecież, po pierwsze, jesteśmy tu tylko przejazdem, po drugie, i tak tu nie pasujemy, a po trzecie, nikomu nie jesteśmy potrzebni. To nie jest nasze miejsce ani nasz świat.

– To dobrze – uspokoił się Jakub.

Ruszyli na jeszcze jeden spacer po osiedlowych alejkach. W cieniu ściany garaży spostrzegli dozorcę Frańczaka. Siedział na składanym turystycznym krzesełku i piekł sobie kiełbaski na grillu. Popijał przy tym piwo z puszki.

– No nie – zirytował się kozak. – Pijaństwo w godzinach pracy...

Powiedział to chyba ciut za głośno, bo cieć obejrzał się i pomachał do nich.

– W pracy nie piję – oznajmił z godnością. – Ale dziś wolne. Zapraszam na kiełbaskę...

– Ale wtorek jest – zdziwił się Semen.

– Administracja zatrudniła mnie na pół etatu – wyjaśnił Frańczak. – Co w praktyce oznacza, że w dni nieparzyste pracuję osiem godzin, a w parzyste mam całkowicie wolne.

– Lepiej byłoby jak w Szwecji – zauważył egzorcysta. – Tam jak ktoś ma połówkę etatu, to dwa tygodnie chodzi normalnie do pracy, a dwa w domu siedzi.

– No tak to się nie da. – Dozorca pokręcił głową. – Przecież przez dwa tygodnie ten blok by zarósł brudem. Poza tym śmieciarze przyjadą, to trzeba im otworzyć. I listonosza czasem wpuścić. To lepiej, żebym choć co drugi dzień spraw doglądał...

– Jeśli dziś wolne, to i my się napijemy. Panie Rafale, gdzie tu jest najbliższy sklep?

– Panowie chcą mnie obrazić? – Dozorca wyjął z plecaka kolejne dwa piwa.

– Obrazić? Ależ w żadnym wypadku – zapewnił Wędrowycz i dla udowodnienia szczerości swych intencji od razu otworzył otrzymaną puszkę.

Wypili po kilka łyków.

– W życiu nie przypuszczałem, że w tej zakichanej stolicy można się spotkać z tak altruistycznym podejściem do drugiego człowieka – powiedział Semen. – Ten głęboko humanitarny uczynek sprawia, że przynosi pan chlubę swemu dozorcowskiemu cechowi!

– Ech. – Rafał tylko machnął ręką. – Nie przesadzajmy, nie ubędzie mi, piwo kosztuje absolutne grosze. A inżynierostwo Wędrowycze to porządni ludzie, poratować ich spragnionych krewnych i przyjaciół to czysta przyjemność.

Wypili jeszcze po łyku.

– A co tam u pana słychać w bloku, panie dozorco? – Jakub chciał pogadać z tak miłym człowiekiem, ale nie bardzo wiedział, jak zagaić rozmowę.

– A daj pan pokój z tym blokiem – westchnął Frańczak. – Skaranie boskie, nie blok. W dodatku administracja osiedla chce mnie wywalić z roboty – dodał.

– Przecież te schody i korytarze to aż lśnią i pozamiatane wokoło – zdumiał się egzorcysta. – I trawka rośnie, a trawniki przycięte równiutko jak u fryzjera. I reklama ładna wisi. – Wskazał bilbord, na którym krwistą barwą widniał napis: „Audioteka.pl". – A może brak udokumentowanego doświadczenia zawodowego? – Łypnął okiem. – Albo, co gorsza, wykształcenie zbyt wysokie?

Ten cieć wyglądał stanowczo za młodo i zbyt inteligentnie.

– Nie. Kłopot jest z licznikami prądu. Jak się zsumuje lokatorskie, gospodarczy i ogólny, wychodzą spore różnice. W dodatku z wodą to samo. Liczniki sobie, a zużycie sobie, co okres rozliczeniowy brak kilkuset metrów sześciennych. Grożą, że mi na wypłatę wejdą. Sprawdziłem wszystkie rury, piony, poziomy... Tam wszędzie, gdzie jest dostęp, oczywiście. Nikt się chyba na lewo nie podczepił, zresztą jak i po co? A wody ubywa. W dodatku to by musiało być kilku cwaniaków ssących po trochu, bo łącznie robią się braki, jakby spore mieszkanie korzystało.

– A może nie policzyliście wszystkich mieszkań? – podsunął egzorcysta, gdy już przemyślał i zrozumiał cały ten techniczny bełkot. – W Chełmie kiedyś raz było tak, że się budowlańcy pomylili i blok zrobili dłuższy o jedną klatkę. Ale na szczęście administracja połapała się w porę. Mieszkania rozdrapali między swoich i afery nie było...

– To niemożliwe. Policzyłem po kilka razy. Wszystko się zgadza. Po osiem mieszkań na każdym z dwunastu pięter i parter jeszcze. Żadnego nie brakuje, żadnego nadprogramowego. Już tu trzy lata jestem dozorcą. Znam ten blok jak własną kieszeń.

– Możliwości są zasadniczo dwie – powiedział egzorcysta. – Pierwsza jest taka, że pod blokiem jest schron przeciwatomowy, a w nim na przykład plantacja konopi indyjskich albo fabryka amfetaminy. Druga jest taka, że na dachu jest, dajmy na to, pomieszczenie techniczne przyległe do maszynowni windy, a w nim na przykład plantacja konopi indyjskich albo fabryka amfetaminy.

– Narkotyki? – zasępił się dozorca.

– To najprostsze wyjaśnienie. Ich produkcja wymaga sporych ilości wody i energii.

– Pewnie tak, nie znam się na tym. Ale nigdy w okolicy nie widziałem żadnych ćpunów ani dilerów. Gliniarze też nigdy mnie o takich nie pytali, znaczy chyba nic podejrzanego tu się nie dzieje... – rozważał Frańczak. – Igieł, strzykawek, sreberek i tak dalej też nie spotkałem, a przecież zamiatam tu regularnie, więc widzę, jakie śmieci ludzie rzucają.

– Ten pozorny spokój to mocna poszlaka potwierdzająca nasze podejrzenia – powiedział uroczyście Jakub. – Mafia tak właśnie działa. Tam, gdzie produkują narkotyki lub materiały wybuchowe, starają się nie rzucać w oczy. – Był pan na dachu?

– Nieraz. W piwnicach oczywiście też. Nie ma tam żadnych włazów, klap, niczego podobnego, a przecież do takiej fabryki musieliby jakoś wchodzić i gotowy produkt też trzeba wynosić.

– W piwnicy jest trudniej – odezwał się Semen. – Marihuana potrzebuje światła i ciepła.

– Trzeba zatem najpierw obejrzeć dach. Mojej synowej ktoś rzuca pety na balkon. To ważna poszlaka, że tam na górze dzieje się coś niedobrego.

– Wiem, zgłaszała. – Frańczak wzruszył ramionami. – Ale, powtarzam, byłem wiele razy na dachu i nie ma tam nic ciekawego. Wywietrzniki, anteny, papa... ale może i faktycznie warto jeszcze raz wszystko zbadać?

– Zatem umawiamy się na jutro. Może być dziewiąta rano? – zapytał konkretnie kozak.

– A dlaczego na jutro? – zdziwił się Rafał.

– No bo skoro dziś ma pan wolne...

– No niby tak, ale nie bądźmy takimi formalistami. Ja chętnie wlezę na dach i w dniu wolnym... Tak po prostu, nie dla pracy, ale w czynie społecznym i dla przygody. Wezmę tylko miotłę na wszelki wypadek. – Sięgnął po narzędzie. – Może trzeba tam będzie pozamiatać, a dobry grabowy kij też może się w przygodzie przydać.

– Na sam dach to lepiej nie – pokręcił głową egzorcysta. – W końcu wypiliśmy po dwa browary, niby co to jest dla rosłych i zaprawionych chłopów, ale z drugiej strony, jakbyśmy spadli, to zrobią nam sekcję i będzie obciach, że po tak niewielkiej ilości piwa próbowaliśmy pofruwać ze skutkiem śmiertelnym.

– To włazimy czy nie włazimy? – nie zrozumiał Semen.

– Jak zajdzie konieczność, to włazimy, ale najpierw bym obejrzał strych.

– Tu nie ma strychu – zauważył Frańczak.

– Że niby co?! – zdumiał się egzorcysta.

– Tak teraz w miastach budują – wyjaśnił kozak. – Dwanaście pięter, wylewka i od razu na stropie ostatniego dają dach.

– Pitolisz!

Jakub spojrzał w oczy kumpla, potem w oczy ciecia i na wszelki wypadek zrobił zeza, by spojrzeć też w swoje oczy.

– No cóż – westchnął – W takim razie zbadajmy kondygnację najwyższą.

Weszli do klatki i wsiedli do windy.

– Mechanizm sumuje impulsy – mruknął egzorcysta. – No to wduszam na ten przykład osiem i pięć...

– Tu nie ma trzynastego piętra – roześmiał się Rafał, ale zaraz umilkł, bo winda posłusznie ruszyła w górę.

Przestraszony dozorca zacisnął dłonie na kiju miotły.

– Była kiedyś taka piosenka, „Windą do nieba" – powiedział Jakub, patrząc w zadumie na mijane drzwi kolejnych pięter.

– Do nieba to lepiej nie – zaniepokoił się Semen. – Zresztą i tak nas raczej nie wpuszczą!

– Mówiłem w przenośnym sensie – uspokoił go przyjaciel. – Biega o to, że ten blok jest chyba ciut wyższy, niżby się wydawało...

– To znaczy?

– Sprawdzimy, gdy dojedziemy na trzynaste.

– Raczej rozbijemy się o strop nad szybem windy! – bąknął cieć, zezując niespokojnie na sufit. – Albo mechanizm zgłupieje i utkniemy między piętrami! A kto nas wypuści, jak ja jestem w środku?

– Może lepiej to zatrzymać? Co zrobimy, gdy dach się otworzy i wyfruniemy jak w tej bajce o Ferdynandzie Wspaniałym? – Kozak też wyglądał na przestraszonego.

– Jojczycie jak panienki – ofuknął ich egzorcysta. – Zaraz się wszystkiego dowiemy...

Obaj jego towarzysze nieco pobledli, widząc, jak winda mija drzwi dwunastego piętra. A chwilę potem zatrzymała się ze zgrzytem. Na drzwiach namalowano nieco krzywo liczbę XIII.

– Windą do nieba się nie udało, ale dodatkowe nielegalne piętro to też odkrycie dużej wagi i ogólnie rzecz nie do pogardzenia – zauważył pogodnie Jakub.

– Ale kto tu, u diabła, mieszka?! – spytał Semen.

– Na pewno nałogowy palacz petów. W dodatku to chamuś, który jak wyjara, to rzuca kiepa za okno. Niewykluczone, że jest to przy okazji producent narkotyków. Może też zagnieździły się tu wampiry, albo i zombiaki... – wzruszył ramionami egzorcysta. – Proponuję najpierw sprawdzić, a dopiero potem zlikwidować.

Wysiedli z windy. Krótki korytarz, wyłożony czerwonym dywanem, prowadził do jednych tylko drzwi. Ściany wykończono marmurowymi panelami. Kinkiety z kutego brązu rzucały łagodne światło. Podeszli ostrożnie. Drzwi wyglądały bardzo interesująco. Były drewniane i bogato rzeźbione. Kompletnie nie pasowały do mieszkania w bloku. Podeszli do nich ostrożnie. Egzorcysta wyciągnął z torby posrebrzony bagnet. Jego przyjaciel wyłowił z kieszeni odrapany rewolwer. Frańczak zacisnął dłonie na kiju od miotły.

– Wyłamujemy czy jak? – zaproponował Semen.

– Pomysł niezły, ale może zaczniemy od dzwonka? – Jakub poskrobał się po głowie, a potem ostrożnie wcisnął ozdobny mosiężny guzik.

Gdzieś za ścianą rozległ się melodyjny gong. Nie minęła minuta, a drzwi stanęły otworem. Koleś w liberii gapił się na nich jakieś piętnaście sekund. Widać było, że na widok trzech nieoczekiwanych gości stracił mowę.

– Dzień dobry, my w sprawie nielegalnego przyłącza elektrycznego – odezwał się wreszcie Jakub. – I w sprawie niedopałków papierosów zrzucanych na niższe piętra. Chcemy rozmawiać z właścicielem mieszkania.

– Jak tu trafiliście? – wykrztusił wreszcie fagas. – To prywatny teren, wstęp wzbroniony, a towarzysz Malinowski nie przyjmuje wizyt. A zwłaszcza wizyt byle kogo...

– Kto niby jest byle kto? – zirytował się Frańczak. – Mówisz do gospodarza domu!

Kij od miotły, prowadzony silną ręką dozorcy, zatoczył krótki łuk i majordomus padł jak długi. Cios odebrał mu przytomność.

– Zuch – pochwalił kozak. – Sam bym tego lepiej nie załatwił.

– Brawo, panie Rafale – zawtórował egzorcysta. – Wiążemy gagatka, potem sprawdzimy, co za jeden.

Używając kotary, sznura od dzwonka i własnych pasków, skrępowali odźwiernego. Wewnątrz mieszkanie okazało się jeszcze bardziej luksusowe. Szli, zaglądając do kolejnych pomieszczeń. Sypialnia z wielkim, królewskim łożem, biblioteka z setkami starodruków i kominkiem, kibel z malowanym ręcznie porcelanowym sedesem. Wszystko to tchnęło luksusem. Wszystko też, mimo białego dnia, zostało sztucznie oświetlone. Nieliczne okna zasłonięto kotarami.

– Właściciel chyba nie lubi widoku bloków – mruknął dozorca. – Nie potępiam go za to...

Egzorcysta nakazał gestem ciszę. Stali przed kolejnymi rzeźbionymi drzwiami. Nacisnęli klamkę i uchyliły się bezszelestnie. Znaleźli za nimi elegancki gabinet, umeblowany antykami. Za potężnym dyrektorskim biurkiem siedział stary mężczyzna w mocno już niemodnym garniturze.

– Dzień dobry, towarzyszu Malinowski – ukłonił się egzorcysta.

– A coście za jedni?! – Gospodarz aż się zapowietrzył. – Artur!!! – zawołał do słuchawki interkomu.

– Artur nie przyjdzie, jest niedysponowany – wyjaśnił kozak.

– Jako przedstawiciel administracji osiedla stanowczo żądam wyjaśnień, kim pan jest, co pan tu robi i skąd się tu wzięło to piętro – w głosie ciecia pobrzmiewały metaliczne nuty.

– I może mam jeszcze opowiedzieć historię całego swojego życia? – zakpił garniturowiec.

– Całego nie trzeba. Wystarczy ostatnie trzydzieści lat – uspokoił go Jakub.

– Stanowczo prosimy o szczerość – dodał Semen, drapiąc się lufą rewolweru za uchem.

Właściciel podejrzanego lokalu zmierzył ich wzrokiem i najwyraźniej doszedł do wniosku, że nic nie wskóra.

– Zatem usiądźcie panowie i zaraz wszystko sobie wyjaśnimy. – Wskazał im krzesła w stylu któregoś z Ludwików. – W drugiej połowie lat osiemdziesiątych niektórzy ubecy i partyjniacy wiedzieli już, że komuna bankrutuje – zaczął snuć opowieść. – Dlatego przygotowali sobie różne kryjówki. To jedna z nich. Nadal budowano dziesiątki bloków mieszkalnych. Co za problem trochę pomajstrować przy planach tak, by powstało dodatkowe, ukryte piętro? Potem wprawdzie okazało się, że będzie gruba kreska i nie ma się czego bać, ale sami panowie rozumieją, gdzieś przecież musiałem mieszkać. A zalegalizować tego lokalu nijak się nie da... No i tak sobie tu pędzę nudny emerycki żywot.

– Czyli pan... – zaczął Rafał.

– Jestem tylko niegroźnym przeżytkiem poprzedniego systemu. I mogę panom dobrze zapłacić za zachowanie dyskrecji.

– Pieniądze zawsze mogą się przydać – powiedział Jakub. – Ale zasadniczo taki bajer to na frajer. Może i jesteś, koleś, komuchem, ale jednocześnie jesteś też wampirem, a takie podlegają likwidacji z tego powodu, że po prostu podlegają likwidacji.

– Co też pan wygaduje – zirytował się gospodarz mieszkania. – Wampiry nie istnieją.

– Ale okna zasłonięte. Ultrafiolet szkodzi, no nie?

– To z przyczyn konspiracyjnych.

– Bywałem na dachu – warknął cieć – i nie widziałem tam żadnych konstrukcji, o dodatkowych piętrach nie wspominając! To wszystko jest magiczne albo jeszcze gorzej...

– Sami tego chcieliście. – Lokator jednym susem wyskoczył zza biurka.

Jak na swój wiek, poruszał się przerażająco zwinnie i sprawnie. Z jego palców wystrzeliły szpony.

– Kołkiem go! – krzyknął dziarsko Jakub.

Dozorca, choć wyglądał na kompletnie wstrząśniętego, na szczęście natychmiast się połapał. Przygwoździł wampira do ściany kijem od miotły. Egzorcysta doskoczył i jednym pociągnięciem wypatroszył nieumarłego posrebrzonym bagnetem. Kozak odsłonił okno. Światło słoneczne dopełniło dzieła.

Pod ścianą został tylko osmalony garnitur i kupka popiołu.

– Masz, ścierwo, swoją grubą kreskę – mruknął Jakub trochę bez sensu.

– Szczerze powiedziawszy, nie sądziłem, że wampir może palić papierosy... – zadumał się kozak, oglądając popiół.

– A czemu nie? – wzruszył ramionami egzorcysta. – Pełnoletni był. No i przecież rak mu nie groził.

– Ale skąd wiedziałeś, że łże? – zaciekawił się Semen.

– I jak się pan domyślił, że to nie jest ukrywający się komunista, tylko zwykły wampir? – zaciekawił się dozorca.

Nadal był blady, ale chyba zaczął już powoli dochodzić do siebie.

– Od razu go rozszyfrowałem – puszył się Wędrowycz. – Twierdził, że tajne piętro postawili na wypadek zawalenia się komuny. A tymczasem ten blok zbudowali dopiero w dwa tysiące pierwszym. W windzie jest tabliczka z datą produkcji.

– Ale ten blok naprawdę jest z tamtych czasów, tylko winda jest nowsza, bo się ciągle psuła i ją wymienili – bąknął cieć.

– Tak? A, to w takim razie najmocniej przepraszam, pomyliłem się – powiedział Jakub do kupki popiołu.

A potem poszli jeszcze zarżnąć odźwiernego.

Róg obfitości

Nad Starym Majdanem zapadał powoli chłodny listopadowy wieczór. Pogoda była pod Azorkiem, niebo zaciągnęły chmury i zbierało się na deszcz. Okiennice skrzypiały jak wieko trumny. Tu, na wzgórzach, wiatry były bardzo dokuczliwe... Przyjemnie w takie wieczory posiedzieć w kuchni przy rozpalonym piecu, ze szklanką młodego wina w dłoni, patrzyć, jak blask nagiej żarówki kładzie refleksy na powierzchni alkoholu, wspominać w towarzystwie kumpla dawne dobre czasy, cieszyć się spokojnym życiem bez telewizji i bez spłuczki w kiblu...

Drzwi potraktowane z kopa zatrzeszczały, ale nie poddały się. Chwilę później rozległ się głuchy huk strzelby gładkolufowej, a w powietrzu zawirowały drzazgi, łuski farby olejnej i zardzewiałe kawałki odstrzelonego zamka.

– Ktoś puka – zażartował Semen.

– Ani chybi to ten ciul Birski znowu przyszedł z wizytą – zauważył filozoficznie Jakub i pociągnął kolejny łyk domowego winka.

– Cie choroba – mruknął jego przyjaciel. – Nie mógł po ludzku...?

– Pewnie nie jest sam. Myślę, że przyjechał ktoś ważny i wyższy rangą z powiatu albo i z województwa, więc nasze gliniarczyki odwalają pokazówkę. Że niby zdecydowanie i skutecznie walczą z przestępczością oraz patologiami społecznymi. A tak się składa, że największa patologia w tej gminie to my. – Jakub dumnie wypiął zapadniętą pierś.

– To może nas zaraz pokazowo aresztują? – zaniepokoił się kozak. – Żeby wykazać to zdecydowanie, faktycznie wystarczy kopać i strzelać w drzwi. Ale by udowodnić skuteczność...

– Niewykluczone. Lepiej szybko dopijmy, żebyśmy zdążyli chlapnąć jeszcze kolejkę, nim nas skują i wywloką.

Drzwi ponownie zadrżały. Ale znów wytrzymały.

– Z drugiej lufy przyładował... – Egzorcysta brudnym paluchem wyłowił drzazgę, która wpadła mu do napitku. – A może to takie repetowane cóś jak na amerykańskich filmach?

– Kto wie co on tam ma, dawno nie włamywaliśmy się do arsenału na posterunku. I co? Będzie tak strzelał i strzelał, aż mu się skończą naboje? Całkiem drzwi zniszczy! – zirytował się Semen.

– Nie, teraz znowu spróbuje z kopa. – Jakub sięgnął i przesunął rygiel.

Z zewnątrz rozległ się okrzyk przypominający te z filmów karate. Na deskach ganku zatupotały podkute buciory. Drzwi odskoczyły. Birski wpadł do środka, przeleciał przez pół pomieszczenia i rąbnął głową w piec. Przez chwilę trwał rozpłaszczony na spękanych kaflach, potem oderwał się od nich z wysiłkiem.

– Ścisła rewizja – wymamrotał i opadł ciężko na wolne krzesło.

Czoło miał rozharatane, widać krawędź któregoś z kafli zrobiła mu kuku...

– Nakaz. – Semen wyciągnął rękę.

Posterunkowy wręczył mu papier. Tymczasem do wnętrza chałupy wtargnęło pięciu następnych mundurowych. Wypełnili całą kuchnię. Z tonfami u boku, obwieszeni spluwami, kajdankami i innym sprzętem, wyglądali groźnie i profesjonalnie.

– O, goście z komendy powiatowej, a ja nieogolony i nieuczesany – zakpił Wędrowycz i pociągnął jeszcze łyk trunku.

Nie wstawał z krzesła, bo młode winko ma to do siebie, że szybko idzie w nogi.

– No nie! Tego już za wiele! – ryknął Semen, studiując papier.

– No co tam napisali? – zaciekawił się gospodarz, obserwując przez okno, jak druga ekipa buszuje mu w zabudowaniach.

– Wyobraź sobie, te pokurcze Bardaki oskarżają nas o kradzież.

– Że co?! – Jakub z wrażenia omal nie rozlał wina.

– Twierdzą, że podpierdoliliśmy im dwie krowy, cielaka, cztery świnie i trzydzieści sztuk drobiu. I to wszystko jednej nocy z trzech gospodarstw...

– Chyba debili porypało. Jak niby we dwóch mielibyśmy pędzić przez wieś takie stado? No i gdzie bym to schował!?

Gliniarze z drugiej grupy uderzeniowej rozczarowani opuszczali właśnie oborę. Ci, którzy wtargnęli do chaty, wzięli się do roboty. Grzebali po szafkach, ryli w sienniku, odsuwali meble, zaglądali we wszystkie możliwe kąty. Ciasno było, więc przeszkadzali sobie nawzajem. Jakub podszedł do kranu, nalał do rondelka zimnej wody, skierował się do Birskiego i chlusnął mu zawartością w twarz. Posterunkowym telepnęło. Uchylił powieki i potrząsnął głową.

– No co, ja tylko niosę pomoc poszkodowanemu – warknął egzorcysta, widząc zaskoczenie rewidujących. – Birski, łachmy... eee... teges, panie posterunkowy, niech się pan obudzi.

– Uch... – westchnął policjant.

Semen sięgnął do wiadra z wodą stojącego pod stołem i podał mu schłodzoną puszkę piwa. Gliniarz uśmiechnął się z wdzięcznością i przyłożył ją do rozbitego czoła.

– No a teraz gadaj – powiedział życzliwie Jakub. – Co za granda, żeby akurat mnie podejrzewać? Po kiego grzyba miałbym im kraść krowę, skoro lasy pełne bezpańskiej, eee... to znaczy państwowej zwierzyny?

– No przecież wiem, że to nie wy. – Posterunkowy wzruszył ramionami. – Ty, Wędrowycz, nigdy nie kradniesz w obejściach. Owszem, jak spotkasz kurę na drodze...

– Normy unijne nakazują trzymać kury w okólniku za siatką z poidełkiem i odpowiednią liczbą metrów kwadratowych na każdą sztukę. Jak się która wałęsa za płotem, to bezpańska i nielegalna! Ja tylko przywracam we wsi należyty stan prawny! – warknął Jakub.

– W każdym razie, jakbyś miał coś do ich krowy, tobyś przyszedł w biały dzień, krasulę zarżnąłbyś na podwórzu, patrząc im w oczy i dziko rechocząc z radochy. Ale musicie mnie zrozumieć. Taki donos wpłynął od starszyzny rodu Bardaków. I to od razu do Chełma. Musieliśmy przeprowadzić poszukiwania szczątków kradzionej chudoby. Wszystkie znalezione kości poddamy też badaniom DNA. – Gliniarz wypiął pierś z dumą, jakby sam to wymyślił.

– Badanie DNA? Że to niby ludzkie? – zdumiał się Jakub. – Wypraszam sobie! Nie jestem ludożercą. Nie spożywałem człowieka od wielu lat!

– Krowy i świnie też mają DNA – wyjaśnił mu przyjaciel. – Chodzi im zapewne o to, że jak znajdą u nas kawałek wołowiny, to mogą w laboratorium porównać z inną próbką i sprawdzić, czy to z bardackiej krowy.

– Dokładnie o to chodzi – pochwalił go Birski.

– Niesamowite, jaka technika... – Egzorcysta pokręcił głową. – Szkoda, że przed wojną takiej nie było, kiedy Bardaki kradli krowy nam! Kości z ostatnich trzech tygodni są tam. – Wskazał gliniarzom kubełek pod zlewem. – Ja tym razem nie mam nic do ukrycia.

Policjanci położyli na stole ceratę, wysypali na nią stos gnatów i zabrali się do roboty. Do każdej kości sporządzali notatkę, nadawali jej numer ewidencyjny, pakowali do foliowego woreczka...

– Laboratorium będzie miało materiału badawczego na cały miesiąc, albo i dwa – pokręcił głową Wędrowycz. – Patrz, Semen, niby nic nie robimy, a tu się okazuje, że walczymy właśnie z bezrobociem.

Tymczasem kozak założył na nos druciane okulary i studiował drugą kartkę, która została podpięta pod nakaz rewizji. Marszczył przy tym brwi, jakby głęboko zdumiony.

– Proszę oddać, to ściśle tajne państwowe papiery! – Jeden z rewidujących spostrzegł, co się dzieje, i wyrwał mu dokument.

– Ja i moja przybrana ojczyzna nie mamy przed sobą tajemnic – prychnął kozak, poirytowany, że przerwano mu bardzo ciekawą lekturę.

Niebawem policja zakończyła czynności i wyniosła się w diabły.

– Jednak jest pożytek z naszych gliniarczyków – zauważył egzorcysta, oglądając puste wiaderko po kościach. – Już myślałem, że trzeba ruszyć tyłek i śmieci wyrzucić na kompost, a tu proszę, sami sprzątnęli. A co tam było nacykane w tym ściśle tajnym papierze?

– Spis nazwisk podejrzanych i adresy gospodarstw do zrewidowania w całym powiecie. Nie tylko Bardaków obrobiono. Z tą chudobą to jakaś grubsza afera... A niech se będzie, nasza chata z kraja...

– Hmm... – zadumał się jego przyjaciel. – I tak, i nie...

– Co masz na myśli?

– Jak ktoś kradnie Bardakom krowy, to w sumie jest to dobry uczynek. Ale kiedy kradnie krowy na naszym terenie i nie zapytawszy nas o zgodę, uczynek staje się zły. A zresztą, chrzańmy te filozoficzne rozważania, napijmy się...

Semen dorzucił wiązkę polan do ognia. I znów przyjemnie było siedzieć, popijać winko i nasłuchiwać zawodzenia wiatru. Przez dziury wystrzelone w drzwiach trochę wiało, więc zatkali je tutkami ze skręconej gazety.

Nad Starym Majdanem wstało już słońce. Dolinę między wzgórzami wypełniała jeszcze mgła, ale na wysoczyźnie było już ciepło i przyjemnie. Późnojesienne jabłka czerwieniały w sadzie, przypominając, że niebawem zacznie się sezon na jabłecznik... I że trzeba nastawić jabłkowy zacier na sznapsa.

Obaj starcy już wstali, rąbnęli sobie po małym klinie i uznali, że jedenasta to akurat pora na śniadanko. Już po chwili jajecznica skwierczała na patelni. Niebiański zapach smażonej cebulki i kiełbasy niósł się po obejściu.

– Bo widzisz, z olejami silnikowymi to nie tak prosto – tłumaczył Jakub przyjacielowi. – Są takie bardziej naturalne i takie bardziej syntetyczne. Jedne strawisz, inne przelecą przez organizm. Jak się strawią, to dobrze. Jak przelecą, to w zasadzie też dobrze, byle umeblowania z brzucha nie wyrwały. Tylko trzeba by poeksperymentować, które można zastosować do smażenia, a których lepiej nie.

– Aha – mruknął kozak. – Zobacz, świadkowie Jehowy idą nas nawracać!

Przez okno widać było dwóch gości w garniturach, którzy mocowali się ze sznurkiem zabezpieczającym furtkę.

– E, gajerki mają lepsze, to chyba raczej mormoni – wyraził swoje zdanie Jakub.

– No co ty, w tej gminie nigdy nie było żadnego mormona!

– No to chyba najwyższy czas, by wysłali tu misjonarzy, co? Tak czy inaczej, to nieuczciwa konkurencja dla naszej religii, więc wyświadczymy księdzu proboszczowi drobną sąsiedzką przysługę i pogonimy im kota...

Zapukano do drzwi.

– Wejść – warknął Jakub, wtykając jednocześnie pogrzebacz między żarzące się węgle.

W drzwiach stanęło dwóch kolesi w garniturach i z teczkami pod pachą.

– To nie mormoni, tylko jakieś urzędasy – rozczarował się kozak.

– Inspektor Sebastian Boćkowski – przestawi się wyższy. – My do pana Wędrowycza...

– A ja jestem praktykantem – nie przedstawił się z nazwiska niższy. – Zlecenie mamy.

– Klienci? – zdumiał się egzorcysta. – No cóż, może i faktycznie czas trochę popracować? Co będziemy wyganiać? Duchy, zombiaki, wampiry czy utopce?

– My w odrobinę innej sprawie – bąknął Boćkowski.

– A tak właściwie to kto panów do nas skierował? – zaciekawił się Semen.

– Sami na to wpadliśmy – wyjaśnił z godnością ten mniejszy. – To znaczy szef wpadł – poprawił się, skarcony spojrzeniem Sebastiana.

– Miałem na myśli, jaka jest macierzysta instytucja panów? – uściślił pytanie kozak.

– Sanepid.

– Sanepid ma na mnie zlecenie? O kuźwa! – wrzasnął przerażony Wędrowycz i jednym ruchem cisnął patelnię z jajecznicą przez okno.

– Panie Jakubie, spokojnie – odezwał się inspektor Boćkowski. – My tu przybywamy prywatnie i w pokojowych zamiarach.

– Dajcie se siana. Słowa „pokojowe zamiary" i „sanepid" nie tworzą związku frazeologicznego – burknął Semen.

– Po prostu mamy problem i pomyśleliśmy, że wynajmiemy pana Wędrowycza jako cenionego fachowca, szeroko znanego w pewnych dobrze poinformowanych kręgach.

Tymczasem gospodarz wyciągnął pogrzebacz z paleniska. Jego końcówka rozgrzała się już ładnie na kolor ciemnowiśniowy. Z bronią w ręce poczuł się odrobinę pewniej.

– Nigdy w życiu nie pracowałem dla sanepidu. – Z jego gardzieli dobiegło głuche warczenie. – I nie zamierzam popełnić takiego mezaliansu! Dla mnie to wy w ogóle nie istniejecie. Won! – Wskazał ręką drzwi.

– A jeśli pana tak ładnie, naprawdę ładnie poprosimy? – zagadnął inspektor.

Jakub zamarł w pół kroku. Pogrzebacz w jego dłoni przesunął się z rozpędu jeszcze może z dziesięć centymetrów i też się zatrzymał.

– Coś ty powiedział, pajacu!? – Egzorcysta wytrzeszczył oczy i podłubał paluchem w uchu.

– Że pana ładnie poprosimy o pomoc... – bąknął ten mniejszy.

– Oni nie są z sanepidu – rzekł Semen. – Sanepidziarze włażą do kuchni lokalu, pokazują legitymacje, wyciągają z teczek zbiory norm ISO i HAACAP, i kontrolują. Nigdy o nic nie proszą, tylko twardo żądają papierów, specyfikacji, faktur za środki czystości, czytają etykietki, sprawdzają, czy instrukcje mycia rąk są równo przyklejone koło zlewu.

– Tak sądzisz?

– Zawsze tak robią. Myślę, że komuś sanepid dopiekł, więc przysłał tu tych gogusi, żeby podszywając się pod inspektorów, nas powkurzali.

– Ale tak właściwie to po co?

– Bo ten, kto ukręcił tę aferę, miał nadzieję, że odpowiednio wpieniony wybierzesz się do Chełma i spalisz im budę.

– Podoba mi się ten pomysł! – uśmiechnął się egzorcysta. – Czyli dajemy się teraz sprowokować, a jutro podpalanko? Czy może dziś w nocy lepiej?

– Naprawdę jesteśmy z sanepidu – uśmiechnął się inspektor Boćkowski, otwierając teczkę. – Oto nasze legitymacje, zbiory norm ISO i HAACP też, jak pan widzi, mamy ze sobą. Ale proszę się nie bać, to nie na pana, po prostu zawsze je nosimy. Na wszelki wypadek. I bardzo prosimy o pomoc.

– Ohydny szantaż moralny – warknął Jakub. – Usłyszeli gdzieś, że nigdy nie odmawiam, gdy ktoś prosi o ratunek, i teraz bezczelnie wykorzystują sytuację.

– To szef wymyślił – uśmiechnął się młodszy.

– Zabijemy ich? Czy tylko damy im po gębie? – zapytał kozak konkretnie.

– Zabić ani sprać nie można, bo pod własnym dachem nawet Bardaka nie wypada... Ale też pomóc takim gnidom...

– Nie jesteśmy gnidami – obraził się ten wyższy. – Uratowaliśmy tysiące ludzi przed zatruciami. Pamiętacie epidemię salmonelli nad Jeziorem Białym? To ja wykryłem, kto ludzi truje! Albo dwa lata temu żółtaczka w Krasnymstawie. Też ja znalazłem źródło zakażenia.

– A zapewne dziesiątki ludzi ocaliliśmy przed niechybną śmiercią od paskudztw, które serwuje się nieświadomym klientom w restauracjach – dodał jego kompan. – To szef odkrył, jak na pikniku w Hrubieszowie ten przyjezdny serwował karmę dla psów jako gulasz!

Jakub poskrobał się po ciemieniu. Pierwszy raz w życiu dotarło do niego, że sanepid też czasami może się do czegoś przydać. Dziwna to była myśl – niezwykła i niepokojąca zarazem...

– Ludzkość przez tysiące lat radziła sobie bez takich jak wy i jakoś wcale nie wymarła. – Kozak nie dał się przekonać.

– Prosimy – uśmiechnęli się obaj.

– Chyba muszę im pomóc, skoro taka tradycja – jęknął z rozpaczą egzorcysta. – Będę miał potem kaca moralnego i wrzody na sumieniu.

– Czekaj – powstrzymał go przyjaciel. – Polak to wiadomo, pod własnym dachem wroga lać nie może. Ale ja jestem Rosjaninem. No i nie jestem pod swoim dachem.

– Znaczy ty mi możesz przypierdolić?! Ale za co?! – zdumiał się Wędrowycz.

– Nie tobie, pacanie, tylko im!

– A... Nie, tak się nie da. To w końcu moi goście... W swojej chałupie ja odpowiadam za bezpieczeństwo. No dobra – zwrócił się do przybyszów. – Zrobimy tak. Policzę teraz do trzydziestu, a wy uciekajcie. Gdy tylko znajdziecie się za furtką...

– A nasza prośba? – bąknął Boćkowski.

Egzorcysta westchnął ciężko.

– No dobra, ale przestańcie mnie wszyscy naraz zagadywać, bo już mam mętlik w głowie! Będziecie mówili po kolei, kogo palcem wskażę. Ty też – przykazał kumplowi. – I siadać na dupach! – Podsunął im kulawe krzesła.

Semen podszedł do szafki i postawił przed inspektorami dwie wyszczerbione musztardówki. Bez pytania polał im samogonu. Wiadomo – kto nie pije, ten kapuje...

– Warunki są takie. Ja wam pomagam, a w zamian za to dajecie mi słowo honoru, że do końca życia mojego i Semena w żadnej waszej ewidencji nie istniejemy. My dwaj i nasza ulubiona knajpa. Nawet gdybyśmy się tam czymś zatruli, to nasza sprawa i sami będziemy ją z barmanem wyjaśniać po swojemu. Wy się nie wtrącacie. Kapewu?

Inspektorzy kiwnęli głowami.

– Po drugie, jak mi ktoś nabruździ albo mnie obrazi, albo jak gdzieś nie doleją piwka do kreski na kuflu, albo poczuję, że chrzczone wodą, to wykonuję do was jeden telefon. Wtedy przyjeżdżacie i kontrolujecie ścierwo do skutku, aż sam uznam, że można odpuścić.

Na to też się zgodzili. Semen, zdumiony, pokręcił głową. Wędrowycz w jednej chwili zyskał władzę nieomal absolutną.

– No dobra, na czym polega ten wasz problem?

– W Chełmie mamy wśród licealistek epidemię anoreksji – wyjaśnił inspektor Sebastian.

– Ano-rek-sji? – Jakub przesylabizował nieznane sobie słowo i bezradnie wzruszył ramionami. – Jest takie słowo *rectum*, kiedyś słyszałem...

– Anoreksja to taka choroba, kiedy się komuś wydaje, że za dużo waży, i odchudza się uporczywie, aż czasem nawet kopnie w kalendarz – wyjaśnił mu przyjaciel. – Przeważnie nastolatki na to zapadają. Ale czasem i starsze. No i łażą potem po mieście takie chude tyczki jak modelki po wybiegu...

– Znaczy odchudzają się dziewczyny? I to jest ten problem?

Egzorcysta trochę zgłupiał. Nikt nigdy nie prosił go o pomoc w takiej kwestii. Ale zaraz poczuł, że ta sprawa opłaci mu się sowicie. Dziewczyny zamknie się na miesiąc w obórce. Dieta z chleba ze smalcem i cukru pozwoli im odzyskać odpowiednią wagę. A w zamian za to zyska potężnych sprzymierzeńców. Już sobie wyobraził, jak ci dwaj pakują się Birskiemu do kuchni na posterunku i zaczynają gada kontrolować... Kontrolować do skutku...

– Epidemia anoreksji to raczej robota dla lekarzy, i to chyba tych od główki. – Semen wkręcił sobie niewidoczną śrubkę w skroń. – Co ma do tego sanepid?

– Jedną z ofiar jest córka naszej szefowej. Chudła, aż trafiła do szpitala. Tym samym zrobiła się z tego sprawa poniekąd osobista – wyjaśnił inspektor Boćkowski.

– Proszę jaśniej – polecił kozak. – Kogo podejrzewacie i tak dalej...

– Zdołaliśmy ustalić, że wszystkie panienki, które odnotowały spektakularny spadek wagi, stołowały się w takim sympatycznym niedrogim lokalu opodal placu Łuczkowskiego. Oczywiście zrobiliśmy tam kontrolę, ale poza trzydziestoma czy czterdziestoma naruszeniami przepisów nie trafiliśmy na nic podejrzanego. Nawiasem mówiąc, te czterdzieści naruszeń to i tak niewiele, przeważnie jak już robimy kontrolę, znajdujemy co najmniej pięćdziesiąt. Przepisy się wzajemnie wykluczają właśnie po to, żeby nikt nie mógł się wykręcić sianem. – Wypiął pierś z dumą.

Jakub tytanicznym wysiłkiem woli powstrzymał słowa, które cisnęły mu się na usta.

– I co? Stwierdziliście, że skoro żarełko dobre, to pewnie są przyczyny...

– ...nadnaturalne – dokończył za niego praktykant.

– No tak, może i są – westchnął egzorcysta. – Nie można było zacząć od czynników kościelnych?

– Kościółkowi nas spławili – wyjaśnił Boćkowski. – Lokal święcony podczas otwarcia, a potem co roku właściciele księdza po kolędzie przyjmowali. Wprawdzie do kościoła nie chodzą i nie spowiadają się... Dla sprawdzenia biskup wysłał tam jeszcze swojego człowieka incognito. Niejakiego księdza Malinowskiego.

– Diecezjalnego egzorcystę... – mruknął Jakub. – Niezły fachowiec, ale za delikatny, gdy trzeba brać się do naprawdę mokrej roboty.

– W każdym razie poszedł tam, obwąchał wszystkie kąty, zjadł obiad, lecz niczego podejrzanego nie stwierdził.

– Pomyśleliśmy, że pan, jako ekspert uznany w kraju i za granicami... – podlizał się praktykant.

– Dobra, sprawdzę ten lokal po swojemu – warknął Jakub. – Ale nie dla was, tylko w interesie ogólnoświatowym. I żeby mój prawnuk, jak przyjedzie, miał co podrywać na dyskotece, a nie wychudzone tyczki...

– Dziękujemy. – Obaj faceci uśmiechnęli się.

Ale chyba jakoś przez skórę wyczuli, że nie są mile widziani, bo szybko ustalili szczegóły, zostawili wizytówki, dopili bimber i wynieśli się w diabły.

– Urzędasy w moim domu – gderał Wędrowycz, wietrząc po nich kuchnię. – Ale obciach... A jak pomyślę, że mam im pomagać, to mnie po prostu...

– Pomagać będziemy ludzkości – uspokoił go Semen. – Ratujemy dziewczyny, żeby wyglądały po ludzku, a nie jak lalki Barbie. A po wszystkim możemy inspektorkom wklepać, to ci się humor poprawi.

I poszedł do ogródka ratować wyrzuconą jajecznicę.

Jakub, umyty, ogolony, ostrzyżony, uczesany i wbity w nowiutkie ubranie, czuł się jak małpa w przenośnej klatce. Od nowiutkiej koszuli swędziały go plecy, kołnierzyk niemiłosiernie drapał szyję. W dodatku miał nierozchodzone półbuty i – co gorsza – nowe skarpetki. Czuł doskonale, że zamiast dobrze przylegać przyklajstrowane brudem, luźno przesuwają się we wszystkich kierunkach. Włosów na głowie niby od lat nie miał zbyt wiele, ale po wizycie u fryzjera czuł niepokojący chłód, ściskający czaszkę lodowatą obręczą.

– Oj, dziadunio, choć kanalia, z jednym miał rację – westchnął. – Frak dobrze nosi się dopiero w trzecim pokoleniu...

– To nie jest frak, tylko garnitur z przeceny w supermarkecie. – Semen zlustrował jego przyodziewek.

– Ale zasada jest taka sama: do takich strojów nie wystarczy się od małego przyuczać! – odburknął egzorcysta poirytowany. – A ty jak się czujesz?

– Jak nowo narodzony! Z mojego punktu widzenia, ta robota już się opłaciła.

Semen odziany był w nowiutki białogwardyjski mundur, uszyty na miarę. Sanepidowi musiało bardzo zależeć na przyskrzynieniu restauratorów, inspektorzy sięgnęli naprawdę głęboko do kasy funduszu operacyjnego.

– Najpierw trzeba przeprowadzić wstępne badanie. – Egzorcysta wyjął z plecaka wagę i ustawił ją na chodniku. – Zważymy się teraz i zapiszemy wynik. Potem podjemy sobie i zważymy się jeszcze raz.

– No, niby sprytne, ale wiesz, nie tyje się ani nie chudnie z godziny na godzinę. To jest cały wieloetapowy proces fizjologiczny! Najpierw trawienie, muszą wystąpić nadwyżki cukrów i tłuszczy, które organizm zmagazynuje i przetworzy w sadełko... – Resztki prawie zdobytego niegdyś wykształcenia kołatały się w głowie kozaka. – A w drugą stronę, najpierw niedobory w odżywianiu albo spalanie cukrów i tłuszczy na skutek wzmożonego wysiłku fizycznego...

– Nie mędrkuj, tylko właź!

Jakub ogryzkiem kopiowego ołówka zanotował na papierku najpierw wagę przyjaciela, a potem swoją. Schował urządzenie do torby.

– Gotów? No to przystępujemy do frontalnego ataku. – Pomaszerował za róg.

Lokal z zewnątrz nie wyglądał źle – niewielka, przytulna knajpka. Nad jednym oknem wisiał szyldzik: „Smacznie i niedrogo", nad drugim: „Jedz do woli i chudnij", a nad drzwiami wymalowano nazwę lokalu: „Róg Obfitości".

– Nie podoba mi się to – burknął Jakub.

– Dlaczego? Zobacz, jak ładnie udekorowali. Firaneczki, fidrygałki, świeczki, kwiatki w doniczkach...

– Nazwa jest pogańska!

Kozak poskrobał się po głowie. Odrobina wykształcenia klasycznego, jaką posiadał, nakazywała przyznać przyjacielowi rację. Nie pamiętał wprawdzie szczegółów, ale ten róg obfitości kojarzył mu się z mitologią.

– Poganie składają klientów w ofierze, a ich mięso dodają do pierogów. Albo pogańscy bogowie ukryci na zapleczu przez ściany wysysają z nich życie – wysunął teorię. – Ale to byłoby chyba zbyt proste. No i nie słyszałem o bogach, którzy wysysaliby słoninę z dziewczęcych boczków.

– Sprawdzimy! – Egzorcysta wkroczył do środka, w ostatniej chwili powstrzymując się, by odruchowo nie otworzyć drzwi z kopa.

Wnętrze lokalu również wyglądało sympatycznie. Ściany oklejono wzorzystą tapetą. Zawieszono reprodukcje, przedstawiające dzieła dawnych mistrzów. Dobrano je tematycznie – na wszystkich figurowały stoły uginające się od jadła i napitków. Jakub, choć nie gardził kaszanką i cebulą, na sam widok tych wspaniałości dostał gwałtownego ślinotoku. Z kuchni na zapleczu dochodziły niebiańskie zapachy...

Stoliki były z uczciwego drewna, lniane obrusy czyste, do wazoników wstawiono świeże kwiatki. Obaj starcy poczuli się nieswojo, nie przywykli do tak eleganckich miejsc. Semen wprawdzie w młodości towarzyszył Rasputinowi w jego eskapadach po wykwintnych lokalach Petersburga, ale wtedy w wirze szaleńczych pohulanek nie zwracał szczególnie uwagi na wystrój, a poza tym przez tyle lat zamieszkiwania w Wojsławicach zdążył odwyknąć...

Było też trochę klientek. Tu i ówdzie siedziały sobie licealistki i gimnazjalistki. Okupowały stoliki grupkami po dwie lub po trzy. Wszystkie były ładniutkie, ale faktycznie jakieś takie nadmiernie wychudzone.

Starcy wybrali odruchowo stolik w kącie, by mieć choć dwa boki chronione, ale zaraz walnęli się w głowy. W lokalu nie było przecież ani jednego Bardaka... Przejrzeli kartę dań. Wybór był spory, a ceny niezwykle przystępne. Oferowano też zniżki. Gimnazjalistki miały trzydzieści procent rabatu, a licealistki czterdzieści.

– Cholercia, trzeba się było przebrać! – syknął egzorcysta. – Kupę forsy byśmy zaoszczędzili.

– Czyś ty zgłupiał?! Myślisz, że ktoś wziąłby cię za licealistkę?

– Mogliśmy chociaż spróbować!

– Nie chytrz, bo przechytrzysz! Przecież i tak żremy za kasę z funduszu operacyjnego sanepidu. Jeszcze ci mało?

– No niby tak. – Jakub skapitulował.

Zaraz wyrósł obok ich stolika kelner. Na jego widok dwaj obwiesie poczuli ukłucie niepokoju. Koleś wyglądał niby normalnie, odziany był jak trzeba. Przez ramię przewieszoną miał śnieżnobiałą serwetkę. Ale jego oczka patrzyły jakoś podejrzanie cwaniacko.

– Czym możemy służyć? – zagadnął uprzejmie.

– Poproszę cztery peklowane golonki, najtłustsze, jakie znajdziecie, a do tego dwa litry piwa – zadysponował egzorcysta.

– Oczywiście. – Kelner ukłonił się. – A dla pana?

– Co to jest „Hipopotam"? – Semen puknął palcem w menu.

– Placek ziemniaczany z gulaszem, sosikiem, zapiekanym serem i grillowanymi warzywami.

– Czemu się tak cudacznie nazywa?

– Bo jest naprawdę ogromny – wyjaśnił kelner z nutką zawodowej dumy w głosie. – Nikt inny nie serwuje podobnie wielkich.

– To poproszę podwójny. I cztery piwa do popicia.

– Zaproponowałbym na deser lody...

– Doskonały pomysł. Poczwórną porcję dla każdego. – Wędrowycz zatarł ręce.

– Z szarlotką? Dodajemy ją gratis.

– Jak gratis, to poprosimy podwójne porcje.

Nie minęło dziesięć minut, jak na stole wylądowały półmiski. Obaj starcy stuknęli się kuflami i przystąpili do wielkiej wyżerki. Żarełko okazało się smaczne i dobrze przyprawione. Nie wyczuli żadnego fałszywego posmaku, ale gdy Jakub spojrzał na talerz w dogłębny sposób, okazało się, że aura potrawy jest trochę ciemna.

– Jakiś kant w tym jednak widzę – mruknął.

– Zatrute?

– Nieee... Może świnia miała za ciasny kojec, może kucharzowi nie wypłacili za nadgodziny, może paliwo w aucie, którym wieziono mięcho, było chrzczone wodą...

– A nie da się tak dokładniej sprawdzić? – spytał kozak.

– W mięsie słabo się takie rzeczy zapisują. Czekaj, przeskanuję lokal.

Zmarszczył czoło i powiódł wzrokiem po ścianach. Aura restauracyjki była taka sobie, lecz tu i ówdzie w powietrzu wisiały czarne i szare zawirowania.

– Jedzmy i pijmy – zadysponował Jakub. – Żarcie od strony toksykologicznej jest w miarę w porządku. Tu chodzi o coś innego.

– Ale dostrzegasz jakiś szwindel?

– Tak, i to na głębszym poziomie niż zwykła chciwość i chęć dorobienia się. Muszę to sobie poukładać w głowie.

– Z tą chciwością i chęcią dorobienia się to chyba pudło. Tu jest niedrogo, powiedziałbym nawet, że tanio, jak na tak przyjemny standard lokalu – zauważył kozak.

– Ano właśnie! Chyba już wiem, co jest grane!

Jedzenia było naprawdę dużo. Kelner co rusz donosił kolejne talerze. Do golonki były kartofle, wręcz pływające w masełku. Obaj starcy co jakiś czas musieli robić przerwy, popuścili pasa na ostatnie dziurki, ale walczyli dzielnie i dali radę pochłonąć wszystko. Odsapnęli chwilę. Lody, jak się okazało, były tylko dodatkiem do szarlotki. Deser wypełnił ich ostatecznie. Czuli, że już nic w siebie nie wcisną, ale gdy kelner przyniósł sernik na koszt firmy, i temu dali radę. Półtorej godziny później uregulowali rachunek, dali suty napiwek i ciężkim krokiem wytoczyli się z lokalu. Byli obżarci po uszy i opici piwem jak bąki. Skręcili za róg budynku.

– No to chwila prawdy – mruknął egzorcysta, wyciągając z torby wagę. Postawił ją na chodniku i wszedł na wierzch.

– O ja pierniczę! – syknął Semen, sprawdzając wynik z tym, co miał zapisane na kartce.

Zepchnął kumpla ramieniem i sam stanął. Waga i w tym przypadku nie wykazała żadnego wzrostu masy. Wprawdzie wypili morze piwa i latali parę razy do toalety, ale przecież to, co zjedli, nie zdążyło jeszcze opuścić ich żołądków.

– Magia? – bąknął kozak. – Przecież czuję tego podwójnego hipopotama... I lody pod samym gardłem. Brzuch mam rozepchany jak balon. Od czterdziestu lat tak się nie objadłem!

– Gówno tam, nie magia. Nie trzeba do tego żadnego egzorcysty... – mruknął Jakub. – Masz telefon komórkowy?

– No mam. – Kumpel wyciągnął z kieszeni prezent od jednego z prawnuków.

– To wezwij kolesi z sanepidu, a potem połączysz mnie z tym fagasem Birskim...

Na posterunku w Wojsławicach zadzwonił telefon. Birskiemu cholernie nie chciało się odbierać, ale ostatecznie do końca dyżuru zostały mu jeszcze cztery godziny...

– Służba nie drużba – westchnął.

– ...zaległy urlop, urlop... – odpowiedziało złośliwe echo z piwnicznej celi.

A może to były duchy dawnych aresztantów? Walcząc z nieludzkim osłabieniem, podniósł słuchawkę.

– Halo? – zapytał nieregulaminowo.

– Chciałbym anonimowo zgłosić przestępstwo – głos w słuchawce dziwnie zakwilił.

Ktoś ewidentnie chciał ukryć tożsamość. Birski przyzwyczaił się już dawno do podobnych zagrań, połowa telefonów, które odbierał, była dokładnie taka.

– Ty się, Wędrowycz, nie wygłupiaj i nie zawracaj mi gitary – warknął. – Poznałem cię po głosie, łachmyto. Czego mi przeszkadzasz? Tu się pracuje!

– A, to przepraszam. Tak pomyślałem, że chce pan zrobić sobie wynik i dopaść kolesi, którzy ukradli, zarżnęli i zeżarli krasulę Bardaków. Ale skoro pan zajęty, to do widzenia.

– Czekaj! – Posterunkowy z wrażenia aż poderwał się na równe nogi. – Na to zawsze znajdę czas! Gadaj!

– Krasulę i inną chudobę, co poznikała w naszej gminie, mąkę ze młyna, sery i masło z mleczarni, i tak dalej, zaiwaniła ekipa, która prowadzi knajpę w Chełmie. Idę o zakład, że lodówki mają pełne mięcha, z którego wyodrębni się dowolne potrzebne DNA.

– Dawaj adres! – zapalił się Birski.

– W zasadzie mogę podać od ręki, ale dręczy mnie pytanie, co z tego będę miał? – głos Jakuba stwardniał.

– Powiedzmy, tydzień, no ewentualnie... Proponuję dwa tygodnie paktu o nieagresji.

– Miesiąc rozejmu i wlepi pan Bardakom piętnaście mandatów... Na przykład za zaśmiecanie, niechlujny wygląd w miejscu publicznym i tak dalej.

– Ty się, Wędrowycz, w końcu doigrasz! Przecież takie układy z elementem patologicznym są kompletnie niezgodne z regulaminem. A rozmowy z posterunkiem się nagrywają i znowu będę musiał przez ciebie wymienić kasetę, dłubać przy plombach i zabezpieczeniach... A zresztą, no dobra, niech ci będzie... Ale to już przedostatni raz!

– Zatem, panie Jakubie... – zaczął inspektor Sebastian Boćkowski.

– Ognisko anoreksji zneutralizowane – egzorcysta złożył meldunek.

– Nie bardzo rozumiem. – Praktykant bezradnie rozłożył ręce.

– Przyjedzie policja i ich wszystkich wyłapie – wyjaśnił Jakub. – Zanim wyjdą z ciupy, ludzie zapomną, że tu była jakaś restauracja.

Inspektorzy popatrzyli po sobie bezradnie. Semen też rozłożył ręce.

– Do odjazdu pekaesu mamy jeszcze trochę czasu, akurat tyle, by kupić flaszeczkę, bułki, puszkę mielonki i przyjemnie spędzić jesienne popołudnie w parku na Górce. Panów też zapraszamy – rzekł Wędrowycz. – Zwycięstwo, nawet tak skromne, trzeba oblać!

Przez chwilę zastanawiał się nad tym, co powiedział. Poklepał się po brzuchu. Może jednak samą flaszeczkę? Ale jak tu pić bez zagrychy... To może lepiej wrócić do domu i napić się wieczorem, po wizycie w wychodku? Ale, z drugiej strony, jak tu nie oblać sukcesu?...

– Muszę przyznać, że i ja kompletnie nic z tego nie rozumiem – poskarżył się Semen.

– A co tu niby jest do rozumienia? – zdziwił się Jakub. – Wpadli na świetny pomysł. Otworzyli knajpkę, odchudzali panienki i trzepali kasę. Wszystko wyglądało, jakby robili to po legalu, ale nie ze mną takie numery.

– Skąd pan wiedział, że gliniarze mają tu szukać kradzionego mięsa? – zapytał Boćkowski.

– Co niby mają wspólnego bardacka krasula, ta restauracja i epidemia anoreksji!? – Kozak wytrzeszczył oczy.

– I dlaczego dziewczyny chudły? – dodał praktykant.

Jakub spojrzał zdumiony na przyjaciela oraz obu zleceniodawców. Wyglądało na to, że nadal nie mogą się w tym wszystkim połapać.

– A znacie przysłowie „kradzione nie tuczy"?

– No znamy... Co to ma do rzeczy?

– Po prostu ci tutaj wymyślili, jak wykorzystać tę zasadę komercyjnie.

Zamiana

Działka synowej Jakuba nie była szczególnie rozległa. Obsadzono ją jednak gęsto czereśniami, a pergole z winogronami otaczały ciasno altanę, zabezpieczając dzikich lokatorów przed wścibskimi spojrzeniami sąsiadów. Synowa oczywiście upierała się, by egzorcysta i jego kumpel zatrzymali się jak ludzie w mieszkaniu, ale Jakub czuł głęboką awersję do życia w bloku. Wrzesień był ciepły i koczowanie w dziwnych miejscach nie stanowiło problemu.

Jakub i Semen rozgościli się jak u siebie. Dwie stare wersalki zawalone przedpotopowymi kocami przekształciły się w wygodne barłogi. W altanie była kuchenka elektryczna, ale Jakub zasadniczo nie ufał takim wynalazkom. Doskonale pamiętał, ile pożarów wybuchło w Wojsławicach zaraz po elektryfikacji miasteczka. Dlatego też ułożył obok budy normalne palenisko ze starych cegieł. Postawił też klimatyczną sławojkę ze starych desek.

– Wszędzie poza domem nie jest dobrze, ale na ogródkach działkowych najlepiej – mruknął zadowolony, rozkładając jeszcze pod winogronami potrzaski przeciw królikom.

Synowa jakoś tego zaniedbała, ale on świetnie wiedział, jakie szkody wyrządzić mogą w ogrodzie te puchate szkodniki.

– Aha – przytaknął mu Semen. – Można tu sobie żyć. Tylko pić trzeba kulturalnie, coby nie leźć w oczy zarządowi, bo twoja rodzinka będzie miała krechę w tutejszej administracji.

– Ja zawsze piję kulturalnie – obraził się Jakub. – A czasem nawet z umiarem!

– Hmm... – zadumał się jego towarzysz. – Wybacz, ale z tą kulturą to nam czasem trochę nie wychodzi. Nie mówię, że bardzo naruszamy normy, ale... Zdarza się nam ciutkę przesadzić, i to nawet kilka razy w tygodniu.

– Oczywiście nie liczy się to, co czasem następuje skutkiem nadmiaru tolerancji – uzupełnił egzorcysta. – Przyznaję. Gdy powodowany pseudohumanistycznymi odruchami pozwalałem Bardakom chlać w tym samym lokalu, w którym my spożywaliśmy alkohol, czasem dochodziło z ich strony do prowokacji...

– A my z reguły radośnie dawaliśmy się sprowokować.

– Ktoś ich musi przecież w końcu nauczyć kindersztuby! – zauważył Jakub. – Bo potem, sam rozumiesz, pojedzie taki do miasta, narobi wiochy, a nie myśli, bałwan, że opinię psuje także nam. Dlatego z takim poświęceniem wbijamy im do łbów podstawowe zasady pokojowego współżycia z resztą społeczeństwa.

– Ale dlaczego padło na nas? – westchnął Semen.

– Znowu przez ten humanizm i wartości tolerantyczne... Dziadek kazał ich po prostu wybić do nogi, spalić chaty, zaorać ziemię i posypać solą, ale mi się wydaje, że nawet w takim Bardaku może tkwić zalążek czegoś pożytecznego.

– Jakub, co ty chrzanisz!? Jaki z nich niby pożytek?

– Na ten przykład, jak Birskiugania się za nimi, to nie ma czasu uganiać się za nami. W każdym razie, jak w otoczeniu nie ma tych wszarzy, to pijemy jak normalni ludzie, nie drzemy ryjów, nie bijemy nikogo, nawet sami sobie wzajemnie prawie nigdy nie dajemy po mordach.

Kozak zaczął coś liczyć, ale po chwili zabrakło mu palców. Zamiast tego wstał i poszedł wzbogacić kompost związkami fosforu. Właśnie zapinał rozporek, gdy zabrzęczała furtka i na działkę wszedł Piotruś – prawnuk Jakuba. Kozak nie widział go dobre pół roku. Przez ten czas chłopak nieco zmężniał, przynajmniej jak na szesnastolatka. Niestety, w okularach, dżinsowej kurtce i z torbą przewieszoną przez ramię wyglądał jak typowy mieszczuch. Przyniósł siatkę z wiktuałami. Jakub wypakował na stolik chleb, kiełbasę i kilka konserw.

– Zuch chłopak – pochwalił potomka. – Ale coś ty taki skwaszony dzisiaj?

– Z rosyjskim kiepsko – wyjaśnił Piotrek. – Grozi mi lufa albo i pała...

– Syn kujon magistrem został, wnuk kujon do kwadratu inżynier, a prawnuk jeszcze gorszy kujon... – rozważał przodek. – Skąd te profesorskie geny w tak dobrej chłopskiej rodzinie!? No chyba że od Bardaków. Tłukłem ich i tłukłem, bez maski, bez gumowych rękawic, musiało się coś wchłonąć przez błony śluzowe!

– Jakub, dotykałeś Bardaków błonami śluzowymi?! – Semen zrobił minę, jakby miał rzygnąć.

– Toż w przenośni to mówię. Dobra, młody, nawijaj, jaki masz problem – egzorcysta przeszedł do meritum.

– Miałem pionę z rosyjskiego na koniec gimnazjum. Szczególnie trudne to nie było. Nauczycielka szła na emeryturę, miała gdzieś, czy realizuje program. A tu kłopot taki, że poszedłem do liceum i na dzień dobry dali nam potworną belfrzycę... Katarzyna Rosińska się nazywa.

– Chyba nie słyszałem – pokręcił głową egzorcysta.

– Potworną... Znaczy brzydka taka? – zagadnął Semen.

– Nie. Raczej taka ładna, młoda, chyba zaraz po studiach... Ale zaczęła realizować program... Zrobiła sprawdzianik. Sprawdzała, co umiemy po gimnazjum. Wszyscy przylufili. Jutro chce zrobić kolejny... Żeby zdać, musiałbym wykuć na blachę cały podręcznik z poprzedniej budy. To da się zrobić, ale potrzebuję co najmniej tygodnia.

– Kuso – przyznał Jakub. – Taka ilość liter na raz to może ołowicę wywołać.

– Zwłaszcza jak się dotyka książek błonami śluzowymi – zakpił Semen.

– Wiem, co mówię! – burknął egzorcysta. – Przed wojną dwa tygodnie robiłem jako zecer w chełmskim „Zwierciadle". Dzień pracy zaczynaliśmy od szklanki mleka, żeby wypłukiwać ołów z organizmu! A jak kto przy linotypie robił, to dwie szklanki musiał pić. Jedną rano i jedną po robocie. Do dziś mam nietolerancję lecytyny!

– Chyba laktozy?

– Tak czy siak, od ołowiu zbełtanego z mlekiem straszna zgaga mnie męczy. Pamiętasz, jak w wojnę mieliśmy na obiad zsiadłe mleko z kartoflami? Następnego dnia Niemiec mnie postrzelił w brzuch, bolało chyba ze dwa tygodnie!

– Tylko że wiesz, technika poligraficzna przez ostatnie siedemdziesiąt lat poszła trochę do przodu...

– Znaczy się teraz w drukarni jogurt dają, czy kefir może? – zaciekawił się egzorcysta. – A może nawet poszli po rozum do głowy i serwują kumys?

– Dopuścimy wreszcie młodego do głosu?

– Co? A... Gadaj, potomek, co cię dręczy!

Popatrzyli wyczekująco na Piotrka.

– Tak pomyślałem... Gdybyś, pradziadku, mógł dziś w nocy podpalić szkołę... Nie tak, żeby się całkiem sfajczyła, ale żeby nie było klasówki. Tygodniowy remont mnie uratuje. Przez ten czas się poduczę. – Chłopak uśmiechnął się przepraszająco.

– Kujon chce podpalenia szkoły. – Jakub smakował przez chwilę informację.

– Co się dziwisz, powszechna edukacja to taki wredny system, który nawet najwierniejszych wcześniej czy później wdeptuje w błoto – zauważył filozoficznie kozak.

– Ale ja lubię się uczyć, tylko z rosyjskim mam małe zaległości, bo szlifowałem raczej angielski i niemiecki. Same piątki i czwórki mam, a tu lufa... I kolejna grozi! Cholernie zaniży mi średnią, a bez dobrej średniej ciężko będzie dostać się...

– Do matury jeszcze prawie trzy lata, poprawisz się – pocieszył go Semen.

– Ale co do tego kucia, masz rację. Rosyjski trzeba znać, bo jak wybuchnie kolejna wojna, ktoś będzie musiał jeńców przesłuchiwać – zauważył Jakub.

– Żebym ja cię nie przesłuchał – warknął jego kumpel.

– Podpalenie szkoły, i to zrobione tak, żeby się nie spaliła, to jednak grubsza sprawa – westchnął Jakub. – W dodatku miastowi gliniarze to nie takie wiejskie ćwoki, jak nasz Birski ze swoim przydupasem Rowickim. Mogą dojść, czyja to robota. W więzieniu już siedziałem, nie podobało mi się. Trzeba wymyślić coś innego...

Łypnął okiem na kumpla i zrobił minę, której ten bardzo nie lubił.

– Nawet o tym nie myśl – warknął Semen. – Nie porwę żadnej nauczycielki, nawet w tak szczytnym celu jak poprawa ocen twojego prawnuka. Nawet jak młoda i ładna, też nie porwę! Zresztą i tak nie mamy jej gdzie trzymać, altana za mała i niepodpiwniczona...

– Ja nie o tym... Powiedz, kiedy ostatni raz byłeś w szkole?

– Nigdy nie chodziłem do szkoły! – oświadczył Semen z godnością. – Jestem samoukiem.

– To jak niby studiowałeś tę swoją biologię? Maciuś chrzanił kiedyś, że się trzeba dwanaście lat po szkołach obijać, żeby dostać maturę, bo bez tego nie przyjmą na uniwersytet.

– W dawnych, dobrych carskich czasach, a nawet jeszcze przed wojną, żadna głupia matura nie była potrzebna. Wystarczyło mieć dość oleju w głowie, by zdać egzamin wstępny, i już można było podrywać koleżanki po wykładach.

– Tak właśnie mi się wydawało – mruknął egzorcysta. – To i w liceum nigdy nie byłeś. A nie miałbyś ochoty zobaczyć, jak to jest?

– Ech, nie...

– No i widzisz? – Jakub zwrócił się do wnuka. – Siedemdziesiąt lat poję tego starego pryka swoim najmocniejszym bimbrem i karmię swoją najlepszą słoniną, a ten ot tak odmawia pomocy. W takim razie nic nie da się zrobić...

– Jak to odmawiam? – obraził się kozak.

I naraz spostrzegł, jak głupio wpadł w pułapkę.

– No to załatwione. – Jakub poklepał go po ramieniu.

– Co niby załatwione!? – przeraził się Semen.

– Pójdziesz jutro do tej budy i napiszesz klasówkę za mojego wnuka. Rosyjski znasz perfekt, w końcu nad Wołgą się urodziłeś. Co to dla ciebie jedna klasówka. Liźniesz przy okazji trochę aktualnej wiedzy, popatrzysz na nastolatki w miniówach, fajnie będzie, że aż prawie ci zazdroszczę.

– Jak zazdrościsz, to idź sam!

– A pewnie, że bym poszedł! Tylko że ja po rosyjsku słabo. Gadać to jeszcze jak cię mogę, ale z pisaniem cyrylicą mogiła. Zapomniałem dokumentnie, jak się te bukwy kreśli. To musisz być ty.

– Widzę tu jeden maluśki problemik – westchnął Semen. – Że się tak wyrażę, trochę mało podobny jestem! I w wieku też nie bardzo odpowiednim.

– Hmmm... – Jakub poskrobał się po głowie. – Coś na to poradzimy.

– A konkretnie? – Semen nieufnie łypnął okiem.

– Najprościej będzie wymienić wam jaźnie, tak na siedem, osiem godzin.

– Że niby co!?

– Przeniosę jego świadomość do twojego ciała, a twoją do jego. Pójdziesz, odwalisz brudną robotę, a on w tym czasie poucztuje tu ze mną...

– Znaczy ja mam ciężko pracować, podczas gdy ten smarkacz będzie pił piwko i zajadał się mielonką z puszki!? – oburzył się Semen. – Gdzie tu sprawiedliwość!?

– Od lat pijesz piwo i żresz mielonkę, jeden dzień cię nie zbawi!

– W piątki nie jem mielonki, tylko paprykarz! W końcu post trzeba szanować.

– Też mi wymówka.

– W moim wieku każdy dzień jest na wagę złota! – odwarknął kozak, ale z jego miny obaj Wędrowycze wydedukowali, że już się poddał.

Semen wszedł do liceum jak na własną egzekucję. W pierwszej chwili chciał się cofnąć, przerażony gwarem i hałasem, ale przemógł się tytanicznym wysiłkiem woli. Przekroczył ostrożnie próg. Rozejrzał się wokoło i spanikowane myśli zwolniły nieco biegu. Faktycznie, sporo licealistek nosiło miniówy. Kilka wbiło zadki w legginsy. Na ten widok kozak poczuł przyjemne mrowienie w miejscu, gdzie od bardzo dawna nic go nie mrowiło...

Hmmm... Za cara uczniowie w szkołach byli umundurowani, pomyślał. Teraz, jak widać, zrezygnowano z tego zwyczaju. Dekadencja i upadek konserwatywnych wartości edukacyjnych. Z drugiej jednak strony wydaje mi się, że dopuszczenie pewnej swobody ubioru, zwłaszcza u dziewcząt, nie było takim głupim posunięciem...

Na szczęście Jakub przekopiował tylko jaźń. Masa informacji zapisanych w pamięci długotrwałej pozostała, więc Semen mógł z nich korzystać. Powędrował do szatni umieszczonej w podziemiu. Zalatywało tu swojsko lizolem i znoszonym obuwiem. Pociągnął nosem z lubością. Uśmiechnął się do wspomnień...

Trochę jak w koszarach, choć brakuje woni dziegciu, którym smarowaliśmy buty, pomyślał, odwieszając kurtkę w boksie klasy 1A.

Ładna brunetka przykuła jego uwagę. Pamięć podpowiedziała, że dziewczyna nazywa się Agata. Miała wyjątkowo kusą mini i dekolt, w którym rysowało się coś ciekawego...

Jak połówki grejpfrutów, pomyślał rozmarzony.

Wgapiał się chyba trochę zbyt intensywnie, bo koleżanka spostrzegła jego cielęcy wzrok.

– Hej, oczy mam wyżej, ty zbolu – ofuknęła go.

– Światło słońca przebyło sto pięćdziesiąt milionów kilometrów, by choć delikatnie musnąć twe cudowne piersiątka – szepnął w uniesieniu.

– Pieprz się z kaloryferem, ćwoku – odburknęła pro forma, ale komplement chyba mimo wszystko zrobił na niej pewne wrażenie.

Muszę się bardziej pilnować, bo jeszcze narobię kłopotów właścicielowi ciała, pomyślał Semen.

Zmienił buty na kapcie, odwiesił siatkę z adidasami i podreptał do schodów. Lastrykowe stopnie połyskiwały lekko, świeżo przeciągnięte na mokro. Woń lizolu kręciła w nosie. Zwalista baba w fartuchu w grochy leniwymi ruchami pucowała mopem półpiętro. Kozak niefrasobliwie ruszył w górę...

– Gdzie lezie! – ryknęła groźnie woźna.

Zamarł. Rozejrzał się odruchowo, ale był tu sam. Baba najwyraźniej darła się na niego. I chyba złamał jakieś lokalne tabu, bo teraz dopiero spostrzegł, że tylko on próbował skorzystać z tych schodów.

– Eeee? – wyraził swoją opinię.

– Nie widzi, że świeżo zmyte? – ryknął babszyl. – Nie szanuje trudu ludzi pracy?

– Eeeee... – wykrztusił ponownie.

– Naokoło niech pobiegnie, drugie schody są przecież – warknęła.

Odetchnął i odzyskał głos.

– No, ale myć stopnie tak tuż przed rozpoczęciem zajęć to trochę... – zaczął.

– Won mnie stąd, bo zara lunę ścierą przez łeb! – Woźna groźnym ruchem już sięgała do wiadra po szmatę. – Inteligent za dychę się znalazł, ledwie od ziemi odrósł i już we łbie się poprzewracało. Mnie będzie uczył mojej roboty! Dłużej te schody myję, niż ty po świecie chodzisz, pętaku niedorobiony!

Semen czmychnął. Przebiegł przez szatnie i wspiął się wraz z resztą uczniów drugą klatką. Na szczęście pamięć Piotrka podpowiadała, gdzie się udać. Odezwał się dzwonek. Dźwięk był paskudny, ostry i natarczywy, kozak pomyślał, że w normalnych warunkach pewnie by od tego umarł, na szczęście poranny kac został wraz z ciałem na ogródkach.

Dotarł na miejsce. Przed zamkniętymi drzwiami zebrała się już niemal cała klasa. Semen popatrywał wokoło, pamięć podpowiadała mu usłużnie imiona poszczególnych uczniów i uczennic. Te ostatnie zaciekawiły go bardziej.

Ładniutkie młodziutkie samiczki, pomyślał i aż oblizał się mimowolnie w duchu. Gdyby Piotrek trochę ruszył głową, toby tu cały harem zebrał...

– Coś ty taki rozanielony? – Poczuł sójkę w bok. – Śpisz?

Kto go dźgnął? Ach tak, Sławek, kumpel.

– A tak, trochę spać się chce... Zasiedziałem się do późna nad eee... Internetem – znalazł wyjaśnienie. – To i trochę niepociumany jestem.

– Gra jakaś czy warcholiłeś na forach?

– Coś w ten deseń – bąknął. – Gołe babki i te sprawy.

– Uważaj, bo profesor Rosińska podobno dziś mocno nie w humorze... – ostrzegł go kumpel. – I Norbert też ma minę, jakby chciał komuś przypierdolić.

Semen odruchowo odszukał wzrokiem wspomnianego. Norbert, najwyższy w klasie, miał posturę goryla. Odblaskowe paski dresiku aż raziły w oczy. Pamięć Piotrka podpowiadała, że to wróg... Koleś minę faktycznie miał nieciekawą. Za to dresik bardzo ciekawy. Niby markowy, ale uważne oko dostrzegało drobną zmianę w napisie.

Adidos, odcyfrował Semen. A kolo jak z Bardaków wyklonowany. Tak czy inaczej, trzeba uważać...

U ramienia byczka wisiała dziewczyna. Kozak chciał się jej przyjrzeć, ale właśnie nadszedł belfer. Weszli do klasy i tu Semen przeżył pierwsze zaskoczenie. Choć edukacja ominęła go łukiem, wiedział przecież, jak jest w szkole. Spodziewał się zielonych ławek o pochyłych blatach, dziur na kałamarze, a tymczasem stały tu estetyczne stoliki i wygodne krzesła. Na podłodze zamiast surowych desek, pociągniętych ropą lub zapokostowanych, leżał normalny dębowy parkiet. Tablica też wyglądała niecodziennie. Spodziewał się czarnej, ewentualnie zielonej, a wisiała elektroniczna. Kredy już chyba w ogóle nie stosowano. Belfer nie nosił nauczycielskiego munduru, nie miał w ręce trzcinki.

Ciekawe, czym tu walą uczniów po łapach? – zadumał się kozak. Linijką może?

Położył na blacie książkę i zeszyt. Przegrzebał plecak, ale jak na złość nie znalazł suszki do atramentu. Nawet głupiej bibuły Piotrek nie spakował! Co gorsza, w ławce nie było dziury na kałamarz.

Pewnie trzeba mieć własny, domyślił się.

Niestety, jak na złość kałamarza nie było. Obsadek też nie wypatrzył. Za to znalazł długopis... Obracał go przez chwilę w palcach, zaskoczony.

No tak – omal nie walnął się w czoło. Teraz pisze się długopisami... To i suszka zbędna.

Niemiecki... Semen znał ten język z czasów młodości, a na wojnie, przesłuchując jeńców i w trakcie własnych przesłuchań, odświeżył sobie znajomość niektórych wyrazów. Tylko że potem minęło pół wieku. W okolicach Wojsławic żywi Niemcy po wojnie jakoś nie występowali, a ponieważ zombiaki nie prowadzą konwersacji z ciepłymi, więc nie torturował nikogo gadającego w tym języku i trochę zapomniał. Spostrzegł też, że w tak zwanym międzyczasie wymyślono trochę nowych słów...

– Do tablicy przyjdzie Piotrek Wędrowycz – głos nauczyciela wyrwał go z zadumy.

Powlókł się jak na ścięcie.

– Zapisz nam temat lekcji.

Semen zacisnął zęby i pod dyktando profesora machnął długi napis ozdobną szwabachą. Belfer zapatrzył się w pseudogotyckie literki jak sroka w gnat. Chyba na dobre trzy minuty stracił mowę.

– O *Donnerwetter*... – mruknął. – Nieźle... Gdzieś ty się tego nauczył?

– Eeee... No, z książek...

– W dzisiejszych czasach to już tylko ciekawostka... Dobra, dość wygłupów, ścieraj to i pisz normalnie.

Zaskoczony kozak starł ozdobne hieroglify i zapisał podyktowane zdanie zwyczajnie – łacińskim alfabetem.

– Hmm... – Belfer popatrzył na niego znad okularów. – Tak już dawno miałem zapytać. Sądząc po twoim słownictwie i konstrukcjach, których używasz w pracach domowych, czytasz różne rzeczy po niemiecku.

– Yyyy... Bo ja... W domu wieczorami na własną rękę szlifuję znajomość języka – bąknął Semen.

– To bardzo chwalebnie... A jakie konkretnie lektury?

Kozak trochę spanikował. Wprawdzie kojarzył nazwiska Mann, Heine i Goethe, ale nie umiał przypasować do nich żadnych tytułów.

– No tak na przykład, czytałem niedawno „Mein Kampf" – wypalił.

W klasie zapadła głucha cisza. Nawet ten byczek, Norbert, przestał na chwilę przeżuwać to, co miał w ustach, i wytrzeszczył małe oczka. Tak po prawdzie, kozak trochę zełgał, bo dzieło Hitlera czytał zaraz po wojnie, ale później żadne książki w tym języku nie wpadły mu w ręce...

– Dziecko kochane, ale po co to czytałeś?! – jęknął belfer.

– Byłem ciekaw, dlaczego napadli nasz kraj i chcieli nas pozabijać – wyjaśnił Semen. – No i tam w zasadzie znalazłem odpowiedź. Gdzieś na dwieście pięćdziesiątej szóstej stronie... Albo może na dwieście siedemdziesiątej trzeciej.

Nauczyciel chyba nie bardzo wiedział, co o tym sądzić, bo odesłał go na miejsce. Zadał jakieś ćwiczenia. Kozak siłował skupić się na zadaniach, ale niestety, nie bardzo mu to wychodziło. W ławce przed nim siedziała Karolina. Okrągły tyłeczek wbiła w dżinsy o dobre dwa numery za ciasne. Bluzeczkę też założyła nieco zbyt kusą. Przez pozostałe czterdzieści minut lekcji wgapiał się w apetyczny pasek ciałka i rąbek czarnych koronkowych majteczek, wystający ponad paskiem jej spodni. Na pleckach pod bluzką wyraźnie odznaczało się zapięcie staniczka. Raz tylko, z wielkim trudem, oderwał spojrzenie od tych delicji i rozejrzał się, wodząc wzrokiem po podłodze. Nie pomogło. Spostrzegł liczne kształtne łydki i kolanka, obleczone w rajstopki różnej barwy.

No nie dziwię się, że Jakubowy prawnusio lubi chodzić do szkoły, pomyślał. Dla takich widoków sam zostałbym kujonem! A może trzeba było iść do szkoły, gdy byłem mały? Ech nie, wtedy przecież edukacja nie była koedukacyjna, zresztą i szkoły w stanicy nie mieliśmy, tylko jeden stary dziadek uczył kozackie dzieci czytać i pisać...

Spojrzał na zegarek. Lekcja dobiegała już końca. Zaraz będzie przerwa. I nagle zapragnął powiedzieć siedzącej przed nim dziewczynie jakiś miły komplement... Ot tak, żeby zagaić rozmowę. Pospiesznie przegrzebał pamięć.

Złapać na tobie syfilis będzie dla mnie prawdziwym zaszczytem... – przypomniał sobie słowa swojego popisowego podrywu z epoki przed wojną mandżurską.

Wtedy działało to idealnie. Chińskie i japońskie „panienki", słysząc to zdanie, chichotały kokieteryjnie i zasłaniały się wachlarzami, by puszczać zza nich porozumiewawcze spojrzenia... A potem wystarczyło zabrzęczeć w kieszeni monetami, iść za upatrzoną ślicznotką przez bramę ozdobioną czerwoną latarnią... Ale nie był pewien, czy w obecnej sytuacji wypada tych słów używać. Złapanie choroby wenerycznej przestało być poświęceniem. Na ten cały syfilis wynaleziono już przecież lekarstwa. Dzwonek zabrzęczał, zanim zdołał coś wymyślić. Koniec lekcji.

– Diabli nadali – westchnął i poskładał książki do torby.

Wyszedł na korytarz. Ładna filigranowa blondyneczka wisiała uczepiona ramienia Norberta. Kozak raz jeszcze otaksował go wzrokiem. Miał przed sobą podręcznikowy wręcz przykład dresiarza o wyjątkowo tępej gębusi. Pamięć Piotrka podpowiedziała, że dziewczyna jest z klasy równoległej, ma na imię Gosia. I że mu się cholernie podoba, ale niestety, świata nie widzi poza tym głupim mięśniakiem...

Ech, westchnął kozak w duchu. Jak to jest, że w każdej epoce dziewczyny, które uważamy za boginie, odchodzą z jakimiś błaznami? A może by mu jakiegoś psikusa wyciąć? Mała kompromitacja... Gdyby tak przyłapano go in flagranti, najlepiej z profesorem wuefistą? – rozmarzył się.

Zagryzł wargi, kompletnie nie wiedział, jak przeprowadzić tak skomplikowaną intrygę. Zamiast knuć, zaszedł do szkolnego sklepiku i tu spotkało go prawdziwe zaskoczenie.

„Pączki, drożdżówki i napoje gazowane sprzedawane są wyłącznie jako produkty kolekcjonerskie, nieprzeznaczone do spożycia” – głosiła wywieszka.

Stanął dyskretnie przy oknie i przez dłuższą chwilę obserwował uczniów stojących w kolejce. Podchodzili, nabywali pączki, ale zamiast je kolekcjonować, pożerali natychmiast. Zupełnie nie mógł zrozumieć, co jest grane.

Niezrozumiały, obcy, wrogi świat, pomyślał z melancholią. Wprawdzie widoki tu fajne, ale zaaklimatyzować się w tej szkole trudno jak piorun... Dobrze, że to tylko jeden dzień. Wykonam zadanie i spadam!

Na następnej lekcji była geografia. Belfrzyca z natchnioną miną opowiadała o szacie roślinnej Skandynawii. Z jej słów wynikało, że po tamtej stronie Bałtyku rosną wyłącznie lasy iglaste. Semen dyskretnie zajrzał do podręcznika i ku swojemu zaskoczeniu znalazł w nim dokładnie te same bzdury. Bywał w Skandynawii i przed rewolucją, i parę lat temu na wycieczce z Jakubem. Wprawdzie nie zwracał jakoś szczególnie uwagi na szatę roślinną odwiedzanych krain, ale przecież człowiek pamięta, czym się w lesie podciera! I z całą pewnością nie były to iglaste gałązki!

Dane odnośnie do średniej temperatur i opadów brzmiały nieco bardziej prawdopodobnie, ale kozak, zrażony wcześniejszym oszustwem, nie był w stanie ponownie zaufać słowom nauczycielki. Zamiast skupić się na lekcji, wodził wzrokiem przy podłodze. Opodal siedziała Wioletta. Zgrabniutkie nóżki odziała w dżinsy. Nogawka kończyła się w połowie łydki. Między skarpetką a obrębieniem nogawki połyskiwał apetyczny pasek nagiej skóry... Dziewczyna chyba wyczuła lepkie spojrzenie, bo obciągnęła spodnie.

Semen westchnął cicho i boleśnie.

Fajnie tu, ale szkoła koedukacyjna to jest jednak kompletne nieporozumienie, pomyślał. Ślepy zaułek ewolucji metod edukacyjnych! Jak niby można się czegoś nauczyć, gdy tyle wokoło bodźców rozpraszających uwagę? Nózie, buzie i cycusie... Nic dziwnego, że potem trudno znaleźć kogoś mądrego do pogadania, a wszędzie wokoło roją się jakieś wykształciuchy!

Zadumał się głęboko. Jakim cudem prawnuk kumpla uzyskiwał tak dobre oceny? Czyżby żelazną siłą woli odsuwał na bok pokusy? A może chłopak jest gejem? Nie... Tylu przystojnych młodzieńców w klasie, tak czy siak byłby rozproszony i rozkojarzony. Kolejna nierozwiązywalna zagadka...

Dzwonek pozwolił przerwać jałowe rozważania. Semen wyszedł na korytarz i akurat wpadł na Norberta i jego lalę. Parka siedziała na parapecie i obśliniała się szczodrze namiętnymi pocałunkami. Jedna łapa dresiarza miziała dziewczynę po plecach, druga przykrywała jej kolanka.

Tak się zachowywać w miejscu publicznym? – skrzywił się w duchu kozak i ruszył w stronę kolejnej sali lekcyjnej, gdy nieoczekiwanie poczuł na ramieniu czyjąś ciężką łapę. To dresik wyplątał się jakoś z objęć dziewczyny i go dogonił. I sądząc po wyrazie gęby, najwyraźniej chciał krwawej konfrontacji.

– Ty, Wędrowycz, znowu się wgapiałeś w moją Gośkę – syknął.

– E, no co ty, po co miałbym się w nią wgapiać? – Kozak wzruszył ramionami. – Mam tu ciekawsze zajęcia i ładniejsze widoki...

– Chcesz powiedzieć, że nie podoba ci się moja dziewczyna?! – Dresiarz aż się zapowietrzył.

– Ładniutka jak lalka Barbie. Zapewne idealna do tego, by ją rozebrać, ubrać i żeby się nią pobawić. Ale moim zdaniem, chłopcom w pewnym wieku nie wypada już bawić się lalkami – zauważył filozoficznie Semen.

Norbert przez jakieś pięć sekund trawił to, co usłyszał, a potem zacisnął kułaki. Ciało Piotrka Wędrowycza zdecydowanie nie nadawało się do normalnej bójki, ale tam, gdzie brakuje siły, można przecież użyć techniki. A tak się składało, że podczas służby w elitarnym korpusie kurierów Semena szkolili najlepsi w carskiej Rosji spece od walki wręcz. I te akurat umiejętności przekopiowały się razem z jaźnią. Kozak uchylił się od ciosu, uderzył przeciwnika na płask dłonią w skroń, a potem poprawił czubkiem kapcia między nogi. Nokaut był natychmiastowy. W następnej sekundzie osiłek leżał zwinięty w kłębek i cicho skamlał z bólu. Semen podszedł i lekko, nieomal pieszczotliwie kopnął go nerkę.

– Fiknij do mnie, cwelu, jeszcze raz, a przekonasz się, że Farinelli wcale nie był ostatnim kastratem – warknął.

– Ty frajerze, nie żyjesz! – Byczek już podnosił się z podłogi, gdy za ich plecami rozległo się znaczące chrząknięcie.

Katarzyna Rosińska, wychowawczyni i rusycystka – podpowiedziała Semenowi nieco spanikowana pamięć Piotrka.

– Czy ja dobrze słyszałam coś o Farinellim? – zapytała belfrzyca.

– Oczywiście, pani profesor! – Semen wyprężył się na baczność i uśmiechnął promiennie. – Omawialiśmy właśnie pewne problemy wykonawcze, które sprawiają, że obecnie niezwykle trudno posłuchać dobrego nagrania arii z oper włoskich przełomu siedemnastego i osiemnastego wieku. Dochodziliśmy akurat do pewnych wniosków, gdy mój przyjaciel nieszczęśliwie potknął się i upadł. – Semen podał rękę Norbertowi i pomógł mu wstać.

– Hmmm... – Nauczycielka patrzyła na nich chmurnie i chyba chciała coś powiedzieć, ale z opresji wybawił ich kolejny dzwonek.

– Zabiję cię, ty gówno – syknął bysio, gdy tylko wychowawczyni znikła z pola widzenia. – Popamiętasz mnie!

– Zapamiętać to można co najwyżej logo na twoim dresiku. Adidos... To pewnie hiszpański strój, nieźle to brzmi, „Adidos amigos" czy jakoś tak...

Następną lekcją było wychowanie fizyczne. Tych zajęć na szczęście nie prowadzono koedukacyjnie, bo Semen chybaby zwariował z nadmiaru wrażeń. Chłopcy grali z równoległą klasą, a dziewczyny w innej sali ćwiczyły aerobik czy coś podobnego. Belfer pokrzykiwał i gwizdał. Semen nie bardzo wiedział, o co biega w całej tej koszykówce, a do tego spostrzegł z niejakim smutkiem, że ciało Jakubowego prawnuka nie bardzo się sprawdza przy takich wygibasach. Ruchy i reakcje były ewidentnie spowolnione, szybko dostał zadyszki, a potem kolki...

Jakby tego mało, w jego drużynie grał ten cały Norbert. Pozbierał się już widać po kopniaku w jaja, a jego mina wskazywała, że dyszy żądzą odwetu i knuje coś niedobrego. Semen westchnął.

Za słabo mu dokopałem albo, co gorsza, jest za głupi, by przewidzieć dalekosiężne konsekwencje fikania niewłaściwym ludziom, dumał, przepychając się do piłki. Trzeba coś wymyślić i uziemić go raz a dobrze, bo Piotrek będzie miał przegwizdane...

I w tym momencie poczuł uderzenie, jakby zderzył się z lokomotywą. Osiłek niby to przypadkiem wpadł na niego w locie. Jego kolano boleśnie wbiło się w Semenową wątrobę.

– Potraktuj to jako zaliczkę, resztę wypłacę po zajęciach – syknął dresiarz.

– Przyjmuję i oddam z sowitym procentem – odgryzł się.

Na szczęście na następnej lekcji był już rosyjski. Po sprawdzeniu obecności profesorka przechadzała się po klasie. Połowa klasy wodziła za nią cielęcym wzrokiem. Nauczycielka była faktycznie ładna i zgrabna. Druga połowa, ta żeńska, taksowała raczej jej ubiór i fryzurę.

Uwieść taką i zwyobracać... Gdybym tak był trochę starszy, westchnął boleśnie kozak. Hmm... w zasadzie to jestem starszy, ale to też nic nie daje... Zresztą wygląda na twardą sztukę. Takie niełatwo zbajerować.

– Rosyjski to mowa Puszkina, Lermontowa, Niekrasowa, Tołstoja, Dostojewskiego – perorowała z pasją profesor Katarzyna. – A wy tego nie rozumiecie. Kojarzycie ten język tylko z Leninem i Stalinem.

Semen zmarszczył brwi.

– A tobie co się nie podoba? – huknęła na niego wychowawczyni.

– Ja tylko chciałem powiedzieć, pani profesor, że mi się nie kojarzy... – wyjaśnił, wstając. – Lenin był w połowie Tatarem, a w jednej czwartej Niemcem, Stalin był Gruzinem. Nijak mi się nie kojarzą z Rosją i rosyjskim, choć po prawdzie wśród wymienionych przez panią profesor Puszkin też nie był tak do końca ruski, bo przecież miał dziadka Murzyna, i to aż z Etiopii.

Spojrzała na niego trochę zbaraniała. Ale zaraz odzyskała mowę.

– No widzicie – profesor Rosińska zwróciła się do klasy. – Wasz kolega świetnie zrozumiał, że język rosyjski to nie tylko mowa wroga i okupanta, ale też przepustka do kultury o zasięgu globalnym. A teraz zgodnie z zapowiedzią napiszemy sobie mały sprawdzianik.

Semen naszykował kartkę i długopis. Pytania nie były szczególnie trudne...

– No i dobra – mruknął, z ogromną ulgą zakładając buty. – Odwiedziłem liceum, zobaczyłem, jak tu jest. Zebrałem doświadczenie życiowe. Fajnie było nawet, ale nigdy więcej... No, może kiedyś, za jakiś czas. – Odprowadził rozmarzonym wzrokiem wbity w dżinsy zadek Karoliny, kołyszący się prowokacyjnie obok drobiących nerwowo kształtnych łydek Wioletty.

Wyszedł przed szkołę i teraz dopiero spostrzegł, że wlazł prosto w pułapkę. Po drugiej stronie ulicy stał Norbert. Towarzyszyło mu jeszcze czterech kumpli z innych klas. Kozak uznał, że byłoby niekulturalnie kazać im czekać. Przeszedł na ich stronę.

– Panowie do mnie? – Przechylił pytająco głowę.

– Teraz się policzymy – warknął Norbert.

– Sześciu nas tutaj. A ci zawodnicy rezerwowi to po co? – zainteresował się Semen. – Sekundanci czy jak?

– Dwóch może być twoimi sekundantami – zakpił bysio.

– Z przyjemnością skorzystam z tak wielkodusznej propozycji. Ale mała rada: wyślij ich do domów. Dla własnego dobra... Szef gangu nie powinien dostawać wpierdolu na oczach swoich przydupasów, bo to drastycznie obniża autorytet.

– Ty leszczu, jedną ręką cię załatwię! – burknął bysio.

– Norbert, wyluzuj, masz już wyrok w zawiasach – rozległo się z boku.

To od strony szkoły nadbiegł Sławek.

– To miło, że troszczysz się o kolegę, ale spoko, nie odwieszą mu wyroku. Jak się kogoś pobije, to przestępstwo, ale jak się samemu oberwie, to jest się ofiarą, a za to nie wsadzają – wyjaśnił kozak. – Zaczynamy? – zwrócił się do dresiarza.

Ten machnął łapą jak cepem. Semen przykucnął i cios poszedł w próżnię. Mięśniak machnął drugą łapą. Znów nie trafił. Siła ciosu aż go okręciła. I w tym momencie Semen wbił mu prawy prosty w splot słoneczny. Norbert stracił równowagę i klepnął na beton. Nokaut... Kozak podszedł niespiesznie i z rozmachem kopnął go w jaja.

– To dla uczczenia pamięci wielkiego Szalapina – wyjaśnił. – A przepraszam, przecież on nie był kastratem... Pomyliło mi się. A zatem: zdrowie Farinellego. – Przykopał raz jeszcze.

Czterej mięśniacy patrzyli, kompletnie zbaraniali.

– Ej, leżącego się nie kopie! – zaoponował wreszcie jeden z towarzyszy powalonego.

– Nie kopie się w walce. Ale to nie walka. To kara za gadanie głupot – wyjaśnił z godnością Semen i przykopał jeszcze raz. – A to było za noszenie dresu i tym samym podrywanie prestiżu naszej opromienionej dwusuletnią tradycją szkoły. – Wlepił jęczącemu kolejnego kopa w nerki.

– Ale to dwa kopniaki były? – zdziwił się jeden z sekundantów.

– Rachunek się zgadza, dostał po jednym za każde stulecie splugawionej tradycji. A to za niegodne ucznia naszego liceum zachowanie na lekcji WF. – Po tym kopniaku nos dresiarza upodobnił się do kotleta mielonego. A to za... Albo dobra. – Machnął ręką. – Szkoda czasu na to gówno. On już swoje dostał. Który z panów następny? – Semen spojrzał na członków gangu.

– Eeee... – najwyższy wyraził wspólne zdanie.

– Nikt nie reflektuje? No dobra, to może dwóch naraz?

Nadal nie było chętnych.

– Pożegnam zatem panów. Wybaczcie, że nie pomogę w opatrywaniu rannego przyjaciela, ale jestem bardzo wrażliwy i nie mogę znieść widoku krwi.

Po czym razem ze Sławkiem oddalili się z miejsca zdarzenia. Nikt ich jakoś nie ścigał...

Transmisja jaźni przebiegła bez przeszkód. Piotrek usiadł i potrząsnął głową. A potem uśmiechnął się. Przyjemnie było nie mieć kaca ani bólu wątroby... Fajnie było nie czuć już woni własnych skarpet...

– O w mordę – westchnął – nigdy więcej.

– Nigdy więcej – zawtórował mu Semen. – Choć koleżanki masz ładniutkie... Dajcie samogonu. Tyle godzin na trzeźwo, to niebezpieczne w moim wieku.

– Co pan z nimi robił?! – wykrztusił chłopak.

– Z dziewczynami? Nic! Nie bój się, alimenty ci nie grożą. W ogóle zachowywałem się kulturalnie. Tak kulturalnie, jak nigdy od czasów przed rewolucją! No i co najważniejsze, napisałem za ciebie ten głupi sprawdzian, łatwizna. A ta profesor Rosińska, przestań się jej bać. Trochę ostra, ale dasz sobie radę.

– To ja bardzo dziękuję i grzeję do domu kuć dalej. – Chłopak odebrał plecak, pożegnał się i pognał przez działki.

– Aż tak źle było? – zaciekawił się Wędrowycz.

– Tragicznie! Ledwo żywy uszedłem z tej rzeźni ludzkiej... A ta profesor Katarzyna to istna bestia! Z pochodzenia Lenina musiałem się przed tablicą tłumaczyć.

Semen zrelacjonował kumplowi przebieg dnia. Jakub obśmiał się jak norka z jego przygód. Kozakowi bardzo się to nie spodobało, więc strzelił focha. Nałożyli sobie po mordach, potem wypili na zgodę i znowu było jak dawniej. Wreszcie pomilczeli chwilę nad otwartą flaszką.

– Masz całkowitą rację. Tego Norberta trzeba będzie urządzić na cacy – mruknął Jakub. – Zwykły wpierdol to za mało, koleś jest po prostu za głupi, by zrozumieć, z kim zadarł.

– Na cacy? – podchwycił kozak.

– Zaufaj mi, mam plan. Trzeba tylko kilka składników...

Piotrek szedł do szkoły jak na egzekucję. Skóra cierpła mu na myśl, co też pradziadkowy kumpel tam nawywijał. Pierwszą lekcją było wychowanie fizyczne. I tu spotkała go niespodzianka. Nauczyciel nie przyszedł. Czekali pod salą gimnastyczną dobre dziesięć minut, aż zjawił się dyrektor.

– Wobec, khm... zaistniałej sytuacji lekcja WF nie odbędzie się – powiedział. – Nie mam nikogo na zastępstwo. Możecie tę godzinę spędzić w bibliotece.

– Ale co się stało? – Piotrek zdezorientowany popatrzył po kumplach.

Rozłożyli bezradnie ręce. Nikt nic nie wiedział. Dopiero na przerwie w toalecie poznał szczegóły. Balanga w towarzystwie pradziadka, choć pokarmy i napoje pochłaniał, używając ciała Semena, najwyraźniej rozregulowała mu żołądek. Siedział właśnie na ubikacji, gdy jego ucho złowiło rozmowę dwu chłopaków z trzeciej klasy, którzy wpadli tu na dymka.

– Słyszałeś, jaka afera? Norberta, tego byczka z pierwszej A, wuefista przyłapał, jak bzykał się z woźną. Niby przestępstwo to nie jest, bo kolo ma już skończone szesnaście lat, ale sam rozumiesz... – relacjonował sensację pierwszy głos.

– Z woźną!? – zdumiał się drugi głos. – Odbiło mu? Ja bym jej nawet pogrzebaczem nie ruszył. Wolałbym się pieprzyć z jej mopem niż z nią! Chybabym pawia puścił...

– No właśnie. Wuefista też najpierw się porzygał, a potem dopiero wziął go za kark...

– Ale zgwałcił ją czy jak!?

– Gdzie tam zgwałcił. Uwiódł!!! Podobno przyniósł wielki bukiet róż i bombonierkę, a ona dobrowolnie z nim, na materacach, w kanciapie wuefistów... Jego kumple to dopiero są w szoku. Wczoraj dostał łomot od tego małego kujona Wędrowycza, dziś to... Pewnie wybiorą sobie nowego wodza, a i on przecież do naszej budy już nie wróci.

– Piotrek Wędrowycz spuścił mu łomot? Przecież to chuchro, inżynierski synek... Jakim cudem?!

– Dokładnie nie wiadomo. Gadają, że znokautował byczka, a potem jeszcze wziął pod but i całe kazanie wygłosił o poszanowaniu tradycji budy i takie tam.

– To może walnął Norberta w głowę i coś mu się w klepkach poprzestawiało do tego stopnia, że polazł z łapami do woźnej?

– No, to prawdopodobne... Kopnął go podobno z półobrotu w jaja jak jakiś Chuck Norris. Od takiego ciosu to faktycznie może być problem z głową...

Piotrek wyczuł w tym wszystkim robotę pradziadka i jego kumpla. Poweselał.

Wygląda na to, że Gośka jest od dziś wolna.

Koniec toksycznego związku z tym kretynem, pomyślał. Może zatem nie jest to taki stracony dzień? Z drugiej strony, podrywać dziewczynę, która chodziła z takim przygłupem?

A potem dzwonek przypomniał mu o zaczynającym się rosyjskim. Chłopak zagryzł wargi, spuścił wodę i pobiegł do klasy.

– Lufa, pała, lufa, trzy na szynach. – Profesor Rosińska rozdawała klasówki. – Jedna piątka, Piotrek Wędrowycz. Byłaby szóstka, ale żeś nasiał twardych znaków jak przed rewolucją... Czyli dobrze podejrzewałam, jesteś zdolny, ale leniwy. Muszę cię od następnej lekcji wziąć na ostro do galopu.

Klątwa

Mirabelki obsypane były kwieciem. Kozak Semen wyobraził sobie, jak latem nazbierają z kumplem kilka wiader nikomu niepotrzebnych żółtych owoców, wsypią je do kadzi i nastawią zacier na śliwowicę... Poczłapał dalej drogą i oparłszy się o płot, zapuścił żurawia na podwórko. Jakub Wędrowycz, pogwizdując wesoło, pracował starym zardzewiałym szpadlem. Wgryzł się w ziemię już na co najmniej dwadzieścia centymetrów. Obok piętrzył się niewielki stosik gleby pochodzącej z dołka. Kozak pchnął furtkę i wmaszerował na podwórze.

– Piwnicę kopiesz? – zagadnął.

– Nie, to będzie moja kopalnia węgla! – wyjaśnił egzorcysta z dumą. – Zamiast kupować na zimę, będę wydobywał własny. Zaoszczędzę dzięki temu masę kasy, którą można wydać na różne szczytne cele, na przykład pomoc sierotom i ubogim. – Poklepał się po piersi.

– Mamy dopiero wiosnę.

– No to co? A bo mi się gdzieś spieszy? Nie zatyram się na śmierć, tylko pomalutku będę drążył szyb, chodniki, sztolnie upadowe, tworzył hałdy i inne takie.

– Zdegradowany krajobraz kopalniany... Tego jeszcze na Starym Majdanie nie było. – Kozak pokiwał w zadumie głową. – A dlaczego tutaj?

– Widzisz, od małego, od kiedy się dowiedziałem, jak powstają złoża, zawsze sikałem dokładnie w to miejsce. No i teraz po siedemdziesięciu latach nadeszła pora uzyskać zwrot z tej inwestycji.

– Hmmm... to chyba raczej kopalnia soli będzie.

– Czemu? – zaniepokoił się gospodarz.

– Bo w szczynach jest sól, a nie węgiel...

– Tak? Cholera... Jesteś tego absolutnie pewien?

– No przecież sikasz na żółto, a nie na czarno... – Semen pokręcił głową, ubolewając nad głupotą kumpla.

– Rzeczywiście... Widocznie źle wtedy usłyszałem. Albo potem mi się pomyliło. Trudno, moja strata. Niech będzie kopalnia soli. – Jakub wzruszył ramionami i wrócił do pracy. – Lepiej mieć własną naturalną sól, przez siebie wytworzoną z naturalnych składników, niż jakieś badziewie powstałe ze skamieniałych siusków dinozaurów... Albo, co gorsza, mamutów!

Semen zadumał się głęboko.

– Sam nie wiem, co lepsze – zawyrokował.

– Zobaczymy, jak skosztujemy tej wydobytej soli i porównamy smak. Jeśli będzie lepsza niż ta ze sklepu... A zresztą, jak będzie gorsza, to pójdzie do posypywania dróg albo do peklowania golonki.

– Kiedy ja się zastanawiam, czy w ogóle jest sens jej kosztować – przyznał Semen. – Swoją drogą, sporo już dziś zrobiłeś.

– Tak myślisz? – Jakub krytycznie obejrzał dołek sięgający mu prawie do połowy łydki.

– Pewnie. Tu głębiej wszędzie jest glina. Nie przepuszczała siuśków w głąb górotworu. Twoje złoża soli muszą leżeć płyciutko. Może nawet, zamiast drążyć szyb, zdołasz się do nich dobrać odkrywkowo.

– Ha! To nie będzie trzeba budować takiej wieży do wyciągania windy, jakie są na Śląsku? Czyli może ja już nawet połowę roboty odwaliłem? – ucieszył się Jakub.

– To prawdopodobne.

– Półmetek prac trzeba koniecznie oblać, bo zaniedbanie tej tradycji może przynieść pecha! Idziemy na piwo?

– Właśnie miałem zaproponować...

Gdy obaj starcy wkroczyli na rynek, ich uwagę z miejsca przykuło dziwne zbiegowisko. Ludzie otaczali luźnym półkolem niewielkie podium zbite z desek. Przez tłum co jakiś czas przebiegał wesoły rechot. Ktoś tam stał i przemawiał przez mikrofon, ale z daleka nie bardzo było słychać, co mówi...

– Wiec jakiś – zauważył Semen.

– Dziwne, wybory były nie tak dawno... Głosy oddane, mandaty rozdrapane, powinni siedzieć na tyłkach, ciągnąć kasę, olać wyborców i dać im spokój na kolejne cztery lata... Po kiego grzyba języki strzępią? A może wędrowny kabaret przyjechał? Bo cyrk to ma namiot.

– Posłuchamy, to się dowiemy. – Kozak przyspieszył kroku.

Jak się na miejscu okazało, podium nie zostało umieszczone bezpośrednio na ziemi. Ulokowano je na niewielkiej przyczepce z hrubieszowską rejestracją. Na podium stali dwaj dziwni kolesie w historycznych wdziankach i hełmach ozdobionych rogami. Wyglądali wypisz wymaluj jak wikingowie. Nie mieli tylko mieczy ani tarcz, a zamiast kolczug założyli swetry ze srebrnej włóczki. Do tego, nie wiedzieć czemu, hełmy polakierowali na zielono.

– No, takich cudaków to jeszcze w naszej gminie nie widziałem. – Wędrowycz pokręcił głową. – Ciekawe, co to za partia taka fikuśna i jaki ma program.

Semen, widząc, że wyższy wiking sięga po mikrofon, uciszył przyjaciela gestem.

– Jesteśmy waszymi sąsiadami z Hrubieszowa. Przybywamy tu, do waszej pięknej gminy, by propagować nowy, lepszy styl życia, oparty o naturalne potrzeby ciała i wypływający z prawdziwego, niezafałszowanego obrazu historii – zaczął mówca.

Drugi podkreślał wagę jego słów, wybijając rytm dłońmi na małym afrykańskim bębenku.

– Brzmi niegłupio – pochwalił Jakub. – Taki styl życia właściwie zawsze prowadziłem i propagowałem. Chciałem jeść mięso, szedłem do lasu coś zatłuc. Chciałem placków, szedłem na pole sąsiada ukopać kartofli. Chciałem się urżnąć, szedłem do knajpy obalić flaszeczkę... Z historią też zawsze byłem w zgodzie, a nawet ją współtworzyłem. Uważałem, że trzeba lać Niemców nawet, gdy stało się to już niemodne. Do tego Chińczyków nie lubię i Murzynów... I nie jestem żadnym rasistą, bo jednakowo nie lubię wszystkich obcych tak samo... I uważałem, że trzeba lać ruskich, zanim stało się to modne. Każdy naród powinien siedzieć na dupie tam, gdzie jego miejsce!

Semen poczuł się trochę nieswojo. Przypomniał sobie, że już dobre dziewięćdziesiąt lat nie był w swojej stanicy nad Wołgą...

– Sąsiadów można nie lubić, bo bywają ku temu powody, ale żeby się od razu innych narodów czepiać, jakoś nieładnie – zganił kumpla.

– Ja to nawet Szwedów nie lubię, choć już nie bardzo pamiętam, za co, bo dawno nie puszczali tego filmu o potopie – przyznał egzorcysta. – A ci dwaj to mi wyglądają na takich, którym trzeba wklepać, bo wikingowie żyli kiedyś tam, gdzie dziś Szwedzi. A jak teraz mieszkają w Hrubieszowie, to też trzeba im wklepać profilaktycznie, bo sąsiedzi powinni wiedzieć, gdzie przebiega granica i że nasze dziewczyny na zabawie to nie dla nich kąsek!

– Może zanim ich złomoczemy, chociaż posłuchamy, co mają do powiedzenia?

– Słusznie. Lać tak zupełnie bez powodu jest niesportowo i niehonorowo.

Obaj starcy siedli sobie na ławeczce. Wiking nawijał dalej.

– Spójrzcie na tę piękną, urodzajną ziemię. Na gęste lasy, rzeki toczące krystalicznie czystą wodę... – perorował wyższy

– Tu troszkę przesadził – zachichotał egzorcysta. – Żadna woda nie pozostanie długo krystaliczna, jak płynie obok naszej gminnej masarni.

– Po waszych lasach biegają sarny i jelenie. Dziki i borsuki. Na polach baraszkują młode zajączki...

Krówki spokojnie przeżuwają koniczynę. Nad łąkami unoszą się bociany. – Twarz wikinga była głęboko natchniona.

– Niestety, to piękno jest zagrożone! Jak zapewne wiecie, zagraniczna korporacja chce sprofanować waszą ziemię supermarketem! Nie powinniście się na to godzić. Człowiek to taka dziwna istota, która chwyta te najwspanialsze skarby przyrody, wrzuca do gara, spożywa i przerabia na pospolite łajno! – dowodził drugi, przerwawszy na chwilę bębnienie.

– Rosół z bociana szczególnie smaczny nie jest – skrzywił się Wędrowycz. – Ale borsuki to fajne żarełko. Zwłaszcza zimą. Czysta słonina...

– Kiełbasa z dzika też dobra, tylko trzeba wiedzieć, jak przyprawić – zauważył Semen. – A łajno się przydaje do nawożenia.

– I tu właśnie zaczyna się nasza misja. Misja braci Chomików, nowoczesnych ekowikingów. Mam na imię Arkadiusz, a to mój brat Sebastian. Daliśmy popalić niejednemu kapitaliście pragnącemu zakłócić ekosystem. Ludzie bezlitośnie eksploatują naszą planetę, dla prymitywnej chęci zysku dziurawią ją szybami kopalni... Razem powstrzymamy to szaleństwo.

– Oni są podstawieni – wycedził Jakub przez zaciśnięte zęby, odwracając się do przyjaciela. – Albo wynajęci przez Bardaków.

– Co masz na myśli?

– A może nasłała ich skarbówka albo urząd powiatowy? Zobacz! Ledwie rano zacząłem drążenia poszukiwawcze, a już nasłali jakichś gogusiów, żeby agitowali przeciwko mojej kopalni.

– Przepraszam, a o co niby chodzi z tym zafałszowaniem historii? – zainteresował się stojący w tłumie nauczyciel tego przedmiotu.

– Media i popkultura, a także podręczniki szkolne wtłaczają nam zupełnie nieprawdziwy obraz wikingów – wyjaśnił Arkadiusz.

– Nasi przodkowie wikingowie nie byli wcale takimi krwawymi zbójami, jak się ich maluje. Byli spokojnymi rolnikami i wegetarianami, żyjącymi w harmonii z naturą. Nosili hełmy wyłącznie po to, by ścinając uschłe drzewa, mieć coś w rodzaju ochronnych kasków – podjął Sebastian.

– A po co im były te rogi? – zakpił Semen. – Też dla BHP?

– Nosili je, by upodobnić się do krów, spokojnych, roślinożernych, pożytecznych zwierząt, dostarczających im mleka, masła i sera... – Ekowiking miał najwidoczniej na wszystko gotową odpowiedź.

– Przecież oni splądrowali pół Europy – zirytował się nauczyciel. – Do tego pochwycili tysiące ludzi i uczynili z nich niewolników.

– Owszem, po licznych prowokacjach wyruszyli na południe, ale to była sprawiedliwa wojna prewencyjna. To Europa pierwsza napadła na nich, by siłą narzucić im zacofaną, mięsożerną i homofobiczną religię chrześcijańską. Zważcie proszę, że wikingowie w walce używali toporów. To dowód, że nie mieli mieczy! Jak już wspomniałem, byli drwalami! – wyjaśnił jego brat.

Nauczyciel zaczął się śmiać, aż dostał czkawki.

– Poczytajcie czasem książki – doradził. – To takie papierowe coś. Z nich trzeba czerpać wiedzę, bo czytanie anarchistycznych zinów i ulotek to jak przelewanie z pustego próżne.

– Wikingowie stanowiący awangardę postępu i humanizmu szybko padli ofiarą katolicko-mięsożernistycznej średniowiecznej propagandy. – Większy wiking puścił rady belfra mimo uszu.

– Czy oni plują na naszego księdza proboszcza? – zirytował się egzorycysta.

– Nie, tylko trochę psioczą na naszą religię – wyjaśnił Semen. – Ale w sumie tak tylko tyci-tyci, bo po prawdzie chrześcijaństwo nie zabrania mięsożerności, a i homoseksualistów też szczególnie nie lubimy.

– To mi wystarczy. Idziemy spuścić im epicki wpierdol.

– Znaczy za obrazę naszych uczuć religijnych? – Semen wyciągnął nahajkę z rękawa.

– Za to też, ale uważam, że przede wszystkim za propagowanie kanibalizmu.

Kozak patrzył na niego dłuższą chwilę ze zmarszczonym czołem. Zazwyczaj bez trudu odgadywał tok rozumowania przyjaciela, ale teraz Jakub zrobił chyba zbyt duży skrót myślowy.

– Możesz mi to tak trochę dokładniej wyjaśnić? – zagadnął.

– No pomyśl sam. Co wiemy o wikingach? Z tej prelekcji wynika, że rąbali uschłe drzewa i byli rolnikami. A do tego wegetarianami. Żeby rąbać drzewa, trzeba mieć krzepę w łapach. Żeby rąbać uschłe drzewa, trzeba mieć tej krzepy nawet jeszcze więcej, bo suche jest twarde. Żeby rąbać wrogów też trzeba mieć krzepę w łapach. Jak pozyskać krzepę bez jedzenia zwierząt? Z samego sera, mleka i masła będzie za mało białka... Odpowiednie ilości mogli uzyskać tylko, jedząc ludzi.

– Kto wie, może i masz rację – kiwnął głową Semen i przełożył nadgarstek przez pętlę nahajki.

Jego przyjaciel odwinął dwa metry łańcucha krowiaka, obciążył jeden z końców starą kłódką i jak na komendę ruszyli w stronę agitatorów. Ci, widząc zbliżających się starców, przerwali prelekcję i uśmiechnęli się przyjaźnie.

– Dzień dobry – powiedział Jakub. – Jako przedstawiciele homofobicznych chrześcijańskich mięsożerców postanowiliśmy nawiązać do tradycji naszych przodków, trochę wam wklepać i przyłańcuszyć.

– To będzie bolało jak cholera, ale sami nas sprowokowaliście swoimi durnymi gadkami – dodał ponuro Semen.

– To nic osobistego – wyjaśnił Jakub. – Po prostu musimy sobie poprawić humor przed chlaniem, żeby nie upić się na smutno. Małe mordobicie będzie idealnym rozwiązaniem tego problemu.

Ekowikingowie, widząc, że to nie przelewki, nie zaryzykowali starcia, tylko dali nogę. Obaj starcy potruchtali za nimi, ale dogonienie młodych, wysportowanych byczków nie było łatwe... Obaj agitatorzy dobiegli do swojej kwatery w domu szewca Fafki i zabarykadowali się. Nim Jakub i jego przyjaciel dotarli na miejsce, już nawet okiennice zostały zawarte na głucho.

– Wprawdzie nie udało się im przyładować, ale cele zakładane w zasadzie zostały osiągnięte. Wróg zneutralizowany, humor poprawiony. Dziś już raczej nosa nie wyściubią za próg, a jutro czmychną chyłkiem... No, chyba że są wyjątkowo uparci, to wtedy jutro dobierzemy im się do skóry – stwierdził kozak. – A może spalimy tę budę i ich wykurzymy?

– Nie wolno, w końcu to zabytek jest... – Egzorcysta pokręcił głową. – Najlepiej chodźmy teraz na piwo, to gdyby jednak wyleźli, będziemy niedaleko...

Załomotał pięścią w deski.

– Policzymy się jeszcze z wami, zielone czuby! – wrzasnął.

– My z wami też jeszcze nie skończyliśmy – dobiegło ze środka. – Nie znacie braci Chomików, nie wiecie, komu fikacie!

– Ta gmina była, jest i pozostanie mięsożerna! – dorzucił Semen.

– Twoje ciało grobowcem zwierząt! – dobiegło ze środka.

– To przynajmniej miały naprawdę godny pochówek. – Kozak pokiwał w zadumie głową. – A i nagrobek niczego sobie. – Poklepał się po brzuchu.

– Wy katofaszyści, pożałujecie, że z nami zadarliście! – po głosie rozpoznali Arkadiusza.

– Bujaj się, ekociołku, jestem prawosławny. – Kozak ryknął śmiechem. – Chodź, Jakub, szkoda gadać z frajerami.

Pięć minut później obaj staruszkowie zasiedli przy ulubionym stoliku. Przez okno widać było opustoszałe podium. Wyglądało jednak na to, że agitatorzy chwilowo odpuścili.

– Tak czy siak, odnieśliśmy kolejne iście pyrrusowe zwycięstwo – podsumował egzorcysta. – Pokazaliśmy świrom, kto tu rządzi.

– Zwycięstwo pyrrusowe to raczej... – zaczął kozak, ale barman właśnie skończył nalewać piwo do kufla i Semen uznał, że szkoda strzępić język po próżnicy.

Poranek minął szybko. W knajpie panował spokój. Jakub i jego przyjaciel zastanawiali się przez chwilę, czy nie sprowokować Bardaków do bitki. Stwierdzili jednak, że przegonienie wikingów, choć bezkrwawe, zaspokoiło ich wrodzoną potrzebę zadymy na ten dzień. Odpuścili więc Bardakom i poszli na obiad do domu. Dreptali szosą, asfalt delikatnie huśtał się na boki... Wikingowie co do jednego mieli rację. Przyroda w gminie istotnie rozkwitała. Rowy melioracyjne pełne były żab i ślimaków, znad kałuż unosiły się chmary komarów. Z okien młyna popatrywały na wędrowców spasione szczury. Gawrony krążyły po niebie. Stonka i gąsienice bielinków kapustników żarły uprawy, aż trzeszczało.

– Czkawka mnie męczy... – poskarżył się egzorcysta.

– To trzeba zjeść kostkę cukru.

– Nie, to zupełnie inny rodzaj czkawki. – Jakub pokręcił głową. – Tej dostaję, gdy ktoś mnie obgaduje. A zwłaszcza Bardaki.

– To chyba oznacza, że te eko-Chomiki zbierają o nas informacje, a konfidenty Bardaki kablują im jak nakręceni...

– Też mi się tak wydaje... Są zatem dwie możliwości. Pierwsza, jeśli mają trochę oleju w głowie, dowiedzą się, z kim zadarli, i czmychną stąd w podskokach. Druga jest taka, że czują się na tyle mocni, by z nami na poważnie zadrzeć – mruknął egzorcysta.

– No to im wówczas wklepiemy?

– Sam nie wiem... Widzisz – zaczął tłumaczyć Jakub – te wszystkie ruchy ekologiczne dzielą się na kilka odłamów. Te lewicowe to sieroty po Marksie, a zatem kryptosataniści, te, które odwołują się do bogini Gai, to poganie... Jedni i drudzy swoimi działaniami mogą rozhuśtać złe moce. A są też wśród nich i tacy, którzy umieją używać takich sił świadomie. Boję się, żeby z tego jakiegoś nieszczęścia nie było.

– Sataniści i poganie... Na tych pierwszych wystarczą sakramentalia, na drugich amulety. Jakby tak oćwiczyć nahajką, a potem posypać rany solą egzorcyzmowaną...

– No i w tym właśnie kłopot – westchnął Jakub. – Soli egzorcyzmowanej proboszcz nam nie da. Wodę święconą mam, amulety można by zrobić. Ale tych dwu elementów nie da się połączyć! Niewykluczone też, że ci dwaj, odwołując się do mitologii i religii wikingów, mogą jeszcze inny numer wywinąć.

– Odyn, Thor i Loki toby im w gęby napluli.

– Też mi się wydaje, że dawni bogowie nie potrzebują podobnych wyznawców... Choć niegłupio byłoby wywołać Thora i popatrzeć, jak się z nimi rozprawia, tylko że dla jednego widowiska szkoda demolować całą wieś. Olejmy to. Wyjdzie w praniu. Ale trzeba zachować czujność. Ale wiesz co? Daj telefona, zadzwonię do Piotrusia, niech mi ich na wszelki wypadek sprawdzi w Internecie...

Prawnuk wysłuchał zlecenia, a po kwadransie oddzwonił. Kiedy mówił, twarz egzorcysty ściągnęła się nagłą troską. Podziękował i oddał komórkę kumplowi.

– No i co tam twój prawnusio wywęszył? – zaciekawił się kozak.

– Nie jest dobrze. Faktycznie są z Hrubieszowa, ten większy to informatyk. Jakiś czas temu zajęli się robieniem ekozadym.

– To dość popularny obecnie sposób zarabiania – wzruszył ramionami Semen. – Tacy jak oni pojawiają się przy każdej inwestycji niczym sępy. Dostaną parę tysiączków i znikają.

– No więc tym razem jest gorzej. Ci dwaj są absolutnie nieprzekupni i chyba wierzą w to, co robią. I jak coś blokują, to na amen. W dodatku wyobraź sobie, że nie mają żadnej organizacji. Działają we dwóch. I zawsze skutecznie, co wskazuje, że potrafią to i owo. Zdaje się, nadepnęliśmy im na odcisk. Musimy mieć się na baczności.

Zachowywali czujność aż do wieczora. Jednak zieloni nie zaatakowali. Tylko z regularnych napadów czkawki można było wydedukować, że intensywnie rozpytują o Jakuba w miasteczku. Nie wróżyło to niczego dobrego, ale to, co nastąpiło rankiem, przeszło najśmielsze oczekiwania...

Jakub obudził się, ziewnął i popatrzył wokoło. Czuł się jakoś dziwnie. Jakby był chory czy co?

– Psi flak! – mruknął.

Nie miał kaca, przed oczyma nie latały mu zielone cienie, nawet głowa nie bolała. Przejechał językiem po wargach. Były zaskakująco miękkie i wilgotne.

– Coś mi się tu cholernie nie zgadza – mruknął. – Semen! – zawołał.

Na dźwięk swego głosu popadł w jeszcze większą konsternację. Zazwyczaj o tej porze był w stanie wydobyć z gardła tylko ochrypły skrzek, a tym razem mówił zupełnie normalnie. Odchrząknął, choć wcale nie musiał.

– No co tam? – Kozak wystawił papachę spod derki. – Masz kaca?

Przyjaciel przetoczył głową po ramieniu i zmarszczył brwi.

– Eeee... Nie mam. Dziwne.

– Ja też nie – mruknął egzorcysta i wstał z barłogu. Odruchowo rozstawił szeroko nogi i ręce, by w razie utraty równowagi złapać się ściany czy pieca, ale okazało się to zupełnie zbyteczne. Stał pewnie. Spojrzał z ukosa na lewą dłoń, potem na prawą... Nie drżały. Popatrzył na kumpla. Ten też wygrzebał się już z posłania. I też stał nie dość, że prosto, to jeszcze z głupią miną.

– Czy my... my... Czy my jesteśmy trzeźwi!? – przestraszył się kozak.

– Na to wygląda – wycedził Jakub. – Siedzieliśmy do północy nad bimberkiem, nadal powinniśmy mieć co najmniej ćwierć promila... A tu figa.

– To chyba od świeżego powietrza – zawyrokował Semen. – Okno zostawiliśmy uchylone, zwiększony dopływ tlenu przyspieszył procesy metaboliczne i wytrzeźwieliśmy znacznie szybciej niż zwykle. To może golniemy sobie coś do śniadania? – zaproponował.

Nie minął kwadrans, a na patelni skwierczała już kiełbasa. Jakub wydobył ze studni flaszkę dobrze schłodzonego samogonu. Polał do musztardówek. Stuknęli się nad stołem, wypili po łyku. Bimber cuchnął uczciwie bimbrem, wchodził gładko, szczypał w język, ale przełknięty nie zamienił się w żołądkach w iskrzącą świecę zapłonową. Po ciałach nie rozeszło się ożywcze ciepło. Obaj starcy przegryźli po kawałku jajecznicy i wypili na drugą nogę. Ponownie bez efektu.

– Coś jest nie tak – szepnął Semen. – Może Bardaki podkradli się w nocy i podmienili flaszkę?

Wędrowycz bez przekonania wygrzebał z szuflady stary ruski alkoholomierz i zanurzył w cieczy.

– Pięćdziesiąt cztery obroty – odczytał moc trunku. – To nie wina alkoholu, tylko nasza.

– Co chcesz przez to powiedzieć!?

– To jest klątwa! – syknął Jakub.

– Jaka znowu klątwa!? – przeraził się kozak.

– Gdzieś o tym słyszałem... Kiedyś... Dawno temu... – Egzorcysta zmarszczył czoło, a potem odruchowo wypił łyk bimbru, żeby sobie przypomnieć, ale oczywiście sobie nie przypomniał.

– Spróbuj skojarzyć, w jakich okolicznościach to usłyszałeś – podpowiedział kumpel. – Wtedy wejdziesz w odpowiedni nastrój i pamięć zaskoczy.

– To było w lesie przy ognisku... – Jakub, skrobiąc się po ciemieniu, rozsiewał łupież. – W wojnę... Gadałem z ruskim partyzantem... Co tu przyszedł z Białorusi – przypomniał sobie, a w jego oczach błysnęło przerażenie.

– Gadaj, co mówił.

– On mi opowiedział przygody z czasów, gdy na rozkaz Stalina próbowali podbić Finlandię. Wyjaśnił, dlaczego mimo ogromnej przewagi sromotnie przegrali. Sowiecką armię, uzbrojoną w czołgi, samoloty i najnowocześniejszą artylerię, zatrzymała straszliwa klątwa. Połowa strat przypisywanych fińskim snajperom to były samobójstwa. Ruscy nie wytrzymali. Z całego oddziału on tylko się uchował, bo krzyżyk nosił zaszyty w pasie i go nie ruszyło.

– Białoruska klątwa? – zasępił się Kozak. – Czy fińska może?

– Nie... Rzucili ją lapońscy szamani, a to jest klątwa wiecznej trzeźwości!

– O mamuniu... To brzmi poważnie. – Semen papachą otarł zimny pot z czoła. – Znaczy się po czymś takim będziemy już zawsze trzeźwi?!

– Tak – głos Jakuba zabrzmiał jakoś grobowo.

– A da się narąbać, dajmy na to, eterem, czyfirem albo może... – Wzdrygnął się. – Może innymi paskudztwami?

– Nie. Trzeźwość to trzeźwość. Nawet twarde narkotyki tu nie pomogą. Jesteśmy załatwieni na amen...

– A da się to jakoś odczynić?

– Jedyna szansa... Ale sami się nie uwolnimy. Musimy zidentyfikować czarownika, który to draństwo na nas rzucił, a potem go ubłagać, przekupić lub zastraszyć, żeby klątwę cofnął. I już się domyślam, kto nas tak urządził, zielona ich nać!

– Hmm... czy myślimy o tym samym?

– Taa... Bracia Chomiki, ekowikingowie za dychę. Widać poszła konwergencja kultów, już nie tylko w dziadka Marksa i boginię Gaję wierzą.

Egzorcysta pociągnął odruchowo łyk ze szklanki i zaklął.

– Hmmm... – zadumał się Semen. – Po dobroci raczej tego nie cofną. Ale chyba mam plan...

– Ty masz plan? Zawsze to ja wymyślałem plany.

– A co, nie wolno? – Kozak zacisnął pięści.

– Napij się i uspokój... A, no tak... Nie mamy po co pić. To może kawy? To się podobno pija do śniadania.

Zaczął grzebać po szafkach, aż znalazł przedwojenną metalową puszkę. Wsypał jej zawartość do rondelka.

Spojrzał krytycznie, wyciągnął za ogon zmumifikowaną mysz, wydmuchał zeschnięte muchy i strzępki przedwojennych gazet. Zalał wodą. Po kwadransie raczyli się już cieczą o konsystencji, barwie i smaku smaru do czołgu.

– No to przedstaw ten swój genialny plan – zachęcił egzorcysta.

– Te zielone czuby to wegetarianie i miłośnicy zwierząt. Nawet nazwisko mają odpowiednio zoologiczne – filozofował Semen.

– I co z tego, że miłośnicy zwierząt? – prychnął Jakub. – Ja też lubię zwierzęta. Nie raz ratowałem zabłąkane pieski, kury, sarenki... Zabierałem do domu, karmiłem, ogrzewałem...

– A potem wystawiałeś rachunek za opiekę, a że nie miały jak zapłacić, to szły do gara – uzupełnił Semen. – Tak czy inaczej, oni lubią zwierzęta w postaci żywej. A to mi podsuwa pewien pomysł. Wredny, ale ma szanse powodzenia. Będę potrzebował z pięć butelek najlepszego samogonu. I kilka stówek.

– Aż pięć? – zdumiał się egzorcysta.

– Nie bądź taki dusigrosz! Jak zdejmiemy klątwę, napędzisz nowego. A jak nie zdejmiemy, to i tak nie będzie nam już do niczego potrzebny.

– Hmmm... A teraz do czego będzie potrzebny?

– Wczoraj wisiało ogłoszenie, że dziś jest dzień skupu królików. Podjedziemy do rzeźni powiatowej w Chełmie, odkupimy od nich zwierzątka. Do tego trzeba pożyczyć furgonetkę, albo lepiej traktor z przyczepką...

– Brzmi strasznie zawile – poskarżył się Jakub.

– A może wolisz być trzeźwy do końca życia?

– Co to, to nie! – przestraszył się Wędrowycz. – Już idę po ten samogon.

Birski z Rowickim zaczaili się o świcie tuż koło cmentarza. Co jakiś czas wyskakiwali, machając lizakiem. Łowy tego dnia były całkiem udane. Do południa zatrzymali piętnaście samochodów, które nie miały ważnego przeglądu technicznego, wlepili dziesięć mandatów za kompletnie łyse opony, a jednemu gospodarzowi zdołali wcisnąć nawet za niepodkutego konia. Do kompletu przewidzianego grafikiem brakowało już tylko kar za szybką jazdę, prowadzenie na podwójnym gazie i „wykroczenia przeciw pieszym". Jak na złość, na tak kiepskiej nawierzchni nikt nie szarżował, wszyscy zatrzymani byli z jakiegoś powodu trzeźwi, a nieliczni piesi na cmentarz szli chodnikiem.

Oczywiście obaj funkcjonariusze zachowywali się przy tym godnie i kulturalnie, żaden nie krzywdził swoich licznych wujków i kuzynów. Zgodnie z wieloletnią tradycją Rowicki lepił mandaty krewnym Birskiego, a Birski krewnym Rowickiego. Wspólnych krewnych w ogóle nie kontrolowali, na szczęście nie było takich w gminie wielu.

Zbliżała się piętnasta...

– No, całkiem nieźle – mruknął posterunkowy. – Skoczymy sobie na obiad i po południu rozstawiamy się dla odmiany przy uchańskiej szosie. Jeden dzień ciężkiej harówki i miesięczna norma mandatów zostanie wyrobiona. No i przydałoby się złapać kogoś za jazdę po pijanemu albo bez prawka jazdy, tobyśmy poprawili statystyki wykrywalności... – rozmarzył się.

– Ty, zobacz. – Rowicki trącił go łokciem. – Chyba właśnie trafiła się okazja, żeby mieć te dwa wykroczenia, i to przy jednym zatrzymaniu.

Zza zakrętu wytoczył się traktor. Nad kierownicą sterczała rozpoznawalna z daleka obszarpana i wyleniała papacha Semena Korczaszki.

– Ha! – ucieszył się szef. – Ten to zawsze jest napruty, a prawka jazdy nie ma, bo i skąd niby miałby mieć? I jeszcze wiezie Wędrowycza, który pewnikiem też jest nawalony jak messerschmitt. A jak pijany siedzi na błotniku, to tym samym podróżuje w sposób zagrażający życiu. Na to też się znajdzie paragraf. Bierzemy ich!

Wyskoczyli na drogę i dziarsko zamachali lizakami. Kozak zwolnił, podjechał i zatrzymał się grzecznie.

– Czym mogę służyć naszym dzielnym stróżom prawa? – zagadnął niby to uprzejmie, ale wyczuli w jego słowach bezlitosną kpinę.

Wędrowycz, siedzący na bocznym krzesełku, ironicznie milczał. Jego oczka, zazwyczaj nieco maślane, patrzyły przerażająco bystro.

– Poprosimy prawo jazdy na traktor. – Birski uśmiechnął się słodziutko.

– Proszę. – Semen wręczył mu złożony we czworo dokument.

Papier był wypisany cyrylicą, ale gdy przesylabizowali wszystkie napisy, obu gliniarzom trochę zrzedły miny. Dokument stanowił, że obywatel Semen Korczaszko ukończył z wyróżnieniem pierwszy ogólnorosyjski kurs jazdy i obsługi traktora...

– Tu pisze, że ten papier jest ważny na terenie imperium rosyjskiego. – Birski pierwszy znalazł, czego można się czepić.

– Gubernia chełmska była częścią Rosji – wzruszył ramionami kozak. – Prawa państw zaborczych, o ile nie uległy nowelizacji, nadal obowiązują. Na przykład jak car Aleksander Drugi wprowadził państwowy monopol na handel alkoholem, to do dziś nie wolno pędzić samogonu. Nawet jak Hitler ustanowił w Generalnej Guberni pierwszy maja dniem wolnym od pracy, to od tysiąc dziewięćset czterdziestego do dziś się świętuje.

– Może to już nieważne? – zauważył Rowicki.

– Sukinsyny zabezpieczyli się, to prawko jest ważne bezterminowo. – Jego zwierzchnik puknął paluchem w odpowiedni paragraf.

– A może to fałszywka?

– A gdzie tam... – Policjant uniósł papier do słońca.

Znak wodny w kształcie carskiego orła uwidocznił się natychmiast.

– Autentyk, psiamać!

– Byłem wśród ludzi, którzy ujeżdżali pierwsze amerykańskie traktory, sprowadzone do Rosji przez premiera Stołypina już w tysiąc dziewięćset siódmym roku. – Kozak wypiął pierś. – A i potem różnym sprzętem się powoziło.

– No dobra, ale to przecież nie wasz traktor...

– Pożyczony z rzeźni w Chełmie. Tu jest pokwitowanie i papiery pojazdu. Przeglądy techniczne ma na bieżąco.

– No dobra, papierów się nie czepiam, najwyraźniej są tym razem w porządku, ale sam tego chciałeś... – Birski wydobył z torby alkomat. – Będzie dmuchanko...

Kozak posłusznie dmuchnął w dziurkę. Obaj gliniarze zdumieni wpatrzyli się w wyświetlacz.

– Jak to zero?! – Rowicki wytrzeszczył oczy. – To niemożliwe.

– Ja też mogę? – zagadnął Wędrowycz.

– Nie możesz, tylko musisz! – syknął posterunkowy.

– To ja już nie chcę. Albo dobra... Ustępuję wobec przemocy... – Gęba egzorcysty rozciągnęła się w krzywym uśmiechu.

Wynik był identyczny. Choć wydawało się to kompletnie nieprawdopodobne, Jakub Wędrowycz, chlor słynny w trzech powiatach, był tym razem trzeźwy jak niemowlę.

– Albo zepsuł się alkomat, albo ci starzy czarownicy coś wykombinowali – mruknął Rowicki. – Zaraz sprawdzimy.

Wydobył z torby paczkę „kukułek" i wrzucił kilka do paszczy. Przeżuł, połknął i chuchnął w urządzenie. Wykazało prawie jedną dziesiątą promila.

– To oburzające! Pijaństwo na służbie – zbulwersował się Wędrowycz. – I to jeszcze w obecności elementu patologicznego, któremu policja powinna dawać szczególnie dobry przykład!

– Jakub, co ty pieprzysz? – Kumpel dał mu sójkę w bok. – Jakby dawali ci ten dobry przykład, to zacząłbyś ich naśladować?!

– Skontrolujemy jeszcze przewożony towar. – Birski dyplomatycznie zmienił temat. – Co to takiego?

– To pan nie poznaje? Przecież na wsi pan mieszka od małego! To są żywe króliki. – Semen wzruszył ramionami. – W klatkach po dziesięć sztuk. Łącznie setka. Klatki mają atest unijny. Tu wszystko po legalu, panie władzo...

– Może i wszystko jest po legalu – warknął Rowicki – ale ja już was znam, robaczki... Z pewnością użyjecie tych zwierzaków do celów przestępczych!

– Pijany funkcjonariusz obrzuca obywateli wyzwiskami podczas kontroli drogowej – głos kozaka stężał jak ołów. – I bezpodstawnie imputuje im przygotowania do złamania prawa. To mi podpada pod co najmniej kilka paragrafów...

– Dobra, jechać. – Posterunkowy machnął ręką.

Traktor, pyrkocząc, powoli oddalił się szosą.

– Czy nie odnosi pan wrażenia, że te dwa stare pokemony są na nas po prostu za sprytne? – westchnął Rowicki.

– Może i tak. Ale przyskrzynimy ich jeszcze kiedyś. A na razie trzeba na obiad...

Semen zaparkował przed domem szewca Fafki. Jakub ujął przygotowaną wcześniej białą flagę i ruszył ku drzwiom. Zapukał grzecznie, odczekał i zapukał raz jeszcze. Już się obawiał, że oba ekocudaki wyparowały, ale wiekowe drzwi, ozdobione dziurkami po mezuzie, uchyliły się. Wikingowie tym razem ubrani byli zupełnie zwyczajnie.

– Dzień dobry, przyszedłem negocjować. – Jakub zamachał białą flagą.

Na twarzach „ekologów" odmalowały się paskudne uśmiechy triumfu.

– No i przyszła koza do woza. A właściwie nie koza, tylko stary cap – warknął Sebastian.

– I co? Było nam wczoraj przeszkadzać? Nie uczyli cię, dziadu, co to jest wolność słowa? – odezwał się Arkadiusz.

Jakuba zaświerzbiły pięści. Miał szaloną ochotę machnąć ręką na cały kunsztowny plan przyjaciela i po prostu ich glanować, aż odwołają tę idiotyczną klątwę. Jednak świadomość, że zainwestował w akcję pięć litrów pierwszorzędnego produktu, sprawiła, że powstrzymał się tytanicznym wysiłkiem woli.

– Skąd wiedzieliście, jak mnie załatwić? – burknął.

– Zebraliśmy wczoraj trochę informacji – wyjaśnił ten większy, nadal z kpiącym uśmiechem. – I tak sobie ustaliliśmy, że klątwa wiecznej trzeźwości będzie w sam raz... Jak już wbijać komuś szpilę, to po sam łebek!

– No, przyznaję, mocna magia – prychnął Jakub. – Przyjmijmy zatem, że jesteśmy kwita. Ja zapomnę o świństwach, które wygadywaliście, wy zapomnicie, że chciałem wam wklepać, odczynicie urok, ja daruję wam życie i rozstaniemy się jak przyjaciele.

– A gówno, nie zdejmiemy klątwy, i co nam zrobisz? – szydził Sebastian.

– To może sam zdejmę? – zadumał się Jakub.

Wprawdzie nigdy tego wcześniej nie robił, ale mniej więcej wiedział, jak powinna wyglądać procedura. Tyle tylko, że najlepiej byłoby to robić razem z diecezjalnym egzorcystą. Jakoś nie widziało mu się to całe leżenie krzyżem w kościele... Poza tym diecezjalny uważał go za nieuczciwą konkurencję i zwalczał jak mógł.

– Gucio tam zdejmiesz, jakbyś potrafił, to już byś się od niej uwolnił – burknął większy wiking. – To lapońska magia.

– Ta lapońska magia... Nauczyliście się jej, pracując na czarno w Finlandii?

– Nie twoja sprawa. Ale skoro już się pofatygowaliście, możemy pogadać. Nasza walka w obronie ojczystej przyrody wymaga całego zastępu sojuszników.

– Mamy tu całą listę mięsożerców, którym trzeba narobić kłopotów. Spalisz ze swoim kumplem dziesięć masarni i dziesięć hurtowni wędlin... Uwolnimy w ten sposób cały powiat – zaczął Arkadiusz.

– No cóż, ja tam chciałem po dobroci – warknął egzorcysta. – A teraz popatrzcie tam... – Wskazał traktor i przyczepkę parkujące na ulicy.

Wikingowie popatrzyli. Kozak, widząc, że się na niego gapią, pomachał wesoło papachą.

– Ten koleś z rzeźnickim nożem w łapie ma na imię Semen. Zresztą to już przecież wiecie. Ta okopcona rura, co mu sterczy zza pleców, to poniemiecki miotacz ognia. Zabraliśmy w czasie wojny jednemu esesmanowi... Stary grat, ale jeszcze na chodzie. A na furmance widzicie zakładników. Sto królików w klatkach po dziesięć sztuk. Jeśli nie spełnicie naszych słusznych żądań i nie zdejmiecie klątwy w ciągu pięciu minut, zakładnicy będą kolejno likwidowani. Dziesięciu za każdą minutę zwłoki.

Ekowikingowie spojrzeli mu prosto w oczy. Wyczytali w nich wyrok i straszliwą, zimną determinację. Zresztą przeprowadzony poprzedniego wieczoru wywiad potwierdzał, że mają do czynienia z naprawdę wrednym dziadem.

– Ale jak to, króliczki miotaczem ognia!? – wykrztusił Arkadiusz.

– Będziemy bezwzględni! A takie puchate z pewnością będą się dobrze palić!

– No ale... – zaczął Sebastian – tak żywcem?!

– To jest wieś, a na wsi ludzie są okrutni i zdziczali. A ja najbardziej ze wszystkich tutejszych mieszkańców! Ale niech będzie moja strata. Do poprzedniej propozycji dodaję wam godzinę na ucieczkę z terenu mojej gminy. I decydujcie się szybciej, bo trzeźwy wieśniak to zły wieśniak!

Semen bawił się mosiężnymi przełącznikami miotacza. Króliki prosząco strzygły uszami.

– Panowie, wasza decyzja? – Egzorcysta udał, że patrzy na zegarek.

– Odczyniamy! – krzyknęli obaj bracia.

Faktycznie, uwinęli się w pięć minut.

– No i załatwione. – Jakub wgramolił się do kabiny traktora. – Możemy jechać. Zrób obyrtkę wkoło rynku, a potem kierunek na Chełm.

– Chcesz je oddać do rzeźni? – zirytował się Semen. – Przecież wywaliliśmy za nie pięć litrów samogonu i jeszcze kupę kasy, przyjmą je pewnie, ale forsy ani bimbru raczej nie odzyskamy.

– No wiesz! – zirytował się Jakub. – Takie milusie, puchate zwierzątka do rzeźni?!

– To może potrawkę zrobimy...

– Wstydziłbyś się! Słodkie bezbronne maleństwa, które dopiero co uniknęły straszliwej śmierci od hitlerowskiego miotacza ognia, a wcześniej jeszcze zarżnięcia i przeróbki na pasztet...

– Nie poznaję cię – mruknął kozak, skonfundowany. – Ta trzeźwość najwyraźniej ci nie służy. Przecież nie raz szlachtowałeś króliki, strzelałeś do zajęcy...

– Ale tych nie będę zabijał. Widzisz, pomogły nam rozprawić się z tymi ekoczubami. Tym samym stały się poniekąd sojusznikami. Sojuszników się nie kasuje, bo to niehonorowo. Zaparkuj tutaj.

Zatrzymali się opodal cmentarza. Egzorcysta wystawił wszystkie klatki na pobocze drogi. Nad łąkami wstawały już przedwieczorne mgły.

– Nie gadasz czasem po króliczemu? – Łypnął okiem na przyjaciela.

– Nie. Tylko normalne języki opanowałem.

– Cholera. Ja też nie umiem, a ludzkiej telepatii te ptasie móżdżki raczej nie odczytają. No dobra. – Jakub zwrócił się w stronę klatek. – Słuchajcie, króliki, czy którykolwiek z was rozumie po ludzku? Jeśli tak, niech podskoczy trzy razy.

Kozak uśmiechnął się z politowaniem i nagle zdumiony spostrzegł, że spasiony zwisłouchy zwierzak podskakuje w klatce.

– Świetnie – powiedział Jakub do królika. – Mianuję cię brygadzistą... Albo może przewodnikiem stada. Uratowałem wam życie, teraz zwracam wam wolność... To znaczy daję wam wolność, której wcześniej nie mieliście. Dwieście pokoleń królików gniło w klatkach, a teraz wzniosły się czerwone sztandary, sierpy skrzesały iskrę o młoty i zabłysła wam jutrzenka wolności. W przenośnym sensie, oczywiście. Fersztejen?

Królik ponownie podskoczył trzy razy. Wyglądał na ucieszonego. Za to Semen, słysząc z ust kumpla te bolszewickie dyrdymały, skrzywił się, jakby zgryzł cytrynę.

– Ale poniosłem znaczne koszta, by wykupić was z rzeźni, i dlatego mam prawo żądać, abyście mi to odpracowały. Ale nie martwcie się, robota nie będzie przesadnie ciężka. A do tego zgodna z waszą króliczą naturą.

Widzisz tamte uprawy? – Wskazał ogrody rozłożone na stoku opadającym od ulicy Krasnystawskiej ku łąkom.

Królik dał znać, że widzi.

– To warzywa Bardaków, ohydnych królikożerców i zagorzałych wytwórców pasztetu. Teraz wybiła godzina waszej zemsty! Zabierz swoich uszastych przyjaciół i zeżryjcie to wszystko do ostatniego pędu.

Królik zaświstał do pozostałych krótką przemowę. Przez zwierzątka jakby prąd przebiegł. Podniosły radośnie uszy, poruszyły pyszczkami.

– Do dzieła! – zachęcił je Jakub, kolejno otwierając klatki.

Fala futrzaków radośnie pokicała w stronę zachodzącego słońca, a dokładniej rzecz biorąc, ku bardackim zagonom.

– Pijany czy trzeźwy, jesteś zaiste geniuszem zbrodni! – zachwycił się Semen.

– Mam godnego siebie towarzysza. Twój plan, by zaszantażować tych wikingów królikami był godny samego Macawielego lub kardynała Ryszeliełu!

Wgramolili się na traktor i ruszyli szosą na Chełm.

– Tak sobie myślę... – powiedział Jakub. – W sumie to nawet przyjemnie było tak raz w życiu obudzić się bez kaca, bez bólu głowy i suchości w gardle... Móc od razu wstać na równe nogi. Iść do wsi normalnie poboczem bez strachu, że człowiek zmyli krok i wpierniczy się do rowu...

– No faktycznie, to było coś takiego innego – pokiwał głową kozak. – A do czego zmierzasz?

– Myślę, że możemy to kiedyś powtórzyć. Tak za rok albo dwa... Na razie przetrwajmy jeszcze godzinę, trzeba oddać traktor. A jak wrócimy do domu, napijemy się i bierzemy się do roboty. Kopalnia sama się nie wykopie, a ryć w ziemi na trzeźwo niby można, ale po co się tak męczyć?

Stalkerzy

Jakub wparował do knajpy w wyraźnym pośpiechu. Bardacy odruchowo wtulili głowy w ramiona. Każdy pospiesznie zrobił rachunek sumienia. Ale, o dziwo, egzorcysta, choć wpadł do wnętrza jak kula bilardowa, tym razem nikogo nie ścigał ani nie rwał się do bitki.

– Włącz telewizor – rozkazał barmanowi.

– A co? Mecz jakiś jest? – Ajent grzebał w szufladzie, szukając pilota. – To nie dzisiaj przecież nasi grają...

Wreszcie znalazł, co trzeba. Urządzenie poklejono ruską taśmą izolacyjną, niektórych przycisków w ogóle brakowało, ale gdy wdusił jeden z tych niewyrwanych, stary odbiornik podwieszony w kącie ożył. Obraz zaśnieżył, a z doczepionej kolumny dobiegło jakieś rzężenie.

– Daj trochę głośniej. A wy mordy w kufle i słuchać! – warknął Jakub do członków wrogiego plemienia.

– Który niby program? – zapytał ajent, patrząc w ekran.

– Ten drugi. A może trzeci? Albo szesnasty chyba. Nieważne! To znaczy bardzo ważne! Przełączaj, aż zobaczymy takie niebieskie dekoracje.

– Niebieskie... O, są niebieskie – ucieszył się ajent. – O cholera... – spoważniał nagle. – Wojna ma być czy co?

Przez kaszkę zakłóceń widać było jakiegoś obwieszonego orderami generała przemawiającego w kwaterze głównej NATO. Minę miał marsową i wygrażał komuś pięścią.

– E... Nie takie niebieskie. Przełączaj dalej.

– Ale... – Barman zagapił się w telewizor. – To chyba ważne...

– Wojna nie zając, nie ucieknie! A jak spadną nam na głowy jakieś atomówy, to chyba sami zauważymy! Zresztą daj tego wihajstra, sam powciskam...

Wspólnymi siłami zaczęli szukać programu z odpowiednim wystrojem studio.

– Namnożyło się tych kanałów – gderał egzorcysta. – Przed wojną tego nie było! W ogóle nie potrzebowaliśmy takich rzeczy jak telewizory! Pogadał człowiek wieczorem z sąsiadem przez płot, pograł w karcięta w szopie, poszedł do studni po wodę albo do knajpy. Zacieśniały się więzi społeczne. A teraz tylko leżą ludzie na kanapach i ślepią się w te pudła, tracą czas i obrastają sadłem...

– Jak się telewizja nie podoba, to możemy w ogóle wyłączyć – obraził się ajent. – Albo zacznę pobierać opłaty za oglądanie.

Nagła fala martwej ciszy uświadomiła mu, że chyba palnął jakąś głupotę.

– No, żeby na nowy telewizor nazbierać – bąknął. – Bo ten już ledwo zipie...

Cisza stała się jeszcze bardziej złowieszcza. Na szczęście Jakub znalazł akurat odpowiedni kanał. Podkręcił dźwięk na maksimum.

– Oglądajta! – polecił.

Obraz z kamer przedstawiał studio telewizyjne. Ustawiono w nim trzy fotele. Pośrodku siedział jakiś koleś, zapewne prowadzący program. Po lewej rozparł się wygodnie goguś w garniturze, a po prawej bywalcy knajpy ku swojemu zdumieniu wypatrzyli Semena.

– A tego gdzie do telewizora zaniosło!? Jeszcze nam wstydu na cały kraj narobi! – zdumiał się Izydor Bardak, ale Jakub tylko pogroził mu łańcuchem.

– Powiedziałem cisza! – warknął.

– To naprawdę niezwykłe znalezisko – powiedział goguś w telewizorze. – Proszę sobie wyobrazić, kamienica ta została zbombardowana we wrześniu trzydziestego dziewiątego roku. Aż do dziś nikt nie przekopał gruzów...

Ściana za fotelami ożyła, wyświetliły się na niej zdjęcia głębokich wykopów. Na ich dnie widać było stare ceglane mury, gruz, bryły tynku, zardzewiałe rury oraz robotników przy pracy. Budowlańcy, widząc, że są filmowani, machali dziarsko łopatami.

– Dopiero nasza firma, szykując wykopy pod fundamenty apartamentowca, oczyściła stare piwnice, znajdując to. – Kamera odjechała w bok, a punktowy reflektor wyłowił z półmroku mocno zardzewiałe blaszane pudło, noszące jeszcze tu i ówdzie ślady farby.

– To przedwojenna skrzynka na listy – prowadzący audycję wyjaśnił mniej kumatym widzom, jaki obiekt widzą na ekranie.

Na ścianie wyświetlały się obrazy artefaktu w chwili odnalezienia.

– Skrzynka ta, co potwierdzają stare zdjęcia, wisiała przed wojną na frontonie budynku. Ściana ta runęła do środka, skrzynka została przysypana gruzem i przetrwała do naszych czasów w stanie niemal nienaruszonym. Otworzyliśmy ją w naszym laboratorium i wydobyliśmy z wnętrza czterdzieści trzy niewysłane listy.

Po ścianie przelatywały przedwojenne fotki domu. Potem pokazano skrzynkę na metalowym stole. Otaczali ją kolesie w białych fartuchach laboratoryjnych. Wreszcie pojawiła się garść pożółkłych kopert ofrankowanych przedwojennymi znaczkami.

– Nasza stacja telewizyjna, dowiedziawszy się o sprawie, dołożyła wszelkich starań, by ustalić pierwotnych adresatów tych listów lub chociaż ich potomków – wciął się prowadzący audycję. – Jest z nami w studio pan Semen Korczaszko, jak się wydaje, jedyny żyjący jeszcze odbiorca nigdy niedoręczonej przesyłki...

Semen chciał chyba coś powiedzieć, ale nie dopuszczono go do głosu.

– Dzięki odpowiedzialnemu prospołecznemu podejściu naszej firmy możliwe staje się to, co niemożliwe – nawijał goguś. – A ponadto polecamy mieszkania w naszym nowym apartamentowcu. Macie państwo unikalną okazję zamieszkać komfortowo, a do tego w miejscu owianym urzeczywistniającą się na naszych oczach romantyczną legendą...

Hostessa, porozbierana tu i ówdzie, z uśmiechem podała kozakowi kopertę na srebrnej tacy. Semen ujął list. Obrócił w palcach, żeby zobaczyć, kto jest nadawcą.

Obraz przeskakujący kolejno z trzech kamer pokazał wyraz głębokiego zaskoczenia na jego twarzy. W tle, by nie tracić czasu i chwili skupienia widzów, wyświetlono wizualizacje gotowego budynku i jego luksusowych wnętrz.

– *Wot te na!* – mruknął zaskoczony kozak.

– Jak pan się czuje, mogąc po siedemdziesięciu latach otrzymać list... No właśnie, od kogo? Od przyjaciela czy może od ukochanej?

Prowadzący rzecz jasna wiedział, że nadawcą nie była kobieta, ale spróbował trochę podkręcić atmosferę.

– To od eee... kolegi z wojska – bąknął Semen.

– Od kolegi z wojska! Weteran wspomina wspólne boje z faszystami... Cóż za wzruszająca chwila. Brawa dla pana Semena Korczaszki.

Widownia zaklaskała raczej niemrawo, ale na szczęście techniczni dołożyli trochę aplauzu z taśmy.

– A po przerwie na reklamy łączymy się z biurem prasowym sejmu. Nasz kolejny gość, pan wiceminister równouprawnienia, opowie nam, co powinniśmy sądzić na temat problemów oburzającego naruszania praw osób transpłciowych w publicznych toaletach.

Izydor Bardak pierwszy wykazał się zdrową wiejską transfobią. Wyciągnął wtyczkę z kontaktu i telewizor zgasł. Spojrzał groźnie na egzorcystę.

– Przez ciebie straciliśmy czas, więc wisisz nam piwo. – Wycelował w Wędrowycza brudny paluch. – A przynajmniej dla starszyzny klanu!

– A co konkretnie wam się nie podobało? – wycedził przez zęby Jakub. – Pokazali wam w telewizorni wydarzenie o znacznej doniosłości historycznej. Biznesmena, który przemówił ludzkim głosem i pomógł prostemu człowiekowi z małego miasteczka!

– Do dupy był ten program. Po pierwsze, nie był o nas, tylko o twoim przydupasie! Po drugie, co z tego, że twój koleś znalazł się w telewizji, skoro nie rozsławiał naszej wsi? Po trzecie, dziewczyna, co list podawała, nawet się nie rozebrała! – rąbał słowo po słowie Izydor.

– Jak chcecie zobaczyć striptiz, to zaraz któregoś z was możemy rozebrać. – Egzorcysta błysnął groźnie brzytwą. – Albo swoje córki zawołajcie. – Uśmiechnął się obleśnie i otarł brodę rękawem.

– Ten program był w dodatku kompletnie jałowy intelektualnie – wymądrzał się któryś z młodszych członków klanu. – Ten dupek Semen nie przeczytał do kamery, co tam było w liście napisane.

– Tajemnica korespondencji jest chroniona przez konstytucję i kodeks karny – dobiegło od drzwi. – A zwłaszcza jest chroniona przed takimi bęcwałami jak wy... A któryż to nazwał mnie dupkiem?

Głos był znajomy, ale i tak wszyscy odwrócili głowy. W drzwiach knajpy stał Semen we własnej osobie.

– A ty tu skąd?! – Izydor wytrzeszczył oczy. – Dopiero co byłeś w studio w Warszawie... – Oskarżycielskim gestem wskazał telewizor.

– Wy durnie – warknął czule przybysz. – Nagranie to jeszcze w zeszłym tygodniu zrobiono, z taśmy wam puścili!

– Oż wy podli oszuści! – Izydor nie posiadał się z oburzenia.

– Jak mnie nazwałeś, świniopasie? – Kozak zawinął rękawy.

(W tym miejscu, by nie zanudzać czytelników, redakcja – mimo protestów, błagań autora, a nawet gróźb werbalnych oraz niewerbalnych, formułowanych za pomocą potrząsania łańcuchem krowiakiem – zdecydowała się wyciąć z książki trzystronicowy opis karczemnej bójki, nudny jak flaki z olejem, bo identyczny jak wszystkie poprzednie).

Jakub obudził się około jedenastej. Jego nozdrza złowiły znajomą woń. To wierny kumpel gotował kapustę na obiad. Egzorcysta sięgnął po słoik, golnął sobie soku z kiszonych ogórków, przygładził włosy skórką z boczku i dopiero tak odświeżony podreptał do kuchni.

Nad garem unosił się woal pary. Kozak siedział przy stole i studiował mapę samochodową Ukrainy. Kreślił na niej coś ogryzionym ołówkiem. Marszczył przy tym czoło.

– Po co ci ten plan? – zagadnął gospodarz.

– Pamiętasz, co było wczoraj?

– No, coś tam z tego w sumie pamiętam. – Jakub pogładził się po guzach zdobiących czerep.

– Nie burdę w knajpie mam na myśli, tylko program w TV.

– No to nie mogę pamiętać, skoro nie występowałem, a w dodatku mówiłeś, że tego wczoraj nie nagrywali, tylko tydzień temu... – Jakub bezradnie rozłożył ręce.

– Miałem na myśli, czy pamiętasz, co obejrzałeś!

– Aaaa... No pamiętam. List ci dali. Od kumpla z wojska. Czyli nie był ode mnie, bo nie służyliśmy razem w wojsku. Ech, to jakieś zamierzchłe historie... Miła pamiątka zapewne, ale... A zresztą opowiedz własnymi słowami, dlaczego to takie ważne.

– Miałem towarzysza broni – wyjaśnił Semen. – Byliśmy razem pod Port Artur. Po pokoju ryskim, gdy ja się leczyłem z ran, on poszedł z bat'ką Bułhak-Bałachowiczem lać Sowietów. Wpadł w ich ręce, ale wcześniej zdołał zakopać sztandar naszego pułku. Czerwoni na szczęście go nie zabili, tylko zesłali na Sybir. Uciekł po kilkunastu latach i przedarł się do Polski.

– Aha. – Jakub, słysząc, że przyjaciel znacząco zawiesił głos, wolał przytaknąć.

– No i w tym liście napisał mi, gdzie ukrył nasz sztandar. Chcę jechać i go odzyskać... Ty mi w tym pomożesz.

– A skąd konkretnie trzeba go wykopać?

– Z ziemi oczywiście. Blisko. Nie będzie nawet tysiąca kilometrów. Wieś Hnatowka. Zakopano go pod krzyżem na rozstaju dróg.

– A gdzie leży ta Hnatowka? – Jakub, choć dobrze znał okolicę, jakoś nigdy nie słyszał o takiej wsi.

– O tu, obok tego całego Czarnobyla. – Kozak puknął palcem w mapę. – Idealnie się składa, że po wybuchu reaktora całą okolicę tam wysiedlono, nikt nie będzie nam przeszkadzał w kopaniu!

– Chciałeś powiedzieć: nikt oprócz mutantów, dinozaurów i zombie – westchnął egzorcysta. – No cóż, bywało łatwiej, bywało trudniej... To kiedy jedziemy?

– Masz coś pilnego do roboty? Nie? To zjemy obiad i ruszamy.

– Znaczy się dzisiaj?

– W taki dzień jak dziś Marco Polo wyruszył do Chin! I nie miał auta ani pekaesu.

Jakub nie wiedział wprawdzie, kto to był Marco Polo, ale uznał, że skoro i tak nie mają nic innego do roboty... Zjedli, resztę zapakowali do słoika, żeby mieć wałówkę na drogę, i pojechali.

Lwowski kieszonkowiec o imieniu Sasza przyuważył tych dwóch dziadków, gdy tylko wysiedli z polskiego pekaesu na Dworcu Stryjskim. W pierwszej chwili pomyślał, że w zasadzie mógłby tym razem odpuścić... To był naprawdę udany tydzień. Obrobił kilkunastu zagraniczniaków. Jego portfel przyjemnie napęczniał eurosami. Jeden z obrobionych miał nawet PIN zapisany na karcie kredytowej, co pozwoliło nieco podskubać mu konto... Sasza zebrał ładną kwotę. „Podatek" dla starszyzny złodziejskiego cechu też już mógł spokojnie odprowadzić. Ale te dwa portfele zawadiacko, wręcz prowokacyjnie sterczące z tylnych kieszeni portek polskich turystów... Czuł, że nie może przepuścić takiej okazji.

Kijem tego, co nie pilnuje swego! – pomyślał, pakując się za nimi do *marszrutki*.

To było aż za łatwe... Przeszedł obok i dosłownie jednym ruchem wyciągnął oba portfele. Żaden staruch niczego nie zauważył. Doliniarz wrzucił łup do torby i wysiadł przy parku. Poczuł znajomy zastrzyk adrenaliny, zupełnie jakby rozpakowywał prezent znaleziony pod choinką. Rozparł się wygodnie na ławce i wydobył pierwszy portfel. Otworzył go i zaklął w duchu. Pugilares zamiast pieniędzmi wypchany był etykietkami odlepionymi z butelek jakiegoś polskiego piwa. Otworzył drugi.

Ponownie poczuł nieliche rozczarowanie. Tu siedział dla odmiany pojedynczy wymięty banknot o nominale jednej hrywny.

– Dobre i to – mruknął, po czym wyjął z kieszeni własny portfel, by umieścić w nim łup.

W pierwszej chwili sądził, że pomylił portfele i wyciągnął jakiś „wyczyszczony". Jednak oczy go nie myliły. Jeszcze rano miał tu ponad dwa tysiące euro. Teraz nie było już nic. Kompletnie nic. Sięgnął odruchowo po telefon. Ale z kieszeni wyjął tylko uciętą smycz od *mobilka*. Poczuł zawrót głowy. Dotknął przegubu, ale jego złoty *poljot*, pamiątka pierwszego miesiąca nauki złodziejskiego fachu, też się gdzieś zapodział. Nie miał nawet ulubionej brzytwy w wewnętrznej kieszeni kurtki. Przez chwilę czuł tylko totalny zamęt w głowie, a potem przypomniał sobie straszliwą historię, opowiadaną mu kiedyś przez starszych złodziejskiego cechu – emerytowanych lwowskich doliniarzy. Legendę o wrednym Polaku, który od czasu do czasu niczym złowrogi cień przemykał się przez miasto...

– A niech mnie, to Jakub Wędrowycz istnieje naprawdę?! – szepnął.

Kilka kilometrów dalej, przed dworcem kolejowym, Jakub przeliczył blik banknotów.

– No, nieźle – mruknął zadowolony. – Mamy na bilet do Kijowa i na ewentualne dodatkowe koszta. A ten gnojek dwa razy się zastanowi, zanim spróbuje znowu obrobić turystów z Polski. Wiesz, tak sobie myślę... – Spojrzał na towarzysza. – Przydałby ci się dobry zegarek... Tak więc z okazji urodzin chciałbym ofiarować ci ten skromny praktyczny drobiazg.

– Dziękuję, ale urodziny mam dopiero za trzy miesiące. – Semen zatrzasnął złotą bransoletę na przegubie.

– Wtedy to już nie byłaby niespodzianka – wyjaśnił egzorcysta i podreptał do kasy.

Opowiadali potem, że ci dwaj nadeszli z zachodu. Równie dobrze mogli jednak nadejść z południa. Nie mogli przyjść ze wschodu, bo po tamtej stronie była granica strefy. Raczej nie przyszli z północy, bo tam znajdowała się granica z Białorusią. Zresztą zostawmy te akademickie rozważania – ludzie gadają po knajpach różne bzdury – a to, z jakiego kierunku przyszli Jakub i Semen, nie ma żadnego znaczenia.

Knajpa wyglądała akurat odpowiednio źle. Zbudowano ją z dykty, części starego autobusu, krawędziaków i płyt pilśniowych. Drzwi wisiały przybite na paskach linoleum. Mimo braku zawiasów uchylane i tak zaskrzypiały. Choć była dopiero dziewiąta rano, na ten dźwięk od porżniętych nożami stolików obróciły się w stronę wędrowców knajackie gęby. Podłogę wysypano trocinami. Jakub i Semen na ten widok poczuli się prawie jak w Wojsławicach.

– Barman, po cztery piwa dla wszystkich – zakrzyknął wesoło Jakub, kładąc na ladzie sto euro.

Wytatuowane łapy zasalutowały do łysych czerepów. Bandziorskie mordy przyozdobione uśmiechami stały się znacznie mniej przerażające.

– Co potrzeba, panowie? – zapytał konkretnie barman.

– No, jak pan proponuje, to dla nas też po jednym dużym – uśmiechnął się egzorcysta.

– Mam na myśli rzeczy, których naprawdę szukacie – uściślił tamten.

– A skąd wiecie, że czegoś szukamy? – zdziwił się kozak.

– Nie żartujcie, proszę. Przecież to oczywiste. Speluna na końcu drogi gruntowej, przy samej granicy zamkniętej strefy. Autobusu nie widzieliśmy tu ponad dwadzieścia lat. Zaopatrzenie dowożą mi raz na miesiąc traktorem. Tu nie docierają zwykli turyści, a jedynie czasami pojawiają się tacy, których interesuje to, co za lasem... Różni tu przybywają. Ale zawsze po coś. Mamy, na przykład, ziółka do palenia, bardzo mocne, bo wyrosły tam, gdzie skażone...

– To nas raczej nie interesuje, ale coś by się zjadło, bo czeka nas dziś długa piesza wędrówka – wyjaśnił Jakub.

– Chcecie tam? – Barman wskazał widoczny przez okno rząd słupów ozdobionych drutem kolczastym i tablicami z symbolem promieniowania. – Szczerze odradzam. Część strefy jest w miarę posprzątana. Nawet turystów wozi się tam na wycieczki. Ale reszta...

– Niech zgadnę – burknął Semen. – Chce pan powiedzieć, że część nie jest posprzątana, grasują tam czarnobylskie mutasy, prawa biologii i fizyki ulegają zakłóceniom, zmarli wstają z grobów i tak dalej?

– No, zasadniczo tak, tylko że prawa fizyki to są raczej dość stabilne. Owszem, widywało się to i owo, ale czy to prawdziwe zombiaki, czy jednak żywi ludzie, trudno ocenić. Aż tak daleko się nie zapuszczałem. Mutanty ponoć też czasem dają się we znaki. Ale większym zagrożeniem są zwyczajne wilki i tygrysy...

– Syberyjskie!? – zdziwił się kozak.

– Skąd tu syberyjskie? – zirytował się barman. – Normalne, z zoo w Pripiati. Jak była awaria, pracownicy ogrodu nie mogli się doprosić o transport dla zwierzaków, a zastrzelić nie było z czego, no bo kto niby miał w ZSRR spluwę? Żal im się zrobiło, bez opieki pozdychałyby w klatkach z głodu, no to wypuścili wszelakie bydełko na wolność... No i się porozmnażało... Pchać się tam na własną rękę nie radzę. Nie ma dobrych map. Część dróg i mostów już nie istnieje...

– Czyli tak, jak myślałem. – Kozak dał Jakubowi sójkę w bok. – Potrzebujemy przewodnika, który byłby w stanie doprowadzić nas w konkretne miejsce strefy. Karczma na skraju zamieszkałego i cywilizowanego świata... Jak znam życie, dałby pan radę nam takiego załatwić? – zwrócił się do właściciela lokalu.

– W tych stronach mówimy na nich stalkerzy. – Na barmanie dziwna prośba nie zrobiła wrażenia. – Dobrze trafiliście. Za godzinkę albo dwie powinien tu zajrzeć jeden z najlepszych... Co chcą panowie zjeść? Urząd skarbowy ani sanepid tu nie zaglądają, więc ceny są naprawdę przystępne.

– Poprosimy zatem frytki, schabowego i coś mocniejszego – zadysponował Jakub.

Dochodziła dwunasta w południe, gdy drzwi uchyliły się i stanął w nich stalker. Obaj przybysze z Polski od razu rozpoznali, że to on. Nosił skórzane portki i wysokie buty, podkute metalem. Rękawy bawełnianej koszuli zawinął za łokcie. Przez ramię przewieszoną miał raportówkę, a po drugiej stronie dla równowagi zaczepił blaszaną puszkę na maskę przeciwgazową. Kowbojski kapelusz upodabniał go trochę do Indiany Jonesa, ale nie miał za pasem zatkniętego bata, a i torba była innego kroju. Sądząc po twarzy, koleś miał jakieś dwadzieścia lat, ale wyglądał na doświadczonego penetratora ruin.

– Panowie szukacie stalkera? – zapytał po ukraińsku, dosiadając się do ich stolika. – Mykoła jestem.

Przedstawili się.

– Biega o to, że chcemy przedostać się w głąb tego śmiesznego rezerwatu, do ruin jednej wiochy – wyjaśnił Wędrowycz.

– Przydałoby się też wrócić bezpiecznie, jak już wykopiemy to, co planujemy tam wykopać – dodał Semen.

Przybysz kiwnął poważnie głową.

– To będzie wyprawa na dwa lub trzy dni, w tym co najmniej dwa noclegi w strefie – powiedział. – Zapewniam transport i ochronę, oczywiście na miarę moich możliwości. Nie mogę, rzecz jasna, obiecać, że wyjdziecie z tej przygody żywi, ale zrobię, co w mojej mocy. Dwa tysiące – wyznaczył cenę.

– Hrywien? – odetchnął z ulgą egzorcysta. – To niedrogo.

– Złotych? – zachmurzył się kozak.

– Panowie, bądźcie poważni. Dwa tysiące euro – stalker rozwiał ich wątpliwości.

Zapadło ponure milczenie.

– Semen? – zagadnął Jakub.

– Taaaa...?

– Może sobie darujemy ten sztandar? Tyle lat żyłeś bez niego...

Jego przyjaciel zrobił zbolałą minę, z której wynikało, że absolutnie nie wyobraża sobie dalszego życia bez cennej pamiątki przeszłości.

– Sami trafimy na miejsce – warknął Jakub pro forma, żeby zbić trochę cenę.

Stalker pokręcił głową.

– Strefa jest pilnowana. Zarówno na granicy, jak i w środku. Pilnowana jest bardzo starannie, bo masa ludzi chce się nielegalnie przedostać do wewnątrz. Co gorsza, żołnierze posiadają naprawdę wysokiej klasy sprzęt. Noktowizory, termowizory, mogą puścić w powietrze drona z kamerami. Tu i ówdzie zainstalowali monitoring i fotopułapki. W myśl naszych przepisów każdy, kto tam nielegalnie wkracza, jest wyjęty spod prawa. Wojsko strzela bez ostrzeżenia. – Pokazał dziurę w kapeluszu. – I zazwyczaj tak, żeby zabić. Bezpieczne poruszanie się po strefie wymaga nielichego doświadczenia.

– Z wojakami jakoś sobie poradzimy. Ja sam byłem żołnierzem bardzo długo, umiem się wczuć w ich sposób myślenia – zauważył kozak.

– Wojsko to niejedyne zagrożenie. Strefa jest skażona. Pewne obszary mniej, inne bardziej. Trzeba wiedzieć, gdzie można bezpiecznie iść ścieżką, a gdzie zakręcić szyby auta i oddychać przez maskę. Macie, panowie, dozymetry?

– Eeee...

– A wiecie, jakie są dopuszczalne normy napromieniowania?

– Hmmm...

– Zabraliście ze sobą porządne maski przeciwpyłowe i takie tam inne?

– No, takich rzeczy nie mamy – przyznał Jakub. – Ale podobno samogon zabezpiecza przed promieniowaniem...

– Ja oferuję podstawowy sprzęt ochronny w cenie wycieczki. Oczywiście zdają sobie panowie sprawę, jaki jest wpływ napromieniowania na organizmy żywe mieszkające w strefie?

– Nowotwory radiogenne i mutacje – powiedział Semen.

– To tylko suche definicje... Widzieli to kiedyś panowie na własne oczy?

– No tak po prawdzie, to nie – przyznał kozak.

– Proszę. – Stalker rzucił na blat cienki skoroszyt ze zdjęciami. – Kaban, dzika zmutowana świnia. Prawdopodobnie krzyżówka dzika i świni domowej. Cholernie nie lubi ludzi, atakuje też samochody, a nawet wojskowe pojazdy opancerzone. Wzrost w kłębie dwa metry, waga do dziewięciuset kilogramów. To szacunkowa waga, bo nie udało się takiej bestii nigdy złapać ani zastrzelić...

– To i nie wiadomo, jak smakuje? – zmartwił się Jakub.

– To jest krzyżówka łosia z dzikiem. Tu mamy myszy o długości dwu metrów... Zaskrońce o rozmiarach anakondy... – Przewodnik pokazywał kolejne zdjęcia. – To, dla odmiany, karłowate wilki. Są wielkości ratlerków, ale jak rzuci się na człowieka czterdzieści takich, to w dziesięć minut zostaje tylko wylizany do czysta szkielet.

– Nie pokazuj im tych tandetnych fotomontaży, tylko powiedz lepiej o zombiakach – burknął jeden z bywalców lokalu. – To jest prawdziwe zagrożenie.

– Nie pieprz, Wania – warknął chłopak. – To nie są zombiaki, tylko ludzie tacy jak my, ale chorzy na jakieś paskudztwo.

– Jak coś wyłazi z grobu, to dla mnie zombiak! – odgryzł się menel. – Pamiętaj, Mykoła, że i ja byłem kiedyś stalkerem. Niejedno się widziało, niejedno się słyszało. Niejednego kumpla pogrzebałem w strefie, o ile udało się znaleźć po nim coś wartego pogrzebania! Ty, szczawiku, całkiem niezły jesteś, ale żebym ja miał odpowiedni sprzęt, tobym ci pokazał, co to znaczy prawdziwe stalkerstwo!

– No dobra, dla świętego spokoju przyjmijmy, że oprócz mutantów zwierzęcych trafiają się tam także istoty, jak by to powiedzieć, trochę bardziej człekokształtne – przyznał młody. – Oczywiście, w ramach ochrony podczas wycieczki i na nie coś się w arsenale znajdzie. Gdzie konkretnie chcą się panowie dostać?

– Muszę dotrzeć do ruin wsi Hnatowka – powiedział Semen.

Twarz stalkera ściągnęła się nieco.

– Coś nie tak? – zaniepokoił się Jakub.

– Da się zrobić – powiedział młodzieniec jakby z pewnym wahaniem.

– Utargujmy coś – zaproponował Jakub.

– Tysiąc pięćset za obu, niech będzie moja strata – burknął chłopak. – I dodatkowo dopłacicie za amunicję, gdybyśmy musieli strzelać. Lepiej oczywiście nie strzelać, bo jak wojsko usłyszy, to z reguły chce sprawdzić, kto, do kogo i po co...

– Oto moja ręka. – Kozak uścisnął mu prawicę, pieczętując układ. – Czy możemy wyruszać natychmiast?

– Tylko coś przekąszę, bo jestem bez śniadania nawet... Barman, sześć hot dogów – zadysponował Mykoła. – I dwa piwa!

– Zamierza pan prowadzić po alkoholu? – wyraził dezaprobatę kozak.

– W strefie nie ma to żadnego znaczenia. Prawa jazdy i tak mi nie zabiorą. To znaczy zabiorą, jak zastrzelą...

– Wlej mu dwa bezalkoholowe – rzucił Jakub barmanowi. – Skoro sponsorujemy tę wycieczkę, to my ustalamy warunki przewozu – warknął i zaczął odliczać pieniądze.

Kwadrans później wyszli z lokalu. Przed knajpą stał stary jak świat poradziecki UAZ. Auto wyposażono w dodatkowe reflektory, zderzaki z szyn kolejowych, a do karoserii dospawano kolce. Dzięki tym przeróbkom środek lokomocji nabrał iście stalkerskiego i jakby trochę postapokaliptycznego wyglądu. Obaj starcy rozsiedli się wygodnie w fotelach lotniczych i już po chwili przez dziurę w ogrodzeniu wjechali na teren zakazanej strefy.

Wycieczka nie była szczególnie emocjonująca. Dziurawa szosa wiodła przez zagajniki brzóz i sosenek. Kilka razy przybyszom z Polski wydawało się, że widzą jakiegoś mutanta, ale w każdym przypadku okazywało się, że to tylko jeleń lub dzik. Gdzieś po godzinie jazdy stalker Mykoła zaparkował na placyku pokrytym betonowymi płytami.

– Przepraszam, panowie, coś mi te hot dogi zaszkodziły – bąknął. – Ja się tu na chwilę oddalę w krzaki... Proszę na siebie uważać.

– Nie martw się, młody, sraj spokojnie, zadbamy o siebie – uspokoił go Jakub.

Młody faktycznie zniknął w krzakach z rolką papieru toaletowego w dłoni. Egzorcysta i jego przyjaciel, widząc, że to dłużej potrwa, wysiedli. I rozejrzeli się, gdzie też los ich rzucił. Do drzewa na skraju placu przybito krzywo deskę.

Zawtrak dinozaurnyj – głosił napis.

Powyżej wisiał spory zaśniedziały dzwonek, odlany z mosiądzu.

– Co tu jest nacykane!? – Jakub przestudiował wywieszkę z irytacją.

– „Śniadanie dinozaura". No niekoniecznie jest to zgodne z gramatyką i ortografią mojego języka – skrzywił się kozak.

– To pewnie dlatego, że jesteśmy na Ukrainie – błysnął pomysłem Wędrowycz. – Oni po ukraińsku gadają, to rosyjskiego mogą nie znać tak dobrze. Tylko czemu napis w twoim języku?

– Może lepiej to przetłumaczyć „śniadanie dinozaurowe" – Semen znalazł dokładniejszy przekład. – No nie wiem, jak to rozumieć. Czy to śniadanie takie, że dinozaur by się najadł? Czy może śniadanie dla dinozaura... Ale przecież one wyginęły...

– Czyli jakby nie wyginęły, to można tu przyjść ze swoim dinozaurem, zadzwonić po obsługę, a oni przyjdą i go nakarmią?

– Chyba cię pogięło! Po co ktoś miałby karmić cudze dinozaury!

– No, zawód taki... Ale jak twierdzisz, że nie, to a nuż można je tu spożywać? – zastanowił się Jakub. – A może zadzwonimy i sprawa się od razu wyjaśni?

– Ale czy tak wolno?

– Skoro wisi tu dzwonek, to chyba po to, żeby nim dzwonić, nie?

– W sumie chyba masz rację... – Kozak pociągnął za sznurek.

W tym momencie za lasem rozległ się niski, ponury ryk.

– Co to, do cholery, było? Zmutanciała krowa? – zdziwił się Semen.

Nad zagajnikiem, akurat tam, gdzie znikł stalker, pojawiła się głowa na długiej szyi i zaraz się schowała. W tym momencie rozległ się trzask tratowanych krzaków i na parking wypadł spanikowany Mykoła.

– Spierdalamy stąd! Ktoś obudził dinozaury! – wrzasnął stalker.

Wskoczyli do auta, silnik zarzęził, ale na szczęście zaskoczył. Przez tylną szybę raz jeszcze spostrzegli głowę, rozglądającą się na boki. Ponure ryki goniły ich jeszcze dłuższą chwilę.

– Nie mówiłeś, że są tu takie ciapki! – zauważył Semen.

– Bo panowie nie pytali.

– Czyli nie wymarły? – mruknął egzorcysta, patrząc przez okno.

Stalker nie odpowiedział, skupiał się na prowadzeniu. Auto podskakiwało na wybojach. Rozmiękła gruntówka poznaczona była śladami wielkich gadów.

– Ciekawe, skąd tu dinozaury? – dumał Semen. – Z punktu widzenia biologii to raczej wykluczone!

– Może obudził je wybuch reaktora, pamiętasz taki film „Godzilla"? – zasugerował jego przyjaciel. – Gonią nas?

– Chyba nie... – Stalker spojrzał w lusterka. – Mieliśmy szczęście, że to tylko brontozaur. Były duże, ale głupie, łagodne i roślinożerne.

– Jak łagodne, to może powinniśmy byli zostać i kropnąć jednego – marudził Jakub. – Zrobiłoby się grilla, tak dwie, trzy tony wątróbki. Skoro oficjalnie nie żyją, to siłą rzeczą nie figurują w żadnych czerwonych księgach, możemy zrobić z nimi wszystko... I nikt nas za to nie wsadzi, bo nie ma paragrafu o kłusowaniu dinozaurów.

– Nie zrobilibyśmy grilla – ostudził go kozak. – Ten węgiel jest skażony. I dinozaur zapewne też!

Jechali i jechali. Czasem mijali ruiny wsi, raz daleko w bok od szosy spostrzegli między dwiema sosnami gigantyczną sieć, a w niej pająka wielkości krowy. W pajęczynie wisiało kilka szkieletów saren i dzików... Obaj starcy chętnie obejrzeliby to dziwo z bliska, lecz stalker kategorycznie odmówił zjechania z traktu.

Zbliżał się powoli wieczór, gdy nieoczekiwanie pod maską coś strzeliło i auto okryło się woalem pary wodnej. Zatrzymali się.

– Cholera, poszła chłodnica – westchnął stalker, grzebiąc przy silniku. – Dawno już trzeba było wymienić tego trupa na coś lepszego...

– Zarabiacie krocie na swoich usługach, a nie stać was na lepszy sprzęt? – zdumiał się egzorcysta.

– Mamy wysokie koszta, a klientów mało... – bąknął Mykoła, ale jakoś nie chciał rozwijać tematu.

Dłubał przy chłodnicy, popatrując z niepokojem to na niebo, to na zegarek.

– Coś nie tak? – zirytował się kozak.

– Późno już – westchnął ich przewodnik. – Nie zdążymy na kwaterę w umówionym miejscu. A obozować tutaj... – Wzdrygnął się.

– Daj spokój – ofuknął go Semen. – Co niby może nam grozić?

– Tak dokładnie to nie wiadomo – mruknął stalker. – Mutanty, mięsożerne rośliny, chodzące grzyby...

Majstrował i majstrował. Wyglądało, że zna się na tym, ale samochód nadal był popsuty. Wreszcie stalker kopnął ze złością w oponę.

– Dziś już nic nie poradzę – powiedział bezradnie. – Musimy znaleźć kryjówkę i spróbować przetrwać noc.

Rozejrzeli się i wypatrzyli prawie cały budynek położony opodal na wzgórku. Stalker otworzył bagażnik. Wydobył plecak. Gdy zarzucił go na ramię, wewnątrz przyjemnie zachrzęściły lufy jakichś spluw. Podeszli do chaty. Budynek wymurowano z pustaków, zapewne dlatego dobrze się trzymał. Mykoła zmierzył poziom skażenia, skrzywił się trochę i weszli do środka. Wewnątrz chaty było jedno spore pomieszczenie – zapewne pokój, obok mikroskopijna kuchnia i zdewastowana łazienka.

Młody rzucił w kąt wór ze sprzętem, podreptał do samochodu, przyniósł śpiwory i karimaty.

– Co za dziwne miejsce – mruknął Semen. – Zalatuje, jakby ze czterdziestu ludzi poszczało się tu i obesrało ze strachu, a do tego lizolem jeszcze, jakby ktoś po tym oszczaniu podłogę wyszorował. Tylko kto i po co zrobiłby to na takim odludziu?

– Widok z okna też paskudny – mruknął egzorcysta.

W dolince wśród wzgórz rozłożył się niewielki zapuszczony cmentarzyk. Z łanu chwastów wystawały poczerniałe ze starości, przechylone drewniane krzyże...

Wieczór z wolna zamienił się w noc. Rozpalili w piecu gałązkami. Zagotowali rondel kaszy z rozdrobnioną puszką tuszonki. Znalazła się flaszeczka paprykówki. Gdzieś z daleka wiatr przyniósł ponure wycie wilków... Młody zaofiarował się, że pierwszy postoi na warcie. Obaj starcy nie kazali sobie tego dwa razy powtarzać. Ułożyli się wygodnie, nakryli śpiworami i zapadli w sen. Obudziło ich potrząsanie.

– No co tam? – Jakub uchylił powieki.

– Panowie... – jęknął młody – umiecie strzelać?

– Dzieciaku, strzelać to ja się nauczyłem, zanim twój dziadek spotkał twoją babcię – uśmiechnął się pobłażliwie Semen. – A co się dzieje?

– Zombiaki – wykrztusił Mykoła. – Wygrzebują się z grobów na cmentarzu!

– No, nareszcie jakaś przygoda! – ucieszył się egzorcysta. – Mogę strzelać jako pierwszy!

– Bierz pan pepeszę i wal! – Stalker wręczył Jakubowi pistolet maszynowy, a kozakowi silny reflektor diodowy.

– Ha! To jest konkret – ucieszył się egzorcysta. – Choć lepiej byłoby mieć srebrne pociski...

Zombiaki, zawodząc ponuro, zbliżały się do chaty. Egzorcysta i Mykoła jednocześnie wypruli po seryjce. Niektóre stwory padły na wznak. Pozostałe, zawodząc, parły dalej. W świetle księżyca widać było, że niosą widły i siekiery. Reflektor wyławiał z mroku mordy jak z koszmaru sennego.

– Byle tylko dotrwać do świtu – wyjęczał stalker, wymieniając talerz swojej pepeszy.

– A co będzie o świcie? – zdziwił się Semen. – To znaczy wiem, że łatwiej się będzie celowało i tak dalej...

– O świcie zombiaki odpuszczą – wyjaśnił stalker.

– Pewnie o świcie przyjadą te wojaki, co strefy pilnują, i nas aresztują. Tę strzelaninę słychać na dziesięć kilometrów – popisał się wisielczym humorem egzorcysta. –

A swoją drogą, skąd niby wiesz, że zombiaki dadzą nam spokój? Bo u nas w Polsce to wcale nie jest takie oczywiste... Ciekawe, zwykłe kule, a koszą bydełko jak zboże... – mruknął, oceniając skutki ostrzału.

– Może nasze są inne niż wasze?

– Tak mi się widzi, że tych zabitych jakby ubywa. Odpełzają w bok czy co? – zadumał się Semen. – O, a tam z cmentarza nowe lezą. Choć wyglądają zupełnie jak poprzednie. A może poczołgały się do swoich grobów, odzyskały siły...

Znowu rozległo się zawodzenie i ku chacie ruszyła kolejna fala zombie.

– Taktyka bezsensowna – ocenił Semen. – Powinny wysłać tu mniejszą grupę do ataku pozorowanego, a większymi siłami obejść nas od tyłu...

– Kiepski scenariusz dostały – warknął jego przyjaciel i wyjął z kieszeni granat. – Ktoś się głupich amerykańskich filmów naoglądał. Zombiaki, słuchajcie – krzyknął. – Mam tu prawdziwy granat. Policzę teraz do trzech i wypad mi stąd. Zobaczę podejrzany ruch i naprawdę wylecicie w powietrze! Raz... dwa...

Zombiaki przez chwilę stały w bezruchu, a potem czmychnęły w ciemność.

– Trzy. – Jakub schował granat do kieszeni.

Stalker gapił się na to z bezgranicznym zdziwieniem. Egzorcysta schylił się i podniósł z podłogi garść łusek z pepeszy.

– Zobacz, Semen. – Podsunął kumplowi pod nos.

– One są... od ślepaków!?

– No właśnie. Przez pół godziny waliliśmy do zombie ślepymi nabojami.

Spojrzał na stalkera w sposób niewróżący niczego dobrego.

– Eeee... – wykrztusił ich przewodnik.

– A teraz będziesz gadał całą prawdę jak na świętej spowiedzi – warknął egzorcysta. – To wszystko pic na wodę i fotomontaż, tak?

– No bo widocznie w arsenale pomylili magazynki... – zaczął Mykoła i się zaciął.

Semen wyciągnął z kąta pogrzebacz i wepchnął go do paleniska.

– Albo zaczniesz śpiewać jak kanarek, albo będzie bardzo bolało. Rozpalony do czerwoności haczyk wetknięty w zadek to gorzej niż źle... A to będzie dopiero początek tortur. Jak już cię znajdą, pomyślą, że tu faktycznie żyją zombiaki – warknął.

– To ja wszystko powiem – jęknął Mykoła. – Tu są dwie trasy. Normalna dla bogatych turystów z Zachodu. Wozi się ich drogami, pokazuje ruiny, opowiada o nich, zabiera na wystawy i pokazuje prawdziwe eksponaty. No i jest druga trasa. Dla bardzo bogatych i żądnych wrażeń turystów. Udajemy, że impreza jest nielegalna, ale oczywiście w rzeczywistości...

– Organizuje ją ta sama firma – westchnął egzorcysta, kręcąc głową.

– No tak. Tylko jeździ się znacznie gorszym sprzętem... To znaczy gorzej wyglądającym, bo auta są w pełni sprawne, tylko wyglądają jak kompletne trupy. No i są atrakcje. Noclegi niby to w przypadkowych ruinach, ataki zombie, dinozaury, ośmiornice w stawach, spotkania z mutantami i wizyta na eskpozycji pełnej wypchanych zwierząt rzekomo zastrzelonych w strefie...

– Ta wystawa, zapewne pełna istot rodem z koszmarów, też jest jedną wielką lipą? – uzupełnił Semen.

– Owszem.

– A strzelać możemy do woli, nikt nie przyjedzie, bo wojsko jest u was na procencie?

– Za jedną trzecią zysków – zaczerwienił się chłopak.

– No dobra – burknął rozeźlony Semen. – Co z tą Hnatowką?

– Mieliśmy pokazać wam ruiny przypadkowej wioski, nasza trasa specjalna prowadzi przez kilka takich... – Chłopak rozłożył ręce.

– Lubię oszustów – warknął Jakub. – Najlepiej smakują z musztardą.

– Obiecałeś księdzu, że przestaniesz jeść ludzi. – Kozak dobrze wczuł się w rolę.

– Nie zabijajcie mnie – wychrypiał przestraszony stalker.

– Przejdźmy do konkretów – warknął Semen. – Musimy dostać się do prawdziwej Hnatowki.

– To kompletnie wykluczone. – Rzekomy stalker pokręcił głową. – Strefą zarządza wojsko. Mamy wyznaczone dwie bezpieczne trasy. I surowo zakazano nam zjeżdżać w bok.

– Cuuuudnie – prychnął egzorcysta. – A może prawdziwi stalkerzy? Macie tu takich?

– Podobno kiedyś bywali, w latach osiemdziesiątych jeszcze, ale osobiście nigdy takiego nie spotkałem – bąknął Mykoła. – Durnie, którzy buszowali po zonie, poumierali na białaczkę i inne choroby. Tu nie ma czego kraść, wszystko skażone. No i od tego włóczenia się po strefie choruje się, a potem umiera...

– A byłeś kiedyś gdzieś w bok od trasy, mam na myśli teren prawdziwej dzikiej strefy? – indagował kozak.

– Dwa razy w życiu – bąknął Mykoła.

– Lepsze to niż nic – westchnął Wędrowycz. – Niebawem zacznie świtać. Pojedziemy.

– Nie zgadzam się!

– A kto ci powiedział, że masz jakiś wybór? – Kozak podsunął stalkerowi pod nos rozżarzony pogrzebacz. – Będziemy potrzebowali mapy strefy.

– Na wypadek jakiejś awarii albo nieprzewidzianych wypadków mamy tajną mapę... – wybąkał przerażony chłopak. – Jest w zapieczętowanej kopercie.

– Wypadków? – zainteresował się kozak.

– No, bywało i tak, że turyści z USA chcieli przeżyć przygodę i urywali się z tej wycieczki całkowicie legalnej, by powałęsać na własną rękę. Wtedy tamci dzwonili do nas i do wojskowych, i robiliśmy obławy. Trzeba ich było szukać niekiedy na rozległym obszarze, więc dostaliśmy mapy. Ale ponieważ są tajne...

– To je odtajnimy – warknął Jakub. – Gdzie ta koperta?

– Eee...

– W raportówce, oczywiście – Semen zręcznie przeprowadził rewizję. Znalazł szarą, zapieczętowaną kopertę. Rozpruł ją kozikiem i wydobył arkusz sztabówki. Na mapie zaznaczono dwie linie. Jedna była jasnozielona, druga ciemnozielona.

– To pewnikiem te trasy do wożenia turystów – wydedukował Semen. – Legalna i ta druga, udająca nielegalną... Jakub, popatrz, te ciule zaznaczyły nawet miejsca, gdzie spotyka się mutanty i zombiaki... A te kropkowane na różowo plamy?

– To miejsca, gdzie opadły chmury radioaktywnych pyłów – wyjaśnił stalker. – Lepiej się tam nie pchać. Trafiają się kawałki spieku z samego reaktora. Wyzbierać tego się nie da, bo to kuleczki o średnicy poniżej milimetra, a radioaktywne jak sam diabeł. Przyklei się taki kawalątek z błotem do buta i zanim człowiek się skapnie, może sobie narobić kłopotów na całe życie.

– A te plamy kropkowane na czarno?

– Nie wiem, to tajne i mamy zakaz wjazdu nawet w razie poszukiwań. Jak zbiegły turysta tam wlezie, to mamy sobie odpuścić i skreślić go z listy wycieczki.

– A czerwone kropki i kreski to bazy oraz trasy tych wojaków, co to pilnują, by do strefy nie włazili tacy jak my – wydedukował Semen. – Na szczęście Hnatowka leży z dala od patrolowanego terenu. Za to na kropkowanym czarno...

– Myślę, że nie ma się co tam pchać autem – mruknął Jakub. – Ta terenówka jest za duża i zbyt głośna. Dojedziemy w to miejsce. – Puknął paluchem. – Dalej przemkniemy się pieszo. Przejdziemy lasami strefę skażoną, zetniemy sobie róg tej różowej plamy i jesteśmy na miejscu. Trzeba tylko będzie dobrze buty wytrzeć na wypadek tych kawałków reaktora.

– Myślę, że jednak trzeba jechać autem – pokręcił głową kozak. – Idąc pieszo, oberwiemy dawkę taką, że żywi nie wrócimy...

– Co oznaczają na mapie te małe czarne trupie czaszki? – egzorcysta zwrócił się do stalkera.

– Eeee... Nie wiem.

– To ty cholernie mało wiesz – prychnął Jakub. – Ale spoko, gwarantujemy, że przy nas wszystkiego się wyuczysz. W dwa, trzy dni zdobędziesz więcej doświadczenia życiowego niż te harcerzyki, które latami patrolują teren.

– Wygląd masz już odpowiedni, a dzięki nam zostaniesz prawdziwym stalkerem z krwi i kości – uzupełnił kozak.

– Panowie, litości! Ja nie chcę! – jęknął Mykoła.

– Będziesz miał dobry fach w ręku! – uciął egzorcysta.

– Ale ja już mam fach ręku – zaskamlał gówniarz. – Jestem aktorem z teatru w Kijowie. – Dorabiam tu sobie w czasie wakacji...

– Synu – powiedział Jakub uroczyście – masz wybór. Możesz pozostać aktorem. Jednym z wielu najemnych komediantów... Możesz też zostać prawdziwym stalkerem. Zdobyć elitarny fach, wykonywać profesję wiążącą się z ogromnym prestiżem społecznym i powszechnym szacunkiem. Wyprawiać się w miejsca śmiertelnie niebezpieczne i zdobywać skarby strefy – kusił.

– Panowie, dajcie se siana. Jakie znowu skarby! Tu nie ma nic wartego uwagi. Wszystko, co można by znaleźć w ruinach, jest potwornie skażone. Tu nawet grzybów w lasach nie warto zbierać! – prychnął Mykoła. – A robota w teatrze to konkret!

– No nie gadaj – ofuknął go kozak. – Nie wierzę, żeby tu nie było nic cennego.

– Jedyne, co było warte zachodu, to podziemne kable energetyczne z aluminium, ale to już dawno wykopane i spylone na złom. A ci, którzy to robili, od dawna nie żyją, skoszeni przez chorobę popromienną.

– Ale szacunek... – zaczął Semen.

– Podziw głupich Amerykańców, którzy wierzą, że faktycznie przemierzam strefę, walcząc z mutantami.

Gówno to warte, wszystko oparte na oszustwie. – Stalker machnął ręką, jakby oganiał się od muchy.

– Dobra. Przejdźmy do konkretów. Pojechać z nami i tak musisz. Jeśli wpadniemy w zasadzkę, to oczywiście będziemy bardzo rozczarowani współpracą i zrobimy ci jakieś wredne kuku. Jak planujesz ominąć patrole wojskowe? – zapytał egzorcysta.

– Wcale. Tego terenu nikt nie pilnuje. Wojsko ma bardzo niski żołd, więc zamiast jeździć bez sensu po zonie, chłopcy sprzedają paliwo na lewo, a cały grafik odbytych patroli wypełniają sobie, siedząc przy wódeczce w koszarach.

Zakazana część strefy wyglądała identycznie jak ta niezakazana. Jakub i Semen rozglądali się coraz bardziej rozczarowani. Szosa pokryta była starym popękanym asfaltem. Rowy melioracyjne i pobocza zarosło zielsko. Po obu stronach drogi ciągnęły się zagajniki brzóz i sosenek. Gdzieniegdzie widać było resztki chat z zapadniętymi dachami i krzywe płoty.

– Całkiem jak u nas – burknął egzorcysta. – W sąsiednich wsiach znajdzie się niejedno podobnie zapuszczone obejście. Nawet żadnego mutasa nie widać!

– Ale to chyba dobrze, że nie widać? – zadumał się Semen.

– Niby tak, ale nudzi mi się – wyznał Wędrowycz.

– Jakub...

– Taaa...?

– Jesteś już dorosłym człowiekiem i musisz coś wiedzieć.

– Tylko mi nie pieprz, że Święty Mikołaj nie istnieje!

– E, Święty Mikołaj to fakt nieomal naukowy, spotkaliśmy go przecież kilka razy. Chciałem ci uświadomić, że nie ma mutantów.

– Co ty gadasz?

– Te wszystkie opowieści i filmy SF to jeden wielki pic na wodę. – Semen wzruszył ramionami. – Nie ma, bo nie może być żadnych mutantów. Po pierwsze, poważne wady genetyczne są przeważnie letalne. Uszkodzone geny powodują, na przykład, błędy budowy narządów wewnętrznych i kaput. Istota taka obumiera jeszcze na etapie życia płodowego lub zaraz po urodzeniu. Jeśli promieniowanie oszczędniej zdemoluje informację genetyczną, pojawiają się uszkodzenia mniej widowiskowe, ale tak jesteśmy skonstruowani, że działamy jako pewna całość. Jeśli któryś gen nie odpali, to czegoś w środku brakuje. Istoty takie, jeśli w ogóle przeżyją, są z reguły słabsze, podatne na choroby, kalekie i przez to niegroźne... Oblicza się, że jedna mutacja na milion może być pozytywna. Tylko znowu, co nam z tego? Ktoś będzie miał ciut lepsze zęby. Albo ciut mocniejszą skórę. Albo innego kształtu źrenicę. Żeby wynikło z tego coś konkretnego, ta cecha musiałaby się okazać bardzo użyteczna... Sam pomyśl, co by ci się w życiu przydało?

– Jakiś dodatkowy cienki palec do dłubania w nosie i w uchu – odparł Jakub. – Ale to można i przegryzioną słomką... Krzepy trochę więcej. I może dodatkowa wątroba...

– To by wymagało zmiany bardzo wielu genów.

– No dobra... Czyli jak spotkamy mutanty, to będą słabe, chore, okaleczone istoty?

– I zapewne zdeformowane, co dodatkowo ogranicza ich możliwości poruszania się oraz atakowania.

– A dinozaury?

– A skąd by się miały wziąć? – Kozak popatrzył na przyjaciela z politowaniem. – Wymarły miliony lat temu. Żadne promieniowanie nie przywróci ich do życia, bo niby jak? Ich nawet klonować się nie da, bo ocalały tylko nieliczne ślady ich DNA. Wszystko uległo fosylizacji. Przemiany chemiczne zaszły takie, że nikt nigdy tego nie odczyta.

– A zombie? – Egzorcysta omal się nie rozpłakał.

– Bez szans. Zombie to trup przywrócony do życia za pomocą nekromancji. Żadne napromieniowanie nieboszczyka nie pomoże mu wstać z trumny.

– A może mamuty... Nie, mamutów tu nie będzie – odpowiedział Jakub sam sobie. – Czyli jako jedyne urozmaicenie zostają nam te zdziczałe tygrysy...

– Nie ma żadnych tygrysów, bo tak naprawdę w Pripiati przed awarią nie było żadnego zoo – wyznał stalker. – To też kit do straszenia turystów. Podobnie jak gigantyczne pająki i inne takie ruchome makiety. Jesteśmy na miejscu... Ale ja bym na waszym miejscu nie wysiadał. Tu jest skażenie jak diabli. – Z troską popatrzył na wskazania przyrządów.

– E, furda, od napromieniowania skutki uboczne są przeważnie po latach, w naszym wieku nie ma to większego znaczenia – wzruszył ramionami Jakub. – Umrzemy ze starości, zanim nas załatwi to, co tu szkodzi.

– Mów za siebie – ofuknął go Semen. – Ja tam zamierzam jeszcze długo pożyć. Doczekać chociaż lądowania człowieka na Marsie! Albo i samemu tam polecieć.

Egzorcysta rozglądał się. Z Hnatowki nie zostało wiele. Kiedyś była to typowa ulicówka. Teraz ogródki zarosło zielsko, większość chałup zawaliła się, inne stały poprzekrzywiane i z zapadniętymi dachami. Część płotów jeszcze jakoś się trzymała. Porzucone traktory rdzewiały pod wiatą opuszczonego parku maszynowego kołchozu.

Dojechali do rozstajnych dróg. Wprawdzie krzyża nie było tu od co najmniej 1921 roku, ale obaj starcy wyczuli, że to właściwe miejsce.

– Żadnych miejscowych. – Semen z zadowoleniem zlustrował spojrzeniem ruiny okolicznych gospodarstw i gęsty zagajnik, porastający dawne sady. – Nikt nie będzie przeszkadzał.

– No to do roboty! – Egzorcysta wysiadł i dziarsko zakręcił szpadlem nad głową.

W chaszczach rozległ się jakiś łomot, odgłosy tratowanego poszycia i tętent, jakby spłoszyło się tam całe stado jeleni.

– Ech, zapolowałoby się – westchnął Jakub.

– Zapolować to sobie możesz i w wojsławickich lasach – ofuknął go przyjaciel. – Może zwierzyny mamy mniej, ale przynajmniej nie jest radioaktywna. Zresztą nie po to tu przyjechaliśmy! – przypomniał.

Rozejrzeli się i wyszukali miejsce, gdzie niegdyś zapewne stał krzyż. Wgryźli się w żyzny ukraiński czarnoziem. Wykopali rów sondażowy, natrafiając na fundament, w przeszłości zapewne stanowiący podstawę krucyfiksu. Nieoczekiwany odgłos szczękających zębów oderwał ich od pracy. To stalker Mykoła przeżywał ostry kryzys.

– Taaam – wyjęczał, pokazując coś palcem.

Obaj starcy przerwali wykopaliska. Dłuższą chwilę rozglądali się, co zaniepokoiło ich kierowcę.

– Masz na myśli tę wiewiórkę!? – zdumiał się egzorcysta. – To znaczy te wiewiórki – poprawił się, widząc, że zwierzątek jest więcej.

– T...ttttak!

– Odbiło ci? Wiewiórki nie widziałeś?! – ofuknął go kozak, wracając do kopania.

– Pa-pa-pa-patrzą... – wykrztusił chłopak. – Na-na--na na nas pa-pa-patrzą!

– To miłe, niegroźne zwierzątka – uspokoił go Jakub, ryjąc w glebie jak dzik. – Pewnie nie widziały nigdy ludzi, to gapią się, cośmy za jedni. Rozumiałbym, gdybyś zobaczył mięsożerne grzyby czy chodzące rośliny...

– To chyba miały być chodzące grzyby i mięsożerne rośliny – poprawił go kumpel.

– Wojskowi mówili, że spotkanie wiewiórki w strefie wróży straszliwe nieszczęście – wymamrotał kierowca. – I że wcale nie są takie milusie, jak się wydaje...

Ale kopiący go nie słuchali. Właśnie dotarli do zawiniętego w szmaty mosiężnego tubusu. Przejechali po nim dozymetrem, ale na szczęście był zakopany na tyle głęboko, że nie uległ skażeniu. Za to łopaty zapiszczały tak, że bez żalu cisnęli je w krzaki. W ślad za nimi rzucili buty.

– No to zdanie wypełnione, wracamy do cywilizacji, młody – powiedział Jakub, wskakując dziarsko w samych skarpetkach do wozu.

Stalker nie odpowiedział. Z nieznanego powodu wystawił głowę przez okno i użyźnił drogę obfitym pawiem.

– Cholera – mruknął Semen. – Chyba go napromieniowało.

– Dlaczego tak sądzisz? – zdziwił się egzorcysta.

– Bo to zawsze zaczyna się od wymiotów... Potem idzie degradacja szpiku kostnego i tak dalej, i tak dalej. Ciekawe tylko, dlaczego on rzyga, a my nie. Przecież siedział w aucie, gdy my harowaliśmy, więc mniejszą dawkę przyjął.

– Może ma bardziej wrażliwy organizm? Tak czy siak, promieniowanie to nie przelewki, spadajmy stąd lepiej.

Trzy godziny później zaparkowali przed znajomą knajpą, już poza granicami strefy.

– No i widzisz, młody? – wyszczerzył się Wędrowycz, klepiąc stalkera w ramię. – Szczałeś po nogach ze strachu. I po co? Wjechaliśmy do najbardziej zakazanej części zony, a tam ani mutantów, ani zombiaków, zwykłe silne skażenie radioaktywne i tyle... Dinozaurów też jakoś nie spotkaliśmy.

– No fakt... – mruknął młody. – Ale wojskowi, jak się spili, opowiadali, że...

– Ludzie, jak się pochleją, zawsze opowiadają różne rzeczy – przerwał mu egzorcysta. – Nie wiesz o tym? A strach ma wielkie oczy. Jak się człowiek czegoś boi, łatwiej mu uwierzyć że to, co widzi we mgle, nie jest łosiem, tylko jeleniodzikiem.

– No, niby tak...

– A teraz oddawaj naszą kasę i spadaj – warknął Semen. – Darujemy ci życie, chociaż chciałeś nas oszwabić!

– Jaką kasę?! – Szczęka kierowcy opadła.

– Za wyprawę. Skoro nas od początku robiłeś w konia, to nic ci się nie należy, ty oszuście! W zasadzie to ty powinieneś dopłacić nam, bo gdyby nie nasza wyprawa, nawet byś nie wiedział, jak wygląda prawdziwa zona!

– Tak po prawdzie, szczególnie ciekawa to ona nie jest – mruknął Wędrowycz sam do siebie. – Ale co się należy, to się należy!

– Ale ja muszę opłacić pracowników, którzy udawali zombie i dinozaury, i... – jęknął stalker.

– Twój problem – burknął Semen, wyciągając dobrze naostrzony kozik. Na ten widok ich przewodnik zupełnie spokorniał.

– Ja... Przepraszam... Ale myślałem, że są panowie zwykłymi turystami i działałem wedle standardowego scenariusza numer dwa... – Wyciągnął z kieszeni plik banknotów.

Jakub przeliczył pieniądze i zadowolony schował do kieszeni. Po namyśle wyciągnął dwadzieścia euro, zmiął i wsadził kolesiowi do kieszeni.

– To za paliwo, zużycie dozymetrów i ślepą amunicję – wyjaśnił.

– A teraz won. – Kozak wskazał stalkerowi drogę prowadzącą do strefy.

Ten nie kazał sobie tego dwa razy powtarzać. Zapuścił silnik i tyle go widzieli. Woń spalin niebawem rozwiała się w powietrzu.

– Jak tu ładnie – rzekł egzorcysta. – Jak na ukraińskiej fladze... Błękitne niebo nad głową, złociste zboża aż po horyzont... A ty masz swój sztandar. I kasiorkę zaoszczędziliśmy. I raz jeszcze udało się przeżyć, choć muszę powiedzieć, że tym razem przyszło nam to kompletnie bez wysiłku...

– Mnie też głęboko rozczarowała banalność naszych przygód. Dokąd teraz pójdziemy?

– Kupimy kilka piw, zapytamy barmana, czy nie odsprzedałby nam jakichś kapci, i ruszamy na zachód, do

Polski. Wszędzie dobrze, ale w domu jednakowoż najlepiej. A już na pewno ciekawiej niż w tym dziadowskim rezerwacie!

Semen łypnął okiem na wschód. Przypomniał sobie kozackie stanice nad Wołgą, westchnął i podreptał w ślad za przyjacielem.

Pukanie w płytę obudziło zombiaka Ihora z zadumy. Gdyby nie to, że był martwy, zapewne serce by mu stanęło z przerażenia. Pukanie rozległo się ponownie. Zombiak ujął granat, odgiął wąsy i dociskając mocno łyżkę, wyciągnął zawleczkę. Wiedział wprawdzie, że ONI raczej by nie zapukali, ale wolał się zabezpieczyć.

– Proszę wejść – mruknął.

Lastryko zazgrzytało, w otworze pojawiła się głowa Dymitra. Ihor, choć płuca dawno mu wygniły, odetchnął z ulgą. Wetknął zawleczkę na miejsce, odłożył granat na wieko trumny i odruchowo poprawił na sobie resztki garnituru. Za gościem do grobowca wlazły jeszcze dwa grzyby. Gospodarz krypty wzdrygnął się odruchowo. Cóż, jego kumpel, nawet jak na mutanta, wyglądał osobliwie. Zombiak przez grzeczność nie pytał przyjaciela o jego pochodzenie i koneksje rodzinne, ale gęba podobna do pyska rottweilera oraz jelenie rogi rosnące na ciemieniu pozwalały się domyślać bardzo mieszanego zestawu przodków. Nadal trochę jednak przypominał posturą człowieka.

– Dobra nowina – odezwał się Dymitr. – Już po strachu.

– Co ty gadasz!?

– Wiewiórki właśnie mi raportowały, że Wędrowycz i jego kumpel wykopali jakąś rurę i wynieśli się w diabły.

– Chcesz powiedzieć, że obyło się bez ofiar!? – Zombiak wytrzeszczył oczy.

– Nieprawdopodobny fart. Chyba nie przyjechali tu na nas polować, a tylko czegoś szukali. Nawet krzaków nie przetrząsnęli, tylko wykopali dziurę na rozstaju dróg, zabrali co ich i odjechali. No, zostawili wprawdzie jedną minę, ale już rozbrojona. To znaczy zneutralizowana.

– Coś groźnego? – zaniepokoił się Ihor.

– I to bardzo. Wędrowycz z jakiegoś powodu porzucił w rowie swoje buciory, ale spoko, są już zasypane niegaszonym wapnem...

– I naprawdę nikogo nie dorwali?! Nieprawdopodobne! To jakiś cud...

– Ważne, że żyjemy. – Mutant uśmiechnął się obiema parami ust. – Tak czy inaczej, trzeba to oblać. Robimy wieczorem grilla z francuskiego turysty. Wpadniesz? Mózg, jakby co, odłożymy dla ciebie...

– Dzięki – uśmiechnął się zombiak.

Z daleka wiatr niósł przez zonę radosne wycie. Wilkołaki najwyraźniej zaczęły już świętować. I tylko chodzące grzyby milczały, jak to zwykle one.

Źródło

Wieczór w knajpie zapowiadał się równie nudno jak zwykle... Jakub Wędrowycz przyczłapał do lokalu około dziewiętnastej. Wszedł na salę i rozejrzał się. Żaden z jego kumpli jeszcze nie przybył. Za to Bardaki stawili się chyba w komplecie. Wypełnili swoją połowę lokalu niemal na sztywno. Przez kolejne dwadzieścia minut egzorcysta siedział przy stoliku samotny jak palec i popijał piwko. Popatrywał przy tym na członków wrogiego plemienia i rozważał, co dalej robić. Od rana miał ochotę na małe mordobicie, ale teraz, gdy pojawiła się dobra okazja, nie mógł jakoś zebrać się w sobie, żeby rozpocząć zadymę. W końcu to żadna przyjemność odnieść zwycięstwo, jeśli brak świadków. Pociągnął jeszcze łyk, spojrzał w okno i podjął męską decyzję, że poczeka jeszcze choć kwadrans. Może przyjdzie któryś z przyjaciół? A potem z nudów zaczął podsłuchiwać, o czym gadają odwieczni wrogowie.

– No i podobno jak się skończy sto lat, to dają specjalną emeryturę – dowodził Izydor Bardak. – Tylko trzeba dożyć. Mi to na ten przykład tylko czterdzieści lat zostało i będę brał trzy albo i pięć kafli na miesiąc.

– Coś podobnego – zdumiał się Jakub. – To ja już tylko dwadzieścia lat potrzebuję. Albo i mniej, bo mam lat... – Zaczął liczyć na palcach. – A na pewno dożyję, bo nie palę papierosów, zdrowo się odżywiam, a alkohol pity z umiarem jest bardzo korzystny dla zdrowia.

– Ty się zdrowo odżywiasz? – prychnął Izydor. – Żresz tyle psiego smalcu, że masz już w żyłach całą kopalnię cholesterolu!

– A co to jest cholesterol? – spytał Jakub, ale zaraz uznał, że słowo to brzmi wystarczająco obraźliwie, by z czystym sumieniem brać się do małego rytualnego bardakobicia.

Członkowie wrogiego klanu, widząc, że egzorcysta przełyka duszkiem złocisty napój, przeczuli, co się święci. Obciągali kurtki, zaciskali pięści, dopijali piwo z kufli i butelek, by łatwiej było je przekształcić w tulipany... Ten i ów sięgał już za pazuchę po bejsbol czy gazrurkę. Awantura wisiała w powietrzu, gdy nieoczekiwanie skrzypnęły drzwi i do wnętrza wtarabanił się Semen.

– Pokój temu domowi – zażartował. – Barman, piwo!

Wezwanie do pokoju jakoś ochłodziło rozpalone gorączką umysły. Wszyscy znowu rozsiedli się wygodniej i zapatrzyli w błotniste dna kufli. Jakub westchnął ciężko. Od rana miał ochotę spuścić komuś łomot, a tu właśnie w chwili, gdy sytuacja zaczynała układać się po jego myśli, kumpel musiał wszystko zepsuć. Ale, z drugiej strony, wieczór dopiero się zaczynał. Może będzie jeszcze okazja pomłócić kułakami?

To przecież Bardaki, pomyślał. Te głupki nie umieją pić z mordami na kłódkę. Z pewnością jeszcze powiedzą coś, za co będzie można im przylufić. A jak nic nie powiedzą, to im przywalę i tak. Za obelżywe milczenie!

– A ty to właściwie ile masz lat? – Izydor popatrzył badawczo na Semena. – Bo jak ponad sto, to dostaniesz tę specemeryturę i coś byś postawił.

– Ile mam lat? – powtórzył kozak. – Hmmm... To długa i skomplikowana historia. Ale może zróbmy inaczej, wy mi postawcie, a ja wam opowiem.

Bardacy cholernie go nie lubili, ale ta propozycja, choć z pozoru od czapy, rozbudziła ich ciekawość. Pogrzebali brudnymi łapami po kieszeniach i usypali na stoliku stosik pięcio- i dziesięciogroszówek. Przeliczyli i naściubili na jeden kufelek. Semen dopił swoje, pociągnął łyk ufundowanego, zapatrzył się w spękany sufit, a potem w natchnieniu zaczął opowiadać...

Syberia – łojojoj, jak nieprawdopodobnie dawno temu

Odwieczna tajga stała mroczna i cicha. W wieczornym chłodzie nad oparzeliskami unosiły się języki mgły. Omszałe pnie powalonych przed laty drzew tu i ówdzie tarasowały ledwie widoczną drogę. Kozak Semen szczelniej zakutał się w obszerną szubę, nasunął papachę głębiej na oczy. Pasek karabinu boleśnie wrzynał mu się w ramię.

Wyruszyli, jak zwykle w tajną misję, nie znając celu podróży. Rozkazy otrzymał tylko dowódca, a i on pieczęcie na pierwszej kopercie złamać mógł dopiero trzeciego dnia po opuszczeniu cywilizowanych regionów. To, co im przekazał, zabrzmiało zgoła idiotycznie. Mieli udać się w głąb tajgi i odnaleźć od dawna zapomniany klasztor. Od noclegu w ostatniej rosyjskiej stanicy nad rzeką Toboł mijał już tydzień. Przez ten czas nie spotkali żywego ducha. Jednak nie myśleli nawet, by zawrócić. Trakt wytyczony nie wiedzieć jak dawno temu musiał przecież gdzieś doprowadzić...

Budowniczowie drogi odwalili kawał roboty. W podmokłych miejscach ułożono moszczenia z poczerniałych obecnie dębowych dranic. Inne odcinki wybrukowano, ubijając w glinie niewielkie kamienie. Jednak przyroda jak zwykle okazała się silniejsza niż wytwory ludzkich rąk. Wędrowcy co raz mijali rozłożyste cedry rosnące wprost z traktu. W innych miejscach korzenie grube jak anakondy skruszyły nawierzchnię. Dwa razy przejechali po kamiennych mostach nad mniejszymi ciekami, ale tam, gdzie mosty wykonano z drewnianych bali, musieli pokonywać brody rzeczne.

– Już chyba niedaleko – mruknął kapitan Tomatow, zaciągając się dymem z długiej kozackiej fajki. – Przebyta odległość pokrywa się z informacjami... Jak nie dziś wieczorem, to jutro dotrzemy na miejsce.

Jego podwładni w milczeniu kiwali głowami. Wszyscy byli zmęczeni monotonną jazdą w nieznane. Dzień mniej czy dzień więcej, nie miało to już większego znaczenia.

Semen ocknął się. Przysnął w siodle? Na szczęście nikt tego nie zauważył. Co się stało? Obudziła go najwyraźniej zmiana rytmu końskich kroków. Klacz dowódcy zwalniała. Coś wypatrzył? Tak... Stara omszała kamienna kolumna stała kilka arszynów w bok od drogi. Wokoło także ułożono bruk.

– Tu zaczynają się włości klasztoru pod wezwaniem świętego Makarego. – Gruzin o imieniu Nodar przesylabizował zatarty przez czas napis. – Ha, czyli klasztor, którego szukamy, faktycznie istnieje!

– Z koni – polecił dowódca.

Zeskoczyli posłusznie i ustawili się w szereg.

– Pora zapoznać was z drugą częścią rozkazu. Wiecie już, że Jego Cesarska Wysokość polecił odszukać to miejsce. W początkach siedemnastego wieku wysłano z Tobolska misję, która zbudowała w tych nieprzebytych ostępach leśnych ufortyfikowany klasztor. W czasie rewolty starowierców zajęli go schizmatycy z wyjątkowo paskudnej sekty knihoźreńców. Patriarcha Nikon poprosił wojsko o pomoc i klasztor odbito. Heretyków osądzono i stracono w Tobolsku. Budynki klasztorne miały zostać spalone. Od tamtej pory nie mamy o tym miejscu żadnych wiadomości... Udało się jednak ustalić, że ostatni kontakt ze światem zewnętrznym mnisi nawiązali zaledwie siedem lat temu. Przesłali wówczas do Tobolska sto pięćdziesiąt łutów złota w postaci samorodków i złotego piasku oraz dwa pudy wosku i cztery pudy miodu jako zwyczajową daninę dla rezydującego tam biskupa. Tyle dowiedział się nasz wywiad wojskowy. Hierarchia cerkiewna odmawiała szczegółowych informacji, a wręcz zaprzeczała, że klasztor taki w ogóle istnieje. Nawet jego funkcjonowanie w przeszłości bagatelizowano jako legendę niepopartą żadnymi źródłami pisanymi. Dziś mamy jednak niepowtarzalny dowód. – Kapitan wskazał kolumnę.

– Jak rozumiem, mamy złożyć wizytę w klasztorze, którego nie umieszcza się na mapach i którego istnienie Cerkiew utrzymuje w tajemnicy? – Semen niby to zrozumiał rozkaz, ale dla pewności wołał go sobie przełożyć na bardziej przystępny język.

– Właśnie tak. Jeśli klasztor został opuszczony, zbadamy jego ruiny. Istnieje oczywiście ryzyko, że rozpleniła się tam jakaś inna sekta. Mieliśmy ostatnio doniesienia o chłystach, skopcach i samoubijcach.

– Samoubijcami nie musimy się przejmować, chyba że znajdziemy ciała i będzie trzeba je zakopać – zarechotał Nodar.

– A ci skopcy to co? – zaciekawił się Semen.

– Wierzą, że światu grozi apokalipsa, ale nie nadejdzie do czasu, kiedy będą żyć ludzie gotowi poświęcić się i egzystować w bezwzględnej cnocie – wyjaśnił kapitan. – Aby to osiągnąć, członkowie sekty wycinają sobie jajca i przyrodzenie.

– To czym potem sikają!? – wytrzeszczył oczy kozak.

Ale dowódca nie miał jakoś ochoty go oświecać.

– Czy rozkazy precyzują, jaki jest faktyczny cel naszej misji? – zapytał ktoś inny. – Czy mamy coś odszukać?

– Tak. W archiwach moskiewskiego Kremla odnaleziono zapiski, coś w rodzaju dziennika podróży kozaka Timofieja Barchatowa, badającego Syberię w szesnastym wieku. W tych stronach bić miało źródło cudownej wody. Barchatow uzyskał informacje o nim od jakuckich szamanów.

– Źródło cudownej wody? – podchwycił Semen. – Hy, hy. Jakie są jej właściwości?

– To ma być źródło wiecznej młodości – wyjaśnił kapitan. – Rzecz jasna – podniósł rękę, jakby chciał uciszyć protesty – wydaje się, że to tylko przenośnia, a w rzeczywistości chodzi po prostu o ujęcie wód mineralnych o silnych właściwościach zdrowotnych. Sprawdzimy na miejscu.

– He, he, he... – zarechotał Semen. – Żywa woda! To całkiem jak w jednej bajce, co mi mamusia opowiadała.

– Zamknij się wreszcie, ty imbecylu! – burknął kapitan i westchnął w duchu.

Jego przyjaciel, stary Korczaszko, powierzył mu syna, licząc, że służba w armii zrobi z chłopaka mężczyznę. Trzeci miesiąc dowódca użerał się z tym idiotą... I już zrozumiał, że choćby dzień w dzień tłukł chłopaka nahajem, to prawdziwego kozaka z niego nie zrobi. Młodzieniec był na to po prostu za głupi. Nie radził sobie z siodłaniem konia, bez przerwy mylił paski popręgu. Raz nawet założył siodło odwrotnie – tyłem do kierunku jazdy. Nie mógł zapamiętać, po której stronie troczyć szablę. Słabo radził sobie także z czytaniem i pisaniem. Z karabinu strzelał nawet nieźle, pod warunkiem jednakowoż, że nie zapomniał go nabić. Do tego każdy rozkaz trzeba było mu tłumaczyć po trzy razy, sprawdzić, czy zrozumiał, a potem pilnować, żeby wykonał go jak trzeba, a nie po swojemu. Tyle dobrze, że lubił konie, choć czasem zapominał je nakarmić... Do tego gęba mu się nie zamykała. Bez przerwy gadał jakieś głupoty.

– Kazali odnaleźć, to odnajdziemy – odezwał się Gruzin.

To, co przekazał kapitan, zabrzmiało zgoła idiotycznie, ale w tej armii nikomu nie przyszłoby do głowy kwestionować najgłupszych nawet poleceń. Rozkaz cara to rozkaz cara. Co z tego, że dziwaczny albo zgoła niewykonalny? Przecież od tego są kozacy, by wykonywać niewykonalne... Pozostali przyjęli informacje w milczeniu, potwierdzili, że rozkazy są zrozumiałe. Wszelkie wątpliwości, jeśli jakieś mieli, zachowali dla siebie...

Przez cały kolejny dzień wlekli się traktem. Okolica przestała być tak bardzo dzika, co chwila natykali się na ślady człowieka. Raz była to opuszczona strażnica na wzgórzu, innym razem starannie utrzymane leśne barcie. Minęli dwie opustoszałe wioski. Nie napotkali w nich żywego ducha, jednak łąki wokół niedawno skoszono, a siano zebrano w kopy. Także droga była znacznie lepiej utrzymana, a w kilku błotnistych miejscach znaleźli nawet ślady kół i odciski końskich kopyt. Kolejny drewniany mostek był cały, a sądząc po stanie belek, odbudowano go nie dawniej niż dziesięć lat temu. Dwukrotnie mijali porzucone wsie. Z chat zostały resztki zwalonych, czasem spalonych belek.

– Zaraza jaka przeszła czy była wojna ze starowiercami? – dumał Semen. – A może Szwedzi tu dotarli?

– Jacy znowu Szwedzi, ty durniu?! Z nimi w Inflantach wojna była – parsknął Nodar.

– A te Inflanty to gdzie niby? Daleko stąd?

– Miesiąc drogi konno na zachód!

– Zatem Tatarzy może? – dociekał głupek.

– Miesiąc drogi na południe. A Chińczycy miesiąc drogi na wschód.

– To my tak jakby w pośrodku wszystkiego jesteśmy. Coś podobnego, jaka ta święta Ruś rozległa – zachwycił się Semen. – A właściwie to po co nam taka duża?

– Jeśli wsie należały do heretyków, mogło je spalić wojsko – mruknął dowódca. – A i tamci nie byli tacy znowu święci... Wiele krwi wsiąkło w ziemię, gdy się jedni z drugimi za łby brali.

Przed wieczorem natrafili jeszcze na miejsce zdeptane przez tysiące kozich albo owczych raciczek. Widocznie dzień lub dwa wcześniej pasterze pędzili tędy stado liczące kilkadziesiąt, a może i kilkaset zwierząt. Objechali usypisko głazów i wtedy spostrzegli klasztor. Budowlę umieszczono na brzegu rzeki. Wysoki mur z obrobionych głazów otaczał kilka budynków. Nad kompleksem górowała cebulasta kopuła cerkwi, obita drewnianym gontem. Klasztor z całą pewnością był zamieszkały. W oknach widzieli poblask świec. Nad kominami unosił się lekki woal dymu. Nad rzeką przy palach kołysało się kilka łódek.

– Jeśli ten ciek wpada do rzeki Toboł, to mają ułatwioną komunikację z biskupem – mruknął dowódca.

– To możliwe – przyznał Nodar. – Płynie na północny zachód... Ciekawe.

– Jakbym urlop dostał, to w łódkę wsiądę i do domu popłynę – ucieszył się Semen.

– Do ciebie nad Wołgę to na południe trzeba jechać, a ta rzeka płynie na północ! – Gruzin wychodził z siebie, ale mimo to starał się wyłożyć rzecz łopatologicznie.

– Furda, silny jestem, powiosłuję pod prąd!

Stanęli przed solidną bramą. Deski okuto gęsto metalem, powyżej wrót w murze ziała czarna szczelina strzelnicy. Kozacy za przykładem dowódcy zeskoczyli z koni. Nie zdążyli nawet zakołatać, gdy w bramie otworzyła się niewielka furtka i stanął w niej nieprawdopodobnie stary, brodaty mnich.

– Kogo i skąd Bóg prowadzi? – zapytał.

– Kapitan Michaił Tomatow z Dwunastego Achtyrskiego Pułku wraz ze swoimi ludźmi – przedstawił się dowódca. – Przybywamy z Tobolska. Na rozkaz cara mieliśmy odszukać ten klasztor.

Twarz zakonnika nawet nie drgnęła, nadal uśmiechał się przyjaźnie.

– Witamy zatem, bracia, w naszych skromnych progach. – Ukłonił się i gestem zaprosił do środka. – Prawosławni kozacy zawsze są u nas mile widzianymi gośćmi. Jestem brat Iwan.

Po chwili brama otworzyła się szeroko. Wjechali na dziedziniec. Przestrzeń pomiędzy budynkami starannie wybrukowano. Semen potoczył wzrokiem wokoło i uniósł brwi.

– Ślicznie tu, zupełnie jak u nas na wsi – ucieszył się.

Ściany niedawno pobielono, małe szybki okien lśniły jak świeżo przetarte. Spomiędzy kamieni nie przebijało ani jedno źdźbło trawy, wszystko utrzymywano w nienagannym porządku.

– Tu mamy stajnie. – Mnich wskazał dłonią. – Oporządźcie konie po jeździe, znajdziecie tam siano, owies, słomę. A potem wskażemy wam kwaterę i przyniesiemy wieczerzę. My już po kolacji, godzina wieczornej modlitwy nadeszła...

– Chciałbym porozmawiać z przełożonymi zgromadzenia – rzekł dowódca.

– Oczywiście – ukłonił się zakonnik. – Jednak nasz ihumen, ojciec Piotr, jest dziś trochę niezdrów i udał się wcześniej na spoczynek. Jutro po śniadaniu z pewnością będzie okazja porozmawiać. Rzadko nas ktoś odwiedza, jesteśmy złaknieni wieści ze świata, sprawiacie więc nam wszystkim ogromną radość tą wizytą.

Wrota stajni były nieco spróchniałe, osadzone w drewnianych zawiasach. Otworzyły się ze zgrzytem. Stajnię wy-

korzystywano, sądząc po zapachu, do trzymania głównie krów i owiec. Obecnie pod ścianą stał tylko mały, wyleniały osiołek. Przeżuwał obrok, strzygąc zabawnie uszami.

Kozacy uwiązali konie, wyczyścili zgrzebłami i oporządzili. Sprawdzili, czy w kopyta nie nabiły się kamienie. Rzeczywiście, siana i owsa było pod dostatkiem. Mnich zaraz nadszedł, niosąc na koromyśle dwa wiadra wody. Napojono zwierzęta. Zakonnik zaprowadził kozaków do głównego budynku. Weszli po stromych, kamiennych schodach na piętro.

– To stara sypialnia, w której nocowaliśmy pielgrzymów, gdy jeszcze nas odwiedzali – wyjaśnił mnich, otwierając okute drzwi. – Myślę, że będzie wam tu wygodnie.

Pomieszczenie było przestronne. Na łóżkach leżały dobrze nabite sienniki, płócienne prześcieradła i koce. Zapadał już zmrok, zakonnik zręcznie zapalił cztery grube świece osadzone w kandelabrze. Zapalił też lampkę wiszącą przed ikoną umieszczoną w kącie.

Znalazły się trzy mosiężne misy. Dowódca wysłał dwóch ludzi po wodę do studni na dziedzińcu. Kozacy umyli się po podróży. Właśnie wycierali się grubymi płóciennymi ręcznikami, gdy drzwi się otworzyły. Kilku przyjaźnie uśmiechniętych zakonników wniosło misy z kaszą, bochen chleba i dwie pięknie zarumienione pieczone kury. Jeden postawił na stole gliniane polewane kubki i omszałą kamionkową flaszę wina.

Kozacy podziękowali, zmówili modlitwę przed ikoną i zasiedli do kolacji. Zmęczenie powoli brało nad nimi górę. Powieki opadały... Co raz któryś rzucał tęsknym spojrzeniem na łóżka. Z dziedzińca dobiegł śpiew. Semen podszedł do okna. Mnisi, niosąc świece, wychodzili z cerkiewki. Żegnali się ze sobą, rozchodzili i znikali w zakamarkach dziedzińca. Gruzin stanął obok niego. Przeliczył odruchowo mnichów i uniósł brwi ze zdziwienia.

– Przeszło czterdziestu – mruknął. – Nie spodziewałem się tylu...

– Warty zmieniamy co godzinę – polecił kapitan. – Drzwi nie mają zamka ani zasuwy, zaprzemy je na noc ławą.

Potem odwołał Nodara na bok.

– Nie podoba mi się to – mruknął, patrząc, jak jego ludzie układają się do snu. – Ta gościnność wydaje mi się mocno podejrzana.

– Tak jest. Nie odebrali nam broni ani nie kazali jej nigdzie złożyć. Musimy zachować czujność. Proponuję...

– Może po prostu są mili i spragnieni wieści ze świata, bo nieczęsto miewają gości – zauważył pogodnie Semen. – Ale oczywiście lepiej mieć oczy szeroko otwarte, bo są przecież bajki o występnych mnichach. Jedno wydaje mi się pewne.

– Co takiego?

– Oni nie mogą być strażnikami źródła wiecznej młodości.

– A niby dlaczego nie? – zdziwił się kapitan.

– Bo jakby mieli do niego dostęp, to byliby piękni, młodzi i silni, a że jest ich tu ze czterdziestu, to jeszcze by nam bez trudu wklepali – wyjaśnił młody żołnierz. – Tymczasem to wszystko mniej i bardziej zgrzybiali starcy.

Kapitan poskrobał się po głowie. Wprawdzie chłopak był skończonym idiotą, ale ta akurat uwaga była całkiem trafna.

– Hmm... Może mają obowiązek go pilnować, ale złożyli śluby zabraniające korzystania? Tak czy inaczej, drzwi pozostawimy zabarykadowane. Jedno łóżko przesuniemy tak, by znajdowało się w pobliżu wejścia. Wprawdzie raczej nie podejrzewam ich o jakieś niecne zamiary, ale wolałbym zabezpieczyć się na wszelkie możliwe sposoby...

– Gdyby chcieli się nas pozbyć, zatruliby jedzenie lub wino – zauważył Semen. – W bajkach źli ludzie zawsze tak robią, gdy udają przyjaciół i proszą na wieczerzę.

– Czujesz coś niepokojącego?

– Yyy... No w tym problem, że nie. Zdrowe, smaczne domowe jedzenie, jak u nas nad Wołgą. Zmęczony trochę jestem, ale po tylu dniach w siodle to normalne. Raczej niczego nie dodali.

Dowódca popatrzył na Gruzina.

– Ja też nie wyczułem żadnego fałszywego posmaku.

– Mam prośbę. Ściągnij buty i dyskretnie przejdź się po tym piętrze. Chcę wiedzieć, gdzie jesteśmy i czy nic nam nie grozi.

– Tak jest.

– Ja się też zgłaszam na ochotnika. – Semen zaczął zzuwać swoje buciory. – Umiem się skradać wręcz doskonale. Sąsiadom jabłka nie raz podbierałem...

Gruzin zgrzytnął zębami i spojrzał na dowódcę. Ten bezradnie wzruszył ramionami.

– Mam wziąć tego przygłupa?

– Zgłoszenie się na ochotnika do misji wywiadowczej rzecz święta i odmówić żołnierzowi tego honoru nie wolno – odrzekł kapitan z miną, jakby żuł cytrynę. – Tylko pilnuj, żeby się bałwan nie zgubił...

Semen osadził świeczkę w latarce, nakrył ją połą płaszcza i w towarzystwie Nodara wymknął się na spowity mrokiem korytarz. Po lewej mieli schody, po prawej zakręt. Jak się okazało, były tam tylko jedne drzwi. Semen podszedł po cichu. Przyłożył ucho do desek. Wewnątrz pomieszczenia panowała cisza. Nacisnął ostrożnie klamkę. Drzwi nie były zamknięte. Jak się okazało, podobnie jak te w sypialni, nie posiadały także zamka. Pchnął je i weszli do wnętrza. W sali było ciemno, widział jaśniejsze zarysy okien, które pozwalały się domyślać, że trafili do naprawdę rozległego pomieszczenia. Pachniało tuszem, klejem, a przede wszystkim starym papierem, woskiem i skórą. Odsłonili latarki.

Wokoło ciągnęły się regały wypełnione setkami opasłych ksiąg. Pośrodku pomieszczenia znajdowały się stoły zawalone ryzami papieru, pergaminu oraz klockami do odbijania drzeworytów i płytami kamienia litograficznego. Kozacy wypatrzyli też kilka pras drukarskich i krosna introligatorskie. W kasztach ułożono starannie ołowiane czcionki.

– O mamuniu! – szepnął Semen, wodząc wzrokiem po regałach. – To na świecie jest aż tyle książków?

– Mówi się „książek" – poprawił go Gruzin, unosząc wyżej latarkę. – To biblioteka klasztorna.

– A co to jest biblioteka? – zdziwił się Semen.

Ale nie doczekał się odpowiedzi.

– Piszą, przepisują, a nawet drukują księgi – rozważał półgłosem jego towarzysz, wędrując wzdłuż półek. – Okładki niektórych woluminów pociemniały ze starości, ale inne są zupełnie świeże, zapewne niedawno wykonane... Ciekawe...

Poruszając ustami, odczytywał tytuły.

– A po co drukują i przepisują nowe, skoro tyle tego tu mają? – nie zrozumiał Semen. – Kto to niby czytał będzie?

Gruzin, zatopiony w swoich myślach, ponownie puścił jego słowa mimo uszu.

– Tytuły zapisano zarówno cyrylicą, jak i alfabetem łacińskim. Trafiają się także greckie i hebrajskie... Są ormiańskie i gruzińskie. Mamy tu dzieła religijne, ale zgromadzono też najważniejszych klasyków greckich i rzymskich. – Nodar pokręcił ze zdumieniem głową. – Są atlasy geograficzne, księgi medyczne, astronomiczne... To niesamowite.

Nigdy by nie przypuszczał, że w sercu syberyjskich lasów można znaleźć tak bogatą skarbnicę wszelakiej wiedzy. Zgasił latarkę i na palcach wrócili na kwaterę.

– Co ciekawego widzieliście? – zagadnął wartownik.

– Znalazłem księgarnię... – pochwalił się Semen.

– Na tym piętrze są tylko dwa pomieszczenia – zreferował Nodar. – Sypialnia i ogromna biblioteka.

– To chyba normalne, że w klasztorach są biblioteki? – mruknął kapitan.

– To były dwa, może trzy tysiące opasłych woluminów. Przy tym nie tylko księgi religijne, ale też autorzy starożytni oraz podręczniki budownictwa, uprawy ziemi, receptariusze i rozmaite inne dzieła – wyjaśnił Gruzin. – W co najmniej dziesięciu różnych językach. Do tego dobrze wyposażona drukarnia. Nie tylko czytają, ale też przepisują i drukują nowe księgi.

– Bogaty księgozbiór... Widać takich potrzebują, by prowadzić tu różne prace, ale faktycznie to niecodzienne raczej... – westchnął dowódca. – No cóż, pora spać.

Semen wyciągnął się na łóżku. Od tylu dni sypiał na ziemi nakrytej tylko derką, że twardy siennik wydał mu się miękki jak puchowa pierzyna.

Obudzono go o szóstej rano. Przypadła jego godzina warty... Na zewnątrz dniało, klasztor budził się do życia.

Z cerkiewki dobiegały śpiewy. W zabudowaniach zapiał kogut, gdakały kury. Gdzieś poza murami zamuczała dojona krowa. Skrzypiał kołowrót studni.

O siódmej dowódca poderwał cały oddział. Opluskali twarze w misach. Zaraz też rozległo się pukanie i do środka wkroczyli mnisi. Wnieśli chleb i misy z parującą jajecznicą.

– Nasz ihumen zaprasza za pół godziny do swego gabinetu – wyjaśnił brat Iwan. – Bardzo ucieszył się na wieść o odwiedzinach.

Kozacy zasiedli do śniadania.

– Coś jakby jajka sadzone, tylko chyba ktoś je rozciapał na patelni. Jeszczem takiej potrawy fikuśnej nie spożywał. – Semen z zaciekawieniem przyglądał się jajecznicy.

– Zaraz twoje jajka rozciapam na rozgrzanej patelni! – syknął dowódca.

– To pan kapitan też z sekty skopców? – Chłopak wytrzeszczył oczy. – To przecież nielegalne! A już wiem, to żart taki był? – odetchnął z ulgą. – He, he, he...

Trzeba go odesłać do domu, westchnął w duchu dowódca. Armia nie będzie miała z niego najmniejszego pożytku. Nawet na stajennego się nie nadaje. Nie wiadomo, co przyniosą najbliższe miesiące i lata. Odpowiadam przecież za moich ludzi. Na wojnie jeden żołnierz fajtłapa może zgubić cały oddział...

Gabinet przełożonego klasztoru był niewielki. Ściany zastawiono regałami pełnymi książek. Czcigodny starzec siedział w fotelu za biurkiem, zawalonym rozmaitymi papierami. Kozacy ustawili się w karnym szeregu na korytarzu. Do wnętrza weszli tylko kapitan i Nodar. W ostatniej chwili wcisnął się tam jeszcze Semen. Kapitan miał ochotę go przegonić, ale w towarzystwie dostojnego mnicha krępował się rugać podwładnego. Zacisnął zęby, modląc się bezgłośnie, by głupek nie strzelił jakiejś gafy.

Ihumen był nieprawdopodobnie wręcz stary. Nad rozłożystą brodą rysowały się zapadnięte policzki, czoło przeorały głębokie zmarszczki. Krzaczaste brwi całkowicie posiwiały. Tylko oczy połyskiwały młodzieńczą witalnością. Wszyscy z miejsca wyczuli, że jest to człowiek nadzwyczaj mądry.

– Witam was, drodzy bracia, w naszych skromnych progach – głos miał słaby, ale mówił wyraźnie. – Czemu zawdzięczam tę jakże miłą, choć nieoczekiwaną wizytę?

– Z rozkazu miłościwie nam panującego cara Pawła Pierwszego prowadzę poszukiwania tego klasztoru – wyjaśnił dowódca.

– Cóż skłoniło Jego Cesarską Wysokość, by angażować naszych dzielnych kozaków do tak jałowego intelektualnie zadania?

– Nasz władca, będąc raczej słabego zdrowia, zapragnął pokrzepić się butelką wody ze źródła wiecznej młodości.

Zapadła cisza. Ojciec Piotr siedział zadumany, rozważając słowa gościa. Wreszcie uśmiechnął się lekko.

– Owszem, posiadamy pod jedną z kaplic źródło cudownej wody o doprawdy niezwykłych właściwościach – przyznał jakby niechętnie. – Ale i wam, i carowi ona jest całkowicie zbędna. Nie warto marzyć o wiecznej młodości, gdyż w niebie będzie nam ona dana wraz z wiecznym życiem w blasku bożej chwały...

– Mimo to chcemy zaczerpnąć tej wody.

– Jak powiedziałem, jest wam ona zbędna...

– Sprzeciwiacie się rozkazowi cara? – zirytował się kapitan.

Mnich uśmiechnął się, a w jego oczach zabłysły figlarne iskierki.

– Ależ skądże! Jesteśmy lojalnymi poddanymi Jego Wysokości. My ojczulkowi carowi nie odmówilibyśmy nawet ostatniej koszuli. Skoro macie takie polecenie, nalejcie sobie choćby całe wiadro! Są jednak dwa powody, które sprawią, że i wy, i car będziecie raczej rozczarowani.

– Jakież to powody? – spytał Nodar, siląc się na uprzejmość.

– Po pierwsze, niezwykłe właściwości wody utrzymują się krótko. Można napić się jej tutaj. Przelana do butelki i przewieziona na przykład do Tobolska całkowicie traci niezwykłe właściwości. Po drugie... A może najpierw pokażę ujęcie?

Podszedł do niepozornych okutych drzwi w kącie pomieszczenia i pchnął je. Gestem nakazał kozakom, by postępowali za nim. Za drzwiami znajdował się wąski korytarzyk, a dalej niewielka, nisko sklepiona kaplica. Na ścianach przed wiekami namalowano freski przedstawiające rajską łąkę. Kolory już mocno wyblakły. Jedynym źródłem światła były dwa małe okienka. Pośrodku z kamiennej posadzki wystawała niska marmurowa cembrowina. Goście podeszli bliżej, zaciekawieni. Lustro wody chwiało się może dwa werszki poniżej krawędzi. Połyskiwało lekko...

– Zatem to jest poszukiwane przez nas źródło wiecznej młodości? – Kapitan zatarł ręce.

– No, niezupełnie – pokręcił głową mnich.

– A te napisy? – zdziwił się Nodar, wskazując staro-cerkiewno-słowiańskie litery głęboko wykute w kamiennym obramowaniu.

„Woda żywa" – głosił pierwszy. „Wypij i żyj wiecznie" – informował drugi.

– Owszem, to jest woda żywa. Ale nie jest to źródło wiecznej młodości, lecz wiecznej starości – wyjaśnił mnich. – I to jest ten drugi powód, dla którego jest wam ona zbędna.

– Że niby co?! – zdumiał się dowódca. – Co to znaczy źródło wiecznej starości?

– Kto się z tego napije, w kilka chwil stanie się starcem... Ale już na zawsze.

– Jak to?

– Zestarzeje się, nim dzień dobiegnie końca, ale za to potem czas przestanie dla niego płynąć. Dotrwa dnia Sądu Ostatecznego. Chyba że ktoś go zabije, rozszarpią go dzikie bestie lub ulegnie nieszczęśliwemu wypadkowi. Musicie bowiem wiedzieć, że woda nie czyni nieśmiertelnym. Do tego każdy łyk nie tylko dodaje piętnaście do dwudziestu lat, ale w dodatku podwaja już posiadaną mądrość.

– Eee... Jesteście pewni? – Kapitan łypnął okiem.

– Wszyscy jesteśmy tego pewni – zapewnił mnich. – I ci, którzy trwają tu, patrząc, jak cedry kiełkują z nasion i padają ze starości, i ci, którzy odrzuciwszy tę dziwną łaskę, czekają wśród nieśmiertelnych towarzyszy na dzień, kiedy staną przed obliczem Najwyższego. Jak mówiłem, wam to raczej niepotrzebne, kozacy powinni być młodzi, przystojni i kipieć tężyzną fizyczną. Carowi tego nie dowieziecie, bo zwietrzeje po drodze. Zresztą car także powinien być młody i silny jak niedźwiedź. Ale jeśli sami chcecie skosztować świętej wody, ja się sprzeciwiać nie mam zamiaru.

– Podwaja posiadaną wiedzę? – zdziwił się Nodar.

– Wiedzę nie. Mądrość. Umiejętność wnioskowania, domyślność, bystrość łapania w lot tego, co mówią mądrzy ludzie – sprostował ihumen. – Wiedzę samemu trzeba zdobyć, ale gdy człowiek jest mądry, to i łatwiej mu ona do głowy wchodzi, a gdy jest naprawdę mądry, w mig poznaje obce języki, cudze alfabety, a to, co w księgach przeczyta, też znacznie łatwiej się w głowie zapisuje.

– Hmm... No tak – westchnął dowódca. – A źródło wiecznej młodości też istnieje?

– Na logikę rzecz biorąc, zapewne gdzieś jest takowe – przyznał mnich. – Przecież istnieją noc i dzień, ciepło i zimno, życie i śmierć, woda i ogień. Wszystko, co występuje w przyrodzie, ma swoje przeciwieństwo. Zatem wydaje mi się, że i nasze źródło powinno takowe posiadać. Skoro nasza woda daje starość i mądrość, pewnie gdzieś bije krynica, która czyni człowieka młodszym, ale głupszym. Ale nie mamy pojęcia, gdzie jest. Stój, szaleńcze! – ryknął nieoczekiwanie.

Kapitan odwrócił się gwałtownie.

– Nie!!! – krzyknął.

Zajęty rozmową, nie zwracał uwagi na podwładnych. Tymczasem Nodar złapał Semena za kark i wdusił mu głowę do sadzawki. Kozak szarpał się, krztusił, ale najwyraźniej coś tam dostawało mu się do ust...

– Żłop, durniu, do syta, może trochę oleju wreszcie ci do łba napłynie – warczał Gruzin.

Ihumen i kapitan rzucili się ratować nieszczęśnika, ale gdy wyciągnęli go z wody, było już za późno... Walcząc o oddech, opił się cudownej wody jak bąk. Mogli tylko bezsilnie patrzeć, jak zmarszczki orzą mu twarz, włosy siwieją, a za to w oczach, patrzących dotąd bezmyślnie, rodzi się coraz głębsza mądrość...

– No i tak to mniej więcej było – zakończył Semen. – Zestarzałem się tego dnia bardzo, ale też i zmądrzałem nad podziw. W wojsku mi się podobało, to i zostałem na służbie... Jeśli dobrze liczę, przez jakieś kolejne sto lat wojowałem, bo car Paweł to został uduszony jeszcze przed tą zadymą z Napoleonem.

– Ale pitolisz – prychnął Izydor Bardak. – Przecież ty miałeś żonę, dzieci, wnuki, prawnuki i tak dalej. Bo to raz się z nimi tłukliśmy po knajpach i potańcówkach? Jak byłeś zawsze takim starym dziadem, to skąd niby te dzieci?

– W dawnych czasach było tak, że młode, ładne i cnotliwe panienki chętnie wychodziły za mąż za czcigodnych starców weteranów, by swymi wdziękami osłodzić im ostatnie lata życia – głos kozaka ociekał godnością. – I to jest właśnie mój przypadek.

– Takie kity to możesz wciskać temu przygłupowi Wędrowyczowi, a nie nam! Miała być fajna opowieść, nie stek bzdur! Oddawaj piwo, oszuście! – warknął nestor wrogiego plemienia.

Jakub, drzemiący z głową na blacie, uchylił powiekę.

– Który obezjajec nazwał mnie przygłupem? – warknął. – A zresztą nieważne, wszystkim wam się od tygodni nazbierało... A tak się składa, że od rana chcę komuś przypierdolić.

I chwyciwszy łańcuch krowiak, ruszył w bój.

Trudny teren

Czerwiec powoli zbliżał się ku końcowi. Powietrze pachniało nadchodzącymi wakacjami. Egzorcysta szykował się na przyjazd prawnuka. Ozdobił płot, pozbierał butelki i wykorzystał jako urokliwe, nastrojowe luksfery, układając je w murek, zagrabił część podwórza, chciał nawet posprzątać chałupę, ale bez przerwy coś go odrywało od pracy. Teraz na przykład przyszedł Semen... Najpierw trochę pomógł, ale wspólna praca szybko przerodziła się we wspólne picie piwa, a potem niby znów zaczęli zamiatać, lecz jakoś nie szło. Walnęli jeszcze po jednym piwie, a żeby nie chlać bezmyślnie jak Bardaki, Jakub zaczął snuć opowieść...

– No i rozumiesz – mówił – komisarz jeszcze mi nabluzgał, wsiadł na konia, pojechał prosto, a potem skręcił tam, w dół. Znikł za rogiem i przepadł, tylko coś mlasnęło. Zjadł go skrót perspektywiczny.

– Jakub, przecież skrót perspektywiczny to tylko takie określenie... – Semen popukał się w głowę.

– Tak? To może coś innego go zeżarło... Cholera, swędzą mnie plecy. – Egzorcysta poczochrał się o framugę drzwi.

– Może to świerzb?

– No gdzie niby miałbym go złapać? Już z dobre dwadzieścia lat nie ryćkałem się z żadną bardacką córką... Myślę raczej, że to przeczucie.

– Przeczucie? – zafrasował się kozak. – Będą jakieś kłopoty?

– Prędzej drobne upierdliwości życia codziennego. To takie swędzenie, jakby ktoś na mnie donos napisał. To znaczy nie ktoś, tylko te pieprzone Bardaki. I mam wrażenie, że ktoś nowy się pojawi w naszej okolicy. Szkoda, że z tym skrótem to tylko przenośnia. Dodatkowa bariera ochronna wokół chałupy to rzecz nie do pogardzenia.

Posterunkowy Birski popijał kawę, cedząc fusy przez zęby. Popatrywał spod oka na praktykanta, którego Rowicki oprowadzał po posterunku, pokazując, gdzie co leży. Chłopak wyglądał na studenta. Zdaje się, z Warszawy przyjechał, albo może z jakiegoś innego Poznania. Tyle tych miast było na zachód od Lublina, kto by to spamiętał!

Chuchro, ocenił Birski. Dawniej gliniarz to musiał być gliniarz. Wysoki, mięsisty, z krzepą w łapie, żeby świeczki w oczach stawały, jak pałą przyłoży. No i co najważniejsze, dobry policjant powinien samym swoim wyglądem wzbudzać respekt. A ten? Od razu widać, że częściej do książki zagląda niż do flaszki... Okularki, broda, zupełnie jak jakiś informatyk. A policjant powinien być wygolony na gładko, żeby przestępcy od razu widzieli, kiedy groźne miny do nich robi.

Ujął akta chłopaka.

– Piotr Jaworski – przesylabizował. – Na szkoleniu dostał od kolegów ksywę „Emeryt". Ciekawe, czy przez tę brodę, czy może idzie do policji, bo liczy na wcześniejszą emeryturę?

Ziewnął i zapisał dwa zdania do dziennika posterunku.

– Jakie plany na dziś? – zapytał praktykant, prężąc się na baczność.

– Niby nic poważnego w tej chwili nie mamy do roboty – powiedział Birski. – Niestety, trochę ganiania będzie, bo w nocy wpłynął donos, że w gospodarstwie Jakuba Wędrowycza znowu pędzono samogon.

– To chyba nie jest już ścigane? – zdziwił się chłopak.

– Teoretycznie nie, ale na upartego można się doczepić. Wedle obecnej interpretacji przepisów zakazane jest pędzenie alkoholu na skalę komercyjną. A tu mowa o ilości około trzystu litrów. To daje podstawy do przeprowadzenia rewizji.

– A nakaz prokuratora?

– Nie będziemy panu prokuratorowi dupy zawracać, bo jakby za każdym razem miał analizować zasadność i wypisywać nakaz, toby musiał tu chyba zamieszkać. Mamy od niego czterdzieści takich in blanco, wypisujemy, dostawiamy datę...

– Przecież to... eee... nielegalne?! – Młody wytrzeszczył oczy.

– Być może – przyznał Birski. – Ale legalnymi metodami nic tu nie osiągniemy. Widzisz, trwamy na naprawdę wysuniętym posterunku, większość walki z przestępczością musimy prowadzić pozaregulaminowo. Nasze miasteczko to wyjątkowo trudny teren.

– A co tak konkretnie tu trudnego? – zdziwił się młody. – Ładna miejscowość, wysprzątana, ryneczek zadbany, żadnych meneli śpiących gdzie popadnie. Obszedłem wczoraj centrum. Trawniki wygrabione, okna pomyte, bezpańskich psów nie widać. Nawet knajpa nie taka straszna, jak by się można spodziewać. Wprawdzie nie byłem w środku, ale...

– Największe problemy w naszej gminie generują Jakub Wędrowycz, jego kumpel Semen Korczaszko i członkowie rodziny Bardaków. To są kamyczki w naszych butach i belki w oczach naszych bliźnich – wyjaśnił posterunkowy.

– Ten Jakub, który pędzi bimber...? Co to za jeden?

– Samogon to tylko część jego działalności przestępczej. Ta mniej istotna, bo nie handluje pokątnie, sam konsumuje większość tego, co wytwarza. Ten typ jest kłusownikiem, kradnie drzewo w lesie, regularnie bierze udział w bójkach, podorywuje miedze sąsiadom, kradnie, zarzyna i pożera każdą błąkającą się samopas kurę. Do tego łapie bezdomne psy.

– Jest gminnym hyclem czy co?

– Nie, to w czynie społecznym. Choć nie powiem, skuteczny jest.

– Ale wyłapywanie bezdomnych zwierząt nie jest nielegalne. Co z nimi potem robi? Trzyma czy jak? – zaciekawił się młody.

– Te psy znikają bez śladu – odezwał się Rowicki dziwnie grobowym tonem.

– Gdzie niby znikają? – zdumiał się Jaworski.

– W jego paszczy oczywiście... Zjada je.

Praktykant oburzony zerwał się na równe nogi.

– Musimy natychmiast położyć kres jego przestępczej działalności! – huknął.

– Yhym – ziewnął Rowicki. – W sumie możemy tam pojechać, rozejrzeć się po wzgórzach, narwać gruszek w opuszczonych gospodarstwach... Przewietrzymy się. Przy okazji wyjeździmy kilometrówkę patrolową.

– A rewizja?

– No, skoro będziemy w tamtej okolicy, można też przeprowadzić rewizję – powiedział starszy policjant polubownym tonem.

– Nie zniechęcaj młodego – zakpił Birski. – W końcu przyjechał tu, żeby się czegoś nauczyć od takich starych wyg jak my.

– Chyba brak mi talentu pedagogicznego – westchnął Rowicki. – No ale jak mus, to mus. Wypiszmy któryś z tych papierów i jedźmy się rozruszać.

Szosa z Wojsławic na Krasnystaw wyglądała zupełnie normalnie. Nawierzchnia była całkiem przyzwoita, rowy melioracyjne wyczyszczone z zielska, ogródki i obejścia zadbane. Przemknęli przez Witoldów i skręcili w drogę na Stary Majdan. Rowicki, siedzący za kółkiem, zwolnił. Na twarzy Birskiego odmalowała się nieokreślona troska.

– Coś nie tak? – zaniepokoił się Jaworski.

– Po prostu trudny teren robi się jeszcze trudniejszy... Wkraczamy w jądro ciemności. Ten gad Wędrowycz ma bardzo rozwinięty instynkt terytorialny. Nie lubi obcych w tej części gminy, którą uważa za swój matecznik.

– Coś jak w Szwecji? Strefa zakazana, gdzie policji nie wolno wkraczać, bo tam rządzą muzułmanie?

– Puknij się w głowę, młody – zganił go Birski. – Jaka tam znowu strefa zakazana!? Przecież właśnie tu wkraczamy.

– No i zarobki mamy znacznie niższe niż w Szwecji – westchnął ciężko Rowicki, po czym nagle nadepnął na hamulec.

Przez drogę, porykując, przebiegły dwa dziwne stwory. Istoty wyglądały z grubsza jak ludzie, ale pokryte były jasnym futrem, a może nawet pierzem. Nim praktykant zdążył się im przyjrzeć, znikły w polu konopi. Policjant zapuścił silnik i rozejrzawszy się ostrożnie, ruszył. Kawałek dalej stał porzucony volkswagen. Szyby miał wybite, z pokrywy maski sterczał zardzewiały kilof, jedne drzwiczki wyrwano.

– Ostrożnie, omijaj poboczem – polecił Birski Rowickiemu.

– Się wie!

Piotr Jaworski wyjrzał ciekawie oknem. Auto stało na kapciach. W poprzek drogi leżały brony skierowane zębami do góry. To na nie się nadziało...

– Interwencja? – zasugerował.

– Poszkodowani nie zgłosili, więc olejemy to – burknął posterunkowy. – A jakby spróbowali, to ich tradycyjnie spławimy.

– Ale tu widać ewidentne ślady wykroczenia... Do tego jakieś yeti tu ganiają. Widzieliście je przecież...

– Odpuść sobie – mruknął Rowicki. – Luzik-arbuzik. To zapewne kolesie od ściągania abonamentu RTV albo urzędasy od rozliczania dotacji unijnych.

– To robota tego całego Wędrowycza? – Praktykant poczuł ciarki na plecach.

– A gdzie tam, on sobie takimi drobiazgami głowy nie zawraca. To miejscowi. Zapewne wyskoczyli z widłami i zagonili abonamenciarzy prosto w pułapkę z bronami. Potem zgodnie z tradycją wywlekli z auta, wytarzali w smole i pierzu, a wreszcie nahajkami pogonili precz.

– To znaczy w lepiku, bo smoły nie chciałoby im się grzać. I raczej nie w pierzu, bo o nie teraz trudno i żal marnować dobrej pierzyny na jakichś leszczy – zasugerował Rowicki. – Jak się nazywa to przemysłowe gówno, co to je teraz dają do poduszek?

– Frytka poliuretanowa – przypomniał mu szef.

– Eeee... – wykrztusił przyjezdny. – Trzeba przesłuchać świadków, aresztować prowodyrów, a potem...

Rowicki z Birskim zaczęli tak rechotać, że omal nie wjechali do rowu.

– Chłopcze, my tu jesteśmy zawaleni robotą po uszy! Gdybyśmy się zajmowali takimi duperelkami, to nie byłoby kiedy mandatów pisać. W dodatku tych od abonamentu nikt tu nie zapraszał. Wleźli, gdzie nie trzeba, to niech się teraz martwią o siebie sami. No, chyba że przyjdą na skargę, ale to raczej mało prawdopodobne.

Ruszyli dalej. Birski na wszelki wypadek wyciągnął spluwę i odbezpieczył. Wieś była trochę zarośnięta. Gospodarstwa leżały daleko od drogi. Kępy bzów i leszczyny rozpleniły się w ogrodach. Łany pokrzyw zasłaniały pobocze.

– Idealne miejsce na zasadzkę – zauważył Rowicki.

– Nie bój żaby – mruknął jego zwierzchnik. – Dopadli kolesi od abonamentu, wklepali im, zmęczyli się, a teraz oblewają zwycięstwo, więc dobry tydzień będzie spokój na wiosce.

– Albo rozgrzali się zadymą i szukają, komu by jeszcze przypierdolić...

Uwagę praktykanta zwrócił kibel stojący samotnie po lewej stronie drogi.

– Tam była szkoła – wyjaśnił Birski. – Szkoła już dawno zburzona, ale ubikacje jeszcze zostały, cholera wie po co, pewnie je przegapiono, bo są po drugiej stronie drogi gminnej... No a teraz uwaga, bo jesteśmy bez wsparcia.

Wjechali pod górkę, zakręcili i zatrzymali się przed krzywym płotem z poczerniałych sztachet. Kilka krowich czaszek zatkniętych na słupki skłaniało do refleksji. W powietrzu unosiła się dziwna woń, przywodząca na myśl starą szmatę.

– Jedna szansa na tysiąc, że dziada zaskoczymy – mruknął posterunkowy. – Jaworski, trzymasz się za nami i pamiętaj, niezależnie od tego, co zobaczysz, nie strzelasz bez wyraźnego rozkazu.

– Tak jest!

– No to wkraczamy.

Birski ostrożnie jednym palcem pchnął furtkę. Zakołysała się na zawiasach z pasków linoleum.

– Min z zapalnikiem naciągowym nie widać – zameldował Rowicki. – Nowych wilczych dołów też nie wykopał.

– Uważaj na kolce z gwoździ.

Przeszli kawałek ścieżką. Młody z dłonią na kaburze rozglądał się. Gospodarz chyba w ogóle nie przejmował się takimi drobiazgami jak utrzymanie porządku.

Podwórze zaśmiecone było wrakami sprzętu rolniczego. Leżało też tutaj kilka par starych bron, oczywiście także zębami do góry... Dom otaczał wał pustych butelek. Praktykant spostrzegł jeszcze liczne ogryzione kości, zdobiące glebę. Zza chałupy sterczał wychodek, rozsiewający iście zabójczą woń. Przy starej, przekrzywionej budzie na zardzewiałym łańcuchu leżał szkielet psa.

Birski przebył ganek i zapukał do zniszczonych drzwi. Były lekko uchylone, a o ich górną krawędź oparto stary fajansowy nocnik.

– Dzień dobry, policja, proszę otworzyć – huknął urzędowo policjant, a potem dla bezpieczeństwa cofnął się trzy kroki.

Drzwi skrzypnęły, otwierając się szerzej. Nocnik wpadł do wnętrza, ale uszu policjantów nie dobiegł ani odgłos rozbijającego się naczynia, ani chlupot cieczy. Wreszcie przejście stanęło otworem. Ukazał się w nim niewysoki starzec o twarzy pooranej zmarszczkami. Policzki dziadygi pokrywał trzydniowy zarost, małe oczka łypały czujnie spod krzaczastych brwi. Gospodarz miał na sobie kufajkę, spodnie uszyte byle jak, chyba ze starego worka, i gumofilce.

Chodzi tak po domu!? – zdumiał się praktykant.

W tej chwili zza pierwszego dziada wyjrzał drugi, jeszcze starszy. Ten dla odmiany miał imponujące, jakby kozackie wąsy i wysoką papachę na głowie. Jego ubranie, choć nieprawdopodobnie znoszone i powycierane, przywodziło na myśl mundur, lecz praktykant nie był w stanie rozpoznać, do jakiej formacji mógł należeć. Na piersi dziadyga miał naszyte baretki jakichś orderów. Kolory wstążeczek także nic gliniarzowi nie mówiły.

– Obywatelu Wędrowycz, wpłynął na was donos – powiedział Birski i ziewnął. – Konkretny zarzut to jak zwykle pokątna produkcja samogonu. Zechcecie udostępnić mieszkanie celem rewizji...

– A ten co za jeden? – zagadnął egzorcysta, taksując młodego chmurnym spojrzeniem.

– Piotr Jaworski. Praktykant na stażu. Zresztą nie wasza rzecz.

– Praktykant... – Jakub zrobił obrażoną minę. – Życzyłbym sobie, aby choć raz rewizję u mnie przeprowadził ktoś wyższy rangą – odburknął, usuwając się z drogi.

– No to do dzieła, młody, pokaż, czego na szkółce nauczyli. – Posterunkowy klepnął chłopaka w plecy.

Jaworski przekroczył próg. Woń stęchlizny, przetrawionego alkoholu, znoszonych butów i starych skarpetek dosłownie dźgnęła go w nos. Najpierw przeprowadził rozpoznanie obiektu. Zajrzał do sąsiedniego pomieszczenia i do komórki będącej prawdopodobnie spiżarką. W pokoju wypatrzył dwa rozgrzebane barłogi, w spiżarce stosy pustych butelek i słoików. Wszędzie panował upiorny bałagan, wszędzie śmierdziało, ale nie było tam żadnych osób trzecich. Wejść na strych ani klap prowadzących do piwnicy nie wykrył.

Bez przekonania zajrzał pod łóżko. Przez chwilę kontemplował szkielet kota, trzymający w zaciśniętych szczękach szkielet myszy. Poza kilkoma parami od dawna zdechłych butów niczego podejrzanego nie dostrzegł. Otworzył szafę, to znaczy spróbował otworzyć, bo gdy pociągnął za uchwyt, drzwiczki wypadły. Wewnątrz spoczywały jakieś łachmany. Mole i myszy miały tu przez całe lata używanie. W pomieszczeniu było ciemnawo, ale nie widział ani włącznika, ani nawet żarówki pod sufitem – najwyraźniej gospodarz obywał się bez elektryczności.

Przeszedł do kuchni. Jakub i jego kompan siedzieli przy porżniętym nożami stole i nie przejmując się obecnością policji, żarli pajdy chleba z jakimś podejrzanym mięsiwem. Ku swojemu zdumieniu młody funkcjonariusz spostrzegł, że obaj nawet w chacie nie zdjęli nakryć głowy. Wędrowycz nosił spraną czapkę uszankę, Korczaszko tę samą pogryzioną przez mole papachę. Na półce nad ich głowami leżała tylko jedna, za to bardzo gruba książka.

„Zbiór podstawowych norm ISO – wieś i gospodarstwo rolne" – głosił tytuł dzieła.

Obaj policyjni wyjadacze nie palili się do pomocy. Birski, znudzony jak mops, czytał gazetę. Rowicki bawił się telefonem.

– I jak efekty? – zakpił.

– Wynik na razie negatywny. Przeszukam jeszcze kuchnię...

– Proszę się nie krępować, tylko robić swoje – zachęcił go ten w papasze. – W ogóle proszę się czuć jak u siebie w domu. A może ogóreczka? – Wskazał zachęcającym gestem słój wypełniony jakąś zielonkawą breją.

Praktykant spojrzał i wzdrygnął się, widząc sam kolor cieczy, ale o dziwo, jego obaj przełożeni poczęstowali się. Małosolne chrupały w ich paszczękach, gdy zgodnie przeżuwali poczęstunek. Na twarzach odmalowała się rozkosz. Młody gliniarz z narastającą złością przeglądał po kolei szafki, zajrzał do pieca, wreszcie stanął przed starym regałem.

– Tam lepiej nie zaglądać – burknął Jakub, jakby poirytowany.

Praktykant uśmiechnął się triumfalnie i wysunął szufladę. Wsadził rękę i w ostatniej chwili zdążył ją wyszarpnąć. Wewnątrz leżała otwarta pułapka na szczury. Starcy i gliniarze obśmiali się jak norki.

Młody ostrożnie wyciągnął drugą szufladę. Ta wypełniona była do połowy żelaznymi krzyżami, innymi hitlerowskimi odznaczeniami oraz nieśmiertelnikami Wehrmachtu i SS. Czarno-biało-czerwone wstążeczki wyblakły.

O cholera, ale kolekcja! – pomyślał Jaworski. Zbieracze daliby lepszy pieniądz... Głupia klamra Luftwaffe to ze trzy stówy. Krzyż żelazny z mieczami... Te dziady mogłyby to sprzedać, zrobić remont, założyć sobie elektryczność, podciągnąć wodę...

– Pamiątki z czasów wojny – wyjaśnił gospodarz. – Trofea, można powiedzieć... Z trupów pościągane. Byliśmy z moim kumplem w oddziale kapitana Wypruwacza. Nie uczyłeś się o nim w szkole, bo go wycenzurowano. Nawet w dzisiejszych czasach historycy wolą go starannie przemilczeć. Już podczas wojny żadna organizacja partyzancka nie chciała się do niego przyznać... Poczwórnie wyklęty, można powiedzieć. Przez swojaków, komuchów, upowców i nazioli...

– Już wtedy mu tłumaczyłem, że tak się to skończy – zrzędził ten w papasze. – Po prostu przesadziliśmy trochę z wbijaniem szkopów na pale. No i nie musieliśmy ich przedtem gwałcić. To już nie są czasy Czyngis-chana! No i to zakażenie wody w niemieckim szpitalu pałeczkami duru brzusznego też wydaje mi się teraz pewnym przegięciem. Wprawdzie był to szpital polowy Wehrmachtu, ale mimo wszystko broń biologiczna to trochę niezgodne z prawem międzynarodowym...

– Marudzisz! Po prostu dostali to, na co zasłużyli!

Praktykant patrzył na nich z pewnym niedowierzaniem. Żaden z tych dziadów nie wyglądał na byłego partyzanta. Z drugiej strony, ich słowa brzmiały jakoś tak prawdziwie... W dodatku, patrząc na ich spracowane dłonie i małe wredne oczka, niejedno można było sobie wyobrazić. Wyglądali na takich, co to gotowi byli niemieckie dzieci dusić gołymi łapami.

Otworzył drzwiczki i serce uderzyło mu mocniej. Wewnątrz szafki znalazł kilka opakowań drożdży gorzelniczych, kapslownicę i woreczek korków do butelek. A za tymi drobiazgami stał pięciolitrowy słój pełen podejrzanej żółtawej cieczy.

– Tamtego nie warto ruszać – burknął Wędrowycz.

Jaworski nie słuchał go. Wytargał słój i triumfalnie postawił na stole.

– Znaleziono dowód rzeczowy, potwierdzający donos – zameldował.

– To jest coca-cola, a nie bimber! – zaprotestował egzorcysta.

Birski zasłonił sobie twarz dłonią, Rowicki zdusił śmiech.

– Jakub, przestań się kompromitować – powiedział Semen. – Uparty jesteś jak kozioł, a przecież i ty, i ja wiemy, że to nie jest coca-cola.

– Bujaj się, właśnie że jest, tylko recepturę muszę trochę dopracować!

– Trochę? – parsknął śmiechem jego towarzysz.

Niezrażony Jaworski odkręcił wieczko i ująwszy kieliszek, zaczerpnął cieczy.

– Co to jest? – zapytał gospodarza.

– Toż mówiłem. Miała być coca-cola, ale nie pij pan tego, nie udała się. – Jakub wzruszył ramionami.

Policjant, nie przejmując się ostrzeżeniami, pociągnął łyk. Przez chwilę walczył, by utrzymać ciecz w ustach, a potem puścił na podłogę obfitego pawia. Birski w ostatniej chwili odskoczył, ratując swoje oficerki.

– A jak mówiłem, że stonkę najpierw trzeba upalić na patelni, to nie wierzyłeś – burknął Semen.

– Stonkę?! – Posterunkowy spojrzał na obu starców zdumiony. – Wędrowycz, czy ciebie do reszty popierdoliło?! Robiliście bimber ze stonki?!

Praktykantem targnęły kolejne torsje.

– To nie miał być bimber, tylko coca-cola. W artykule napisali, że jest robiona z amerykańskiej stonki – zaczął tłumaczyć Jakub. – Tak tu jest czarno na białym i w gazecie. – Podsunął posterunkowemu strzęp „Trybuny Ludu” z lat pięćdziesiątych. – Tylko nie podali przepisu. Pomyślałem sobie, że jak prawnuk przyjedzie na wakacje, to go poczęstuję swojską coca-colą. Zdrowsza by była niż to, co w butelkach, bo bez konserwantów... No i co najważniejsze, człowiek jest potem dumny, że zrobił coś z niczego. Poszedłem przedwczoraj rano w kartofle, nazbierałem tego paskudztwa cały słoik...

Praktykant rzygał jak wulkan.

– Semen mówił, że cola jest brązowa i że trzeba upalić stonkę na patelni. Ale mi się wydawało, że wystarczy zagotować w rondelku z dodatkiem odrobiny karmelu. Jak podstygło, dodałem zaczyn, żeby poszła fermentacja, ale nie taka jak do alkoholu, tylko w stronę kwasu chlebowego.

– Upalisz następnym razem. – Semen wzruszył ramionami. – I masz nauczkę. Dobrych rad czasem trzeba słuchać!

– Niech ci będzie, upalę, sam zobaczysz, że nic z tego nie wyjdzie!

Praktykant przestał rzygać, bo zemdlał.

– Co on taki delikatny? – zirytował się kozak. – Nigdy w życiu na wsi nie był czy jak?

– Taki wybrakowany materiał ludzki podsyłają nam z centrali – wyjaśnił pogodnie Birski. – Nijak się to ma do starych, dobrych milicyjnych kadr. Kiedyś to dopiero byli gliniarze, chłopy jak dęby...

Jakub łypnął na niego lewym okiem. Drugim łypnął na Rowickiego. Obaj byli z tych starych, milicyjno-zomowskich kadr, ale żaden jako żywo nie przypominał dębu. Egzorcysta zaczął się zastanawiać, jakie drzewo by do nich pasowało, ale nie mógł wymyślić. Ich gęby kojarzyły mu się raczej z kartoflami i burakami, a te nie rosną przecież na gałęziach.

– No to skoro kolega się wyłączył z działań, rewidujcie dalej sami – zachęcił ich gestem kozak.

Obaj funkcjonariusze popatrzyli po sobie i jak na komendę wzruszyli ramionami.

– A po wuj? – prychnął Birski. – Przecież doskonale wiemy, że spluwy, amunicję, aparaturę i samogon trzymacie gdzie indziej, a wejście do skrytki zapewne zaminowaliście albo zabezpieczyliście jakimiś wrednymi pułapkami. Podpiszecie protokół, że przeprowadziliśmy przeszukanie, niczego nie znaleźliśmy i spadamy.

– Nie tak prędko – burknął Jakub. – Chcecie, żebym walnął parafkę na tym żabim dokumencie, to najpierw wyciągnijcie kolegę za próg, szmaty w garść i bierzcie się za sprzątanie. – Wskazał kałużę wymiocin.

– My?! – Birski aż się zapowietrzył.

– A niby kto? To przecież wasz człowiek. Wyniki rewizji negatywne, czyli bałagan to wasz problem. No, ewentualnie możecie ściągnąć firmę sprzątającą z Chełma albo Krasnegostawu, ale na wasz koszt. A jak wam się wydaje, że ta plama to nie wasz problem, to zaraz zadzwonię do wnuka. Pamiętacie, co to ostatnio było, gdy przyjechali firmowi prawnicy?

Gliniarze spojrzeli po sobie, a potem westchnęli bardzo ciężko i zabrali się do sprzątania. Wywlekli młodego na zewnątrz, ogarnęli podłogę, umyli ręce. Praktykant tymczasem doszedł trochę do siebie, a gdy Jakub w przypływie życzliwości opłukał go wodą ze szlaucha, do reszty odzyskał przytomność.

– To bardzo nieładnie wymiotować komuś na podłogę podczas wizyty – powiedział z naganą egzorcysta.

Jaworski oburknął coś i poczłapał do radiowozu. Zaraz też do wnętrza maszyny wcisnęli się obaj funkcjonariusze. Umykali w stronę Wojsławic, tam gdzie cywilizacja...

– Musieliśmy posprzątać twoje rzygi – burknął posterunkowy. – Wisisz nam za to po czteropaku piwa! Wzięliśmy dla ciebie ogórka, przegryź na uspokojenie żołądka.

– Zemszczę się na tych dziadach!

– Zeszczysz się, a nie zemścisz. – Birski przyjacielsko poklepał go po ramieniu.

– Nie tacy próbowali – dodał Rowicki. – Te dwa pokemony to zakała powiatu od czasów, gdy zamiast powiatów były województwa, albo i jeszcze dawniejszych, kiedy też były powiaty. Walczymy z nimi trzydzieści lat, bez skutku. Zazwyczaj niczego poważnego nie udaje im się udowodnić... Świadkowie też nie tacy głupi, żeby składać zeznania.

– Można to chyba podciągnąć pod zamach na funkcjonariusza... – Młody doszedł do siebie na tyle, by zacząć analizować sytuację.

– Niby jak to sobie wyobrażasz? Przy trzech świadkach ostrzegał cię przed piciem tego zajzajeru.

– A my też nie tacy głupi, żeby składać fałszywe zeznania przeciw temu dziadowi – dodał Rowicki. – Mamy tu domy i rodziny. A to mściwe bydlę...

– No nie wierzę! – Praktykant wytrzeszczył oczy. – Przecież to jest tolerowanie elementu kryminalnego... Tak się nie robi!

– Licz się ze słowami, młody – burknął Birski. – Lokalna specyfika wymaga elastycznego podejścia. Zresztą, jak już mówiłem, nie tacy próbowali.

– To znaczy?

– Pomyśl, ile lat mają te dwa staruchy, a ile my? Gdy tu nastaliśmy w latach osiemdziesiątych, miejscowa milicja miała za sobą już pół wieku walki z tymi popierdolonymi dziadami. Nie dali się sanacji, hitlerowcom, enkawudystom i ubekom, a ty myślisz, że taki szczawik świeżo po szkółce zdoła tu coś ugrać?

– Jeszcze jedno. Nawet gdybyśmy chcieli ich przyskrzynić i zdobyli dowody winy, to wnuk Wędrowycza przysyła firmowego adwokata z tej swojej korporacji i pozamiatane. Sprawa kończy się, zanim się w ogóle rozpoczęła...

– Korporacji?

– Ano właśnie. Facet jest inżynierem informatykiem. Podobno zarobił miliony, odkrył niesamowitą niszę rynkową, zaczął pisać gry na aparaty fotograficzne i kamery.

– Coś tam o tym słyszałem piąte przez dziesiąte – przyznał Jaworski.

– No, sam rozumiesz: duży kolorowy wyświetlacz, czasem większy niż w telefonie. Masa przycisków, których można użyć do sterowania... U nas to jeszcze mało popularne, ale na Zachodzie hicior sezonu... Koleś kasy ma jak lodu i nie da dziadkowi krzywdy zrobić, milioner kopany. Semena też lepiej nie wkurzać. To ten w papasze. Gadają, że pamięta wojnę w Mandżurii. Widziałeś, jaką ma księgę?

– Ten zbiór norm ISO?

– Taaaa... Kuje się tych bzdur na pamięć, pieprzony terrorysta. Takie ma hobby. A potem wydziwia, że nam się drzwi na posterunku otwierają w złą stronę. Albo smaruje donosy na nas do Brukseli. Dobrze, że listonosza przyłapaliśmy kiedyś z nieletnią i nie zrobiliśmy sprawy. Ma wobec nas dług wdzięczności, więc te wszystkie listy idą od razu do pieca.

Praktykant długo trawił usłyszane informacje.

– Ale przecież ktoś musi coś zrobić. – Omal się nie rozpłakał.

– Masz jakiś pomysł?

– Nie można tolerować...

– To nie jest pomysł.

– Ale nie można...

– Można i trzeba – warknął Birski. – To pewna symbioza, jak w przypadku porostów. Grzyby i glony razem porastają i kruszą kamień... Dzięki tym dwu świrom nie znajdziesz u nas złodziejstwa, dresiarstwa, kiboli, mafii ani żadnych subkultur czy sekt. Ci kolesie mają silnie rozwinięty zmysł terytorialny. Nie tolerują na swoim terenie żadnych elementów psujących im humor. A dla nas to lepiej. Na przykład pięć lat temu był tu taki jeden złodziejaszek, a teraz go nie ma. Mniej roboty dla nas.

– Co się z nim stało?

– Po staropolsku problem rozwiązany. Wędrowycz z kumplem odrąbali mu łapę. Przynajmniej tak się domyślamy... Znaleźliśmy go w polu wykrwawionego. Znaczy uciekł bez ręki i tak szybko spierniczał, że zapomniał opatrzyć...

– Ale takich rzeczy nie można tolerować! Bo po prostu nie można! – upierał się młody.

– Ty, Jaworski, nie wiesz, jak ważny jest dla społeczności lokalnej święty spokój! Nawet jeśli to jest spokój taki trochę cmentarny.

– Tyle dobrze, że już tylko dwóch ich zostało – odezwał się Rowicki. – Bo wiesz, młody, kiedyś łazili we trzech, jeszcze z tym starym świrem Józefem Paczenką. Wtedy tyle się działo, że milicji trudno było wyrobić...

– Ten to był agregat. – Birski pokiwał głową. – Wszystkie najdziksze i najgłupsze pomysły to była jego inwencja. A i rękę miał ciężką. Mieszkał na krzyżówkach, tam gdzie teraz hurtownia. Też straszny dziad. W dodatku ślepia miał takie dziwne, z pionową źrenicą. Strach ogarniał, jak tylko spojrzał człowiekowi w oczy.

– Umarł?

– Ktoś go dopadł. Rzeźnia... Trzech usiekł szablą. Cholera wie co za jedni, dokumentów nie mieli, ale muskulatura jak na posągach. Na komandosów wyglądali.

– Dwa dni tę sprawę prowadziliśmy, potem przyjechali ubecy z Warszawy i wszystko utajnili – dodał z żalem Birski. – Tak czy inaczej, dziś to już lajtowo... Bo trzech takich, jak tych dwóch, to było już znacznie za dużo...

Młody potrząsnął głową. To, co gadali ci policjanci, było z pozoru kompletnie bez sensu, a jednak czuł, że nie robią go w balona, że tu naprawdę tak jest.

– Mamy jeszcze na dziś jakieś plany? – dyplomatycznie zmienił temat.

– Taaa... Norma mandatów na ten miesiąc niewyrobiona. Trzeba się gdzieś zasadzić i trochę powlepiać... Ale to już my chyba musimy sami.

– Chętnie pomogę...

Starzy gliniarze westchnęli ciężko, ale nie bardzo umieli wymyślić, jak spławić praktykanta.

– Niech będzie – powiedział Rowicki. – Tylko żadnego skamlania!

Birski z Rowickim ustawili się w ulubionym punkcie obok cmentarza. Zdjęli ze słupka stary znak ograniczenia prędkości i zawiesili na jego miejsce własny – wydobyty z bagażnika. Bardzo podobny, ale trochę inny. Na zardzewiałym słupku kilkadziesiąt metrów dalej zawiesili jeszcze jeden.

– Wszyscy są przyzwyczajeni, że tu wolno gazować siedemdziesiąt kilometrów na godzinę – wyjaśnił Birski. – Fiku-miku i zamiast siedemdziesiąt jest trzydzieści. Z drugiej strony, zobacz, ludzie idą tędy na cmentarz, a my rach-ciach i robimy tu drogę wyłącznie dla aut. Pobocze błotniste, ludzie omijają kałuże, włażąc na asfalt, a wtedy są nasi.

– Ale chyba nie wolno samowolnie zmieniać znaków drogowych? – zdumiał się młody.

– Będziesz, Jaworski, w naszym wieku, to zrozumiesz, że policja musi czasem stosować metody pozaregulaminowe.

– Ja to rozumiem, ale te metody pozaregulaminowe powinny służyć poważnym celom, zwalczaniu przestępczości czy coś w ten deseń, a nie wyrabianiu normy mandatów – oburzył się chłopak.

– Ech, dzieciaku – westchnął Rowicki. – Sam chwilę pomyśl. Musimy wlepiać określoną liczbę mandatów.

– No tak...

– Wlepimy mniej, to natrą nam uszu i budżet państwa straci. Jak budżet straci, to niedobrze, bo będzie mniej kasy na zwalczanie przestępczości.

– No, niby tak...

– Jest jeszcze druga strona medalu – dodał Birski. – Zobacz, jaki tu marny ruch. Gdybyśmy zabrali się do tego lepienia mandatów normalnie i wedle regulaminów, tobyśmy przez cały miesiąc polowali na łamiących przepisy. Trzydzieści dni byśmy musieli tkwić! No i kto wtedy zadbałby o życie i bezpieczeństwo osady?

– A tak, tyci-tyci nagniemy zasady, ale miesięczną normę wyrobimy jednego dnia. Budżet ma pieniądze, komenda wojewódzka ma porządek w statystyce, a my mamy czas na uprzykrzanie życia Bardakom, Wędrowyczowi i innym „kwiatkom".

– Ale mówili panowie o symbiozie z tym typkiem. – Jaworski zgłupiał już do reszty.

– Symbioza tak, ale spoufalanie się to już by była przesada – wyjaśnił posterunkowy.

Młody nie wyglądał na przekonanego. Birski westchnął ciężko. Tracił już cierpliwość.

– Jesteś tu na praktykach, to patrz i ucz się milicyjnej, to znaczy policyjnej roboty... Oto nasz pierwszy klient. Zaraz go skasuję na pięć dych.

Praktykant spojrzał. Drogą nadchodził chłopina, prowadzący na łańcuchu krasulę.

– Za co niby mamy go skasować?! – zdumiał się młody. – Idzie przepisowo, krowa też prowadzona na łańcuchu, jak trzeba.

– Przepisy też można stosować elastycznie – pouczył go Rowicki.

Birski dziarskim krokiem ruszył, by przeciąć chłopu drogę.

– Dzień dobry, obywatelu Gziuk. Co to za zwierzę? Wasze?

– No, moja krowa, panie komisarzu... – Rolnik zrobił rachunek sumienia i poczuł się nieco pewniej. – Krowa nie musi być podkuta, by można ją było prowadzić szosą.

– Widzę, że zakolczykowana. Czyli posiada dokumenty tożsamości? Proszę okazać jej paszport.

– W domu jest, w szufladzie... Przecież krowa nie ma obowiązku nosić papierów, bo niby jak? Kieszeni nie ma... – Chłop miął czapkę w dłoniach.

– Ale na polecenie organów ma obowiązek je okazywać. W dodatku, z tego, co widziałem, przed chwilą się zatrzymaliście, obywatelu – głos Birskiego ciął jak brzytwa. – Wtedy wasza krowa trawę skubała.

– No to co? – zdziwił się chłopina. – Krasula też stworzenie boże, czasem bywa głodna. Żałujecie jej tych badyli czy jak?

– Nie dyskutujcie z patrolem. Widzę tu dwa poważne wykroczenia. – Birski wyjął bloczek i zaczął wypisywać mandat. – Wycinka bez zezwolenia roślinności w pasie drogi wojewódzkiej oraz karmienie zwierzęcia roślinnością nietrzymającą norm zawartości ołowiu przewidzianych dla paszy. Przyznajecie się?

– O Jezu... Ale ja to mleko i tak oficjalnie wylewam, bo limity produkcji mlecznej...

– A po cichu przerabiacie i handlujecie potem masłem i serem. No dobra, to wylewanie przyjmuję jako okoliczność łagodzącą. W dodatku widzę, że łańcuch nie ma atestu. Czy zdajecie sobie sprawę, że prowadząc krowę, stanowicie kolumnę pieszą?

– Eeee...

– Początek i koniec powinny być oznakowane co najmniej światełkiem odblaskowym. Ale to też pominę. Czy przyjmuje pan mandat na kwotę pięćdziesięciu złotych?

– A jakbym tak nie przyjął? – pisnął chłopina, strzelając oczami na boki.

– Sąd grodzki – głos Rowickiego brzmiał grobowo. – Tylko że wtedy lista zarzutów będzie na pięć lub sześć punktów. Wlepią wam ze trzy stówy grzywny, fakt skazania zostanie w papierach, no i do Chełma trzeba będzie kilka razy jeździć na rozprawy i przesłuchania. A jak jeszcze zaczną przy tym węszyć i grzebać, to się dokopią masła i sera...

– To ja poproszę mandat!

Birski wypisał zręcznie blankiet, po czym w podskokach pognał za paniusią, która prowadziła na smyczy ratlerka.

– A ją za co?! – zdziwił się Jaworski, widząc, że szef wypisuje już kolejny mandat.

– Psy należy wyprowadzać w kagańcu – przypomniał praktykantowi Rowicki. – No i widzisz, młody, tak się te sprawy załatwia.

Praktykant nic nie powiedział, ale minę miał potwornie zdegustowaną.

– Trzy wykroczenia, dwa mandaty, a stówa do budżetu państwa – mruknął posterunkowy zadowolony. – Złapmy jeszcze kogoś i fajrant.

– Ty zobacz, Iwaszko furą jedzie. – Rowicki wskazał na szosę. – Uwaga, zauważył nas, ucieka!

– A to gad! Do radiowozu.

Po chwili, rycząc syreną i błyskając światłami, dogonili furmankę. Młody wytrzeszczył oczy. Dychawiczny konik ciągnął nieprawdopodobnie stary wóz, wyposażony w drewniane koła z żelaznymi obręczami. Zajechali mu drogę. Chłop zatrzymał się, zrezygnowany.

– No cóż, obywatelu Iwaszko, będzie mandat – warknął Birski.

– Za co tym razem? – jęknął nieszczęśnik.

– Łyse opony, obywatelu. – Birski przeciągnął palcem po stalowej obręczy koła. – Tu nie ma nawet śladu bieżnika. Czy przyjmujecie mandat na sto złotych?

– Ale to od nowości takie gładkie było... Jeszcze świętej pamięci dziadek kupił...

– Iwaszko, ja nie chcę tego nawet słyszeć! Po starej znajomości radzę, zamknijcie buzię na kłódkę i nie pogarszajcie swojej sytuacji. Złapałem was za to wykroczenie teraz i to jest pierwszy raz. Jakbyśmy mieli podliczać wykroczenia, poczynając od waszego dziadka, to w życiu się nie wypłacicie, a i w bloczku nie mam tylu blankietów.

– Przyjmuję mandat – jęknął chłopina.

Ruszyli do miasteczka.

– Ogólna zasada jest taka: jak chcesz wyrobić normy, to nie ma się co patyczkować – tłumaczył posterunkowy praktykantowi. – Jest człowiek, to i paragraf się znajdzie. Zwłaszcza że przepisów kretyńskich nawymyślano całą masę, wiele wyklucza się wzajemnie, człowiek często nawet nie wie, że coś łamie... A my go wtedy cap.

– Ale to bez sensu...

– Nie łam się, po trzecim przywykniesz, po tuzinie polubisz!

Zajechali jeszcze na posterunek uzupełnić wpisy. Birski i Rowicki ściągnęli czarne mundury policyjne i założyli stare, nieco sprane, stalowobłękitne uniformy milicyjne.

– Eeee? – zdumiał się chłopak.

– To na po służbie i do chodzenia po domu – wyjaśnił posterunkowy. – Wygodne, no i przywykł człowiek... W dodatku tubylcy też przywykli do tego widoku. Kiedyś milicjant to był ktoś. Nienawidzili, ale się bali. Obecnie policji już się tak nie szanuje. Ludziom się wydaje, że jesteśmy jakąś służbą porządkową. Byle jaki problem i dzwonią, żeby dupę zawracać, żądają interwencji, w dodatku czasem znają swoje prawa, kopani intelektualiści. A tak przejdziemy się raz i drugi w milicyjnych mundurach po wsi i zaraz plebs widzi, że dawne, lepsze czasy wcale nie minęły tak bezpowrotnie, i od razu czuje dawny respekt.

– No i pały kiedyś były lepsze – westchnął Rowicki, przypinając do paska oręż godny zomowca. – Pomacaj, młody, to łańcuch z ołowiem, a na nim uczciwa guma. Prawdziwa poezja, nie to, co teraz. Dawniej człowiek raz walnął i prawie trup. Teraz okładasz delikwenta, okładasz, a efekt mierny. Chcesz poczuć się jak prawdziwy glina, pozwolimy ci normalny mundur przymierzyć...

Praktykant nie chciał. Umówili się na kolejny dzień i rozstali. Piotr Jaworski poczłapał na kwaterę. Po drodze minął knajpę. Przez chwilę zastanawiał się, czy nie zajść i nie strzelić sobie piwa na uspokojenie nerwów.

– Należy mi się! – podjął męską decyzję.

Wszedł po trzech betonowych schodkach. Pchnął drzwi. Najpierw uderzyła go niczym młot woń brudnych skarpetek, tanich petów i skwaśniałego piwa. Potem nos zawiązał się w supeł od zapachu jakiejś potrawy smażonej na zjełczałym smalcu. Oczy zapiekły, potraktowane zawiesiną dymu tytoniowego i kuchennego. Zamrugał i rozejrzał się. Za kontuarem królował barman – ponury typ o zwalistej sylwetce. Łapy kowala poznaczone były jasnymi kreskami blizn. Łysa czacha ozdobiona odstającymi uszami lśniła w świetle żarówki. Słysząc otwierane drzwi, oderwał wzrok od patelni. Zmierzył wchodzącego spojrzeniem i jakby ostrzegawczo pokręcił głową. Od stolików odwróciły się mordy niczym z najgorszych koszmarów sennych. Praktykant przez woal gryzącego dymu spostrzegł jeszcze w kącie znajomą papachę i równie znajomą czapkę uszankę. Tubylcy w zasadzie zachowywali się neutralnie, ale ich zapach i wygląd sprawiły, że myśl o piwie natychmiast wywietrzała mu z głowy.

Wycofał się rakiem. Na szczęście nikt go nie ścigał. Doczłapał do chaty, w której miał wynajęty pokoik. Zjadł dwie kanapki. Wrażenia tego dnia runęły na niego niczym wielka fala.

– O ja pierniczę, gdzie ja, u diabła, trafiłem?! – jęknął. – Co to za okolica popierdolona?! I w dodatku od tych dwu pieprzonych zomowców mam się uczyć, jak być gliniarzem? Myślałem, że w policji po upadku komuny była weryfikacja i nie ma już w naszych szeregach miejsca dla takich... – zaczął szukać w myślach odpowiednio zoologicznego określenia, ale nic nie przyszło mu do głowy.

Wypił zimną herbatę, wziął szybki prysznic i zaległ pod kołdrą. Sen nadszedł szybko...

W ciemności zaskrzypiała deska podłogi. Piotr obudził się natychmiast. Instynkt podpowiedział mu, że ktoś zakradł się do jego pokoju. Sięgnął po pistolet, ukryty pod poduszką, ale już było za późno. Napastnicy, mimo ciemności, działali szybko i sprawnie. Ktoś przydusił go do materaca. Ktoś inny ciężką łapą zasłonił mu usta.

– Spokojnie, gliniarczyku, chcemy tylko pogadać – usłyszał. – Zamknij oczy, zapalamy światło.

Zabłysła żarówka. Łapa, która go kneblowała, znikła, uścisk zelżał. Praktykant powoli uchylił powieki. Sądził, że dopadli go Wędrowycz i Korczaszko, ale ku swojemu zdumieniu ujrzał w pokoju co najmniej piętnastu nieznanych sobie wiejskich dziadów. Choć w różnym wieku – wszyscy byli do siebie zaskakująco podobni. Niechlujnie ubrani, niedogoleni. Na głowach nosili szopy zmierzwionych włosów. Ich ubiór wskazywał, że zaopatrują się w szmateksach i w pogoni za wygodą nie przywiązują większej wagi ani do mody, ani do zasad dobierania kolorów.

– Izydor Bardak – przedstawił ten w wyświechtanym garniturze, założonym na flanelową koszulę w kratę. – Musimy pogadać...

– Jesteście wszyscy aresztowani! – Młody policjant wyciągnął pistolet spod poduszki, przeładował i wycelował. – Macie prawo... Diabła tam, czynna napaść na funkcjonariusza w toku, nie macie żadnych praw!

– Odłóż, gówniarzu, tę pukawkę – polecił Izydor i strzelił palcami.

Dwaj goście stojący przy drzwiach odchylili poły spranych płaszczy i unieśli do strzału pepesze.

– Jak już mówiłem, chcę pogadać – warknął przybysz. – Nie utrudniaj...

Młody popatrzył na połyskujące ponuro lufy, spojrzał na swój pistolet. Broń napastników była niby wiekowa, ale dobrze utrzymana. Czytał kiedyś o testach porównawczych pepeszy i współczesnych pistoletów maszynowych. Sowiecki wynalazek oceniono wtedy jako „stary, ale jary". Skalkulował szanse i zawstydzony schował służbową spluwę z powrotem pod poduszkę.

– A o czym panowie chcą pogadać? – zapytał ostrożnie.

– Wędrowycz otruł cię jakimś zajzajerem... Tak się składa, że i my mamy z nim pewne zaszłości.

– Skąd wiecie, że mnie otruł!?

– To jest wieś, tu złe wieści szybko się rozchodzą. Birski i Rowicki to od czasów komuny zakały milicyjnego, a potem policyjnego munduru – wyjaśnił nestor rodu Bardaków. – Obaj tkwią tu od lat. Nie dostają awansów, nie przenosi się ich do ciekawszej służby, nie załapali się do roboty w mieście... Ale jak ich niby mają awansować, skoro jedyne, co im w miarę dobrze idzie, to wystawianie mandatów? A sam widziałeś, jak robią wynik... Przecież to parodia policyjnej roboty.

– No dobrze, ale czego panowie ode mnie oczekują? – nie zrozumiał praktykant.

– Na tych dwóch nie mamy co liczyć. Ale społeczność lokalna, której jesteśmy wysłannikami, rozpaczliwie oczekuje szeryfa z prawdziwego zdarzenia, takiego, co przywróci w tej zapomnianej przez Boga i ludzi osadzie prawo.

– Eee...

– To byłoby wspaniałe zwieńczenie stażu i niezły początek błyskotliwej policyjnej kariery – dodał jeden z młodszych członków klanu.

– Ale ja... Ja dopiero zaczynam, nie wiem, co i jak...

– Pomożemy, po to tu przyszliśmy. Trzeba przyskrzynić Wędrowycza – wyjaśnił Izydor. – Albo za coś konkretnego, albo zmontować prowokację, która trwale oddzieli go od krajobrazu naszego miasteczka.

– Trwale oddzielić... A, znaczy, żeby go wsadzili do ula?

– Nie pogardzimy też ostatecznymi metodami pozbycia się tego wrzodu. Zabity w obronie własnej podczas napaści na funkcjonariusza albo zastrzelony podczas próby ucieczki... – Twarz wodza bardackiego plemienia rozciągnęła się w marzycielskim uśmiechu.

– Że niby co!?

– Należy mu się! Zabił nam dwunastu krewnych. Ja przeżyłem, bo mam trzynasty numer na liście do rozwałki – wyjaśnił Izydor. – Wędrowycz na szczęście wierzy we wszelakie zabobony... Nie ma odwagi podnieść na mnie ręki.

– Pozabijał taką masę ludzi i chodzi na wolności!? – wykrztusił gliniarz.

– Niczego mu nie udowodniono, wielu ciał nigdy nie udało się nawet odnaleźć. Ale to on, no bo kto inny.

– A za co was zabija?

– Za nazwisko.

– Że co?

– Nie podoba mu się nasze nazwisko. On oczywiście twierdzi, że Wędrowycze żyją tu od średniowiecza, ale prawda, którą przekazali nam nasi pradziadowie, jest inna. Było to tak w połowie dziewiętnastego wieku. Wszedł carski ukaz, że każdy człowiek powinien posiadać imię i nazwisko. U nas zrobiono to tak, że po niedzielnej mszy wszyscy, którzy nie mieli nazwisk, musieli stawić się na dziedzińcu pałacu i nasz dziedzic ze swoim bratem nadawali, a gminny pisarz notował i zaraz dawał pokwitowania. Robota była niełatwa, to się obaj panowie wzmacniali winkiem i wódeczką, żeby wspomóc wyobraźnię. Szli do stolika jaśniepanów ludzie wioskami. Ci z Wojsławic dostali jeszcze w miarę normalne, ale im dalsza wieś, tym dziwniejsze nazwiska... Aż przyszła kolej na nas. Nasz przodek był dziadem odpustowym wędrującym od wsi do wsi. Przodek Jakuba był lokalnym awanturnikiem, który sprzedawał samogon i biesiadował w knajpach.

– Chcecie powiedzieć, że...

– To my powinniśmy się nazywać Wędrowycze, a oni Bardaki. Tylko dziedzic się pomylił. Od tamtej pory wojna na śmierć i życie. My ich, a oni nas. Przepowiednia starej Cyganki mówi, że u kresu czasów pozostanie tylko jeden Bardak i tylko jeden Wędrowycz.

– I wtedy zamienicie się nazwiskami i będzie spokój? – domyślił się gliniarz.

– Nie. Wtedy ci ostatni stoczą epigońską walkę na śmierć i życie, a przeżyje tylko jeden.

Jaworski zamyślił się głęboko.

– Pierwszy kwietnia był już dawno temu – mruknął. – Znaczy się wy tak na poważnie?

– Całkowicie poważnie – zirytował się Izydor.

Praktykant przymknął oczy. W głowie mu się kręciło. Dziwaczna legenda, idiotyczna przepowiednia, dwa skonfliktowane rody... W ogóle to się nie kleiło do kupy. Z Wędrowyczem miał swoje porachunki, ale myśl o wejściu w sojusz z tymi całymi Bardakami kompletnie mu się nie uśmiechała. Z drugiej strony, jakieś poważne osiągnięcie podczas stażu... Nie brzmiało to głupio. No i jeszcze utarłby nosa tym dwu starym milicyjnym przeżytkom...

– Jak niby mielibyśmy zmajstrować taką prowokację? – zapytał.

– Myśleliśmy nad tym codziennie przez ostatnie pół roku i wymyśliliśmy. Można wsadzić Wędrowycza za narkotyki – podsunął Izydor.

– A handluje nimi, czy może zażywa? – zaciekawił się Jaworski.

– Raczej nie, bo to konserwatysta. Nie uznaje nowocześniejszych używek. Wali samogon, popija kawą zbożową, ale nawet petów nie pali... Ale taką prowokację łatwo zmajstrować. Tak się składa, że wymyśliliśmy coś odpowiedniego.

Wyciągnął zza pazuchy słoik. Wisiała w nim torebka strunowa, fachowo zaczepiona naciągniętymi nitkami.

– Nie kapuję? – pokręcił głową gliniarz.

– To jest torebka. Podobna do tych, w których dilerzy trzymają towar. Tak się składa, że są na niej odciski palców Wędrowycza i jego kumpla Semena – wyjaśnił uroczyście Izydor Bardak. – Wystarczy napełnić ją odpowiednim proszkiem i podrzucić temu dziadowi.

– Jak to zdobyliście!? – zdumiał się Jaworski.

– Ten dziadyga zdjęcie prawnuka dostał. Zabezpieczone takim czymś. W knajpie pokazywał, a torebkę zapomniał zabrać... Została na stoliku, a my ją cap. I tylko czekaliśmy okazji, żeby się przydała...

Praktykant poskrobał się po głowie.

– No ale skąd weźmiemy najważniejszy dowód rzeczowy, czyli odpowiedni narkotyk? – Bezradnie rozłożył ręce.

– Narkotyki są. Cały kilogram. Zupełnie niedaleko i bardzo łatwo je zdobyć. W magazynie dowodów rzeczonych pod posterunkiem. Musisz zaiwanić klucz z szafki, zejść na dół, przesypać ostrożnie łyżką z pięćdziesiąt albo i sto gramów. No, ile się zmieści.

– Ja?!

– Kto niby inny? Potem ktoś z naszych podrzuci to Wędrowyczowi i napiszemy donos. Pójdziecie robić rewizję, znajdziecie... Birski tak grubej afery nie zamiecie pod dywan. Wezwiecie narkotykowych z Lublina. Oni załatwią resztę.

Praktykant zamyślił się głęboko. Wprawdzie to, co proponowali, było ewidentnym złamaniem wszelkich możliwych przepisów i regulaminów, ale z drugiej strony efektem końcowym powinien być wyrok skazujący i odsiadka dla tego całego Wędrowycza i jego równie koszmarnego kumpla. Jaworski wyobraził sobie, jak cała okolica odetchnie z ulgą, gdy ci dwaj znikną na dłuższy czas... Tak, zdecydowanie gra warta była świeczki.

– Dobrze by było, żeby nasi gliniarze nie nabrali podejrzeń – powiedział Izydor. – Przyłóż się jutro do policyjnej roboty, to uśpi ich czujność.

– No cóż, mogę spróbować... – westchnął ciężko Jaworski.

Parszywe mordy przyozdobiły się w szerokie, choć nieco bezzębne uśmiechy. W oczach Bardaków zabłysły iskierki. Trudno tylko ocenić, co tak lśniło: żądza mordu czy nadzieja.

Piotr Jaworski, ubrany w odprasowany mundur i koszulę, pojawił się pod drzwiami posterunku kwadrans przed otwarciem. Birski nadszedł po chwili, ziewnął i nieco pordzewiałym kluczem otworzył drzwi. Weszli do wnętrza.

– Jakie zadania na dzisiaj? – zaciekawił się praktykant.

– Żadnych konkretnych. Jeśli poczta poranna nie przyniesie żadnych donosów, to przejdziemy się na patrol, zobaczysz przy okazji nasze, hłe, hłe, zabytki. A na razie muszę na klopa, bo już na brązowo widzę – powiedział Birski. – Pilnuj i nikogo nie wpuszczaj. Nie, co ja bredzę. Wpuszczaj każdego, kto się nawinie... Tam masz maszynę do pisania, jak zechcą składać zeznania, to notuj, a jak czego innego chcą, to też notuj. Wracam za kwadrans, no może pół godziny.

Wyjął ze służbowej szafki komiks o krasnoludach i zamknął się w ubikacji.

Jaworski uchylił ostrożnie drzwiczki szafki z kluczami. Wyszukał ten od magazynu dowodów rzeczowych. Zbiegł na paluszkach do piwnicy. Magazyn był zaplombowany, ale praktykant, obejrzawszy paski, odkrył, że od dawna przyklejane są na ślinę... Odlepił je zręcznie, otworzył stalowe wrota i zajrzał do środka. Na zbitych z dech regałach leżały wszelakie możliwe różności. Jakieś telewizory z lat osiemdziesiątych, wędki, potrzaski, noże, siekiery... W kącie stały pordzewiałe karabiny z pierwszej wojny światowej. Był nawet kij bejsbolowy – prawdopodobnie ukraiński – powypalany w huculskie wzorki. Lśniły rzędy kryształowych wazonów...

Praktykant rozglądał się wokoło coraz bardziej nerwowo. Gdzieś tu powinien być sejf albo szafka pancerna na najcenniejsze „fanty" – spodziewał się, że narkotyki będą właśnie tam. Ale nieoczekiwanie spostrzegł, że spora foliowa torba leży po prostu na regale. Podszedł i sprawdził metryczkę.

„Narkotyk znaleziony na targu po nalocie na przemytników spirytusu" – głosił napis nabazgrany na papierku.

Młody pospiesznie rozsupłał supeł i ostrożnie powąchał proszek. Charakterystyczna woń apteki i makowego pola uderzyła go w nos. Heroina była raczej marnej jakości, ale i tak można byłoby nią naćpać całą gminę. Jaworski wyjął z kieszeni łyżkę i przesypał część proszku do torebki z odciskami palców Jakuba.

– Teraz nam, dziadygo, zaśpiewasz jak kanarek – mruknął. – Przez następne pięć lat nafikać to będziesz mógł co najwyżej kumplom pod celą...

Zatarł ślady buszowania, zamknął magazyn i przylepił plomby. Pobiegł na paluszkach na górę i ukrył torebkę z narkotykiem w swojej raportówce. Odetchnął z ulgą. Zdobycie dowodów obciążających przebiegło zaskakująco gładko. Birski wynurzył się z kibla po dalszych dziesięciu minutach. Odłożył komiks do szafki Rowickiego.

– Chodź, młody, przejdziemy się po miasteczku i wlepimy trochę mandatów.

Ruszyli.

– Tu jest nasz kościół parafialny, perła renesansu lubelskiego, choć fasada jest raczej barokowa, ale tym się nie przejmuj, bo przebudowano ją na taką dopiero w połowie dziewiętnastego wieku.

Młody pokiwał głową. Świątynia wyglądała bardzo sympatycznie.

– Dzieje policji w Wojsławicach sięgają czasów carskich – posterunkowy płynnie wszedł w rolę przewodnika. – Zasadniczo w tamtej epoce nasi poprzednicy, choć służyli niesłusznej władzy, dbali o zachowanie prawa i porządku... O, na ten przykład chronili pomnik. – Wskazał obelisk zwieńczony postacią Tadeusza Kościuszki. – Dawniej był to pomnik cara Aleksandra Drugiego. Tam, gdzie jest taki owal zasmarowany cementem, była nisza, a w niej medalion z żeliwa z popiersiem cara. Tylko że po odzyskaniu niepodległości popiersie cara wyrwano i utopiono w kałuży, a ludziska zrobili zrzutkę, by na postumencie wystawić figurę Matki Boskiej.

– Hmmm... – Praktykant łypnął na Kościuszkę.

– Pieniądze wręczono ówczesnemu wójtowi, Feliksowi Ochęduszce. Pojechał do kamieniarza do Chełma, ale zamiast kupić, co kazano, wykazał się tak zwaną inicjatywą własną... Ale dla nas to może i lepiej. Dobrzy ludzie tu żyją, cara nie lubili, ale Kościuszce przecież krzywdy nie zrobią. Choć Najświętszą Panienkę też by przecież uszanowali.

– Czyli kiedyś policja chroniła ten pomnik, a teraz już nie musi chronić...

– Ano właśnie, kłopot z głowy – zarechotał Birski. – A tam widzimy ratusz. Wprawdzie nie jest zabytkowy, ale za to piękny i wielki.

– No faktycznie – przyznał praktykant.

W tej chwili dogonił ich Rowicki.

– Dobra, starczy zwiedzania, młody, do roboty. Do południa wystawisz dziesięć mandatów. Rozejrzyj się i zasuwaj. A my popatrzymy, ocenimy...

Praktykant w pierwszej chwili poczuł lekką panikę, ale potem zacisnął zęby. Rozejrzał się i zaraz spostrzegł dwóch miejscowych palących papierosy pod wiatą przystanku PKS. Ruszył dziarskim krokiem w ich stronę.

– Dzień dobry, widzę tu palenie pod zadaszeniem, proszę naszykować dowody osobiste. Zostają panowie ukarani mandatami po pięćdziesiąt złotych.

Obaj wieśniacy wytrzeszczyli oczy, a potem ryknęli serdecznym śmiechem. Naraz urwali. To Birski nadszedł, klepiąc się tonfą po cholewce oficerek.

– No Puchalski, Osiński, może opowiecie mi, co was tak rozbawiło? – warknął. – Której części polecenia nie zrozumieliście?

– Ale my...

– Nie słyszeli? Dwa mandaty po sto pięćdziesiąt.

– Ale miało być tylko... – zaczął ten wyższy.

– Młody dawał wam szansę, po kija złamanego stawialiście opór przy legitymowaniu? A może wolicie sąd grodzki? Tylko wiecie, wtedy do materiału dowodowego będzie trzeba dołączyć tę butelkę po piwie, którą skitraliście pod ławkę... No i na przesłuchania trzeba będzie jeździć do Chełma.

Obaj wieśniacy, mamrocząc pod nosem, wydobyli dokumenty. Praktykant wypisał im po mandacie. I ruszył dalej.

– Bardzo ładnie ci poszło – pochwalił Rowicki. – A tym, że się śmiali, nie przejmuj się. To jak z kobyłą. Wsiadasz na konia, od razu wie, czy jesteś doświadczonym jeźdźcem. Brak ci policyjnej postawy i takiego spiżowego tonu głosu, który sprawia, że zatrzymanym od razu odechciewa się kozaczyć. Ale to przyjdzie z czasem. Do wystawienia jeszcze osiem...

Ale młody już cwałował w stronę babiny, której jamnik obsikiwał rabatkę przed ratuszem.

– Ma smarkacz dobre gliniarskie oko – pochwalił Birski. – Tak się krygował na ostatniego sprawiedliwego, a teraz zobacz, jak się rozochocił.

– Trochę za bardzo zakochany w przepisach i regulaminach, ale będzie z niego dobry milicjant... To znaczy policjant – pokiwał głową jego podkomendny.

– Swoją drogą, gryzie mnie sprawa tej wczorajszej krowy. Jak myślisz, czy idąc szosą, nie powinna przypadkiem być podkuta?

Rowicki zadumał się.

– Hmm... To chyba zależy od tego, czy krowa jest zwierzęciem pociągowym – wyraził swoje zdanie.

– Czyli możemy za to wypisywać, bo po pierwsze, jak idzie przodem, to przecież w pewnym sensie ciągnie właściciela na łańcuchu... A po drugie, wołów używano do orki, a przecież wół to wykastrowany byk. Byk to ten sam gatunek, co krowa!

– Szefie, jesteś geniuszem!

Młody ganiał po miasteczku jak kot z pęcherzem. Obaj starzy wyjadacze to i owo musieli mu podpowiedzieć, ale uczciwie przyznali, że przykłada się do roboty jak mało który praktykant wcześniej. Zmęczeni i rozleniwieni słoneczkiem nawet nie zauważyli, że ich podopieczny zostawił w umówionym miejscu torebkę ukraińskiego narkotyku...

Nad miasteczkiem wstawał środowy poranek. Tego dnia Jaworski miał stawić się na posterunku nieco później. Birski polecił mu, żeby wcześniej przeszedł się po placu targowym i zobaczył, jak wygląda tradycyjny wiejski jarmark...

No i teraz szedł, gapiąc się wokoło jak wół na malowane wrota. Na targu sprzedawano rozmaite różności. Część towarów był w stanie zidentyfikować – sznurek do snopowiązałki, zęby do bron, radlice do pługów, klatki do trzymania drobnego inwentarza... Jeden z handlarzy rozłożył na plandece ogromny stos używanych butów, inny zachwalał drelichy robocze. W klatkach gęgały małe gąski, piszczały kurczęta. Tandetne chińskie zabawki raziły oczy pstrokatymi barwami i migającymi diodami.

Oczywiście czujne oczy handlarzy spostrzegły obcą twarz. Ukraińskie babuszki czym prędzej poukrywały „sztangi" papierosów oraz flaszki ze spirytusem. Praktykant obszedł plac dwukrotnie, nie natrafiając na żaden zakazany towar, więc wzruszył ramionami i podreptał na posterunek.

– Piotr Jaworski melduje się na służbie.

– Spocznij – mruknął Birski. – Siadajcie tam sobie w kącie, jest świeża gazeta, poczytajcie, co się w powiecie dzieje... Wyciągnijcie wnioski, czym prowincja różni się od tak zwanego wielkiego miasta.

Praktykant zaczął przeglądać lokalne gazety. Dowiedział się, że nastolatek pogryzł szwagra, wnuczek zgwałcił babcię, a ciotka lesbijka idzie do mamra za uwodzenie nieletniej siostrzenicy. Dwaj pijaczkowie pobili się o pięćdziesiąt groszy i jeden stracił przy tym oko. Odbyło się też kilka bójek zbiorowych na zabawach i dyskotekach oraz parę niezwiązanych z imprezami. Na kolejnych stronach znalazł informacje o licznych wypadkach śmiertelnych związanych z autami i alkoholem, wybuchach butli gazowych, pożarach oraz kradzieżach.

Opisano też „biznesmena", który zakupił kontener używanej odzieży na handel, a z braku odpowiednich pomieszczeń składował ją na polu, przykrytą plandeką. W hałdzie zagnieździły się szczury, a gdy się rozmnożyły, ruszyły na podbój okolicznych gospodarstw.

– No i co powiesz? – Szef siorbnął kawy.

– Całkiem jak u nas, tylko wybuchów butli więcej. No i w mieście nikt nie kradnie kur ani kaczek. Ale reszta niemal identyko. Korupcja, złodziejstwo, pijaństwo, porubstwo...

– No i sam popatrz, młody, w całym powiecie zadyma, a w naszej gminie święty spokój. Bandyci tu nie zaglądają, bo się boją, a lokalnych zadymiarzy glanują Wędrowycz z kumplami i Bardaki. No i każdy w okolicy wie, że jak będzie rozróba na zabawie, to przyjedziemy ja z Rowickim i zrobimy spokój metodami niekoniecznie regulaminowymi... – Birski zarechotał wesoło.

Zaszedł listonosz, przyniósł korespondencję. Birski przeselekcjonował ją zręcznie, reklamy wywalił od razu do kosza.

Dłuższą chwilę dumał nad jedną kartką, wreszcie rozzłoszczony cisnął ją na biurko i zabrał się do czytania komiksu.

– A to... – Praktykant łypnął na kartkę, która połyskując, oskarżycielsko zdobiła blat.

– Do znudzenia to samo... Kolejny raz te cholerne Bardaki napisały donos na Wędrowycza. – Posterunkowy machnął lekceważąco ręką. – Pieprzeni konfidenci. Komuna nauczyła ich kablować, to kablują... W genach to mają, już ich pradziadek donosił carskim...

– Hmm... Ale przecież informowanie organów ścigania o przestępczości jest...

– Oczywiście. Dobrze, jeśli ludność ma zaufanie do policji i informuje o niepokojących zjawiskach. Kłopot w tym, że te cholerne Bardaki kablują nie z miłości do nas, tylko żeby zaszkodzić swojemu wrogowi Jakubowi. Po drugie, ich donosy są z reguły kompletnie bezwartościowe. Czasem piszą o rzeczach, o których świetnie wiemy, czasem wyssają coś z palca, żebyśmy tylko pojechali i powkurzali go rewizjami. Bardzo rzadko faktycznie trafią na ślad, który mógłby nas zainteresować, ale co z tego, gdy nie potrafią podać żadnych dowodów.

– Czyli ten donos...

– Niestety, jest równie bzdurny jak poprzednie. Bardaki mają do niego swoje żale... Liczą, że policja ich wyręczy, to i paskudzą papier.

– To sygnał od ludności, więc musimy chyba nadać sprawie bieg?

– E, nie ma po co. Przecież wiadomo, że to gówno warty cynk. Wymysł tego całego Izydora. Ja bym to w ogóle wsadził do pieca, jest tylko jeden maluśki problem. Przyszło pocztą i zostało odnotowane w pocztowej ewidencji. Ktoś może sprawdzić... Co gorsza, jak nie ruszymy tyłków i nie zajrzymy na Stary Majdan, to te świry Bardaki napiszą donosy na nas do komendy powiatowej i do województwa.

– Czyli trzeba jechać?

– Poczekamy tylko na Rowickiego... Coś się spóźnia.

W tej chwili zadyszany policjant stanął w drzwiach.

– Przepraszam, szefie, już jestem...

– Co tam się stało? Zaspałeś?

– Nie, buty wciągnąłem nie na tę nogę, a jak spostrzegłem pomyłkę, to jakoś nie mogłem ściągnąć... A jak szedłem, przypomniałem sobie, że włączone żelazko zostawiłem. Wróciłem na chatę i zobaczyłem, że nie włączyłem żadnego żelazka i nawet nie mógłbym tego zrobić, bo stare się zepsuło, a nowego zapomniałem kupić.

– To może oznaczać, że Wędrowycz tym razem bardzo nie życzy sobie naszej wizyty – mruknął Birski, zaciekawiony.

– Skąd taki wniosek?! – spytał zdumiony młody.

– Kto Jakuba nachodzi, sam sobie szkodzi... – westchnął posterunkowy zagadkowo, ale nie rozwinął myśli.

Słońce stało już wysoko nad Starym Majdanem, gdy drzwi chaty Jakuba uchyliły się ze zgrzytem. Egzorcysta wyszedł przed próg i zmrużył ślepia. Słoneczko jakoś ciut zbyt mocno pieściło tego dnia jego siatkówki. Także zmysł słuchu atakowały jakieś wredne dźwięki.

– Parszywa nadwrażliwość – westchnął. – Zazwyczaj na starość człowiek traci wzrok i słuch, a u mnie przeciwnie, wyostrza się, i to obrzydliwie...

– A może to skutek kaca? – podsunął Semen.

– Nie, to nadwrażliwość, znam się na tym.

Popatrzył wokoło, a potem splunął ze złością.

– Nawet w tak piękny letni poranek wokół nas czai się zło, podłość i zdrada – powiedział w zadumie.

– No co tam?

– Popatrz na to. Wieczorem zagrabiłem, wstaję rano i co widzę? Trop Bardaka na moim własnym podwórzu. – Wskazał odciski stóp wyraźnie znaczące glebę koło szopy.

– Ciekawe, czego tu chciał...

– Możliwości jest cała masa – rozważał Jakub. – Ale z całą pewnością nie przybył w dobrych zamiarach. Ano zobaczmy.

Ruszył wyraźnym tropem wroga. Dalej niestety była trawa, ale Jakub rozejrzał się. Pod siewnikiem przybyło nieco świeżej rdzy.

– Ktoś ruszał ten wrak – mruknął. – A dlaczego go ruszał? Gdyby podłożył bombę albo zastawił pułapkę, zrobiłby to bliżej chałupy. A zatem... Po co tym lujom mój siewnik? Część jakąś chcieli ukraść czy co?

Podniósł przerdzewiałą klapę. Wewnątrz pustego zbiornika na ziarno leżała torebka strunowa, wypełniona szarym proszkiem.

– Co to, u diabła, jest!? – zdumiał się kozak.

– Riki-tiki, riki-tiki, sprzedajemy narkotyki. Narkotyki są trujące i kosztują dwa tysiące. – Jakub przypomniał sobie wyliczankę, którą usłyszał kiedyś, przechodząc obok przedszkola na warszawskiej Pradze.

– Sądzisz, że to narkotyki? – zadumał się Semen. – Wygląda mi to raczej na kwasek cytrynowy. Albo na sól do posypywania drogi.

– Kto i po kiego grzyba chowałby tu kwasek cytrynowy?

– Hmm...

– A sól do posypywania drogi sprzedawana jest w workach. I to co najmniej dziesięciokilowych.

– A może sól do kąpieli?

– A widzisz gdzieś tu wannę? Moim zdaniem to kokaina, heroina albo coś podobnego. Bardacy podłożyli nam to i nasmarowali donos na policję.

– Wyciągasz zbyt daleko idące wnioski...

– Założymy się?

– O dziesięć kopniaków – zaproponował kozak.

– O sto!

Semen przypomniał sobie poprzedni przegrany zakład. Oj, to bolało... Zamyślił się na chwilę i uznał, że jakoś nie ma żyłki hazardzisty.

– No dobra – burknął. – Przekonałeś mnie. Czyli jak przyjdą i zrobią rewizję, to znajdą tę torebkę. Wystarczy zatem, że nie będziemy jej dotykali. Powiemy, że wrogowie podrzucili. Nie będzie na niej naszych odcisków palców, za to mogą być bardackie...

– Nie łudź się, moje odciski palców już na tym są – westchnął egzorcysta. – Chyba poznaję ten celofan... Nauczka dla mnie, by niczego w knajpie nie gubić.

– Donos wrzucili do skrzynki wczoraj wieczorem, w nocy albo dziś rano. O siódmej kierownik poczty przyszedł do roboty i opróżnił skrzynkę. Przeselekcjonował korespondencję. Listonosz przyszedł do pracy na ósmą. O ósmej dwadzieścia dowieźli korespondencję nadchodzącą... Posterunek jest prawie naprzeciw poczty, ale ten służbista najpierw rozniósł po tej stronie ulicy, co poczta, do końca i wracając, obsłużył drugą stronę. Dużo tego zazwyczaj nie ma. Najpóźniej o dziewiątej donos doręczono... Birski musiał go przeczytać i wciągnąć do ewidencji, zanim ruszy na akcję. Nie ma nic do roboty, więc od razu ruszył do nas. Która godzina?

Jakub spojrzał w niebo.

– No dziesiąta będzie... Szlag by to trafił! Jeśli twoje wyliczenia są poprawne, to od dwudziestu minut gliniarze powinni być tutaj!

– Co z tym zrobimy? – zadumał się Semen.

– Do pieca szybko!

– A może przepakować i podrzucić Bardakom?

– Dobry pomysł, ale nie ma czasu! Likwidujemy to gówno...

Zdążyli w ostatniej chwili. Podziwiali właśnie kłąb czarnego dymu, który żeglował po niebie już gdzieś nad Trościanką, gdy na podwórze wjechał radiowóz. Wysiedli z niego Birski, Rowicki i praktykant. Dwaj pierwsi mieli miny znudzonych życiem owczarków, trzeci wyglądał jak doberman, który dopadł zbiegłego niewolnika.

– O, goście – zakpił egzorcysta. – Semen, podaj chleb i pasztet z kota... I zsiadłe kozie mleko do popicia. Bo nową colę dopiero będę robił.

Praktykant zrobił się zielony na twarzy, ale wytrzymał.

– Obywatelu Wędrowycz, jesteście podejrzani o handel i posiadanie hurtowych ilości środków odurzających w postaci narkotyków – ziewnął Birski.

– Oczywiście macie prawo zachować milczenie, przy rewizji może asystować wskazany przez was świadek, macie prawo do adwokata i tak dalej, i tak dalej – uzupełnił jego podwładny. – Zresztą po tylu przeszukaniach znacie procedury nie gorzej niż my.

– Znaczy się wpłynął donos od, jak to mówią, powszechnie szanowanego obywatela Izydora Bardaka... – zakpił Jakub.

– Donos był anonimowy. Ale generalnie niby kto inny mógłby go napisać? Przecież to tak oczywiste, że szkoda czasu nad tym dumać. – Rowicki wzruszył ramionami. – Tak czy siak, przechowujecie, obywatelu Wędrowycz, narkotyki.

– Ma pan na myśli tak jakieś pięćdziesiąt, może siedemdziesiąt gramów ukraińskiej heroiny w torebce strunowej z moimi odciskami palców? Co ją mieliście znaleźć we wraku siewnika? – Wędrowycz machnął dłonią, wskazując konkretny sprzęt. – Obawiam się, że nic takiego tu nie ma. – Egzorcysta uśmiechnięty wyglądał jeszcze straszniej niż zazwyczaj.

Birski spojrzał na praktykanta i westchnął jakoś tak szczególnie ciężko.

– Czyli nie znajdziemy? – Rowicki spojrzał na Jakuba.

– Żadnych szans. Nienawidzę narkotyków. Narkomanów też nie lubię... A dilerów to spotykam tylko raz w życiu.

– Zwijamy się zatem, proszę pokwitować, że rewizja została przeprowadzona i dała wynik negatywny. – Posterunkowy podsunął Jakubowi protokół.

– Może jednak poszukamy – zaczął Jaworski.

– Do wozu!

Ruszyli w dolinę, żegnani serdecznym rechotem obu dziadów. Przebyli szczęśliwie miejsce, gdzie grasował skrót perspektywiczny. Gonił ich wprawdzie przez chwilę, kłapiąc paszczą, ale auto było zbyt szybkie. Przemknęli przez Witoldów i obok kapliczki. Dopiero za młynem posterunkowy Birski doszedł do wniosku, że uspokoił się na tyle, by zacząć połajankę.

– Słuchaj no, młody – warknął. – Twarde fakty są takie: zaiwaniłeś klucze, wlazłeś do naszego magazynu, rąbnąłeś część dowodu rzeczowego z innej sprawy, czyli mówiąc po ludzku, pięćdziesiąt gramów ukraińskiej heroiny, wszedłeś w konszachty z bardackim elementem kryminalnym i podrzuciliście sfabrykowane dowody spokojnemu obywatelowi. To znaczy generalnie wiemy, co za ziółko z tego Wędrowycza, ale z punktu widzenia prokuratora tak właśnie to będzie wyglądało. A do tego cała prowokacja wzięła w łeb, bo te stare cwaniaki znaleźli, co podłożono, i zapewne wsadzili do pieca. I cały ten misterny plan w piz...

– Ale to nie ja... – wykrztusił Jaworski.

– Walnij się w łeb, idioto. Co ty sobie wyobrażasz, miastowy kretynie, że jak posterunek na zabitej dechami prowincji, to od razu telefon na korbkę jest szczytem techniki? Wszystko nagrało się na monitoring – wywarczał Rowicki.

– Yyyyy...

– Tłumaczyłem ci, ćwoku, jak człowiekowi, to nie rozumiałeś – rąbał słowo po słowie Birski. – To jest naprawdę trudny teren. Tu trzeba doświadczenia i pomyślunku. Za cienki jesteś na Wędrowycza i jego kumpli. A za mną i Rowickim to mógłbyś co najwyżej teczkę nosić! Chciałeś zakozaczyć i jesteś teraz w czarnej dupie. Bo za to, co nawywijałeś, w normalnych warunkach wylatujesz z policji na zbitą mordziuchnę, a jak się sędzia przyłoży, to i trzy lata posiedzisz.

– Eeeee... – wykrztusił Jaworski.

– No już dobra, nie mazgaj się. Sami swoi tu jesteśmy, załatwimy to. Nagranie się skasuje, my zapomnimy, sprawy nie było. A ty gibaj do spożywczaka. Wisisz nam po flaszce czegoś dobrego i dokup cukru pudru.

– Tak jest i dziękuję! A po co ten cukier?

– Domieszamy do tej heroiny, która została w magazynie, żeby w razie kontroli chociaż waga się zgadzała. A jak dojedziemy na miejsce, dasz ten kajet, pokwitujemy ci, że praktyki odbyte zgodnie z tym kopanym, hłe, hłe, regulaminem. I sprawy nie było.

– Dziękuję!

Młody, uszczęśliwiony, pobiegł do sklepu. Wrócił po chwili z dwiema flaszkami whisky i torebką cukru. Gdy dojechali na posterunek, Birski wyjął z lodówki wędzoną słoninę, a alkohol polał do trzech musztardówek. Usiedli i stuknęli się nad stołem.

– No to za twoje zaliczone praktyki – wzniósł toast Rowicki. – I za to, że przeżyłeś nadepnięcie na odcisk

Wędrowyczowi, a to prawdziwa sztuka, mało kto może się tym pochwalić! Skoro przetrzymałeś starcie z tym dziadem, przetrzymasz wszystko.

– Ale ja...

– Nie łam się. Z mandatami nieźle ci poszło. Będzie z ciebie dobry gliniarz. Prowokacja też była niczego sobie, miała taki porządny, stary, milicyjno-zomowsko-ubecki sznyt. Nie martw się, chciałeś dobrze, wykazałeś inicjatywę własną, ale po prostu nie mogło ci się udać. Dwudziestu takich jak ty zęby sobie połamało na tych dwu pokemonach. To naprawdę trudny teren...

Ufoki

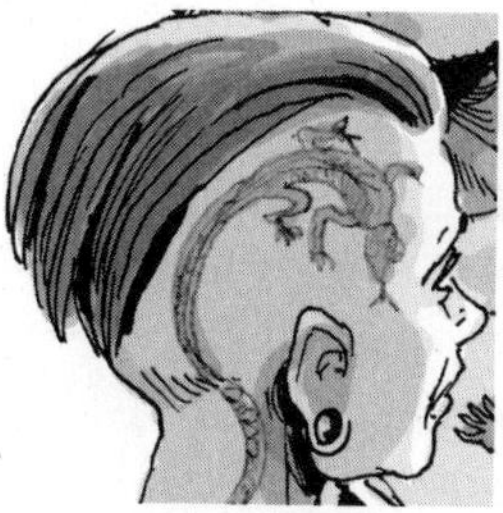

Jakub Wędrowycz wytoczył się z pekaesu. Podstępny chodnik zafalował mu pod nogami. Byłby złapał równowagę, ale w tym momencie Semen spadł mu na głowę. Minęła dłuższa chwila, zanim obaj pozbierali się do kupy. Wstali i otrzepali przyodziewek. Autobus prychnął spalinami i odjechał na plac manewrowy.

– Przepraszam – bąknął Semen. – Chyba mi się tak za szybko wysiadło.

– To nie twoja wina, jakieś pudło mi się zaplątało pod nogi... – Egzorcysta podniósł opakowanie. – XCOM2 – przesylabizował. – Co to, u diabła, znaczy?

– Płaskie takie, po kosmetykach pewnie. Albo po sztućcach. Bo książek w pudełka nie pakują.

– Aha. – Egzorcysta kopnął je w kierunku śmietnika. Pudełko legło obok pryzmy jemu podobnych.

– Wieś ma swoje niezaprzeczalne uroki, ale warto czasem poszerzyć horyzonty i zakosztować cywilizacji, choćby na miarę powiatowego Chełma – powiedział kozak, wciągając solidny haust przesyconego spalinami wielkomiejskiego powietrza.

– A bo to w domu źle? Ale jak tam sobie uważasz. – Jego przyjaciel wzruszył ramionami. – Raz na pół roku można i miasto odwiedzić... Zatem skosztujmy.

Ruszyli deptakiem w stronę centrum. Uszli może kilkadziesiąt kroków, gdy egzorcysta zatrzymał się i zmarszczył brwi.

– Coś jest nie tak... – mruknął. – Też to czujesz?

– Hmmm... A tak konkretnie to co? – zaniepokoił się kozak.

Pociągnął nosem, ale poczuł tylko zapach przyjaciela. Dawniej na Lwowskiej poniewierały się rozmaite śmieci, cuchnęło z rynsztoków i z kanałów, ale przez ostatnie lata wiele się zmieniło. Konie wymarły wraz z woźnicami i dorożkarzami, przez co zabrakło końskich pączków. Nikt już nie rzucał odpadków w błoto ulicy, asfalt pokrył wszystko. W sklepach pojawiły się lodówki, w knajpach toalety. Straż miejska zwalczała tradycyjne szczanie w bramach, zresztą pozakładano wszędzie domofony.

– Dzieciaki gdzieś wcięło – wycedził Jakub, wodząc wzrokiem po ulicy.

– Może to dlatego, że jest niski przyrost naturalny albo ja wiem?

– Nie, zobacz sam. Kobitki wożą małe w wózkach jak wcześniej. Czyli przyrost może i dziadowski, ale ciągle jest. Wyparowały tylko te większe.

– Przedpołudnie mamy, pewnie w szkole siedzą – wyraził przypuszczenie kozak, patrząc na słońce wspinające się z mozołem na niebo.

– Jest sobota. – Egzorcysta pokręcił głową.

– No to co, że sobota?

– W soboty nie chodzi się do szkoły. Już ze trzydzieści lat albo i lepiej. Tak czy inaczej, dzieciaki powinny się tu szlajać całymi stadami. Podrywać dziewczyny, palić papierosy w bramach i tak dalej.

Jakub rozglądał się, coraz bardziej zaniepokojony. Kilka dziewczyn w wieku do podrywania nawet przemykało się tu i ówdzie, ale chłopaków ani śladu.

– Tam zapytajmy. – Kozak wskazał budkę z lodami po drugiej stronie ulicy. – Powinni wiedzieć, co stało się z najwierniejszą klientelą. Ja zagadam, a ty się rozglądaj.

– ...bra...

Podeszli do okienka. Semen zdjął papachę i ukłonił się kurtuazyjnie. Ciepły wiosenny wiatr zmierzwił jego nieliczne włosy i osuszył czoło z potu.

– Dzień dobry. Poproszę duże o smaku mango z polewą truskawkową.

Kobieta zabrała się do przygotowywania zamówienia.

– Coś mały ruch dziś mamy w interesie? – zagadnął kozak uprzejmie.

– A daj pan spokój, bryndza totalna. W ogóle niepotrzebnie rano maszynę odpalałam – westchnęła sprzedawczyni, podając mu rożek.

– Aż tak źle? – zdumiał się Semen. – A co też jest tego przyczyną?

– Sobota, a tu siedzą bachory w domach i ślepią w komputery, zamiast wyjść na świeże powietrze i połobuzować jak ludzie. Podobno jest inwazja kosmitów, a tylko oni mogą ją powstrzymać – prychnęła. – Tak mój bratanek gadał. Jeszcze coś?

– Czekoladowego poproszę. Dużego i z polewą toffi. Jak jest posypka, to orzeszki. Skoro mamy inwazję, trzeba zjeść na zapas...

Zapłacił. Wprawdzie dycha poszła się bujać, ale zdobyte informacje były chyba tego warte... Obaj starcy wdrapali się deptakiem wyżej, minęli kościół i usiedli na ławeczce pośrodku placu Łuczkowskiego.

– To ja się bałem, że coś złego się z dzieciakami stało, a one po domach siedzą i w ekrany ślepią... – Jakub odetchnął z ulgą.

– Mimo wszystko coś jest nie tak. Dawniej wszystkie naraz tak nie ślepiły – zauważył Semen. – Myślisz, że z tą inwazją to coś poważnego? Bo wiesz, teraz jest Internet, więc może dzieciaki już wiedzą coś, czego dorośli nie wiedzą? Może odkryły zagrożenie i się szykują? Bo to mało razy tak na filmach było? Starzy olali sprawę, a smarkacze stawali na rzęsach...

– No było i tak – przyznał egzorcysta.

– A pamiętasz małpoludy z Dębinki? Cała wiocha neandertalskich ludojadów! Pisaliśmy do powiatu, do województwa i co? Nikt nie uwierzył... Ani sanacyjni, ani komuchy... No, może hitlerowcy by uwierzyli, ale do nich akurat ludzie nie pisali.

– Hmmm... – Jakub nie wyglądał na przekonanego.

Semen przejął od niego manierkę. Z lubością wciągnął w nozdrza swojski zapach gorzelnianych drożdży. Samogon po lodach smakował jeszcze lepiej. Rozgrzewał zmrożony przełyk. Kozak rozejrzał się po placu i trącił kumpla łokciem.

– Ty, popatrz na tego blondynka...

Na schodkach prowadzących do zamkniętego sklepu siedział jakiś tubylec z laptopem na kolanach.

– Zasięgnijmy informacji u źródła. – Wędrowycz wstał i ruszył w tamtą stronę.

Zaszli łebka z dwu stron. Zawsze to lepiej zwierzynę osaczyć... Ale ostrożność okazała się zbyteczna. Chłopak wpatrywał się w ekran, jakby poza nim świata nie widział. Obok jego stóp poniewierało się znajome pudełko z napisem „XCOM2".

– Hej, młody, co ty robisz tak konkretnie? – zagadnął Semen.

Dzieciak podniósł głowę i spojrzał na nich półprzytomnie.

– Trenuję rozwalanie ufoków. Inwazja jest – wyjaśnił i ponownie skupił się na ekranie.

– Jest inwazja, a ten trenuje, zamiast walczyć? – zdziwił się Jakub. – Dezerter czy ki diabeł?

– A z kim ma niby walczyć? Przecież tu w okolicy nie widać ani jednego niezłemca... Ni kija złamanego nie rozumiem – westchnął Semen. – Może ta inwazja w innym kraju, a on się boi, że i do nas dojdzie? A że nie ma spluwy, to na sucho się wprawia?

– Chrzańmy to, napijmy się – zaproponował egzorcysta.

Wrócili na swoją ławeczkę. Wypili jeszcze trochę, zakąsili kiełbasą.

– Miasto to jednak miasto – rozważał kozak. – Przyjedzie człowiek, rozejrzy się wokoło, a tu księgarnia, muzeum, kino, teatr, filharmonia, nawet nie trzeba do środka wchodzić, od razu człowiek czuje, jak poszerza horyzonty kulturalne...

– No, teatru ani filharmonii to jeszcze do tego miasta nie dowieźli – uściślił Jakub. – Ale co do reszty, zgoda.

Siedzieli wygodnie rozparci i poszerzali sobie horyzonty, chłonąc pełną piersią wielkomiejskie życie i pociągając z manierki, gdy nagle Jakub, zaniepokojony czymś, usiadł prosto i podrapał się po nosie.

– Co tam? – zaciekawił się Semen.

– Popatrz na tamtych – wycedził egzorcysta. – Ufoki tę swoją inwazję robią już w naszym powiecie!

Kozak przyjrzał się grupce okupującej sąsiednią ławeczkę. Ludzie jak ludzie. Nie wyglądali jakoś szczególnie obco. Wprawdzie nie rozpoznawał ich twarzy, ale w końcu bywali tu sporadycznie, a Chełm to spore miasto, nie sposób zapamiętać wszystkich... Z tym robieniem inwazji jego przyjaciel też odrobinę przesadził. Obcy jeszcze nie zaczęli. Jeden ufok jadł kanapkę. Drugi bawił się telefonem. Najbardziej podejrzany był ten najstarszy, szpakowaty, studiujący mapę.

– Czemu myślisz, że to nieziemcy? – zirytował się.

– Posłuchaj ich!

Kozak wsadził palec do ucha, zakręcił nim energicznie. Zrogowaciały paznokieć wygarnął zalegające w małżowinie pokłady woszczyny, kłaczki waty z poduszki, słomki z siennika i temu podobne śmieci. Drugi obrót palucha udrożnił kanał słuchowy. Fala dźwięków zalała mózg starca. Jego przyjaciel nie mylił się. Faktycznie, towarzystwo przy sąsiedniej ławce nawijało po angielsku.

– Ufoki na filmach zawsze gadają po angielskiemu – wycedził Jakub, wyciągając z kieszeni granat.

Wstał, obciągnął na sobie kufajkę i ruszył ku wrogom. Semen, chcąc nie chcąc, poszedł w ślad za nim. Jak na złość, od strony dworca PKS powiał lekki wietrzyk. Woń skarpetek dobrze zakiszonych w gumofilcach wyprzedziła obu

UFO
CHEŁM...
I ♥ POLISH FANTASY

obrońców ludzkości. Ufoki przerwały konwersację i zaniepokojone zaczęły pociągać nosami. Uniosły głowy i na widok dwu malowniczo obdartych staruszków wytrzeszczyły oczy. Kozak musiał przyznać, że ucharakteryzowano ich na Ziemian niemal perfekcyjnie. Gdyby nie gadali po angielsku, nigdy w życiu by się nie domyślił, że coś z nimi nie tak.

– No i co, międzygwiezdne pokurcze? Zawędrowało się za daleko od domu? – wycedził słodziutko Wędrowycz. – Zachciało się inwazji? Wybraliście kiepską dzielnicę na miejsce lądowania!

Nieziemcy zaszwargotali między sobą, po czym jeden wyciągnął z kieszeni wymięty banknot dwudziestozłotowy i z uśmiechem wyciągnął w stronę starców.

– Nożeż urwał!!! – ryknął Wędrowycz. – Wy tak do mnie!? Nie gadali wam na galaktyce, że ja jestem całkowicie nieprzekupny, a już na pewno nie takimi marnymi kwotami?! Pakować dupy w troki i wypierdalać z tej planety, pókim dobry! – I podsunął im pod nosy łapę z granatem.

Ufoki poderwały się spłoszone, dopadły kłusem zaparkowanego nieopodal auta i z piskiem opon wypruły w najbliższą ulicę.

– No i przegonieni. – Jakub z zadowoleniem wcisnął zawleczkę na miejsce. – Leszcze, swoją drogą. Z Predatorem było trudniej.

– Z Predatorem to ty w ogóle nie walczyłeś, tylko schlaliście się w trzy dupy, śpiewaliście sowieckie piosenki i porównywaliście kolekcje czaszek – zauważył trzeźwo kozak.

– Toż mówię, że było trudniej, strasznie mocny łeb miał, litr najlepszego samogonu duszkiem wyżłopał, zanim go trochę zmiękczyło. Ale przepiłem gada.

– A jak spróbują w innym mieście? – zafrasował się Semen.

– Co ty, filmów nie oglądasz? – zirytował się Jakub. – Oni mają taki schemat działania: lądują w jednym miejscu niewielkimi siłami. Jak tam dostaną wpierdol, to odpuszczają całą inwazję. Może i nie są stąd, ale coś tam honoru mają.

– A on? – Kozak wskazał łebka, który nadal siedział na schodkach i z zapałem trenował rozwalanie nieziemców. – Może powiem mu, że już nie trzeba ćwiczyć? – zaproponował.

– E, niech pracuje, odrobina treningu nikomu nie zaszkodzi. Wiesz, my już starzy jesteśmy, gdy pomrzemy, ci młodzi nas zastąpią... No a teraz, skoro horyzonty kulturalne poszerzyliśmy, a ludzkość uratowana, chodźmy na bazar do ruskich. Zobaczymy, co mają ciekawego.

Labirynt obciachu

Dzień dobry, poproszę kawę...

Gwar w knajpie ucichł jak ucięty nożem. Wszyscy bywalcy umilkli. Głowy powoli odwróciły się w stronę baru. Przy ladzie stał jakiś przyjezdny.

– Cavy nie prowadzimy, w ogóle z win musujących mamy tylko sowieckoje igristoje – wyjaśnił spokojnie barman.

– Mam na myśli zwykłą kawę, taką czarną, parzoną z ziaren kawowych – obcy uściślił zamówienie.

– Był kiedyś likier kawowy, ale nikt tego nie chciał pić, więc już nie domawiałem. – Czoło barmana przecięła bruzda.

– Zatem poproszę herbatę – miastowy nie ustawał w idiotycznych żądaniach.

– Herbatę? – Barman wyciągnął spod lady zakurzony słój z jakimiś paździerzami. Odkręcił, spojrzał do środka z wyraźnym frasunkiem, dmuchnął, by usunąć zdechłe mole. – Wie pan, też nie da rady. Czajnik elektryczny jeszcze łońskiego się zepsuł...

– To może oranżadę?

Barman zerknął na rząd butelek, wypełnionych burą cieczą. Zdobiły regał, od kiedy tu pracował, to znaczy już dobre czterdzieści lat. Zaczął liczyć w pamięci. Tak, na pewno stały tu ponad trzy dekady. Gminna wytwórnia padła jeszcze w połowie lat osiemdziesiątych.

– Obawiam się, że ta oranżada może być ciut przeterminowana.

– Zatem poproszę wodę mineralną... – przybysz nie rezygnował.

– A! To da się zrobić!

Barman wziął czysty kufel i napełnił go kranówką. Zapuścił paluchy do solniczki i dosypał hojną szczyptę minerałów.

– Proszę, na koszt firmy. – Podał klientowi.

Ten z uśmiechem pełnym udręczenia uniósł szkło do ust. Nie było mu jednak dane spróbować wojsławickiej pomineralnionej. Łańcuch krowiak, obciążony na końcu zardzewiałą kłódką, uderzył celnie jak atakująca kobra. Odłamki szkła świsnęły wokoło, a w ręce obcego pozostało jedynie ucho.

– Wypad mi stąd, prowokatorze! – warknął Wędrowycz. – Nie będziesz, abstynencie kopany, profanował naszego świętego gaju! – Oskarżycielskim gestem wskazał fototapetę ze zdjęciem lasu nalepioną krzywo na ścianie.

– A coś ty za jeden, kapłan tego gaju czy jak? – Obcy odłożył ucho na ladę i zmierzył egzorcystę ironicznym spojrzeniem.

– Wędrowycz, Jakub Wędrowycz!

– A mnie wołają John Maruda – przedstawił się obcy. – I będę pił, co zechcę.

– Być może, ale nie tutaj! Tu są Wojsławice! – ryknął egzorcysta, naprawdę wkurzony, i z wyskoku kopnął wroga gumofilcem w żołądek.

Przybysz wywalił plecami drzwi lokalu i wypadł na chodnik.

– I nie waż się wracać, bluźnierco! – ryknął egzorcysta.

– Policzymy się jeszcze – warknął obcy, dźwigając się chwiejnie na nogi, ale Jakub zignorował pogróżkę.

Barman pokręcił z dezaprobatą głową, ale nic nie powiedział.

Jakieś pół roku później

Impreza dożynkowa ściągnęła tłumy mieszkańców gminy. Ale było też na co popatrzeć. Rano odbyła się msza, potem przemawiał wójt i zaproszeni goście. Teraz, gdy słońce wolno zapadało za widnokrąg, przyszła pora na część artystyczną. Na scenie prezentowały się zespoły folklorystyczne, obok serwowano piwo. Swoje kramiki rozłożyli twórcy ludowi i gospodarstwa agroturystyczne. Dla dzieci sprowadzono dmuchany zamek. Jakub i Semen oczywiście nie mogli przepuścić takiej zabawy. Na zamek ich wprawdzie nie wpuszczono, ale golnęli sobie po kufelku piwa, podając się za członków jury, skosztowali nalewek, zagryźli konkursowymi ciastami, wreszcie wycofali się na skraj placu i tam spałaszowali po solidnej pajdzie swojskiego chleba ze smalcem.

– Świat nie jest taki zły – zauważył filozoficznie egzorcysta. – Choć oczywiście byłby lepszy, gdyby człowiek był trochę młodszy, tak jakieś sześćdziesiąt, no może siedemdziesiąt lat byłoby akurat... – Łypnął obleśnie w stronę sceny, na której właśnie wycinały hołubce cztery nieletnie bardackie córki.

– Tak się zastanawiam – mruknął Semen – co to właściwie jest to? – Stuknął palcami w ścianę, o którą się opierali.

– Chaty tu żadnej nie ma, zatem zapewne to barakowóz – wydedukował egzorcysta. – Zaplecze techniczne albo socjalne tej imprezy...

– Jak socjalne, to może mają kibelek? – zadumał się kozak.

– A co, nie możesz tu się odlać?!

– Jak będziesz w moim wieku, to zrozumiesz naturalną potrzebę odrobiny luksusu – burknął jego kumpel i zajrzał za róg. – O w mordę, Jakub, to nie jest zaplecze, tylko jeszcze jedna atrakcja naszego festynu.

Stanęli przed wejściem. Na dachu baraku umieszczono nieczynny telebim i kilka kolumn głośnikowych. Poniżej znajdował się neon.

– „Labirynt obciachu" – przesylabizował egzorcysta.

– Dla pierwszych klientów gratis. – Drzwiczki otworzyły się i stanął w nich brodaty młodzieniec w cyrkowym wdzianku. – Zapraszam.

Jakubowi koleś wydał się jakby znajomy, ale tak na szybko nie umiał sobie przypomnieć, gdzie i kiedy mogli się spotkać.

– A tak właściwie co to jest? – zainteresował się kozak.

– Labirynt z luster. Wchodzi się do środka i błądzi, a wokoło widzi się swoje odbicia.

– Coś jak w „Wejściu smoka" z Bruce'em Lee?

– Dokładnie tak, tylko oczywiście nie ma w środku psychopatów uzbrojonych w broń białą. Zadanie polega na tym, by w piętnaście minut znaleźć drogę do wyjścia. W labiryncie ukryty jest czteropak piwa. Jeśli go panowie znajdą, można to potraktować jako nagrodę. Jak się nie uda znaleźć wyjścia, to po kwadransie wypuszczam.

– Hmm... – mruknął egzorcysta. – Skoro i tak wchodzimy gratis, to chyba można zaryzykować.

Wmaszerowali do wnętrza. Coś szczęknęło i przejście, którym dostali się do środka, zasłoniło jeszcze jedno lustro. Rozejrzeli się, zaciekawieni. Labirynt był oświetlony wręcz rzęsiście. Wokoło ujrzeli swoje odbicia zwielokrotnione setki razy. Podłoga i sufit też były zrobione z luster. Widzieli się jednocześnie ze wszystkich stron, a także z góry i z dołu.

– No i to ja rozumiem – mruknął zadowolony egzorcysta. – Prosta plebejska rozrywka.

Skręcili za róg, potem za kolejny. Szklany labirynt zdawał się ciągnąć we wszystkie strony. Na niektórych taflach widać było nawet obiecany czteropak... Spróbowali iść w jego stronę, ale okazało się to nie takie łatwe. Co chwila na ich drodze wyrastały szklane ściany.

– Fajne, ale na dłuższą metę coniebądź irytujące – mruknął kozak. – W dodatku lać mi się chce. Chrzańmy piwo, szukamy wyjścia.

Stanęli i rozejrzeli się. W jednej z tafli spostrzegli otwarte drzwi. Ruszyli w tamtą stronę, ale nie bardzo wiadomo, co się stało...

– Coś mi się tu mocno nie zgadza – mruknął egzorcysta. – To chyba jest w środku znacznie większe niż na zewnątrz.

– No co ty gadasz? O, zobacz, czy to przypadkiem nie jest dinozaur? – Semen wskazał jedno z luster.

Jakub odwrócił się w tę stronę, ale dostrzegł już tylko ogon zwierzęcia, znikający wśród setek odbić.

– Welocypedoraptor albo prytodaktyl – zidentyfikował. – Widziałem takie na filmie... To pułapka!

– Chyba tak – przyznał markotnie kozak. – Ale kolo, co nas tu wpuścił, mówił, że nie ma w środku uzbrojonych psycholi.

– Za to są krwiożercze dinozaury, i do tego jeszcze... zombiaki!?

Morda jak z koszmaru sennego spojrzała na nich ze ściany zmatowiałymi ślepiami. Jakub ruszył groźnie w tamtą stronę, ale gęba znikła. Przez chwilę widzieli ją jeszcze w kilku innych taflach, a potem zagubiła się ostatecznie w labiryncie odbić.

– Zombie i dinozaury... – mruknął kozak. – No cóż, bywało gorzej... Co ja chrzanię! Tak źle to chyba jeszcze nie było!

– Czekaj, stań w miejscu i nie ruszaj się, bo machasz w tych zwierciadłach tysiącami łap i przez to ciężko zagrożenia dostrzec! – warknął egzorcysta.

Zamarli. Ich odbicia też znieruchomiały. Teraz dopiero mogli ocenić skalę problemu. Głęboko w lustrach widać było co najmniej kilkanaście zombie, spore stado dinozaurów, jakieś wielkie pająki, wilki, a może tylko wilkołaki... Całe to tałatajstwo na razie trzymało się daleko, ale co rusz na pobliskich ścianach pojawiały się bardzo niepokojące odbicia.

– Lezą po nas – syknął kozak.

– Pomyślmy logicznie i racjonalnie – mruknął Wędrowycz. – To tylko szkło, zapewne na szkielecie z płyty pilśniowej. Szkło nie jest szczególnie mocne. Gdyby

tak odpalić tu granat, rozniesie tę budę w mgnieniu oka. A my chodu!

– Ani mi się waż! – huknął Semen. – Jedno stłuczone lustro to siedem lat nieszczęścia, a ty chcesz ni z gruchy, ni z pietruchy rozwalić kilkaset! Zrobisz z naszej gminy czarny czakram na tysiące lat! Poza tym jak tu odpalisz granat, to i nas rozniesie na kawałki...

– Eee... No tak. – Podwójna argumentacja przekonała egzorcystę. – To trzeba delikatniej. Może z kopa czy jakoś tak. Siedem lat nieszczęścia jakoś przetrzymam. Zresztą mam amulety ochronne. – Kopnął gumofilcem w najbliższą taflę.

Nawet się nie zarysowała.

– Co, u diabła?!

Poprawił łokciem, ale znowu bez efektu. Teraz przyładował trzonkiem bagnetu.

– Kuloodporne szyby – skwitował Semen. – I głęboko wpuszczone w stalowe profile. Nie rozwalimy tego tak łatwo...

– Czyli jednak granatem!

– W dupę sobie wsadź ten granat! – burknął kozak.

– Może to i dobry pomysł. – Jakub poskrobał się po ciemieniu. – Jak mnie dopadną, zluzuję mięśnie zwieracza, łyżka odskoczy i bum. Mnie wprawdzie rozerwie, ale wszystkich wrogów ochlapie na brązowo...

– Zamknij się, bo puszczę pawia!

– Sam zaproponowałeś – obraził się egzorcysta. – Ale jak nie, to nie! Szukajmy lepiej wyjścia.

– Tam widać jakieś drzwi! – Kozak wskazał jedno z odbić.

Podeszli bliżej, by się im przyjrzeć.

– Ech nie, te drzwi sobie raczej darujemy – burknął Jakub. – Tam w środku już byłem, nie podobało mi się.

Drzwi były rzeźbione w trupie czaszki i ozdobione wielkim czerwonym pentagramem. W dodatku przez szczelinę pod nimi połyskiwało czerwone pełgające światło, jakby odbicie płomieni. Przeszli jeszcze kilkadziesiąt metrów. Trudno było mówić o utrzymaniu jakiegokolwiek kierunku, korytarz bez przerwy zakręcał. Na szczęście chyba zdołali się oddalić od zombiaków, bo pojawiały się w lustrach rzadziej. Za to czteropaki piwa kusiły z góry, z dołu i ze wszystkich stron.

– A ty co taki skrzywiony? – Jakub dał kumplowi sójkę w bok.

– Lać mi się chce – westchnął kozak. – A jak widzę piwo, to wręcz rozpaczliwie mi się chce. Pamiętaj, że znaleźliśmy tę budę, szukając kibelka.

– Też problem, odlej się tutaj. Po pierwsze, nikt nas nie widzi, po drugie, zabłądziliśmy, czyli jesteśmy w stanie wyższej konieczności.

– Jesteśmy... Ty też chcesz lać?

– Nie, ja to drugie...

– Oni nas zobaczą – bąknął kozak, wskazując odbicia zombiaków, ślizgające się po taflach.

– Oj tam, oj tam. Co się będziemy truposzczakami przejmować? Oni już przecież i tak nie żyją... Mogą nam co najwyżej pozazdrościć zdrowej fizjologii!

Semen wyjął fujarkę i oblał najbliższe zwierciadło. Strumienie moczu, ustukrotnione przez lustra, zdawały się tryskać ze wszystkich stron.

– Ale ekstra! Prawie potop wywołałeś – zachwycił się jego przyjaciel. – Dobra, nakryjmy to gazetą, żeby obciachu nie było. Jakby co, powiemy, że to już tak było... I schowaj siurka.

– A tak. – Kozak zasunął rozporek. – To co, szukamy dalej wyjścia?

Gdzieś z daleka do ich uszu dobiegł dziwny dźwięk, coś jakby gwar wielu rozbawionych głosów. Ruszyli przed siebie. Nagle egzorcysta przystanął i palnął się w głowę.

– Przypomniałem sobie! – wykrzyknął.

– Wiesz już, jak stąd wyjść? – ucieszył się Semen.

– Nie, po prostu wiem już, skąd kojarzę kolesia, który nas w to wrobił. Pamiętasz takiego miastowego, co wlazł do naszej knajpy i chciał napić się kawy?

– Tego, co go tak artystycznie wykopałeś za drzwi?

– No właśnie. To ten sam, tylko teraz ma brodę. Przykleił albo wyhodował...

– O cholera! Odgrażał się, że cię załatwi. I załatwił...

Rozejrzeli się. Zombiaki najwyraźniej zabrały się poważnie do rzeczy. W każdym lustrze było ich po kilkanaście. Zbliżały się coraz bardziej.

Kozak przeżegnał się i wyciągnął zza pasa kordzik oficerski. Jakub odwinął dwa metry krowiaka, którym był opasany.

– Zapewne nas załatwią, ale drogo sprzedamy życie – oznajmił Semen. – Powinienem powiedzieć coś, że poznanie ciebie było zaszczytem, ale, kurde, jak pomyślę, że to ty mnie w to wrobiłeś...

– Że niby ja!? To tobie się chciało lać i polazłeś za róg! – wkurzył się Jakub.

– Ale to ty wykopałeś tego Marudę z knajpy i to przez ciebie mamy kłopoty!

– Teraz to taki jesteś mądry, a wtedy zamiast powstrzymać moją bezmyślną agresję, jeszcze mnie podjudzałeś do glanowania obcego!

– Przecież słowa nie powiedziałem.

– Wzrokiem mnie szczułeś!

– Masz tabletkę na odświeżenie pamięci! – Kozak walnął kumpla piąchą w nos.

– Ja ci zaraz przypomnę, gdzie Alzheimer mieszka! – Egzorcysta kopnął go kolanem w krocze.

Zapominając o nadchodzących hordach martwiaków, zaczęli się kopać po goleniach, szarpać i okładać pięściami.

– Dobra, czas minął – dobiegło z głośników pod sufitem. – Żegnam panów...

Najbliższa tafla szklana przesunęła się w bok, kolejna zrobiła to samo i obaj obwiesie ujrzeli przed sobą wyjście. Rzucili się w jego stronę radośnie, mało gumofilców nie pogubili. Kątem oka Semen zauważył mały projektor, wyświetlający na jedno z luster obraz przyczajonego dinozaura... Zbiegli po schodkach i zamarli. Przed barakiem zebrali się chyba wszyscy mieszkańcy Wojsławic.

– No i czego się gapicie? – burknął egzorcysta.

Odpowiedział mu jeden zgodny ryk śmiechu. Wszyscy wpatrywali się w coś nad jego głową. Obejrzał się i spostrzegł, że telebim na dachu jest włączony.

– Cały czas szła transmisja z tego, co robimy w środku!? – Semen pierwszy domyślił się strasznej prawdy.

– Obraz z czterech kamer, w kolorze i z dźwiękiem – dobiegł z głośników głos Johna Marudy. – Obiecałem, że się policzymy. I dotrzymałem słowa...

Jakub spojrzał na rozbawiony tłum, potem na barak z labiryntem, a następnie wtulił głowę w ramiona i wyniósł się z placu jak zbity pies. Obok niego kroczył równie zdruzgotany Semen. W knajpie było pusto, wszyscy poszli na festyn. Egzorcysta ciężko klapnął na ulubione krzesło.

– Barman, coś na uspokojenie i podniesienie na duchu... – szepnął.

Ajent nalał, co trzeba. Obaj starcy stuknęli się nad stołem i wypili lekarstwo jednym haustem. Klęska smakowała żubrówką. Drzwi skrzypnęły i do knajpy wszedł John Maruda. Jakub na jego widok skrzywił się demonstracyjnie. Gość uśmiechnął się krzywo. Przez chwilę mierzyli się zadziornymi spojrzeniami. Jakub pierwszy spuścił wzrok.

– No dobra – warknął. – Przyznaję, zgrzeszyłem brakiem gościnności. Ty za to narobiłeś nam wiochy przed całą wiochą. Jesteśmy kwita?

– Przyjmijmy, że jesteśmy – zgodził się obcy.

– Napijemy się na zgodę?

– Napijemy. Panie barmanie, poproszę dwie kawy. Pan słodzi? – zwrócił się do Jakuba.

Barman był przekonany, że odbudowa knajpy potrwa co najmniej miesiąc, ale ukraińscy gastarbeiterzy uwinęli się w trzy tygodnie.

Opowiadanie bonusowe

Krwiopijca

Wrześniowe popołudnie było ciepłe i jakby senne. Bezrobocie dokuczało wampirom jak ucięta ręka. Marek, nie mogąc znaleźć sobie zajęcia, przykręcił do stołu imadło i szlifował pilnikiem jakiś detal, zdaje się zaczep podajnika sznurka do snopowiązałki. Spawacz Igor wyszedł na trzeszczący balkonik i oglądał skorodowaną do cna barierkę. Od siedemdziesięciu lat nie miał jakoś czasu, by ją naprawić, a teraz, gdy akurat miał czas, okazało się, że nie ma czym. Żałował poniewczasie, że przed plajtą Drucianki nie wyniósł cichcem z zakładu choćby jednej spawarki...

– Jak będzie kapitalizm, to może otynkują te domy? – rozważał, patrząc na rząd kamienic przy ulicy Ząbkowskiej. – I asfalt by się wreszcie przydał.

Ulicą, podskakując na kocich łbach, przemknęła furgonetka łączności, po wysłużonym torowisku przejechał tramwaj. Szybki w kredensie zadrżały, kryształowe wazony wydały żałobny brzęk.

– W kapitalizmie nie ma nic za darmo – zgasił go kumpel. – Zrobić pewnie zrobią, a potem wystawią rachunek.

– No ale komu niby wystawią? – zdziwiła się Gosia, przerywając dzierganie szydełkiem obrusu.

– Kamienica nie ma właściciela, to pewnie lokatorów obciążą. Lepiej już niech oni nic nie tynkują i nie leją żadnego asfaltu, zanim się ta burza dziejowa nie uspokoi – westchnął Marek. – Za rok, dwa, pięć będzie już wszystko jasne, wtedy niech robią, co chcą.

– A tak właściwie to jest ten kapitalizm czy nie? – zaciekawiła się dziewczyna. – Bo w telewizji ogłosili, ale tak za oknem to jeszcze nie widać. No i fabryka zamknięta. A przecież w kapitalizmie powinien was gonić batogiem do pracy burżuj z cygarem w zębach.

– Widocznie kapitalizm już jest, ale kapitalistów zapomnieli dowieźć. – Ślusarz wzruszył ramionami. – Tak nagle to przyszło, nie zdążyli pokryć zapotrzebowania. Ale idę o zakład, że szybko się zlecą jak muchy do padliny...

Uczone rozważania przerwało pukanie do drzwi. Stukano mocno, ale w innym rytmie niż urzędowy. Igor zrobił minę, jakby nagle przypomniał sobie coś bardzo nieprzyjemnego. Marek też w pierwszej chwili nie kwapił się otwierać. Wymienili pełne troski spojrzenia. Wreszcie ślusarz odłożył pilnik i przekręcił klucz w zamku.

Na progu stał wiekowy Żyd w jarmułce. Rozpuszczone pejsy spływały do ramion. Tylko że zamiast chałata miał na sobie garnitur od Armaniego. Choć upłynęło pięćdziesiąt lat, Marek od razu poznał przedwojennego właściciela kamienicy.

– A niech mnie! Pan Hosenduft! – Wytrzeszczył oczy. – To pan żyje?!

– Żyję, a coście myśleli? Mnie nie tak łatwo się pozbyć. – Gość bezceremonialnie wpakował się do przedpokoju.

– Khm... Zatem zapraszamy w nasze skromne robociarskie, to znaczy bezrobotne progi... – bąknął gospodarz, wskazując drogę do saloniku.

Igor na widok gościa też niewąsko się zdziwił.

– Ależ się pan zestarzał... To znaczy nie miałem nic złego na myśli...

– A za to wy wcale się nie zestarzeliście – warknął gość. – Krzepkie, zdrowe chłopy, jak zawsze. A to kto? – Przeniósł wzrok na lokatorkę.

– Nasza wychowanka, Małgorzata – wyjaśnił spawacz.

Gosia nie bardzo wiedziała, co ma robić, więc wstała i dygnęła.

– Mnie tam rybka, możecie sobie mieszkać we trójkę – burknął przybysz. – Przejdźmy do rzeczy. – Rozsiadł się wygodnie na krześle. – Komunizm się skończył, i to w dodatku, zanim jeszcze w ogóle został zbudowany. Realny socjalizm też okazał się niewypałem. Wracają normalne czasy. A ja od wczoraj jestem ponownie właścicielem tej kamienicy.

– To nie wywłaszczyli pana dekretem Bieruta? – zdumiał się Igor.

– Owoż nie mogli, bo byłem już wtedy w łapach NKWD. I przez czterdzieści pięć lat byli tak absolutnie pewni, że nie wrócę, że nie skorygowali w papierach.

– I przyszedł pan do nas, bo...? – zainteresowała się Gosia.

– Przyszedłem poinformować, komu od pierwszego macie płacić czynsz. – Dużo nie chcę, sto dolarów miesięcznie. Plus opłaty, oczywiście.

– Sto dolarów?! Ty zasrany krwiopijco! – ryknął Marek.

– I kto to mówi? – zarechotał gość.

– Zaraz, zaraz. – Igor liczył coś na palcach. – Ty, koleś, może i wyglądasz podobnie, ale nie możesz być Aaronem Hosenduftem! Jeśli on miał sześćdziesiąt lat w trzydziestym piątym... to dziś miałby...

– Oczywiście, że jestem waszym starym dobroczyńcą Arikiem. Tym samym, który przymykał oko na to, że w jego kamienicy gnieżdżą się zasrane wampiry. Tym samym, który cierpliwie znosił, że podkradacie wodę, prąd i węgiel. Tym samym, na którego wypisywaliście świństwa kredą przy murze śmietnika. Co, myśleliście, że nie wiedziałem, kto to robi? – syknął.

– Sto piętnaście! Ludzie tyle nie żyją.

– Ludzie może i nie – zarechotał gość ponownie. – Ale kto powiedział, że ja zawsze będę człowiekiem?

A potem otworzył usta, prezentując imponujące kły.

– Wampir Żyd!? – jęknął Marek. – Niemożliwe! To przecież kompletnie niekoszerne...

– Masz z tym problem, to wio do psychologa. – Gość znowu roześmiał się całą gębą. – Tak czy inaczej, krótka piłka. Sto zielonych miesięcznie albo pakujcie manatki.

Igor poczłapał do lodówki, wyjął butelkę krwi nałogowego alkoholika, z serwantki trzy kieliszki, polał czerwonego płynu.

– Napijmy się i porozmawiajmy spokojnie, jak przyjaciele – zaproponował.

Kamienicznik łypnął na niego, ale dał się przekonać. Usiedli do stołu, wypili, spawacz polał ponownie.

– No to chlup na drugą nogę – rzucił.

Gość przełknął i chuchnął.

– Uch, ależ to mocne – pochwalił.

– Słuchaj, Arik, pogadajmy normalnie. Te sto dolarów to kwota nieco wyśrubowana... A już w szczególności nie należy takich niebotycznych sum żądać od starych kumpli, a w dodatku też wampirów...

– Ale my przecież nigdy nie byliśmy kumplami! – zauważył trzeźwo kamienicznik. – A nawet powiedziałbym, że wręcz przeciwnie.

Spawacz bez mrugnięcia polał trzecią kolejkę.

– Może jednak coś utargujemy? Nasza sytuacja ekonomiczna jest, generalnie rzecz biorąc, katastrofalna – powiedziała Gosia.

– To poszukajcie jakiejś pracy – zakpił nowy właściciel kamienicy. – Jesteście młodzi... Khm... No, prawie młodzi, ale za to zdrowi, silni jak woły, łapy macie jak bochny.

– Drucianka zamknięta – zauważył Marek. – Rzeźnia zamknięta. Pollena redukuje personel i produkcję. Na Pradze wszystko się zwija. Tyle dobrze, że zasiłek dla bezrobotnych nam dali. Ale to na pół roku tylko.

– A to już wasz problem. – Gość podstawił kieliszek i skinął, by spawacz dolał mu jeszcze. – Rowy możecie kopać. A jak wam to nie odpowiada, przypominam, że nie ma obowiązku mieszkania w moim domu.

– A stara Michalakowa? – zirytował się spawacz. – Ona też ma płacić czynsz z tej swojej śmiesznej renciny?

– Oczywiście. Jedno prawo dla wszystkich. Wszyscy będziecie bulić jak przed wojną, ale teraz w wymienialnej walucie. – Kamienicznik upajał się krwią i władzą. – Nawiasem mówiąc, obszedłem już wszystkie mieszkania i tylko wy macie jakieś wątpliwości...

– I nic nie wynegocjujemy?

– Nic.

– Przepraszam, muszę naradzić się z przyjacielem na osobności. – Marek pociągnął Igora do sąsiedniego pomieszczenia.

Gosia wróciła do szydełkowania. Gdyby była ciepła, pewnie ze zdenerwowania trzęsłyby się jej ręce, ale ponieważ wampiry nie mają krążenia...

– Obrusik dziergamy? – zagadnął gość. – Niebrzydki nawet.

– Nie na sprzedaż – odgryzła się.

– Zrób dwadzieścia takich i gibaj na Różyca, może ty na czynsz zarobisz, bo na te dwa nieroby chyba nie ma co liczyć... Już przed wojną migali się z opłatami i widać nie pozbyli się starych nawyków. A kasę przecież mają. – Spojrzał na magnetowid stojący pod telewizorem. – Właściwie to wampiry powinny płacić więcej, przecież odpadają wydatki na wyżywienie, ale znajcie moje dobre serce. Sto od mieszkania, jak wszyscy.

Mężczyźni wrócili.

– Co zatem proponujecie? – zapytał gość.

Ślusarz podszedł i rąbnął go sierpowym w szczękę. Podskoczył i wykorzystując zaskoczenie, założył przyby-

szowi nelsona. Igor wydobył z lodówki strzykawkę i złapawszy kamienicznika za przedramię, zaaplikował mu dziesięć mililitrów jakiejś burej mazi. Puścili Hosendufta.

– Co wyście zrobili?! – syknął Żyd, łapiąc się za rękę. – Co mi wstrzyknęliście?

Pod jego bladymi palcami ukłute przedramię ciemniało, w oczach pokrywając się ładną opalenizną. Puścił je, by złapać się za pierś.

– Krew zombiaka – burknął spawacz.

– Co wyście zrobili?! – powtórzył kamienicznik. – Serce... Serce mi bije! – wrzasnął.

– To dlatego, że przestajesz być wampirem – głos ślusarza ciął jak brzytwa. – Za pięć, może dziesięć minut nastąpi całkowite odwampirzenie, uczłowieczenie i znowu będziesz zwykłym ciepłym...

Starzec wytrzeszczył oczy.

– Że co?!

– Oczywiście nie na długo będziesz ciepłym. Sto piętnaście lat to nie w kij dmuchał. Ludzie tyle nie żyją. Kilka dni i pójdziesz do piachu. Zdechniesz ze starości, tym razem już na zawsze – uzupełnił spawacz.

– Wy świnie!

– Że niby my świnie? A kto chciał z nas drzeć czynsz? Proponowałem: dogadajmy się po dobroci, to wierzgałeś. No i teraz masz za swoje – burknął Marek.

Proces przemiany wampira w człowieka powoli się kończył. Hosenduft z niedowierzaniem oglądał powykręcane artretyzmem palce. Próbował rozprostować plecy, ale boleśnie strzyknęło go w krzyżu. Łokcie i kolana puchły w oczach. Reumatyzm brał go w obroty aż miło... Twarz pokryły wątrobowe plamy.

– Ja was, wy gnidy... – Uderzył gniewnie pięścią w stół, ale widać było, że siły ma tyle, co kot napłakał.

– Myślę, że wykończysz się raczej w kilka godzin niż w kilka dni – stwierdził Marek. – A teraz słuchaj. To był bat, ale jest też marchewka. Jest dla ciebie jeszcze szansa. Minimalna. Możemy cię ponownie zwampirzyć... Ale nie za darmo. Gosiu, przynieś maszynę do pisania!

– Czego chcecie? – zarzęził Hosenduft.

– Napiszesz nam papier, że wieczyście zrzekasz się jakichkolwiek roszczeń do tego budynku, czynszów aktualnych i zaległych oraz innych opłat. Od nas i od innych. A potem dupa w troki i won. W zamian jeszcze trochę pożyjesz jako wampir...

– Dawajcie ten papier! Podpiszę! – wychrypiał przerażony kamienicznik.

– Gosiu, wkręć, proszę, świeżą kartkę i pisz – polecił Marek. – Ja, Aaron Hosenduft, przez samo h oczywiście, zrzekam się uroczyście...

Kwadrans później kamienicznik złożył autograf pod dokumentem. Dłoń trzęsła mu się ze starości, wściekłości i strachu.

– Macie, czego chcieliście. Dotrzymajcie słowa – zażądał. – Chcę odtrutkę!

– Ja zawsze dotrzymuję słowa – obraził się ślusarz, a potem wyciągnął z szuflady spluwę z tłumikiem i strzelił mu prosto w pierś.

– Oj! – pisnęła Gosia.

– Nic mu nie będzie. A gwałtowna śmierć to jedyna metoda, by znowu stał się wampirem – wyjaśnił Igor. – Poleży pół roku w grobie i odrodzi się. Jedyny kłopot, że jak już wylezie z trumny, to zadowolony raczej nie będzie...

– Nie gadaj tyle, tylko goń do piwnicy po łopaty – rozkazał jego przyjaciel.

Ani Markowi, ani Igorowi nie chciało się daleko łazić, więc grób wykopali na podwórzu, przy śmietniku. Mieszkańcy kamienicy początkowo tylko gapili się z okien. Jednak gdy krwiopijcy znieśli trupa na parter, rozległy się nieśmiałe oklaski. Dół wszyscy lokatorzy zasypywali już wspólnie...

Ekipa wampirów z warszawskiej Pragi, powróci w książce „Wampir z KC"

Wcześniejsze losy wesołych krwiopijców znajdziecie w książkach:

Na przestrzeni ostatnich kilku lat wraz z moim kuzynem Markiem Farfosem podjęliśmy szereg działań na rzecz zachowania historii naszych rodzinnych stron. Podjęte prace regionalistyczne koncentrują się na poszukiwaniach nieznanych do tej pory starych fotografii i dokumentów dotyczących osady oraz gromadzeniu i publikacji relacji spisanych przez dawnych mieszkańców Wojsławic. Równolegle prowadzimy prace porządkowe na cmentarzu z okresu I wojny światowej, wspieramy funkcjonowanie lokalnej izby pamięci, a także publikujemy utwory poetyckie autorstwa mieszkańców gminy.

By uzyskać umocowanie prawne dla naszych działań, powołaliśmy fundację, której nadaliśmy nazwę „Ku przeszłości". W dorobku fundacji znajduje się obecnie sześć publikacji, w tym dwa albumy monograficzne. W najbliższym czasie planujemy wydać nowy przewodnik po Wojsławicach, zbiór lokalnych legend i anegdot oraz dwa tomiki wspomnień mieszkańców. W dalszych planach przymierzymy się do monografii wojsławickiego rynku i publikacji o dziejach naszej szkoły.

Wystawiony przed kilku laty ze składek moich Czytelników pomnik Jakuba Wędrowycza (ul. Krasnystawska 81) stał się nieoczekiwanie lokalną atrakcją turystyczną. Chcemy wykorzystać zainteresowanie przyjezdnych i dlatego zaświtał nam pomysł ulokowania w pobliżu „Domu Jakuba Wędrowycza" – chaty z ekspozycją etnograficzną poświęconą bimbrownictwu.

Działania finansowaliśmy dotąd głównie z własnej kieszeni – dziś chciałbym się zwrócić z prośbą o wsparcie naszych prac. Z góry dziękuję.

Informacje o naszych działaniach, publikacjach i inicjatywach można znaleźć pod adresem http://pilipiuk.com/index.php/fundacja

Datki można wpłacać na konto:
Fundacja „Ku Przeszłości" KRS 0000550294
Numer konta: 06 1160 2202 0000 0002 7975 9851

Spis rzeczy

WYDANIE I

ISBN 978-83-7964-197-0

PROJEKT I ADIUSTACJA AUTORSKA WYDANIA Eryk Górski, Robert Łakuta

ILUSTRACJE ORAZ GRAFIKA NA OKŁADCE Andrzej Łaski

PROJEKT OKŁADKI black gear Paweł Zaręba

REDAKCJA Rafał Dębski

KOREKTA Agnieszka Pawlikowska

SKŁAD Dariusz Nowakowski | drewnianyrower.com

SPRZEDAŻ INTERNETOWA
swiatksiazki.pl

ZAMÓWIENIA HURTOWE
Firma Księgarska Olesiejuk sp. z o.o. sp.j.
05-850 Ożarów Mazowiecki, ul. Poznańska 91
tel./faks: 22 721 30 00
www.olesiejuk.pl, e-mail: hurt@olesiejuk.pl

WYDAWCA
Fabryka Słów sp. z o.o.
20-834 Lublin, ul. Irysowa 25a
tel.: 81 524 08 88, faks: 81 524 08 91
www.fabrykaslow.com.pl
e-mail: biuro@fabrykaslow.com.pl
www.facebook.com/fabryka

DRUK I OPRAWA OPOLGRAF S.A. www.opolgraf.com.pl